中國歷史文化教育及研究

馮志弘　許國惠　施仲謀　主編

中華書局

□ 責任編輯：郭子晴
□ 裝幀設計：陳玉珠
□ 排　　版：時　潔
□ 印　　務：林佳年

中國歷史文化教育及研究

□
主編
馮志弘　許國惠　施仲謀

□
出版
中華書局（香港）有限公司
香港北角英皇道 499 號北角工業大廈一樓 B
電話：(852) 2137 2338　傳真：(852) 2713 8202
電子郵件：info@chunghwabook.com.hk
網址：http://www.chunghwabook.com.hk

□
發行
香港聯合書刊物流有限公司
香港新界荃灣德士古道 220-248 號
荃灣工業中心 16 樓
電話：(852) 2150 2100　傳真：(852) 2407 3062
電子郵件：info@suplogistics.com.hk

□
印刷
迦南印刷有限公司
香港葵涌大連排道 172-180 號金龍工業中心第三期 14 樓 H 室

□
版次
2021 年 12 月第 1 版第 1 次印刷

□
規格
16 開 (260 mm × 187 mm)

□
ISBN：978-988-8760-27-5

學術及專業顧問

丁新豹教授　香港教育大學文學及文化學系榮譽教授
呂大樂教授　香港教育大學香港社會研究講座教授
梁佩雲教授　香港教育大學人文學院署理院長
梁超然校長　寧波第二中學校長
傅葆石教授　伊利諾大學厄巴納—香檳分校歷史系教授
彭　林教授　清華大學歷史系 / 思想文化研究所教授
劉智鵬教授　嶺南大學協理副校長（學術及對外關係）暨歷史系教授
潘光哲教授　中央研究院近代史研究所研究員
霍秉坤博士　香港教育大學課程與教學學系系主任

* 排名據中文筆畫序

鳴謝

本書蒙　旭日慈善基金 GS CHARITY FOUNDATION 資助出版經費，
謹致以衷心感謝。

序

香港教育大學（教大）致力推動中國歷史及文化的教學及研究，開辦香港獨一無二的「中國歷史教育榮譽學士課程」，除傳統史學外，尤重中國歷史文化教育領域的發展及創新，並探究中國歷史「學與教」之於當代中華文化傳承及世界多元共融的意義。

是次出版為香港教育大學「看動畫．學歷史」計劃[1]延伸項目，蒙旭日慈善基金全額資助出版經費，所出版兩本專書題為《中國歷史文化教育及研究》，以及《21世紀中國歷史教育的挑戰與機遇》（2022年出版），共收錄論文約40篇，總字數約50萬字，內容既涉及傳統史學——如思想觀念史、史學及詮釋學史、科舉制度史、宗族史等，亦包括中國歷史及文化教育的理論研究、實踐分析及前瞻論述；冀連結傳統與現代的教研範式，全面呈現二十一世紀中國歷史文化教育及研究的前沿成果。

本書為上述計劃首部專著，分為4個主題，收錄論文16篇。「史學前沿」3篇文章。丁新豹以長眠於香港墳場、與中國近現代史息息相關的人物切入，兼及墓誌、題詞及其他文獻史料，既揭示實物與在地研究的新方法，亦使讀者赫然可見香港在中國近代史發展的重要意義，讀之使人明白歷史不僅可想可聞，更可見可觸。劉詠聰探討清代及二十世紀中葉以前有關「重諧花燭」——即古人慶祝結婚六十周年，重新燃點花燭，再次舉行婚禮之記載，豐富讀者對傳統社會老人婚慶之認識；既可見近代風俗，亦通過活靈活現的文獻材料，呈現老人執子之手，與子偕老的甜蜜感人圖像。卜永堅通過光緒六年會試策題，發現無論考題、答卷，均深刻體現錢

1 香港教育大學「看動畫．學歷史」計劃專頁：https://achist.mers.hk/chihistoryanime/。

大昕《十駕齋養新錄》、《十駕齋養新餘錄》關於上古音韻的觀點，由此揭示晚清科舉與樸學之密切關係。

「課程探究」5 篇論文。魏楚雄探討青少年中國歷史教育模式，建議中小學中史教育應以中華文明史為主，並以激發學生對中華傳統文化和中華民族的認同、培養其歷史洞察及分析力等為學習目標。林善敏、麥俊文則易地而處，剖析國際文憑課程（International Baccalaureate，IB）所體現的中國語言與文化的關係，說明其特色、所面對挑戰及如何完善之法。區志堅以香港著名慈善家及教育家田家炳為對象，通過其治家之道及香港田家炳中學中國文史教育的課程設計及實踐，以之作為今天學校推行生命教育、道德教育、公民及社會發展課程的明鑑。羅燕玲指出早年香港預科中文課程包含《周易》選篇，認為到了二十一世紀二十年代，在基礎教育融入《周易》仍對學生認識中國思想哲學大有裨益，惟須深入淺出，重其義理，因材施教。文愛娟闡述二十一世紀香港高等音樂教育課程之嬗變，以及科技發展對現代音樂教學的影響，認為香港的中樂及粵劇戲曲近年雖然增加了不少教學資源，惟西方音樂教學和西方學術研究方法尚屬主流，並未完全擺脫重西方輕中國的傾向。

「教學與教材」5 篇論文。施仲謀析論香港中華文化教育，認為應讓學生明白中華文化並非已經逝去的歷史，而是今天仍能活學活用、並可增進個人智慧的活知識，冀使學生踐行正確的倫理道德觀念，並藉此建立文化自信。姜鍾赫藉 4-Re 歷史學習方法，即閱讀 read、重建 reconstruct、反思 reflect 和研究 research，提出學生與教師一起建構歷史想像的方法，藉此拉近學生與歷史之間的距離，使其體驗歷史教育的意義與價值。許國惠以她為教大「看動畫‧學歷史」計劃所編寫的張騫劇本為例，結合盧梭（Jean-Jacques Rousseau）在《愛彌兒》（Èmile）中提到歷史教育和歷史書寫的理論，探討她將張騫通西域的歷史介紹給年輕學生時，如何重新解讀文獻並以戲劇化的形式再現這段史實，以培養年輕學生的道德涵養，讓他們理解自己和別人的生命意義。馮志弘指出學界對如何評價史論文（議論文）說服力的判斷言人人殊，並以蘇洵〈六國論〉作個案研究，提出判斷史論文之說服力宜兼從歷史評論（史學）及文學創作（美學），以及文本外因及內因分析；他認為香港速成的應試讀物幾乎都把「說服力強」作為〈六國論〉不辯自明的判語，不利學生獨立思考。蔡逸寧以歷史人物為中心分析香港中學中國歷史科品德情意教學，提出可通過歷史人物名言警句及其與史事結合的生平事跡，揭櫫其所涵蘊的道德與情感意義，認為這正好是一道古今橋樑，可拉近學生與中國歷史人物的距離。

「史實．詮釋與想像」論文3篇。李蓁、李成宗結合歷史與文學研究，指出王維「半官半隱」的成見乃屬文學想像，惟考王維仕宦經歷及唐代人觀念，此説實難成立。侯杰、李厚超、楊雲舟以1926-1937年出版《北洋畫報》為中心，分析媒體視域中的長城抗戰，指出現代媒體的文字報道、時事諷畫、影像記錄甚至花邊新聞，如何拓展了讀者對戰事史實的認識和想像，又指出《北洋畫報》既提升了長城抗戰的影響力，但論者也不宜忽視其或有報道失實的情況。陳曙光通過1974年蕭甘撰文的連環圖《孔老二罪惡的一生》及2010年電影《孔子》等材料，以小見大呈現中國當代史中孔子形象及儒家地位的複雜變化，並反思商業及娛樂因素滲透下，史傳人物形象改寫的利與弊。

以上16篇論文，或高瞻遠矚，或以小見大，或分析入裏，或夫子自道；其實總而論之，無一僅視歷史為已過去的材料，無一不是追尋中國歷史文化之於方今莘莘學子、教師、讀者或研究者的意義——換言之，既重視歷史現象，亦重視人如何發現並詮釋（想像）歷史，如何傳承歷史。當代史學自然早已不至於天真地認為所有文獻材料都客觀可靠，卻也不再矯枉過正，處處疑古。或者數十年前錢鍾書所提出「史蘊詩心」、「詩具史筆」這兩個見於中國史學及文學書寫的現象，[2] 到了今天，仍提醒着我們：何以歷史和文學能夠感人。

當然，本書編者身為香港教育大學教師，我們也相信：教人尊重並樂於傳承中華歷史文化之菁華，可使人更有同情同理之心，可使人更善良。

馮志弘　許國惠　施仲謀

二〇二一年九月二十五日

2 錢鍾書《談藝錄》（補訂本）：「……於詩則概信為徵獻之實錄，於史則不識有梢空之巧詞，衹知詩具史筆，不解史蘊詩心。」（北京：中華書局，1996年），頁363；錢鍾書《管錐編》：「左氏於文學中策勳樹績，尚有大於是者，尤足為史有傳心，文心之證。」（北京：中華書局，1986年），冊1，頁164。

目錄

人物與歷史：墳場：香港的另類古蹟

香港教育大學文學及文化學系
丁新豹

摘要

面積只有 1,000 多平方公里的香港，居住着逾 700 萬人，地狹人稠，土地有價，加上早年香港政府沒有積極保存古舊建築的政策，導致不少具有歷史價值的建築被拆去，造成無法彌補的損失。但鮮為人知的是，原來香港仍保留了數個開設於十九世紀下半葉及二十世紀初的墳場，位於原址及大致保留原貌，不單見證香港自開埠以來的歷史，部分長眠在這些墳場的人物，更與中國近現代史息息相關，是認識及研究香港及中國近代史的珍貴寶庫，部分墳墓附有墓誌，更為研究歷史人物補充了另類資料。

關鍵詞　墳場　人物　墓誌　香港史　中國近代史

面積只有 1,000 多平方公里的香港，居住着逾 700 萬人，地狹人稠，土地有價，加上早年香港政府沒有積極保存古舊建築的政策，導致不少具有歷史價值的建築被拆去，造成無法彌補的損失。但鮮為人知的是，原來香港仍保留了數個開設於十九世紀下半葉及二十世紀初的墳場，位於原址及大致保留原貌，不單見證香港自開埠以來的歷史，部分長眠在這些墳場的人物，更與中國近現代史息息相關，是認識及研究香港及中國近代史的珍貴寶庫，部分墳墓附有墓誌，更為研究歷史人物補充了另類資料。

香港有各色各樣的墳場，有政府開設的、有由不同宗教團體管理的，也有專門為某一族群而設的，種類之多樣化，在世界其他地區和城市也不多見，正反映了這個城市的特色及自開埠以來的發展軌跡，值得深入探究。

位於跑馬地的香港墳場，原稱殖民地墳場（Colonial Cemetery）、紅毛墳場或基督教墳場，是香港現存最早的墳場。它正式開設於 1845 年，但部分塋墓可追溯至 1841 年開埠之初。[1] 第一批在此下葬的是參與第一次鴉片戰爭的英軍，其中最具歷史價值的是「皋華麗號艦（*H.M.S. Cornwallis*）陣亡官兵紀念碑」，記錄了該艘英國海軍旗艦在第一次鴉片戰爭最後階段從長江口上駛吳淞、鎮江數場戰役中戰死的英軍。[2] 我國的第一條不平等條約——《南京條約》正是在 1842 年 8 月 29 日在該艘停泊在南京長江上的戰艦簽署的。其中條約的第三條，就是把香港島割讓予英國，其歷史價值之高，可見一斑。

除了第一次鴉片戰爭外，墳場內亦有與第二次鴉片戰爭、太平天國、八國聯軍，以及辛亥革命有關人物的塋墓或紀念碑，不啻是中國近代史的縮影。墳場內最高大的紀念碑，十居其八九與第二次鴉片戰爭有關，包括多艘艦艇或軍團的陣亡英兵紀念碑。其中有設計獨特的旗艦「加爾各答號（*H.M.S. Calcutta*）陣亡將士紀念碑」；還有一個紀念碑詳細記錄了在第二次鴉片戰爭期間：1858 至 1860 年英軍從天津大沽口登陸，沿白河直達通州的過程中陣亡的官兵人名。這些記錄具有很高的歷史價值，可與歷史文獻或檔案的記載相參照。

香港墳場內有不少早期來港的傳教士的塋墓，包括美國來華首位女傳教士何顯理女士（Henrietta Shuck），她是著名傳教士叔未士牧師（Jehu Lewis Shuck）的妻子。兩人在美國結婚後聯袂來華，何顯理在港開辦了第一間女子學校，可惜在分娩過程中不幸離世，年僅 27 歲。[3] 長眠在香港墳場的傳教士中，知名度最高的首推普魯士人郭士立，又名郭實臘（Karl Friedrich Gutzlaff，1803-1851）。他在 1834 至 1839 年間在駐華英國商務部任翻譯及副書記，鴉片戰爭期間他是總翻譯員，參與了中英雙方就《南京條約》的商議。香港開埠後，他出任首位副華民政務司，未幾更升任正華民政

1 香港在開埠之初，《南京條約》未簽訂前，前途未卜，港府尚未對維多利亞城的發展有所規劃，權宜之計，把快活谷（Happy Valley）山邊作外籍人士墳地。在佔領香港落實後，乃在灣仔鄰近今天星街、月街一帶設基督教及天主教墳場。然而，由於早年死亡率高，墳場不久便填滿，附近人口亦逐漸多起來，港府只好改變主意。1845 年落實在原來的快活谷山邊設立香港墳場，並於 1889 年把原本葬於跑馬地，後遷葬灣仔的 48 個塋墓遷回跑馬地。名單見 *Hong Kong Government Gazette*（2 November, 1889, Removal of Old Cemetery）。香港墳場之開設及發展詳見丁新豹著：《跑馬地香港墳場初探：人物與歷史》（香港當代文化中心，2007 年），頁 4-7；Patricia Lim, *Forgotten Souls: A Social History of the Hong Kong Cemetery* (Hong Kong University Press, 2011)，pp.2-27。

2 《跑馬地香港墳場初探》，頁 22-23；*Forgotten Souls*, pp.40-41。

3 何顯理生平見《跑馬地香港墳場初探》，頁 30-31；*Forgotten Souls*, pp.221-224.

務司，同時大力推動傳教工作，並呼籲歐洲差會遣派教士來華傳教。[4] 瑞典裔基督教巴色會傳教士韓山明（Rev. Theodore Hamberg）正是響應他的號召而來港的。[5] 抵港後，他學中文，留髮辮，被派往沙頭角及布吉一帶客語區傳教；他是洪秀全（1814-1864）的族弟、在太平天國晚期力挽狂瀾的洪仁玕（1822-1864）的啟蒙老師。洪仁玕在第一次赴天京（南京）前在香港受洗及跟隨韓山明學習，接觸到西方思想。他後來在太平天國晚期推行一系列改革，但為時已晚，無法挽回太平天國敗亡的命運。[6] 洪秀全的另一個族弟，曾參加太平天國及 1903 年廣州起義的洪全福（又名春魁，1836-1904）也葬在這個墳場。[7]

香港墳場內另一位重量級人物是興中會首任會長楊衢雲（1861-1901）。楊氏早年肄業於聖保羅書院，是我國第一個議政團體「輔仁文社」的會長。1894 年，他和孫中山合力籌組香港興中會，並先後在 1895 及 1900 年策動反清起義，功敗垂成，同志四散逃亡。他卻堅持留守香港，但不幸在 1901 年 1 月 10 日在中環結志街寓所被清廷派來的刺客槍殺，死後葬在香港墳場。因避免受干擾而墓碑上空無一字，只有「6348」的編號。[8] 孫中山先生的老師、雅麗氏利濟醫院及西醫書院的創辦人之一——何啟（1859-1914）也安息於此。他是十九世紀晚期至二十世紀初香港的華人領袖，對本港的政治、醫療及教育有卓越貢獻。他雖然備受港英政府器重，貴為立法局議員及英國爵士，但仍心懷祖國，他發表文章鼓吹君主立憲，宣揚改良主義思想，對晚清知識界產生巨大影響。在興中會成立之初，他曾暗中提供了不少幫助，辛亥革命後，何啟曾出任廣東軍政府的顧問。[9]

戰前本地華人首富何東（1862-1956）及其元配夫人麥秀英（1865-1944）亦安葬在這裏。何東是歐亞混血兒，早年是怡和洋行買辦，後來自立門戶，投資有道，終成一代巨富。何東熱心公益，一生捐助各種慈善及教育事業，不計其數，但最膾炙人口的是在 1898 年「百日維新」失敗後，曾收留落難香江的康有為在他的府第暫避，並

---

4 郭士立生平見上書，頁 32-33；May Holdsworth and Christopher Munn (edit)., *Dictionary of Hong Kong Biography* (Hong Kong University Press, 2012, pp.167-168.)；*Forgotten Souls*, pp.224-226.

5 韓山明生平見 *Dictionary of Hong Kong Biography*, pp. 172-173；*Forgotten Souls*, pp. 226-228.

6 洪仁玕生平見廣東省中山圖書館、廣東省珠海市政協編《廣東近現代人物詞典》（廣東科技出版社，1992 年），頁 390。

7 洪全福生平見《跑馬地香港墳場初探》，頁 44-45；《廣東近現代人物詞典》，頁 391。

8 楊衢雲生平見《跑馬地香港墳場初探》，頁 42-43。

9 何啟生平詳見 *Dictionary of Hong Kong Biography*, pp.188-190；Gerald Choa, *The Life and Times of Sir Kai Ho Kai : A Prominent Figure in Nineteenth Century Hong Kong*（Chinese University Press, 2000）；鄭宏泰：《何福堂家族：走在時代浪尖的風光與跌宕》（中華書局（香港）有限公司，2021 年）。

派人把康的家人接到香港來。他目睹民國初年，軍閥割據，民不聊生，曾於 1923 年四出奔走，呼籲各大軍閥召開圓桌會議，以結束攻伐不斷的局面，[10] 何東在去世前接受基督教洗禮，以便能夠和在戰時離世的元配夫人麥秀英葬在一起。香港墳場內還安葬了大批早年的外籍官員、醫生、工程師和商人，包括赫赫有名的英籍阿美尼亞裔殷商遮打爵士（Sir Catchick Paul Chater，1846-1926）。他少年時孑然一身自加爾各答來港，投靠大姐及姐夫，最終憑着過人的機智和努力，白手興家，先後創辦置地公司和九龍倉，更為中環填海付出不少心力。他去世後，他的大宅雲石堂（Marble Hall）及所藏古玩全捐獻給香港政府。[11] 中環的遮打道及堅尼地城的吉席街，都是因紀念他而得名。

香港墳場的一角還埋葬了 465 名日本人，大部分死於明治、大正及昭和初年，包括外交官、海員、軍人、商人、不同服務業職工及一些來自九州的年輕女子，估計是被人販賣來香港當娼妓的。這是香港唯一一個日本人墳場。[12]

香港墳場的左鄰是天主教聖彌額爾墳場，開設於 1847 年。該墳場原是為居港的葡萄牙裔人士及英軍中的愛爾蘭兵而設。葡人來自與香港只有一水之隔的澳門。事緣香港開埠後，經濟迅即超越澳門，吸引了大批土生葡人舉家渡海而來，落地生根。由於他們多數諳英語及粵語，在十九世紀晚期至二戰前曾扮演華人與英人的中介角色。[13] 天主教墳場中的葡人家族塋墓，最早的可追溯到十九世紀晚期。香港開埠後，歐洲的天主教會與修會先後派員來港，進行傳教工作及為港人提供收養棄嬰、醫療及教育服務，其中以來自意大利的嘉諾撒仁愛女修會及法國的聖保祿沙爾德修會最早，貢獻也最大，他們去世後都安息於跑馬地天主教墳場。而芸芸華人天主教信徒中，知名度最高首推四屆亞洲影后林黛[14] 及電視廣播有限公司的創辦人之一利孝和。[15] 此外還有第一

---

10 何東是二十世紀上半葉的香港首富及一個傳奇人物，詳見 *Dictionary of Hong Kong Biography*, pp.278-281；鄭宏泰、黃紹倫：《香港大老：何東》（中華書局（香港）有限公司，2007 年版）。

11 遮打是十九世紀末至二十世紀初叱吒風雲的人物，他雖然不是英國人，但政治及社會地位比英人有過之而無不及，其生平見 *Dictionary of Hong Kong Biography*, pp. 78 -80；*Forgotten Souls*, pp.352-353。遮打生前收藏了大量外銷畫，在港府接收後，把其中精華部分庋藏於港督府，可惜在日佔時期不知所蹤。

12 香港墳場內的日本人墓地見：香港日本人俱樂部墓地管理委員會：《香港日本人墓地》（香港日本人俱樂部，2006 年）；*Forgotten Souls*, pp.521-528。

13 香港葡萄牙人的來龍去脈見丁新豹、盧淑櫻合著：《非我族裔：戰前香港的外籍族群》（三聯書店（香港）有限公司，2014 年版），頁 39-56；Jose Braga, *Portuguese Pioneers of Hong Kong* (Instituto Cultural de Macau, 1987)；葉農：《渡海重生：十九世紀葡萄牙人移居香港研究》（澳門特別行政區文化局，2014 年版）。

14 林黛，原名程月如，是邵氏的首席紅星，當年他的死訊震驚香港影壇，見 *Dictionary of Hong Kong Biography*, p.270。

15 利孝和是殷商利希慎的第三子，是電視廣播有限公司的創辦人之一，生平見上書，頁 250。

位華人司級官員曹廣榮（1933-2005）、[16] 地產及建築業巨子鄧鏡波（1879-1956）[17] 及宏興鷓鴣菜發明人張思雲等。[18] 總的來説，該墳場的知名人士既不如前述的香港墳場，也難以與接着介紹的數個華人墓園比擬。

香港墳場右側是一個花木扶疏的墓園，它設立於 1852 年，是專門為來自印度西岸古吉拉特省的巴斯人（Parsee）而設。巴斯人祖籍波斯（今伊朗），在八、九世紀阿拉伯人入侵時逃往西印度，並落籍該地。在十八、十九世紀隨英國人來華經商，以販賣鴉片及棉花為主。他們頭腦精明，長袖善舞，是英國商人的生意夥伴。故獲港府批地在香港墳場旁設墓地。[19] 巴斯人累世信奉瑣羅亞斯德教，也稱祆教或拜火教，按照其習俗，人死後置於高台讓雀鳥啄食，是為天葬。但他們在香港已入鄉隨俗，改為土葬。葬於此墓園的包括殷商及慈善家麼地爵士（Hormusjee Jamsetjee Mody，1838-1911）。[20] 他是香港大學的主要捐助人，律敦治醫院的創辦人律敦治（Jehangir Hormusjee Ruttonjee，1880-1960）也安葬於此。[21]

在跑馬地山光道山邊，有一片被高樓環伺的墓地，它是猶太墳場，設立於 1855 年，比巴斯墳場晚了三年。與上文提到的墳場有所不同，它原是私人買地闢設，不過後來政府還是批地給它擴充。猶太人素以善於營商見稱。[22] 開埠不久，部分來自西亞的塞法迪猶太人已來港找尋商機，其中以沙宣（Sassoon family）家族為先驅，[23] 香港的猶太墳場及猶太教堂都是沙宣家族斥資設立的。繼沙宣家族而來的有庇利羅士（Emanual R. Belilios）及嘉道理家族（Kadoorie family），其中後者更以香港為家，三代的嘉道理爵士均長眠於此。[24] 他們在港投資開辦酒店及設立中華電力公司，貢獻良多。殷商庇利羅士捐款成立庇利羅士女書院，為女子提供接受教育機會。[25] 除顯赫的猶太家族外，這裏更多是寂寂無名，在不同時代，因逃避政治迫害而落籍香江的猶太人，一個個刻着不同出生地的墓碑，見證了香港收容來自世界各地猶太人的一段往

---

16 曹廣榮是第一個華裔司級官員，官至政務司（即今天的民政事務局局長），生平見立法會議員資料庫。

17 鄧鏡波是著名的工業家和慈善家，他慷慨捐款給慈幼會，在 1953 年成立了以他命名的鄧鏡波中學，並獲教宗庇護十二世授予聖思物德都騎尉爵士 (Order of Saint Sylvester)，生平見鄧家宙編：《香港華籍名人墓銘集（港島篇）》(香港史學會出版，2012 年版，頁 224-225)。

18 張思雲生平見上書，頁 232-233。他的碑銘由著名篆刻家馮康侯所撰寫。

19 香港的巴斯人見《非我族裔》，頁 185-193；Forgotten Souls, pp.353-355。

20 麼地生平見 *Dictionary of Hong Kong Biography*, pp.322-323。

21 律敦治生平見上書，頁 376-377。

22 香港猶太人見《非我族裔》，頁 165-181。

23 沙宣家族見 *Dictionary of Hong Kong Biography,* pp.383-385。

24 嘉道理家族見上書，頁 216-218。

25 庇利羅士見上書，頁 24-25。

事。其中更有波蘭奧斯威辛納粹集中營（Auschwitz-Birkenau）的倖存者，特意在墓碑上記下這段可怕的經歷。

以上提及的墳場，基本上是為寓居此地的外籍人士而設，至於一般華人大眾，多是孑然一身來港謀生，假如不幸在港身故，便由友人或所屬同鄉會在山坡草草下葬。故港島多處山邊均曾經是亂葬崗，造成嚴重的衛生問題。有鑑於此，港府在 1856 年通過條例，開始規管華人的殯葬。條例通過後，港府不時批地作墳場供華人下葬，但均屬於臨時性質，入葬六至七年便需執骨及另擇葬地下葬。[26]

香港首個專為華人設立的永久墳場，是座落於瑪麗醫院左側對下山坡的薄扶林華人基督教聯會墳場。1882 年，華人基督教會聯名向港府要求為他們提供一塊墳地，港府批准了，為甚麼香港首個華人永久墳場會是為基督徒而設？估計原因有二：聖公會是英國政府的國教，英人多信奉基督教，故對這批華裔基督徒另眼相看；其二是十九世紀中晚期華人信奉基督教的寥寥可數，華人洗禮入教後，也就不再拜祭祖先和其他民間神衹，生活習慣亦有異於鄉人，故多選擇定居香港。說起來，他們可能是首批在香港落地生根的華人。

薄扶林華人基督教聯會墳場的一大特色，是安葬有大批與辛亥革命有關人物。[27] 屈指算來，包括孫中山的中文老師，為他取名逸仙的興中會會員、道濟會堂長老區鳳墀（1847-1914）、[28] 孫中山的好友和革命同志，1900 年惠州三洲田起義的總指揮鄭士良（1862-1902）、[29] 輔仁文社的骨幹人物，策動 1903 年廣州起義、《南華早報》創辦人之一謝纘泰（1872-1938）、[30] 來自美國三藩市、創辦廣東銀行、腰纏萬貫，資助革命不遺餘力，曾在廣東軍政府任財政部長的李煜堂（1851-1936）及其長子李自重（1883-

---

26 這條條例的全名是「規範華人葬儀以及在香港殖民地防止一些困擾問題」，詳見高添強：〈香港墳場發展史略〉，收入梁美儀、張燦輝合著:《凝視死亡：死與人間多元省思》（中文大學出版社，2005 年版），頁 221-225。

27 薄扶林基督教聯會墳場內安葬了不少與辛亥革命息息相關的人物，詳見丁新豹著：《香江有幸埋忠骨：長眠香港與辛亥革命有關人物》（三聯書店（香港）有限公司），頁 10-23。

28 區鳳墀生平見上書，頁 46-49；《廣東近現代人物詞典》，頁 24。

29 鄭士良生平同上書，頁 96-99；《廣東近現代人物詞典》，頁 358。

30 謝纘泰是革命家、科學家和報業先驅，生平見 *Dictionary of Hong Kong Biography*, pp.437-438；《香江有幸埋忠骨》，頁 92-95。

1971)、[31] 建築業鉅子、同盟會骨幹人物林護(1871-1933)、[32] 同盟會的活躍分子伍于簪(1873-1934)、[33] 余斌臣(?-1945)、[34] 先施百貨公司創辦人實業家馬應彪(1864-1944)、[35] 孫中山的左右手廖仲凱(1877-1925)之堂妹，曾參與黃花崗起義的廖薌儂(1886-1930)、杜應坤(1881-1928)伉儷等。[36] 另一方面，孫中山的女兒孫婉(1896-1979)及女婿戴恩賽(1892-1955)亦安息於此。[37] 由於這裏下葬了不少興中會及同盟會會員，墳場內有若干國民政府高層政要如汪精衛(1883-1944)、[38] 林森(1868-1943)、[39] 孫科(1891-1973)[40] 等人的題字或墓誌，是為此墓園之一大特色。在本港赫赫有名的李冠春、子方家族成員的塋墓也在這裏。[41]

距離薄扶林基督教墳場不遠，靠近摩星嶺山邊有一個面積不大的私人墳場，這是1897年開設，專供混血兒下葬的昭遠墳場。這個墳場的產生及長眠於此的人物，見證了香港一段獨特的歷史。[42] 在香港開埠後，不少外籍人士來港找尋商機，他們大多是孑然一身的單身漢，在港居留時間，或與本地女子同居，誕下子女為混血兒。由於外表與一般西人或華人有異，成為一個獨特的群體。[43] 他們的母親多讓其接受西式教

31 李煜堂是成功的商人，他的女婿是馮自由，畢生資助革命不遺餘力，他的長子李自重更投入革命運動；李氏父子生平見《香江有幸埋忠骨》，頁112-119；《廣東近現代人物詞典》，頁187。其墓表乃孫科所撰，名篆刻家易大厂所撰寫。

32 林護，號裘焯，是二十世紀初建築業鉅子，也是同盟會香港分會(後改稱同盟會華南支部)的骨幹成 ，詳見 Moira M. W. Chan-Yeung, *Lam Woo, Master Builder, Revolutionary, and Philanthropist*(Chinse University Press, 2017)。林護的墓表乃孫科所撰，林森題字，詳細記述林護的一生，是十分珍貴的資料。

33 伍于簪生平見《香江有幸埋忠骨》，頁124-127。他的墓誌是孫中山先生的貼身保鏢及衛隊長馬湘所撰。

34 余斌臣生平見上書，頁132-133。

35 馬應彪早年赴澳洲謀生，其後回港開辦首間華資百貨公司—— 先施百貨公司，其後在上海開設分店，生平見上書，頁134-137；《廣東近現代人物詞典》，頁7。

36 廖薌儂、杜應坤伉儷簡介見上書，頁148-151；杜應坤的墓誌乃汪精衛所撰。

37 孫婉是孫中山的二女，經歷過兩次婚姻，戴恩賽是他第二任丈夫，來自香港建造業世家，早年畢業於哥倫比亞大學，曾任職海關。她在1979年於澳門去世，初葬氹仔孝思墳場，1989年遷到香港來與夫婿合葬，詳見上書，頁34-37；《廣東近現代人物詞典》，頁563。

38 汪精衛是國民黨元老，一生跌宕起伏，尤以晚年附日，是頗具爭議性人物。生平見《廣東近現代人物詞典》，頁226-227。

39 林森是國民黨元老，曾任國民政府主席，生平詳見劉曉寧著：《林森傳》(中國文史出版社，2002年版)。

40 孫科是孫中山的哲嗣，曾任廣東省省長、行政院院長、立法院院長等職，生平見《廣東近現代人物詞典》，頁132-133。

41 李冠春及李子方是李佩材家族在港第二代，見 *Dictionary of Hong Kong Biography*, pp.262-263；Frank Ching, *The Li Dynasty, Hong Kong Aristocrats*(Oxford University Press, 1999)。

42 見《非我族裔》，頁213；Eric Peter Ho, *Tracing my Children's Lineage*(Hong Kong University Press, 2010) pp.334-341。

43 同上，頁203-216。

育，畢業後多憑藉精通雙語當上買辦，其中以何東（1862-1956）、何福（1863-1926）、何甘棠（1866-1950）兄弟最為典型。[44] 他們長袖善舞，具有社會地位和影響力，又以香港為家。因此，當他們向港府索取土地作族人埋骨之所時，港府在沒有知會英倫的情況下，批出摩星嶺地供其闢建墳場。長眠於此的除了何東、何福和何甘棠的妻妾和子孫外（何東本人葬在香港墳場，其元配夫人麥秀英之旁），還有和他們結為姻親的羅（文錦）家族成員。[45] 曾任香港行政局議員的羅旭龢爵士（1880-1949）也長眠於此。[46] 他的父親是巴斯人，母親是華裔，他在二戰前深得港府器重，獲冊封爵士，西半山的旭龢道正是以其名字命名。

清末民初之際，廣東社會紊亂，治安不靖，內地富有人家爭相來港避亂，香港人口大增，對永久墳地之需求更形殷切。此時香港華人富商的影響力日大，經過劉鑄伯（1867-1922）[47] 及何福等多名華人代表的多年奔走爭取，在龐大的輿論壓力下，港府在1913 年批出香港仔 12.82 英畝地作華人永遠墳場，讓華人可有永久的長眠之地。香港仔華人永遠墳場的出現，是華人社會發展的重要里程碑，它標誌着華人的崛起，也反映出部分移居香港的華人已選擇在香港落地生根，不再歸葬原籍了。[48]

香港仔華人永遠墳場是本地世家大族的長眠之地，是香港最多知名人士下葬的墳場。本地望族如周壽臣（1861-1959）、[49] 鄧志昂（1872-1939）、[50] 馮平山（1860-1931）、[51]

---

44 何東生平見註 10；又何福生平可參見 *Dictionary of Hong Kong Biography*, pp.187-188 ; *Tracing my Children's Lineage*, pp.58-77。何甘棠可參見同書，頁 190-191。又 Francis Tse Liu, *Ho Kom Tong: A Man for all Seasons*（Compradore House Ltd, 2003）。

45 羅文錦是羅長肇的長子，他的妻子是何東的長女何錦姿，見 *Dictionary of Hong Kong Biography*, pp.278-279。

46 羅旭龢是巴斯和華人混血兒，曾任行政局華人代表。生平見 *Dictionary of Hong Kong Biography*, pp.230-232。

47 劉鑄伯是屈臣氏洋行的買辦，曾任立法局議員、東華醫院主席、華商總會主席，是華人永遠墳場的主催者，但他去世後還是歸葬原籍。見 *Dictionary of Hong Kong Biography*, pp.246-247；高添強：《高山景行：香港仔華人永遠墳場的建立與相關人物》（華永會，2012 年版），頁 25-26。

48 《高山景行》，頁 19-22。

49 周壽臣生平見鄭宏泰、周振威：《香港大老：周壽臣》（三聯書店（香港）有限公司，2006 年版）；*Dictionary of Hong Kong Biography*, pp. 96-98。

50 鄧志昂、鄧肇堅生平見《高山景行》，頁 42-43；*Dictionary of Hong Kong Biography*, pp.424-425。

51 馮平山、馮秉芬生平見《高山景行》，頁 39-40；馮美蓮、尹耀全：《度藏遠見——馮平山》（商務印書館，2013 年版）；*Dictionary of Hong Kong Biography*, p.155; 154-155。

莫藻泉（1857-1917）、[52] 曹善允（1868-1953）、[53] 利希慎（1879-1928），[54] 或為港府器重的紳士、爵士、或為腰纏萬貫的殷商皆長眠於此。部分人士的後代也是華人社會出類拔萃的領袖人物。長眠於此的還有部分是因抗日戰爭爆發，來港避難而不幸客死香江的人，包括鼎鼎大名的中國近代著名政治家、教育家蔡元培（1868-1940）。他在 1940 年 3 月 5 日病逝於養和醫院 [55] 及中華書局的創辦人陸費逵（1886-1941）。[56] 另外，中華民國首任內閣總理唐紹儀（1862-1938）也葬於此，他在 1938 年 9 月底在上海被軍統特務刺殺，遺體從上海運來香港，因家鄉唐家灣（今屬珠海）已淪陷，故下葬於香港仔華人永遠墳場。[57] 香港仔華人永遠墳場內有不少北洋政要如：黎元洪（1864-1928）、[58] 徐世昌（1855-1939）、[59] 梁士詒（1869-1933）[60] 等人的題字；更有由前清翰林賴際熙（1865-1937）、[61] 陳伯陶（1855-1930）、[62] 岑光樾（1876-1960）[63] 等遺老撰寫的墓誌，洋洋大觀，與薄扶林基督教墳場恰成強烈對比，說明長眠於這兩墳場的人的政治取向有明顯區別。也正好反映出香港多元兼容的一面。

香港境內墳場還有很多，比方在長沙灣、柴灣均先後開設天主教墳場；九龍長沙灣聖辣法厄爾天主教墳場在 1940 年設立，下葬了不少二十世紀五、六十年代的

52 莫藻泉是莫仕揚的長子，是香山（今珠海）金鼎會同莫家在港的第二代，太古洋行買辦，生平詳見丁新豹著：〈香港莫仕揚家族初探〉，收入香港中文大學中國文化研究所文物館及香港中文大學歷史系合編：《買辦與近代中國》（三聯書店（香港）有限公司，2009 年版），頁 170-190；*Dictionary of Hong Kong Biography*, pp.325-326。

53 曹善允生平見 *Dictionary of Hong Kong Biography*, pp.438-439。

54 利希慎生平詳見鄭宏泰：《一代煙王利希慎》（三聯書店（香港）有限公司，2011 年版）；*Dictionary of Hong Kong Biography*, pp.249-250。

55 蔡元培是民初著名的哲學家、教育家、政治家，曾任北京大學校長、教育總長，生平詳見蕭昭然：《蔡元培》（北京昆侖出版社，1999 年版）。

56 陸費逵是中華書局創辦人，生平見俞筱堯、劉彥捷：《陸費逵與中華書局》（中華書局（香港）有限公司，2002 年版）。

57 唐紹儀是晚清留美幼童，早年曾肆業哥倫比亞大學，民初政治家，曾任國民政府首任內閣總理，生平詳見張焕宗：《唐紹儀與清末民國政府》（河北人民出版社，1998 年）。

58 黎元洪清末民初政治家，曾兩次擔任民國大總統，生平見章君穀：《黎元洪傳》（中外圖書出版社，1971 年版）。

59 徐世昌晚清進士出身，民初政治家，曾任民國大總統，生平詳見郭劍林：《北洋靈魂：徐世昌》（蘭州大學 版社，1997 年版）。

60 梁士詒是民初政治人物，交通銀行創辦人，曾任國民政府國務總理，生平詳見李吉奎：《梁士詒》（廣東人民出版社，2005 年版）。

61 賴際熙，晚清進士，曾任翰林院編修、國史館總纂。清亡後移居香港，任教香港大學，生平見劉智鵬：《香港華人菁英的冒起》（中華書局（香港）有限公司，2013 年版），頁 132-134；《廣東近現代人物詞典》，頁 528。

62 陳伯陶，晚清探花，曾任江寧提學使。清亡後移居香港，編修《東莞縣志》、《勝朝粵東遺民錄》等史籍，生平見《香港華人菁英的冒起》，頁 139-141；《廣東近現代人物詞典》，頁 284。

63 岑光樾，晚清進士，曾任翰林院編修及國史館編修，清亡後輾轉移居香港，以教學為業。生平見《香港華人菁英的冒起》，頁 149-150；《廣東近現代人物詞典》，頁 203。

明星。[64] 繼香港仔華人永遠墳場後，華人永遠墳場委員會其後在荃灣及柴灣增設華人永遠墳場。其中荃灣的墳場開設於 1941 年，安葬有不少赫赫有名的人士，比方南洋殷商著名中藥店「余仁生」的東主余東璇（1877-1941）、[65] 抗日名將，獨腳將軍陳策（1894-1949）、[66] 著名粵劇劇作家唐滌生（1917-1959）、[67] 殷商李陞之妾，李寶椿之母淩月仙等。[68]

基督教聯會也在九龍白鶴山開設另一大型基督教墳場，孫中山先生的同窗好友關景良（1869-1945）、[69] 太平天國史專家簡又文（1896-1979）、[70] 廣州愛群酒店的創辦人陳遇宗（1878-1953）、[71] 著名教育家、廣州培正中學校長黃啟明（1887-1939）[72] 均長眠在這個墳場。除了天主教及基督教外，其他宗教如回教、佛教、印度教也有各自的墳地供教徒安葬。上文提及港府曾在港九多處地方開設非永久的墳場供公眾人士使用。但隨着人口增加，市區拓展，港府在戰前已陸續把市區的大部分墳場關閉，以興建樓宇，藉以容納不斷膨脹的人口。戰後初年，港府決定把市區的墳地轉移往新界，分別在粉嶺和合石及毗鄰羅湖的沙嶺興建大型墳場，其中和合石墳場佔地達公頃，是香港最大的墳場。

香港人口多，土地少，卻仍然能夠原地保留了這些開設於十九世紀或二十世紀初的墳場，實屬異數。綜觀香港的墳場，無論坐向佈局、墓碑的裝飾設計、碑文內容、墳場的種類、安葬其中的人物，都是香港歷史文化的一部分，值得深入分析研究。從上述墳場中，初步有以下的啟示：

1. 香港自開埠以來便是一個多族群雜處的地方，我們既有英國人的墳場，也安

---

64 長沙灣天主教墳場安葬了不少上世紀五、六十年代的明星，包括樂蒂（1937-1968）、林翠（1936-1995）、黎雯（1916-1983）、馬笑英（1908-1978）、陳立品（1911-1990）、劉克宣（1911-1983）、李海泉等（1901-1965）。

65 余東璇生平見《香港華人菁英的冒起》，頁 46-48；*Dictionary of Hong Kong Biography*, pp.139-140；鍾寶賢：〈余仁生家族的創業、傳承 應變〉，收入鄭宏泰，周文港：《華人家族企業傳承研究》（香港大學香港人文社會研究所，2010 年版）。

66 陳策見 *Dictionary of Hong Kong Biography*, pp.69-71; 歐大雄：《獨脚將軍陳策傳》（海南出版社，1993 年版）。

67 唐滌生生平見 *Dictionary of Hong Kong Biography*, pp.433；陳守仁：《唐滌生創作傳奇》（香港滙智出版有限公司，2016 年版）。

68 凌月仙見丁新豹著：〈十九世紀香港首富：李陞家族初探〉，收入鄭宏泰，周文港：《文咸街里：東西南北利四方》（中華書局（香港）有限公司，2020 年初版），頁 200-224。

69 關景良是孫中山先生求學時代的摯友，後來成為一代名醫，創立了中華醫學會，也是養和醫院的創辦人之一，詳見《香江有幸埋忠骨》，頁 82-85。

70 簡又文生平見《廣東近現代人物詞典》，頁 530-531。

71 陳遇宗生平見《香江有幸埋忠骨》，頁 152-153。

72 和合石的闢設見《香港墳場發展史略》，頁 241-242。

葬了美國、德國（香港墳場內甚至有納粹徽號的墓碑）、俄羅斯、日本、瑞典人、阿美尼亞人；天主教墳場內有葡萄牙人、法國人、意大利人、愛爾蘭人；我們有猶太墳場、印度墳場、祆教墳場（巴斯人）、回教墳場（來自巴基斯坦、馬來亞、中東諸國），這在亞洲的城市中是不多見的。這現象與香港自開埠不久便有發達的航運和轉口港貿易息息相關。香港的安定繁榮與各不同宗教文化背景的族群能夠和平相處是分不開的。

2. 最早在本港落地生根的華人群體是基督教徒，開設於 1882 年的薄扶林基督教聯會墳場是本港首個專為華人而設的永久墳場，原因見前文。
3. 香港自開埠伊始便吸引大量周邊的華人到此謀生，大概在 1870 年代已有不少華人精英崛起，但中上階層華人大概在辛亥革命前後定居於本港，從而促成香港仔華人永遠墳場的開設。這與辛亥前後內地，特別是廣東地區政局動盪，社會紊亂分不開的。
4. 外籍族群中最早舉家來港定居的是澳門的土生葡人，跑馬地天主教墳場原是為他們開設。墳場內部分墓碑立於十九世紀中葉，有不少是一家幾代安息於此的。
5. 另一批最早以香港為家的是混血兒，他們的父親是外籍人士，在他們出生不久便離港他去，由母親撫養成人，香港就是家鄉，摩星嶺的昭遠墳場見證了這段歷史。
6. 香港的猶太人，來自世界各地，大多是受壓迫而逃亡來港，猶太墳場內的墓碑記錄着墓中人的出生地來自四面八方，反映出他們的顛沛流離的經歷，最後都以香港為避難所。香港的多元性和包容性是值得港人自豪的，也是百多年來香港賴以成功的基石。

Key Figures and History: Cemeteries as the Alternative Hong Kong Heritage Figures and History, the Alternative Heritage —Cemeteries

TING, Sun Pao Joseph
Department of Literature and Cultural Studies,
The Education University of Hong Kong

ABSTRACT

There are over 7 million people living in Hong Kong. Every inch of land in the city is precious. Since the colonial government had no policy of protecting the valuable historic sites, quite a few of them had been demolished, which causes an irreparable loss to the preservation of the city's heritage. In contrast, several cemeteries established between the late 19th and early 20th century have been well preserved in Hong Kong, all of which roughly keep the original appearance. These cemeteries witness the history of Hong Kong since its establishment as a free port. Some of the figures who had been buried there were closely related to major events in modern Chinese history. Their tombs are critical to us understanding Hong Kong history and the history of modern China as well. A few of these tombs have epitaphs engraved on their gravestones, providing precious materials for us to study the related historical figures.

Keywords Cemeteries, Historical Figures, Epitaphs, Hong Kong History, History of Modern China

清代至二十世紀前半期有關「重諧花燭」之記載*

香港浸會大學歷史系
劉詠聰

摘要

「重諧花燭」又稱「重逢花燭」、「重行花燭」、「重圓花燭」、「重舉花燭」、「重拜花燭」、「重行合巹」、「重行嘉禮」等，指古人慶祝結婚六十周年，重新燃點花燭，再次舉行婚禮。古人長壽者遠較今人為少，有幸花燭重圓的夫婦只屬少數，因此形成大事慶祝的習俗。

本文利用多種史料，梳理清代至二十世紀前半期有詩文、專集，或者書畫等見證的「重諧花燭」例子，藉以豐富吾人對傳統社會老人婚慶文化之認識，補充過往討論之不足。

關鍵詞　重諧花燭　老年夫妻　鑽婚　六十周年結婚紀念

一、何謂「重諧花燭」？

「重諧花燭」又稱「重逢花燭」、「重行花燭」、「重圓花燭」、「重舉花燭」、「重拜花燭」、「重行合巹」、「重行嘉禮」等，指古人慶祝結婚六十周年，重新燃點花燭，再次舉行婚禮。古人長壽者遠較今人為少，有幸花燭重圓的夫婦只屬少數，因此形成

* 本文為筆者近年兩個有關老年史研究項目的成果之一。承蒙香港研究資助局（Research Grants Council）優配研究金（General Research Fund）慷慨資助（編號 12606017 及 12605120），謹此申謝。

大事慶祝的習俗。

有關重諧花燭的記載主要由清代開始，但必須注意在此之前也有人用過「重諧花燭」來形容並非老人甲子婚慶的場合。例如明人李開先（1502-1568）《寶劍記》寫到高衙內發現新娘不是他圖謀霸佔的林冲妻子張貞娘時，即與部下謀議「馬上差人，連夜趕回，重諧花燭洞房之樂」，[1] 此處只是指重新燃點花燭並享受洞房之樂而已，與兩名當事人的年齡無關。後來，清人潘綸恩（1802-1858）《道聽途説》中寫有一則故事，謂販者宋五「既結褵，落落難合，晨夕起居，不通一語」。友人祝藹認為「當更卜吉，重諧花燭，則逑好自敦矣」。[2]「重諧花燭」在此處也不過是指再度行禮而已。類似的用法在民國時期也多出現，[3] 但與用來形容老人花甲婚慶的主流理解有所不同。

明代已有夫婦被冠以「百歲齊眉」、「昇平人瑞」等榮譽，[4] 而清代及民國個別地方志更有列出民間經歷重逢花燭的「耆壽」夫妻。例如《（光緒）香山縣志》的「男壽」和「女壽」部分，即有六處記錄「重逢花燭」；[5] 而民國版《番禺縣續志》更記錄有九十七對年老夫婦經歷過重逢花燭。[6]

二、「重諧花燭」的內容

朱彭壽（1869-1950）《安樂康平室隨筆》曾列出清代至民國年間重逢花燭較為有名的幾個例子，並指出「結褵至六十年者」是「古今所罕見」，所以有幸「白首齊眉，重行花燭之禮」的夫婦，誠宜「播為美談」。他又指出此等「家庭盛事，較重宴鹿鳴

---

1 李開先，《寶劍記》（收入陳公水主編：《齊魯古典戲曲全集》第 3 冊，北京：中華書局，2011），第 45 齣，頁 908。

2 潘綸恩，《道聽途説》（合肥：黃山書社，1996），卷一，〈祝藹〉，頁 20。

3 詳參拙文〈重諧花燭：二十世紀前半期報刊有關老人婚慶之記載〉，將刊於《婦女與性別史研究》，第 6 輯（2021 年）。

4 明代廣東番禺人鄔廷全（1430-1525）及其妻陳氏（1472-1518）為清人所建南圃鄔公祠祠主，牌坊石刻正背面分別是「百歲齊眉」和「昇平人瑞」。其事見李福泰（1807-1871）修，史澄（1840 年進士）、何若瑤（1797?-1856）纂《同治番禺縣志》（《中國地方志集成》本；上海：上海書店，2003），卷五十，〈列傳〉十九，〈耆壽〉，頁 2b；番禺市地方誌編纂委員會辦公室整理，《民國辛未年〔1931〕番禺縣續志》（番禺：廣東人民出版社，2000），卷四十一，〈古蹟志〉2，頁 746。另參光大堂理事會編修、鄔詠雄總編輯，《鄔氏光大堂族譜（2011 年辛卯版）》（廣州：光大堂理事會，2011），第 9 章，〈鄔氏家乘——賚思堂〉，頁 175-176。

5 田明曜修，陳澧（1810-1882）纂，《（光緒）香山縣志》（收入《續修四庫全書》第 713 冊，上海：上海古籍出版社，1995，據光緒刻本影印），卷二十，〈列傳〉下，〈耆壽〉及〈女壽〉，頁 1a-29b（總頁 444-458）。

6 見上引《民國辛未年番禺縣續志》，卷二十四，〈人物志〉7，〈耆壽〉，頁 448-450。

瓊林者，更為難得」。[7] 不過有關重諧花燭的具體過程，朱著就沒有詳細描寫。在這方面，《清稗類鈔》的敘述較為仔細：

> 楚俗，凡夫婦年六十以上而猶康強矍鑠者，即視為兩世伉儷。以其週一花甲，而又及成婚之年也。其子孫每強老人飾為新郎新婦，重行合卺，一切服飾禮儀，俱如成婚式，名曰重諧花燭。是日必大宴賓客，如新婚。[8]

這就是説，經歷花甲婚姻的老年夫婦要作新郎新娘打扮，重行合巹，而且要大宴親朋，如新婚一般。案此處指花燭重諧為「楚俗」，在南方流行。不過這個説法其實並不完全準確。重諧花燭習俗固然流行於廣東、江西、浙江、江蘇、河南、湖北、湖南等楚南區域，尤以廣東為有名，[9] 但其他地區也有近似風俗，最明顯者莫如東北朝鮮族「回婚」，基本上與重逢花燭大同小異，而且流行至今。[10] 説到底，隨着婚姻制度的確立，結婚紀念也慢慢變成人類社會的共同經歷，而不同民族、國家亦發展出各具特色，但又異中有同的慶祝形式。[11]

---

7 見朱彭壽（1869-1950），《安樂康平室隨筆》（與《舊典備徵》合刊；北京：中華書局，1982），卷六，頁 272-273。案「重宴鹿鳴」指鄉試周甲，「重宴瓊林」指會試周甲，與指入泮（官學）周甲之「重遊泮水」均被視為象徵長壽之人生喜事。參看劉濤，〈清代生員「入泮」概述〉，《四川文理學院學報》20.3（2010.5）：59-62；趙永祥，〈清代「重赴鹿鳴宴」制度〉，《歷史檔案》2012.2（2012.5）：65-69；徐彬彬，〈「重諧花燭」與「重宴鹿鳴」之難易，張伯苓結婚紀念演詞有裨世道〉，見其《晚清民國史事與人物——凌霄漢閣筆記》（臺北：獨立作家，2016），頁 139；孫碧穗，〈清代科舉禮儀制度概述——以重遊泮水、重宴鹿鳴、重與恩榮為例〉，《雲漢學刊》35（2018.4），頁 34-73。

8 徐珂（1869-1928），《清稗類鈔》（北京：中華書局，1984），第 5 冊，〈婚姻類 · 楚人重諧花燭〉，頁 1998。

9 劉志文，《廣州民俗》（廣州：廣東省地圖出版社，2000），頁 102；張鐵文，〈「花燭重諧」〉，見劉志文編，《廣東民俗大觀》（廣州：廣東旅遊出版社，1993），頁 411；劉燕萍、鄭滋斌，〈花燭重逢〉，見其《語文縱橫——文 · 思 · 意》（香港：中華書局，2014），頁 172-174。

10 參看富燕羽、張敏傑，〈朝鮮族回甲節、回婚禮俗研究〉，《黑龍江民族叢刊》2003.4（2003.8）：97-101。案朝鮮文獻頗有保存回婚禮之記錄。如《朝鮮王朝實錄》（漢城：國史編纂委員會，1968）之〈肅宗二十七年十月二十六日〉（1701 年 11 月 25 日）、〈英祖二十九年八月十日〉（1753 年 9 月 6 日）、〈英祖四十五年三月十八日〉（1769 年 4 月 24 日）、〈英祖四十五年六月一日〉（1769 年 7 月 3 日）、〈英祖五十一年十二月十九日〉（1776 年 2 月 8 日）、〈純祖九年三月二十日〉（1809 年 5 月 4 日）、〈純祖十年三月七日〉（1810 年 4 月 10 日）等，均敘及回婚禮主角所獲賞賜，如衣資、宴需、梨園戲樂等。至於朝鮮時期士人文集中亦頗有祝賀他人回婚之賀作，此處不贅。又今人何鳴雁有《回婚禮》一書（瀋陽：遼寧民族出版社，1994），為短篇小説集，不過當中有不少回婚細節之描寫，可資參考。

11 詳參拙講〈中西金鑽婚〉（2019 年 3 月 17 日及 24 日）。可於香港電台「大學堂」網站重溫：http://podcast.rthk.hk/podcast/item.php?pid=1069&eid=132391&lang=zh-CN 及 http://podcast.rthk.hk/podcast/item.php?pid=1069&eid=132980&lang=zh-CN。

有關花燭重諧的過程，有些記錄比較強調一家人上下的參與和投入，例如這首詩：

老女忙來掃洞房，諸兒捧鏡掃催妝。
牙牙學語雛孫笑，爭索同心柏子嘗。[12]

又例如這首溫州竹枝詞：

紅氈貼地拜雙仙，羞怯渾如六十前。
送入洞房雙擲帳，孫曾偏獻合婚篇。[13]

以上兩篇作品都集中寫老人再舉花燭時兒婦孫曾輩的積極參與，是洋溢天倫樂趣的熱鬧場景。此外，較具名望的家庭如果要辦此等喜事，又常常變成在公眾視域內的社交活動。主人家張燈結綵，而遠近親朋、縉紳里人前來道賀一對白首新人者亦往往眾多。在熱鬧聲中，來賓見證兩老再作新人、交拜天地，而在大排筵席之後則再度洞房。《樵山雜著》對一對老夫老妻洞房的描寫就比較露骨：

吾鄉有某甲，兒孫繞膝，花燭重逢。是日大排筵席，賀客盈門。老夫老妻，興致勃勃，竟偕入洞房，重興雲雨。奈此老精力就衰，猝患脫陽，婦呼號求救。兒孫賓客，聞聲擁至。有張羅薑湯者，有調進丹藥者，有奔請醫士者，忙亂一場，幸獲無恙。婦羞答答語眾曰：「我已告渠勿如此。其奈渠不聽何。」眾皆掩口胡盧而退。[14]

因為二度洞房而最終導致要請醫師解救，幸好有驚無險，這是非常有趣的故事。

12 引自孫檁，《餘墨偶談（節錄）》（收入《香艷叢書》，上海：上海書店，1991，據 1911 年上海中國圖書公司本影印），五集卷四，頁 24a（總頁 301）。
13 葉大兵輯注，《溫州竹枝詞》（北京：文化藝術出版社，2008），頁 338。
14 潘敬，《樵山雜著》（1931 自印本），卷四，頁 129-130。

三、「重諧花燭」例子摭拾

上文提及的《安樂康平室隨筆》曾列出由十八至二十世紀經歷「重行花燭之禮」的六對夫婦，另外也備註金甡（雨叔，1702-1782）未待結婚花甲一周，即在五十歲時預先慶祝重逢花燭一事。[15] 然而，有文獻可徵的花甲婚慶尚有其他例子，以下作一綜合介紹。

馮成修（潛齋，1702-1796）與妻陸氏（1702-1787）於乾隆四十四年（1779）的花燭重逢比較有名，除了因為其年譜對此事有清楚記錄，並指當時「遠近親串畢集，一時稱慶，傳以為異事」外，[16] 還因為馮氏嘗親撰一聯誌慶：

> 子未必肖，孫未必賢。屢添科名，只為老年娛晚景。夫豈能剛？妻豈能順？重燒花燭，幸邀天眷錫遐齡。[17]

該聯除被梁章鉅（1775-1849）收入《楹聯叢話》外，又見錄於梁紹壬（1792-？）《兩般秋雨盦隨筆》、[18] 史夢蘭（1813-1898）《止園筆談》，[19] 以及《廣州府志》等，[20] 故廣為流傳，論者或指為喜聯之始。[21]

書法名家梁同書（山舟，1723-1815）之重諧花燭，亦為《安樂康平室隨筆》所提到的六個例子之一。然而，對此事最為詳細的描寫反為是一部小說。署名費隻園（有容，1874-1931）編輯，許月旦評點的《清代三百年豔史》第三十七回說到「竹竿巷裏花燭重諧」，就是講梁侍講山舟在嘉慶十一年正月初五（1806年2月22日）與夫

---

15 見前引《安樂康平室隨筆》，卷六，頁272-273。金甡曾自撰詩為重逢花燭誌喜，但明言是「五十年來舊曲新」，參其〈三月二十日子孫輩以二老人重逢花燭之期治具奉觴解嘲志喜〉，見其《靜廉齋詩集》（收入《續修四庫全書》第1440冊，上海：上海古籍出版社，2002，據華東師範大學圖書館藏嘉慶二十五年〔1810〕姚祖恩刻本影印），卷二十，頁5a。

16 見勞潼編，《馮潛齋先生年譜》（《乾嘉名儒年譜》本；北京：北京圖書館出版社，2006），〈乾隆四十四年已亥〉，頁29b-30a。案馮氏本傳，見趙爾巽（1844-1927），《清史稿》（北京：中華書局，1977），卷476，〈列傳〉267，頁13147。

17 梁章鉅，《楹聯叢話》（收入《續修四庫全書》第1254冊，據天津圖書館藏道光二十年〔1840〕桂林署齋刻本影印），卷九，頁12b-13a。

18 梁紹壬，《兩般秋雨盦隨筆》（上海：上海古籍出版社，1982），卷七，〈重諧花燭〉，頁415-416。

19 史夢蘭，《止園筆談》（收入《續修四庫全書》第1141冊，據遼寧省圖書館藏光緒四年〔1878〕刻本影印），卷二，頁10b。

20 史澄（1840年進士）等，《光緒廣州府志》（光緒五年〔1879〕刊本），卷一百六十二，〈雜錄〉三，頁28b-29a。

21 文竹，〈對聯之最〉，《中州古今》2000.6（2000.12），頁31。

人花燭重諧的故事。小說每回均附有插圖，而文中亦繪影繪聲地形容梁侍講除當年新婚外，即長年與夫人異室而居，凡所商討，均在中堂以禮相見。直至六十年後，家人認為「齊眉盛事，闔族增輝」，因此「要點綴一番，俾親故同來熱鬧」，遂令所居竹竿巷裏「馬龍車水，往來不絕」。一對白首新人「揭中圓酒，傳袋為閤，一一按着俗例做去」，於是「弄得兩老又好笑又好氣」。當「來賓盡散」，「便要送老夫婦歸房」。[22] 然而，這些細節有何根據，實在不得而知，當中情節之鋪排，或出於文人據後來認知而杜撰亦大有可能，畢竟是民國時期的作者鋪寫嘉慶年間的事情。

十九世紀後期的例子比之前更多，若干賀作亦有助保留不少線索。例如撰有《不知醫必要》的梁廉夫（子材，1811-1894）重逢花燭，兒輩徵詩奉賀，而大學士寶鋆（1807-1891）所贈兩律，已收入其文集保存。[23] 李岱陽（廣文，1846-1927）年七十三時重諧花燭，兼為曾孫娶婦，雙喜臨門之美事，亦藉着胡銜照（1843-？）及林昌彝（1803-1876）等之道賀詩詞而獲知於後人。[24] 事實上，學人詩文集中的不少賀作的確保留了上層社會個別重諧花燭的例子。如俞樾（1821-1906）為陳辰田撰壽聯亦同時祝賀對方重諧花燭，[25] 而曾紀澤（1839-1890）為外祖父母「風流六十年」贈詩四首，父親曾國藩（1811-1872）有「重諧花燭題頗俗，詩中卻無俗句」的批語，[26] 亦可見祝賀他人重行合巹是常見題材。又如幕府文人潘乃光（1844-1901）及民國官員趙元成均

---

22 費隻園編輯、許月旦評點、李雪村繪圖，《清代三百年艷史》（上海：校經山房成記書局，1929），第 37 回，〈竹竿巷裏花燭重諧，碧浪湖頭桃根雙槳〉，頁 33-41。該回有一半篇幅講述梁山舟花燭重諧的故事。案上世紀八十年代有《清代三百年情史》一書出版，署名張成、李令編著（哈爾濱：北方文藝出版社，1988），書名與《清代三百年艷史》只一字之差，而各章回標題則各增一、二字，內容則完全相同，似係盜作。

23 《不知醫必要》版本眾多，較為近期的有北京中國中醫藥出版社於 2012 年刊行的第二版（原版 1999 年）。另參寶鋆，〈誥封奉政大夫子材先生暨德配林宜人重逢花燭徵詩啟〉，《字林滬報》1887.6.16（光緒十三年閏四月二十五日）及〈梁子材教授年近八旬重逢花燭之辰哲嗣瑞祥徵詩敬賦二律〉，見其《文靖公遺集》（收入《續修四庫全書》第 1536 冊，據遼寧省圖書館藏光緒三十四年〔1908〕羊城刻本影印），〈補遺〉，頁 2ab。

24 胡銜照：〈李岱楊廣文重逢花燭又為其曾孫娶婦戲贈〉，收入錢仲聯（1908-2003）編，《清詩紀事》（南京：江蘇古籍出版社，1989），第 16 冊，〈咸豐朝卷〉，頁 11705-11706；又林昌彝，〈安福李岱楊廣文重逢花燭詞〉及〈再詠重逢花燭詞二首〉（廣文夫婦年均七十三），俱見林氏《衣讔山房詩集》（收入《續修四庫全書》第 1530 冊，據上海圖書館藏同治二年〔1863〕廣州刻本影印），卷八，頁 13ab。

25 俞樾，〈陳辰田明經八十壽聯〉，見其《楹聯錄存》（《春在堂全書》，臺北：中國文獻出版社影印本，1968），卷五，頁 10b-11a（總頁 3825-3826）。

26 曾紀澤，〈上外王父歐陽福田先生外王母邱太宜人四首〉，見其《歸樸齋詩鈔》（收入《續修四庫全書》第 1562 冊，據上海圖書館藏光緒十九年〔1893〕江南製造總局鉛印本影印），〈戊上卷〉，頁 11a-12a（總頁 466-467）。

撰有祝賀或贈和他人的作品，也正好保存了若干重諧花燭故事的片段。[27]

若干重逢花燭的實例，不但有詩有文為證，更有書為證。例如楊白元（？-1878）重諧花燭，既有郭嵩壽（1818-1891）為之作序，[28] 而上引《餘墨偶談》亦述及楊氏「自作重諧花燭詩數絕」。[29] 此外，其子楊恩壽（1835-1891）更在日記內清楚記錄同治七年十一月廿九日（1869 年 1 月 11 日）：

> 是日為吾父母重諧花燭之期，賀客紛集，父親招各老友，親自陪飲。同席賓主凡九人，合計八百卅餘歲，誠盛事哉！[30]

抑有進者，這次盛事還有一部《長沙楊氏重諧花燭唱和詩存》作為見證，可惜目前已很不容易得見。[31] 不過，也頗有一些類似的唱和集流通較廣，令後人對花燭再拜有更多了解。

晚清時期，為重諧花燭誌慶而刊行的集子，可以《重遊泮水重諧花燭唱和詩存》及《南山佳話》為代表。晚清方汝紹（1821-1898）重遊泮水及重諧花燭，親撰七律十二首誌喜，並廣泛徵和。其後，方氏將收到的八百多首和作結集付梓，遂有《重遊泮水重諧花燭唱和詩存》之刊行。書中從多方位呈現樂享齊人之福的男主角所經歷的花甲婚慶，以及被構建的妻賢妾順的畫面，足以令人反思方汝紹的重諧花燭其實是一樁三人婚姻關係中的喜事。[32] 較《重遊泮水重諧花燭唱和詩存》晚出十二年的《南山佳

---

27 潘乃光，〈賀彭太守八十重諧花燭代〉，見潘著，李寅生、楊經華校注，《榕陰草堂詩草校注》（成都：巴蜀書社，2014），卷九，〈昨非草上〉，頁 299-300；趙元成，〈盧儔盧文炳與德配黃夫人重諧花燭賦詩紀事次韻和之〉，見其《遲雲簃詩草》（《趙元成日記（外一種）》；南京：鳳凰出版社，2015），頁 170。

28 郭嵩燾在〈楊紫樓八十壽序〉中提到：「長沙楊紫樓先生 ...... 年七十餘，與其夫人重諧花燭，鄉人嘖嘖誦先生之福，稱其為人。」（《郭嵩燾詩文集》，長沙：岳麓書社，1984，頁 272）。

29 見上引《餘墨偶談（節錄）》，收入《香艷叢書》五集卷四，頁 24a（總頁 301）。

30 楊恩壽，《坦園日記》（上海：上海古籍出版社，1983），卷 6，〈長沙日記〉，頁 300。

31 《長沙楊氏重諧花燭唱和詩存》一書廣告見刊於《新聞報》1915 年 9 月 8 日頭版。其後個多月之中，《重諧花燭詩》（疑為上書之簡稱）的廣告多次出現，包括 9 月 15 日、18 日、20 日、24 日、26 日、28 日、30 日和 10 月 2 日、6 日。又案該詩集為民國初年遊藝書社印本，現已不易見，孔夫子舊書網上曾有一冊拍賣，並稱之為「晚清著名學者戲曲家湖南楊恩壽之父楊白元《重諧花燭詩》一冊全（內有大量名人奉和花燭詩文）」。（http://mbook.kongfz.com/86641/5201713991）。

32 方汝紹，《重遊泮水重諧花燭唱和詩存》（哈佛燕京圖書館藏光緒二十二年〔1896〕鈔本）。案該本又被收入樂怡、劉波輯，《哈佛燕京圖書館藏二齊舊藏珍稀文獻叢刊》（北京：國家圖書館出版社，2019），第 74 冊。案不論哈圖本還是經過整理的國圖本均存在編次謬誤的問題，詳見拙作〈哈佛燕京圖書館藏方汝紹《重遊泮水重諧花燭唱和詩存》編次訂誤〉，《書目季刊》53.4（2020.3）：75-99。又參拙作〈男性視角下的重諧花燭：方汝紹個案研究〉，《馬來西亞漢學刊》3（2019.8）：91-116。

話》，則是紀念鄔啟祚（1830-1911）及其妻周氏（1828-1916）重諧花燭的吟詠結集。《南山佳話》所收道賀篇什包含對兩老生命歷程的解讀和對慶典流程之書寫，此外亦引發讀者對洞房韻事之想像，可以說是滿載豐富信息的文本資料。[33]

踏入民國後，這類書籍稍多。曾任清朝翰林院侍讀及山西學政的錢駿祥（新甫，1848-1930）在上世紀二十年代與夫人慶祝八旬兼花燭重逢，即有壽言集問世。[34] 畫家張庶平（1844-？）在民國十八年十月初十（1929 年 11 月 10 日）慶祝花燭重逢，亦同樣有徵詩錄付梓。集內除兩老合照、徵詩啟、自述七律兩首、梁廣照（1877-1951）序文外，又輯有六十四人致賀詩詞及十對賀聯。[35] 至二十世紀中期，此類紀念集更趨多元化而且圖文並茂。例如為台山商人伍于瀚（1872-？）重諧花燭而刊行的詩文合編，除收錄很多親友及工商機構惠贈之賀辭外，更附有非常仔細的禮物清單。[36] 又例如為祝賀廣東國民大學校長吳鼎新（在民，1876-1964）及夫人八秩暨重逢花燭而出版的專集，亦有大量詩文、對聯、壽軸、書畫、圖片等。[37] 香港名商雷惠波（1876-？）及夫人上世紀五十年代「八秩雙壽，花燭重輝」，四代同堂兒孫等「假大同酒家全樓為二老祝嘏」，[38] 而「一時名公巨卿，騷人雅士，不吝珠玉，篇什紛投」，於是「整編成帙，刻意校讎」[39] 而有專集付梓，內容除致賀詩文、書畫外，亦有洋洋大觀之「各親友致送

33 鄔慶時（1883-1968）輯，《南山佳話》（收入《南村草堂叢書》民國年間刻本，耕雲別墅藏板，據浙江大學 CADAL 數字圖書館）。又參拙文〈晚清婚姻文化中的重諧花燭慶典：鄔啟祚夫婦個案研究〉，《人文中國學報》28（2019.6），頁 225-274。

34 《嘉興錢新甫先生暨德配周夫人八旬雙慶並重諧花燭壽言》（手稿本，見卓克藝術網，www.zhuokearts.com/live/art/28856909.shtml）。另參雅昌拍賣網（http://auction.artron.net/paimai-art406600281）。案近世社會祝壽徵詩成風，促成大量「壽言集」問世。其中亦有並賀壽辰及重諧花燭而出版的詩文錄。詳參拙作（Clara Wing-chung Ho）, "Collections of Birthday Greetings and Bereavement Messages Published in Late Imperial and Republican China," in Shirley Chan, Barbara Hendrischke, and Sue Wiles (eds.), *Willow Catkins: Festschrift for Dr. Lily Xiao Hong Lee on the Occasion of Her 75th Birthday* (Sydney: The Oriental Society of Australia, 2014), pp.77-98.

35 《順德張庶平先生己巳年重逢花燭徵詩文集》（香港：從新印書局，1929，藏於芝加哥大學圖書館）。案陳洵（1871-1942）有〈點絳唇〉詞賀張庶平重逢花燭，見陳洵著，劉斯翰箋注，《海綃詞箋注》（上海：上海古籍出版社，2002），卷 3，頁 354。然而，劉注云「重逢花燭，指再婚」（同上），恐誤。

36 《愚公花燭重逢詩文彙編》（香港：漢明印務公司，1951，藏於香港大學圖書館）。〈禮品饋金類〉見頁 46a-48b。

37 朱子範、湯展雲等編，《吳在民先生暨德配關夫人八秩雙壽重逢花燭壽言集》（香港：廣東國民大學校友、吳校長在民壽言集委員會，1955，藏於香港大學圖書館）。

38 崔龍文等編，《雷惠波先生花燭重逢唱酬集》（香港：時代印務，1957，藏於香港大學圖書館），甄祝三〈序〉，頁 1a。

39 同上，頁 1b。

禮品芳名列」及兩老壽照、全家福等。[40] 此後，類似刊物亦時有出現。[41]

抑有進者，重諧花燭這類喜慶記憶亦有通過其他形式而得以保存。例如以清遺老自居的文人沈曾植（子培，1850-1922）在其生命的最後一年與夫人李逸靜（1849-1926）慶祝結婚五十年而舉行「重諧花燭」，並稱這是「婿女輩起閧，遂多驚動，殊非鄙意」。[42] 據記載，1922 年 8 月 3 日金婚當天「賀者盈門：樓上書堆迭紊亂，幾不能通行」。[43] 沈氏友人、書畫篆刻家吳昌碩（缶盧，1844-1927）等更為此繪有〈海日樓婚禮圖〉，而沈氏亦有撰詩答謝。[44] 案參與繪畫該圖者，除吳昌碩外，尚有汪洛年（1870-1925）、郭似壎（1867-1935）、郭蘭詳、郭蘭芝（1887-1935）等，亦有余肇康（1854-1930）序及鄭孝胥（1860-1938）題字，[45] 可惜該圖似已下落不明。

除了有詩、有文、有書、有圖為證者外，廣為人知的重諧花燭例子，當然還包括在傳媒視野內的名人。例如杭州有名縉紳高雲麟（白叔，1846-1927）及其妻金氏在 1922 年高調舉行的重諧花燭，就得到多份報刊廣泛報道，[46] 而孫中山（1866-1925）更

---

40 同上，〈各親友致送禮品芳名列〉，頁 62a-68b。〈惠波先生暨德配陳太夫人八秩雙壽花燭重逢儷影題辭〉及〈花燭重逢家庭合照〉見卷首。

41 例如自述詩、詞、對聯均多妙語的《李供林先生暨德配徐麗夫人八秩雙壽重逢花燭唱酬集》（1962 年本，藏於香港中文大學圖書館）；作品充滿椰城風情的《黃在中先生、陳可娘女士結婚六十周年鑽禧紀念賀辭集》（新加坡：星印貿易公司，1977 年，藏於新加坡國家圖書館）；以書法墨寶及祝壽畫作為主的《劉少旅伉儷雙壽暨花燭重逢紀慶集》（香港：中國美術總匯、九華堂，1981，藏於香港大學圖書館）；以及收錄兩位當事人藝術作品的《周士心陸馨如金婚紀念畫集》（溫哥華 / 香港自印本，1996，藏於香港中文大學圖書館）。此外，亦時有見於網上拍賣者，不贅舉。

42 沈曾植，〈與吳慶坻書（第七十一函）〉，見許全勝整理，〈海日樓書翰〉（收入上海圖書館歷史文獻研究所編，《歷史文獻》第 5 輯，上海：上海科學技術文獻出版社，2001），頁 24。又案論者多視沈氏為清末民初遺老詩人之魁傑，參看陳建銘，〈詩意地安居——沈曾植的晚年上海生活與滬上遺老詩歌寫作〉，《中國文化研究所學報》72（2021.1）：147-180。

43 鄭孝胥（1860-1938），《鄭孝胥日記》（中國歷史博物館編，勞祖德整理，北京：中華書局，1993），第四冊，〈壬戌日記（1922 年）〉，「六月十一日（8 月 3 日）」，頁 1917。另參許全勝，《沈曾植年譜長編》（北京：中華書局，2007），卷五，〈遺老時期 · 中華民國十一年壬戌（1922）七十三歲〉，頁 514。另參康有為（1858-1927），〈賀沈乙庵尚書五十金婚〉，見上海市文物保管委員會文獻研究部編：《萬木草堂詩集——康有為遺稿》（上海：上海人民出版社，1996），〈補遺〉，頁 432；陳夔龍（1857-1948），〈乙庵同年重諧花燭詩〉，見其《花近樓詩存六編卷一 · 壬戌集》（《陳夔龍全集》本；貴陽：貴州民族出版社，2012），頁 720。

44 沈曾植，〈缶盧繪贈海日樓婚禮圖短章報謝〉，見其《海日樓詩（注）》（收入錢仲聯校注，《沈曾植集校注》，北京：中華書局，2001），卷十二，頁 1476-1477。

45 上引鄭孝胥日記有「為子培題〈海日樓重諧花燭詩〉一首，並以隸書其卷額」語，見〈壬戌日記（1922 年）〉，「六月初十日（8 月 2 日）」，頁 1917。另參錢仲聯案語，同上注，頁 1476。

46 《時報》、《大公報》、《民國日報》等均有記載，詳見註三所引拙文。

親題「白首如新」四字相贈。[47] 這當然和高氏的名流身份以及金氏作為杭州放足會創辦人的知名度有關。[48] 同是杭州名宿的程良駁（紫縉，1857-1938）也藉着為官政績及熱心公益事務而得聲望。雖然他們兩老本來希望低調慶祝花甲婚，但在親友廣發資訊下，他倆的重逢花燭就在多份報章上得到圖文並茂的報道。[49] 香港名流何東（Robert Ho Tung Bosman, 1862-1956）與原配麥秀英（1865-1944）舉行八秩雙壽和花燭重逢的雙重慶祝，也有七十二名社會賢達聯名在不同報章上刊登大幅廣告誌慶，並聲明根據當事人意願，促請有意送禮者將賀禮改作善款以作賑濟，亦有報章刊出兩老合照，並大幅報道典禮盛況。[50]

可以想像，從十八世紀發展到二十世紀，不同地域不同階層的老人婚慶總會有不同向度的變化，從簡從繁也必然因應時勢政局以至個別家庭環境而有所取捨。再者，隨着中外文化相互衝擊，國人對西方慶祝結婚周年的傳統亦已有所認識，因此經常把中國的重逢花燭與西方的鑽婚（或稱金剛石婚、金剛鑽婚、鑽石婚等）相提並論，甚

47 高雲麟挽孫中山聯：「白首尚留千載字，青天忽偃半空旗。」原注：「中山先生夙未謀面，壬戌歲重諧花燭，蒙以『白首如新』四字見贈。茲聞仙游，感慨系之。武林高雲麟。」見劉作忠選編，《挽孫中山先生聯選》（蘭州：蘭州大學出版社，2000），〈七言聯〉，頁 21。

48 又參陳夔龍：〈高白叔內翰重諧花燭詩〉，見上引《花近樓詩存六編卷一 · 壬戌集》，頁 718。高氏早年撰有〈地球說〉，後經修改而在《申報》發表，被認為對近代中國天文地理知識具啟蒙意義。參閱鄔國義，〈《申報》初創:《地球説》的作者究竟是誰？〉，《華東師範大學學報》（哲學社會科學報）2012.1（2012.1）：53-60。有關高雲麟妻子金氏與幾位女性一同組織杭州放足會之情況，參看江東，〈記杭洲〔州〕放足會〉，《浙江潮》（東京）2（光緒二十九年〔1903〕二月），頁 173-174。江文後附金氏兩次演說稿〈奉勸婦女放足説〉（頁 174-176）及〈張公祠第一次放足演説〉（頁 176-178）。另參《浙江潮》第 3 期（同年三月）於卷前所刊〈杭州放足會撮影〉（署杭州調查會會員寄贈）及〈杭州放足會第二次調查信〉（頁 199-200）。

49 程氏生平，見其會試硃卷，收入顧廷龍（1904-1998）編，《清代硃卷集成》（臺北：成文出版社，1992），〈鄉試 · 光緒乙酉〔1885〕科〉（見第 274 冊），頁 245-252。另參其子程學鑾（1879-1960），《程君頁侯行述》（收入《中華歷史人物別傳集》第 74 冊，北京：國家圖書館分館，2003），頁 1-3。程氏之花燭重諧，《新聞報》、《大公報》、《時報》及《南洋高報》等均有報道。詳見註 3 所引拙文。

50 〈為何東爵士八秩雙壽花燭重逢請將賀禮改作善欵啟事〉，《大公報》（香港）1941.11.30，第 1 張第 1 版。又見《工商日報》（香港）1941.12.1，第 1 版。又 "Jubilee Celebration: Congratulations for Sir Robert and Lady Ho Tung Brilliant Function at Hotel," *South China Morning Post* (Hong Kong), 1941.12.03, p.12. 有關何東家族研究，參看鄭宏泰之著作《香港大老 · 何東》（香港：三聯書店香港有限公司，2007）及《何家女子：三代婦女傳奇》（香港：三聯書店（香港）有限公司，2010）。

至強調「此種艷事，又不僅歐美有之」。[51] 然而，在中西文化和習俗交互影響下，國人以西式慶祝銀婚、金婚、鑽婚者亦與日俱增，流風直至目前。因此，隨着時間的推移，重諧花燭也不一定要有一對老人再作新郎新娘打扮以重行合巹的內容，甚至可以昇華至好像著名文人、紅學家俞平伯（1900-1990）那樣，在 1978 年結婚六十周年之際對妻子許寶馴（1896-1982）發表愛的宣言，以一首〈重圓花燭歌〉，表述「嬿婉同心六十年，重圓花燭新家乘」的心跡。[52] 論者認為這首歌「以家為經，以國為緯」，可視之為「代自傳」，也貫串着兩夫婦六十年來的鶼鰈情深。[53] 較諸形式上的再拜花燭，這又是另一種境界了。

四、結語

能夠經歷重諧花燭的高齡夫婦始終是有限的，因此人們總以盛事、佳話、美談的目光來看待。重諧花燭通常是舉家上下參與，並廣邀親友見證和分享喜樂的儀式和聚會。無論是當事人自發為文，還是親友徵詩致意，或者兒輩款客行孝等，總有形形色色的慶賀。以上所舉例子，就是通過多種不同媒介保存起來的記憶。

醫學科技日益進步，人類壽命愈益延長。然而在不婚、遲婚、離婚、再婚等現象極其普遍的社會，能夠經歷六十年的婚姻也許並不容易。或者古人的「重諧花燭」，總有值得後人羨慕的地方吧？即使時至今日，老人婚慶亦時有所聞。當中有補行婚禮

51 案國人對鑽婚之理解，包括結婚六十周年和七十五周年兩種說法。上引《樵山雜著》說：「西俗有所謂銀婚、金婚、鑽石婚者。結褵後二十五年為銀婚，又二十五年為金婚，又二十五年為鑽石婚。銀婚最平常，金婚漸稀有，鑽石婚殆絕無矣。鑽石婚較之我國重逢花燭，尚多十五年。而西俗結婚頗晚，離婚又多，周七十五年，夫婦同居建在，豈非難得？難得故可貴，所以比之鑽石也。」（卷四，頁 129）。汪慟塵（1892-1941）則指出：「吾國數千年來，于昏因一道，本不十分研究，結褵後亦無如何典禮，以慶倡隨，顢頇如斯，誠可概也。惟西俗則不然，蓋夫婦間，每值若干年，必邀集親朋，設筵享客，並佐以跳舞音樂，及種種遊戲，點綴其盛，此所謂紀念禮也。按己度五年者曰木婚，十年曰錫婚，十五年曰水晶婚，二十年曰磁婚，二十五年曰銀婚，五十年曰金婚；六十年曰金剛石婚，由來已久，不知濫觴何時，當亦伉儷間之佳話也。猶憶吾國某封翁，於兒輩合巹時，一對白頭，重拜花燭。是此種艷事，又不僅歐美有之。」見氏撰，趙燦鵬、劉佳校注，《苦榴花館雜記》（北京：中華書局，2013），附錄一，〈輯補條目〉157，〈失題〉，頁 254。

52 俞平伯，〈重圓花燭歌〉，《新文學史料》1990.4（1990.11）：7-8。據許寶騤〈俞平伯先生《重圓花燭歌》跋〉云，俞氏撰成此歌後，弟子周穎南曾廣徵題詠，製成長卷，為一時佳話。其後俞氏九秩正慶，周穎南遂「將前卷詩歌裝冊而行以當壽禮」（同上，頁 9-14）。目前可見的《重諧花燭歌》長卷由新加坡文化學術協會在 1989 年出版。

53 周穎南，〈俞平伯的《古槐書屋詞》與《重圓花燭歌》〉，《新文學史料》1990.4（1990.11）：35-40。

的，也有慶祝金婚和鑽婚，甚至得到官方表揚的。[54] 媒體上圖文並茂的報道，除卻傳遞某種敬老心思外，恐怕亦緣於對老人家幾十年來相濡以沫、執手偕老的欽佩和感動吧。

54 例子甚多，姑舉數則如下：〈縣府隆重表揚模範老人與金鑽婚夫妻〉，《金門日報》，2015 年 10 月 19 日，見「金門縣議會」網頁（http://www.kmcc.gov.tw/8844/8847/8850/30759/）；偉杰：〈99 對老人舉行集體金婚婚禮，提前度過浪漫重陽節〉（2016 年 10 月 9 日上載），見「老男人」網頁（http://www.laonanren.com/news/2016-10/131071.htm）；宋芳科：〈蘭州 8 對「金婚」老人舉辦婚禮重溫浪漫回憶〉，見「中國甘肅網」（http://www.gscn.com.cn/economic/system/2018/10/17/012035587.shtml）；臺中市北屯區公所社會課：〈臺中市北屯區 108 年金婚、鑽石婚暨白金婚紀念表揚活動〉（2020 年 2 月 11 日更新），見「臺中市北屯區公所」網頁（http://www.beitun.taichung.gov.tw/2004371/post）。

參考資料

方汝紹，《重遊泮水重諧花燭唱和詩存》（哈佛燕京圖書館藏光緒二十二年鈔本），收入樂怡、劉波輯，《哈佛燕京圖書館藏二齊舊藏珍稀文獻叢刊》第 74 冊，北京：國家圖書館出版社，2019。

史夢蘭，《止園筆談》，收入《續修四庫全書》第 1141 冊，據遼寧省圖書館藏光緒四年刻本影印。

史澄等，《光緒廣州府志》（光緒五年刊本）。

田明曜修，陳澧纂，《（光緒）香山縣志》，收入《續修四庫全書》第 713 冊，上海：上海古籍出版社，1995，據光緒刻本影印。

光大堂理事會編修、鄔詠雄總編輯，《鄔氏光大堂族譜（2011 年辛卯版）》，廣州：光大堂理事會，2011。

朱子範、湯展雲等編，《吳在民先生暨德配關夫人八秩雙壽重逢花燭壽言集》，香港：廣東國民大學校友、吳校長在民壽言集委員會，1955，藏於香港大學圖書館。

朱彭壽，《安樂康平室隨筆》，與《舊典備徵》合刊，北京：中華書局，1982。

《李供林先生暨德配徐麗夫人八秩雙壽重逢花燭唱酬集》，1962 年本，藏於香港中文大學圖書館。

江東，〈記杭洲〔州〕放足會〉，《浙江潮》（東京）2（光緒二十九〔1903〕年二月）：173-178。

李開先，《寶劍記》，收入陳公水主編：《齊魯古典戲曲全集》第 3 冊，北京：中華書局，2011。

李福泰修，史澄、何若瑤纂，《同治番禺縣志》，收入《中國地方志集成》，上海：上海書店，2003。

汪慟塵撰，趙燦鵬、劉佳校注，《苦榴花館雜記》，北京：中華書局，2013。

沈曾植，《海日樓詩（注）》，收入錢仲聯校注，《沈曾植集校注》，北京：中華書局，2001。

沈曾植著，許全勝整理，〈海日樓書翰〉，收入上海圖書館歷史文獻研究所編，《歷史文獻》第 5 輯，上海：上海科學技術文獻出版社，2001。

《周士心陸馨如金婚紀念畫集》，溫哥華 / 香港自印本，1996，藏於香港中文大學圖書館。

林昌彝，《衣讔山房詩集》，收入《續修四庫全書》第 1530 冊，據上海圖書館藏同治二年廣州刻本影印。

金甡，《靜廉齋詩集》，收入《續修四庫全書》第 1440 冊，上海：上海古籍出版社，2002，據華東師範大學圖書館藏嘉慶二十五年姚祖恩刻本影印。

俞樾，《楹聯錄存》，《春在堂全書》，臺北：中國文獻出版社影印本，1968。

孫檉，《餘墨偶談（節錄）》，收入《香艷叢書》，上海：上海書店，1991，據 1911 年上海中國圖書公司本影印。

徐珂，《清稗類鈔》，北京：中華書局，1984。

崔龍文等編，《雷惠波先生花燭重逢唱酬集》，香港：時代印務，1957，藏於香港大學圖書館。

梁章鉅，《楹聯叢話》，收入《續修四庫全書》第 1254 冊，據天津圖書館藏道光二十年桂林署齋刻本影印。

梁紹壬，《兩般秋雨盦隨筆》，上海：上海古籍出版社，1982。

梁廉夫，《不知醫必要》，北京：中國中醫藥出版社，2012 年二版。

許全勝，《沈曾植年譜長編》，北京：中華書局，2007。

郭嵩燾，《郭嵩燾詩文集》，長沙：岳麓書社，1984。

陳洵著，劉斯翰箋注，《海綃詞箋注》，上海：上海古籍出版社，2002。

陳夔龍著，李立樸、徐君輝、李然編校，《陳夔龍全集》，貴陽：貴州民族出版社，2012。

康有為著，上海市文物保管委員會文獻研究部編，《萬木草堂詩集——康有為遺稿》，上海：上海人民出版社，1996。

勞潼編，《馮潛齋先生年譜》，收入《乾嘉名儒年譜》，北京：北京圖書館出版社，2006。

曾紀澤，《歸樸齋詩鈔》，收入《續修四庫全書》第 1562 冊，據上海圖書館藏光緒十九年江南製造總局鉛印本影印。

《朝鮮王朝實錄》，漢城：國史編纂委員會，1968。

番禺市地方誌編纂委員會辦公室整理，《民國辛未年番禺縣續志》，番禺：廣東人民出版社，2000。

程學鑾，《程君質侯行述》，收入《中華歷史人物別傳集》第 74 冊，北京：國家圖書館分館，2003。

葉大兵，《溫州竹枝詞》，北京：文化藝術出版社，2008。
費隻園編輯、許月旦評點、李雪村繪圖，《清代三百年艷史》，上海：校經山房成記書局，1929。
《順德張庶平先生己巳年重逢花燭徵詩文集》，香港：從新印書局，1929，藏於芝加哥大學圖書館。
《黃在中先生、陳可娘女士結婚六十周年鑽禧紀念賀辭集》，新加坡：星印貿易公司，1977 年，藏於新加坡國家圖書館。
《愚公花燭重逢詩文彙編》，香港：漢明印務公司，1951，藏於香港大學圖書館。
楊恩壽，《坦園日記》，上海：上海古籍出版社，1983。
趙元成，《遲雲簃詩草》，收入《趙元成日記（外一種）》，南京：鳳凰出版社，2015。
鄔慶時輯，《南山佳話》，收入《南村草堂叢書》民國年間刻本，耕雲別墅藏板，據浙江大學 CADAL 數字圖書館。
趙爾巽，《清史稿》，北京：中華書局，1977。
劉乃濼等編，《劉少旅伉儷雙壽暨花燭重逢紀慶集》，香港：中國美術總匯、九華堂，1981，藏於香港大學圖書館。
劉作忠選編，《挽孫中山先生聯選》，蘭州：蘭州大學出版社，2000。
錢仲聯編，《清詩紀事》，南京：江蘇古籍出版社，1989。
潘乃光著，李寅生、楊經華校注，《榕陰草堂詩草校注》，成都：巴蜀書社，2014。
潘敬，《樵山雜著》，1931 自印本。
潘綸恩，《道聽途説》，合肥：黃山書社，1996。
鄭孝胥，《鄭孝胥日記》，中國歷史博物館編，勞祖德整理，北京：中華書局，1993。
寶鋆，《文靖公遺集》，收入《續修四庫全書》第 1536 冊，據遼寧省圖書館藏光緒三十四年羊城刻本影印。
顧廷龍編，《清代硃卷集成》，臺北：成文出版社，1992。

《大公報》（香港）
1941.11.30〈為何東爵士八秩雙壽花燭重逢請將賀禮改作善欵啟事〉，第 1 張第 1 版。
《工商日報》（香港）
1941.12.1〈為何東爵士八秩雙壽花燭重逢請將賀禮改作善欵啟事〉，第 1 版。
文竹

2000〈對聯之最〉，《中州古今》2000.6（2000.12）：31。

何鳴雁

1994《回婚禮》，瀋陽：遼寧民族出版社。

周穎南

1990〈俞平伯的《古槐書屋詞》與《重圓花燭歌》〉，《新文學史料》1990.4（1990.11）：35-40。

俞平伯

1990〈重圓花燭歌〉，《新文學史料》1990.4（1990.11）：7-8。

孫碧穗

2018〈清代科舉禮儀制度概述——以重遊泮水、重宴鹿鳴、重與恩榮為例〉，《雲漢學刊》35（2018.4）：34-73。

徐彬彬

2016《「重諧花燭」與「重宴鹿鳴」之難易，張伯苓結婚紀念演詞有裨世道》，《晚清民國史事與人物——淩霄漢閣筆記》，臺北：獨立作家，頁139。

張咸、李令

1988《清代三百年情史》，哈爾濱：北方文藝出版社。

陳建銘

2021〈詩意地安居——沈曾植的晚年上海生活與滬上遺老詩歌寫作〉，《中國文化研究所學報》72（2021.1）：147-180。

富燕羽、張敏傑

2003〈朝鮮族回甲節、回婚禮俗研究〉，《黑龍江民族叢刊》2003.4（2003.8）：97-101。

鄔國義

2012〈《申報》初創：《地球說》的作者究竟是誰？〉，《華東師範大學學報》（哲學社會科學報）2012.1（2012.1）：53-60。

趙永祥

2012〈清代「重赴鹿鳴宴」制度〉，《歷史檔案》2012.2（2012.5）：65-69。

劉志文

1993《廣東民俗大觀》，廣州：廣東旅遊出版社。

2000《廣州民俗》，廣州：廣東省地圖出版社。

劉詠聰

2019〈晚清婚姻文化中的重諧花燭慶典：鄔啟祚夫婦個案研究〉，《人文中國學報》

28（2019.6）：225-274。

2019〈男性視角下的重諧花燭：方汝紹個案研究〉，《馬來西亞漢學刊》3（2019.8）：91-116。

2020〈哈佛燕京圖書館藏方汝紹《重遊泮水重諧花燭唱和詩存》編次訂誤〉，《書目季刊》53.4（2020.3）：75-99。

2021〈重諧花燭：二十世紀前半期報刊有關老人婚慶之記載〉，《婦女與性別史研究》6（出版中）。

劉燕萍、鄭滋斌

2014《語文縱橫——文．思．意》，香港：中華書局。

劉濤

2010〈清代生員「入泮」概述〉，《四川文理學院學報》20.3（2010.5）：59-62。

鄭宏泰

2007《香港大老．何東》，香港：三聯書店香港有限公司。

2010《何家女子：三代婦女傳奇》，香港：三聯書店香港有限公司。

HO, Clara Wing-chung（劉詠聰）

2014 "Collections of Birthday Greetings and Bereavement Messages Published in Late Imperial and Republican China." In Shirley Chan, Barbara Hendrischke, and Sue Wiles (eds.), *Willow Catkins: Festschrift for Dr. Lily Xiao Hong Lee on the Occasion of Her 75th Birthday*, Sydney: The Oriental Society of Australia, pp.77-98.

South China Morning Post (Hong Kong)

1941.12.03 "Jubilee Celebration: Congratulations for Sir Robert and Lady Ho Tung Brilliant Function at Hotel," *South China Morning Post* (Hong Kong), p.12.

中國甘肅網

http://www.gscn.com.cn/economic/system/2018/10/17/012035587.shtml。

孔夫子舊書網

http://mbook.kongfz.com/86641/5201713991。

「老男人」網頁

http://www.laonanren.com/news/2016-10/131071.htm。

卓克藝術網

www.zhuokearts.com/live/art/28856909.shtml。

「金門縣議會」網頁

http://www.kmcc.gov.tw/8844/8847/8850/30759/。

香港電台「大學堂」網站

http://podcast.rthk.hk/podcast/item.php?pid=1069&eid=132391&lang=zh-CN。

http://podcast.rthk.hk/podcast/item.php?pid=1069&eid=132980&lang=zh-CN。

雅昌拍賣網

http://auction.artron.net/paimai-art406600281。

「臺中市北屯區公所」網頁

http://www.beitun.taichung.gov.tw/2004371/post。

Lighting the Wedding Candles Again: Records of *Chongxie huazhu* in the Qing Dynasty and the First Half of the Twentieth Century

Clara Wing-chung Ho
Department of History,
Hong Kong Baptist University

ABSTRACT

The Chinese term *chongxie huazhu* means to light the wedding candles again, referring to a second wedding of the same couple to celebrate their sixtieth anniversary. As human lifespan was much shorter in previous centuries, people generally viewed that it was a true blessing if a pair of husband and wife lived long enough to celebrate their sixty years of marriage. As such, cases of *chongxie huazhu* were very limited and extremely justified for celebration.

This article reports individual *chongxie huazhu* cases found in a variety of historical sources that include poetry, prose, calligraphy, painting, and commemorative collections. It intends to enrich our understanding of wedding anniversary celebrations for the elderly in traditional Chinese society, a topic that was under-discussed in previous scholarship.

Keywords Lighting the Wedding Candles Again, Elderly Couples, Diamond Wedding, Sixtieth Wedding Anniversary

清代科舉與清代樸學
——光緒六年庚辰（1880）會試王懿榮第三場策問試第一題的例子

香港中文大學歷史系
卜永堅

摘要

光緒六年庚辰（1880）會試王懿榮第三場策問試第一題，是音韻學的題目，內容涉及五經內的文字假借現象。本文仔細分析此第一題內十一分題之內容及王懿榮之答案，指出無論試題之設計，還是王懿榮之答案，均反映出錢大昕《十駕齋養新錄》、《十駕齋養新餘錄》關於上古音韻觀點之深刻影響，由此可見清朝科舉與樸學之密切關係。

關鍵詞　　王懿榮　錢大昕　科舉　策問　樸學

有千年歷史之中國科舉制度，長期為中外史家所關心。何炳棣 1962 年之專著，奠定了以「社會流動」為問題意識之研究範式。[1] 不過，除「社會流動」外，科舉制度尚有許多值得開拓和深入研究者，例如科舉制度內部各環節之發展嬗變，對此，郭培貴對明代科舉制度之研究、李世愉對清朝科舉制度之研究，堪稱典範，他們不僅留意明清朝廷就科舉制度頒佈之章程，而且仔細考察科舉制度各關節之實際執行及變化過

1 Ho Ping-ti（何炳棣）, *The Ladder of Success in Imperial China: Aspects of Social Mobility, 1368-1911* (New York: John Wiley & Sons, 1964).

程，突破了以商衍鎏為收官之作的掌故式研究範式。[2] 伍躍近年研究清朝捐納制度之論著，項莊舞劍，意在為「社會流動」這個問題意識另闢蹊徑。[3] 最近，耿勇對於明代策問試之研究，徐世博對於清代學政設計考試題目之研究，可說是分別在郭培貴、李世愉研究基礎上之學術創新嘗試。[4] 本文也致力於科舉制度內部環節之研究，具體而言是以光緒六年庚辰（1880）會試王懿榮第三場策問卷第一題為案例，指出錢大昕在音韻學方面的研究成果，尤其是關於上古音之研究成果，深刻模塑了考官設計試題和考生回答試題的思維過程。本文分為三節，第一節簡介王懿榮生平，第二節簡介清代科舉制度之策問試環節，第三節分析光緒六年庚辰（1880）會試第三場五策問題內第一題之內容及王懿榮之答案，然後比較錢大昕之相關論點，印證全文宗旨。

一、王懿榮生平

王懿榮，字正孺，一字蓮生、廉生，族譜之派名「貽渠」，山東登州府福山縣人，生道光二十五年乙巳六月八日（1845 年 7 月 12 日）。祖父王兆琛，道光末年於山西巡撫任內被揭發受賄而遭革職、遣戍新疆。[5] 可能因此之故，王懿榮的科舉歷程甚為艱辛，他起始學位為副榜貢生，四屆順天鄉試均落第。至光緒五年（1879）始於順天鄉試中舉，翌年光緒六年庚辰（1880）會試中式。[6] 從首次參加鄉試到成為二甲進士，耗時凡十八年。

王懿榮釋褐後，入翰林院，授職編修，官至國子監祭酒。光緒廿六年（1900），

---

2 郭培貴，《明代學校科舉與任官制度研究》（北京：中國大百科全書出版社，2014）；李世愉，《清代科舉制度考辯》（瀋陽：瀋陽出版社，2005），《清代科舉制度考辯（續）》（北京：萬卷出版公司，2012）；商衍鎏著，商志𩡝校注：《清代科舉考試述錄及有關著作》（天津：百花文藝，2014）。

3 伍躍，《中國的捐納制度與社會》（南京：江蘇人民出版社，2013）。

4 耿勇，〈止閱初場？——明代科舉考試後場論、策地位考辨〉，《史林》，2019 年第 3 期，頁 67-76；Geng Yong, "Between 'Policy Questions' and 'Policy Response Essays': the Civil Service Examination and production of historical knowledge in Ming China (1368-1644)" (PhD thesis, Department of Chinese Studies, National University of Singapore, 2019). 徐世博，〈清末江蘇學政的考試與選拔：以經古考試和南菁書院為中心〉，《中國文化研究所學報》，總第 66 期（2018 年 1 月），頁 179-202。

5 見王懿榮會試硃卷之履歷部分，載顧廷龍主編，《清代硃卷集成》（臺北：成文出版社，1992），第 49 冊，頁 3、15、18。王兆琛被革職一事，見趙爾巽等編，《清史稿》（北京：中華書局，1977 據關外二次本排印），卷 19〈宣宗本紀三〉，頁 706。

6 《清代硃卷集成》，第 49 冊，頁 3-32。又參見王崇煥編，《清王文敏公懿榮年譜》（臺北：商務印書館，1986），頁 5-7。

清廷縱容義和團虐殺外國傳教士和中國基督徒，釀成八國聯軍入京之國難。王懿榮反對利用拳民作為排外工具，但被委任為團練大臣後，仍義無反顧盡忠職守，防禦東便門，聯軍攻破東便門後，王懿榮返回住宅，仰藥投井而死，享年五十六，時為光緒廿六年庚子七月廿一日（1900 年 8 月 15 日）。事後，清廷追贈侍郎，謚文敏，且得附祀於國子監內之韓愈祠。[7]

王懿榮成長於清代樸學之氛圍中，好尚金石、文字、聲韻之學，[8] 與當時著名藏家兼學者潘祖蔭、吳大澄等往來。王的金石學著述甚豐，有《漢石存目》、《古泉精選》、《天壤閣雜記》、《翠墨園語》等。但王懿榮最為人稱道者，厥為光緒廿五年（1899）秋發現甲骨文一事，惜王殉國於翌年秋，其甲骨轉入劉鶚之手，劉於光緒廿九年（1903）刊行《鐵雲藏龜》，是為甲骨文最早之研究。[9]

二、清代科舉制度之策問試環節

清朝從順治二年（1645）頒佈《科場條例》以來，科舉考試制度反覆多變，至乾隆四十七年（1782），大致固定下來：鄉、會試頭場考四書義，考生須寫《四書》文即制藝（八股文）三篇、五言八韻詩一首；二場考五經義，考生須寫《五經》義五篇，每經一篇；三場即策問試，出經、史、時務題五道，涵蓋經學、史學、時務三方面，但時務並不直接等同當代政務，而是以前朝史事間接指涉時事。[10] 由於策問試內容之範圍廣大，在文字形式之要求寬鬆，從考試角度而言，反而難於制藝和應制詩，章學誠說：策問「全取實學，斷非誦習成文，強記條目，可以假借為之。」張之洞也說：「對策除平日多讀書外，別無捷徑也。」於是，章、張二氏開給考生的秘方，也不約而同

7 《清史稿》，卷 468〈王懿榮傳〉，頁 12778-12779；《清王文敏公懿榮年譜》，頁 48-49。

8 《清王文敏公懿榮年譜》，頁 45，光緒廿三年丁酉（1897）條。

9 《清王文敏公懿榮年譜》，頁 46；王懿榮著，呂偉達主編，《王懿榮集》（濟南：齊魯書社，1999），頁 8-9。

10 《清史稿》，卷 108〈選舉志三〉，頁 3147-3152；《清代科舉考試述錄及有關著作》，頁 73-79。策問試淵源比八股文更古老，西漢文帝前元十五年（-165），以詔策問賢良，鼂錯在百餘人中脫穎而出，獲擢陞為中大夫。他的對策試卷，先引述文帝詔策原文字句，後鋪陳自己答案，這種策問和對策形式，延續至清末。見班固，《漢書》，（北京：中華書局，1962 排印），卷 49〈爰盎鼂錯傳〉，頁 2290-2299

是購買和閱讀文史專集和叢書。[11] 也由此可見，科舉掌故中頗為人所津津樂道的挾帶，主要是應付策問試而產生的弊端。1826 年，傳教士馬禮遜把一台石印機運抵澳門，很快引發中國印刷業的石印技術革命，再加上科舉制度嚴禁挾帶的條文日漸廢弛，石印舉業用書作為合法參考書和非法的挾帶入場作弊之書，大行其道，[12] 例如王先謙任職江蘇學政期間於南菁書院刊行《皇清經解續編》，上海蜚英館光緒十五年（1889）出版此書之石印縮本，即於八則例言最後最顯眼位置欲蓋彌彰地說：「茲以石印縮成三十二冊，取其舟車便於攜覽，切勿誤帶入場。」[13] 考生當然是心領神會的。

三、光緒六年庚辰會試第三場策問試第一題及王懿榮答案之分析

《清史稿》認為：「考官士子重首場 ，輕三場，相沿積習難移。」[14] 這幾乎是科舉掌故中不刊之論，但不宜輕信。耿勇以明代為例，指出無論在考試章程上還是在實際批改試卷過程中，二場論、三場策的試卷仍為考官所重。[15] 徐世博也指出，有抱負和識見的學政官，會在鄉試前的三年兩考即歲試、科試中，利用經古考試，開創時文以外的終南捷徑，為鄉試輸送他們心目中的實學之士。[16] 如果二場五經義、三場策問在清代科舉制度中不算是主角，至少也是不可或缺的配角。而且，清代樸學大盛，對於

---

11 章學誠，〈清漳書院留別條訓〉第卅三條，載氏著，《章學誠遺書》（北京：文物出版社，1985 影印 1922 年吳興嘉業堂劉承幹刻本並補充佚文十八篇），〈佚篇〉，頁 678-679；張之洞，《輶軒語》（光緒元年〔1875〕初刻），載氏著，陳居淵編，朱維錚校，《書目答問二種》（中國近代學術名著叢書，香港：三聯書店，1998），頁 323。章學誠的書單是：經部：《十三經》、《大戴禮記》、《國語》；史部：《史記》、《漢書》、《資治通鑒》；子部：《老》、《莊》、《管》、《韓》、《呂覽》、《淮南》；集部：唐宋八大家、李杜二家全集、《文選》、《唐文粹》、《宋文鑒》、《元文類》；以上「皆不可缺」。而宋王應麟《玉海》、元馬端臨《文獻通考》、明唐順之《稗編》，也是「策部之資糧也」。見《章學誠遺書》，頁 9。相對而言，張之洞很能照顧考生的心理，只開列《十三經策案》、《廿二史策案》、王應麟《困學紀聞》翁元圻注本、顧炎武《日知錄》黃汝成箋釋本四種而已。見《書目答問二種》，頁 323。

12 蘇精，《鑄以代刻：傳教士與中文印刷變局》（臺北：臺大出版中心，2014），頁 3、22；沈俊平，〈晚清石印舉業用書的生產與流通：以 1880-1905 年的上海民營石印書局為中心的考察〉，《中國文化研究所學報》，第 57 期（2013 年 7 月），頁 245-275；徐世博，〈清末科舉停罷前的上海「書局」考論〉，《文史》，2019 年第 2 期，頁 223-256。

13 〈蜚英館主人《皇清經解續編》石印縮本例言〉，載阮元、王先謙編，《清經解 清經解續編》（南京：鳳凰出版社，2005，據上海書局光緒十三年〔1887〕《皇清經解》石印本、蜚英館光緒十五年〔1889〕《皇清經解續編》石印縮本影印），第 9 冊，頁 4。

14 《清史稿》，卷 108〈選舉志三〉，頁 3152。

15 耿勇，〈止閱初場？〉，頁 67-76。

16 徐世博，〈清末江蘇學政的考試與選拔〉，頁 179-202。

上古文獻之真偽、內容、文字聲韻等問題，上古歷史制度等各方面，均作出重大而創新之詮釋，堪稱中國學術史之黃金時期。無論考生是誠心學習樸學著作還是依賴割裂原文的舉業用書，都同樣為當時樸學的研究成果與學術氛圍所「洗腦」，有諸內，安得不形諸外？光緒六年庚辰（1880）會試王懿榮在第三場策問試五題的第一題答卷，就是很好的例子。

光緒六年庚辰（1880）會試的策問題五題，第一題考經學，問的是上古文字的「假借」現象，下分十一題；第二題考史學，問的是《史記》的體例和內容，下分六題；之後三題考時務，分別問漢唐宋元明之兵制（下分六題）、水利（下分五題）、及漢代以降中國與北邊遊牧民族之關係（下分四題），五題合共 1,445 字，佔去刻板四頁。[17]

第一題考的是儒家五經內內個別文字和詞彙的音、義嬗變假借過程。所謂「假借」，是東漢許慎《說文解字》提出的漢字六種構造辦法即「六書」(象形、指事、會意、形聲、轉注、假借）之一。此題下分十一題：第一分題問《易經》「包」、「彪」、「苞」、「胞」、「庖」；第二分題問《易經》「簪」、「撍」、「臧」、「宗」、「戠」；第三分題問《易經》「箕子」、「荄滋」；第四分題問《尚書》「南訛」；第五分題問《尚書》「嵎夷」與「禺銕」、「昧谷」與「桺穀」；第六分題問《尚書．益稷》「在治忽」；第七分題問《詩經》「有紀有堂」與「有杞有棠」、「興雨」與「興雲」；第八分題問《中庸》「嘏假」、「奏假」、「嘏嘏」；第九分題羅列《春秋三傳》地名人名的假借例子八詞四對，要求考生考證之；第十分題問《周禮》「贄」與「摯」、《儀禮》「扑」與「朴」；第十一分題問《禮記》「檜巢」、「榛巢」、「曾巢」。王懿榮的答案半頁 9 行，行 23 字，合共 2,168 字，佔去刻板五頁半。

第一題的結尾部分，為考生提供了明確的答案框架：「聖朝經學昌明，邁越前古，多士研窮有素，盍以心得者著於篇？」也就是說，這道題目要求考生引述「聖朝」即清朝而非前朝的文字學、聲韻學研究成果。須知文字學、聲韻學可謂清朝「樸學之花」，戴震、錢大昕、段玉裁、王先謙等名家輩出，研究成果豐碩。這十一分題問及儒家五經即《易經》、《尚書》、《詩經》、《春秋》、《儀禮》的文字假借現象，可謂大中至正，為考生大開方便之門，不算刁鑽離奇。篇幅所限，無法抄錄第一題及王懿榮

17 《清代硃卷集成》的王懿榮硃卷只羅列其答案而並無收錄題目，見第 49 冊，頁 69-115，這在當時硃卷中相當普遍，因為策問題目字數甚長，刻書者為節省成本起見，往往省略之。呂偉達主編之《王懿榮集》，也只收錄王之答案而不載題目，頗為可惜，見《王懿榮集》，頁 339-361。幸好《清代硃卷集成》內有王懿榮同年于式枚的硃卷，其中包含策問題目，半頁 9 行，行 22 字，見第 46 冊于式枚硃卷，頁 79-86。

答案全文，只舉四例，證明考官設計此題，以及王懿榮回答此題，都反映出錢大昕聲韻學觀點的巨大影響。

第一例：第二分題：「『朋盍簪』，『簪』字何解，有作『撍』、『臧』、『宗』、『戠』者，其義同歟、異歟？其以為『冠簪』者，始於何人？」這是問《周易．豫卦》的「朋盍簪」一詞。茲將王懿榮答案與錢大昕《十駕齋養新錄》相關部分並列如下：

王懿榮第二分題答案	錢大昕《十駕齋養新餘錄》原文
〈豫〉「朋盍簪」，「簪」，《京房》本作「撍」，馬融本作「臧」，荀爽本作「宗」，虞翻本作「戠」，《釋文》古文作「貸」，「貸」亦作「資」，至侯果始訓為「冠簪」之「簪」。宋儒晁氏以古禮冠未有簪名，《韓非子》「周人亡王簪」，始以為首（首）笄之偁。本文子夏傳、王弼注，俱訓「疾」，鄭訓「速」，蜀才本從《京》誼、從鄭，虞訓「戠」為「聚會」，音「埴」，「戠」與上文「得」均協，因訓定誼，此明非「簪」字。「簪」、「撍」借字；「臧」、「簪」雙聲字；「宗」、「簪」音轉，古「風」、「心」為均，「沖」、「陰」為均；「臧」、「戠」、「貸」、「資」俱形近。	〈「簪」當作「戠」〉 「朋盍簪」，古文「簪」作「貸」，《京》作「撍」，馬作「臧」，荀作「宗」，虞作「戠」：「戠，叢合也。」予謂三代以前無「簪」、「笄」字，當以「戠」為正，與上「大有得」句協韻。「撍」、「臧」、「宗」、「簪」皆聲之轉，唯古文「貸」無義，當是轉寫誤耳。「戠」與「埴」同，《禹貢》「厥土赤埴墳」，《孔傳》：「土黏曰埴」，鄭康成本作「戠」，徐、鄭、王皆讀曰「熾」，《攷工記》「摶埴之工」，鄭亦訓「埴」為「黏土」。是「戠」、「埴」同物，皆取「黏」義，「黏」與「合」義相成也。[18]

錢大昕「古文『簪』作『貸』」至「予謂」前的21字，是引述陸德明《經典釋文》就《周易．豫卦》的「簪」字而引述前人的解釋，[19] 只多出一「簪」字而已。錢氏然後以「予謂」開始交代自己看法：「朋盍簪」的「簪」字，應以「戠」為正字。王懿榮答案開頭部分也照樣引述陸德明《經典釋文》所引述的前人解釋，結論是「至侯果始訓為『冠簪』之『簪』」，算是答完了問題。然後繼續發揮。錢大昕同意虞翻意見，謂「簪」發音為「戠」，就和《周易．豫卦》上文「大有得」的「得」字押入聲韻。王懿榮也發揮這一點，說虞翻指出「得」、「戠」押韻，可見當時「戠」肯定不是「冠簪」之「簪」。錢大昕說「撍」、「臧」、「宗」、「簪」四字都是「聲之轉」，王懿榮則進一步發揮說「臧」與「簪」為雙聲字，「宗」與「簪」是音轉。王懿榮還補充了晁氏的看法，總字數多於錢大昕。但從兩者的內容排列來看，王懿榮應該是受到《十駕

---

18 錢大昕，《十駕齋養新餘錄》，載氏著：《十駕齋養新錄》（上海：商務印書館，1957重印），頁483。

19 陸德明著，黃坤堯、鄧仕樑校訂索引，《經典釋文》（臺北：學海出版社，1988），頁22。

齋養新餘錄》的影響。而且考官根據《十駕齋養新餘錄》卷上第一條來出此題目，則更加顯而易見。

第二例：第四分題：「《書》『南訛』，《史記》作『南為』，《漢書》作『南僞』，義與《孔傳》孰長？」這是問《尚書．堯典》「平秩南訛」一句的「南訛」的嬗變過程。茲將王懿榮答案與錢大昕《十駕齋養新錄》相關部分並列如下：

王懿榮第四分題答案	錢大昕《十駕齋養新錄》原文
《虞書．堯典》「平秩南訛」，《史記索隱》本作「南為」，小司馬云：「『為』，依字讀，訓『營為』」。《漢書．王莽傳》作「南僞」，當出古文。「為」，「僞」省字。今本《孔傳》，從「訛」訓「化」，宋儒謂其解釋紆回。《孔傳》僞書，本無足取。《周禮．馮相氏》注引作「南譌」。「訛」，「譌」俗字。《說文》：「吪，動也。」抑或「吪」之誤字，「訛」、「吪」形近。	〈南訛〉 《說文》無「訛」字。《堯典》「平秩南訛」，《漢書．王莽傳》作「南僞」；《史記索隱》本作「為」；小司馬云：「『為』，依字讀，春言東作，夏言南為，皆是耕作營為勸農之事。孔安國強讀為『訛』字，雖則訓化，解釋亦甚紆回也。」今本《史記》皆作「譌」，蓋後人附會《孔傳》，輒加「言」旁，非史公之意。古書「僞」與「為」通。《荀子．性惡篇》云：「人性惡，其善者僞也。」又云：「不可學不可事而在天者謂之性，可學而能、可事而成之在人者謂之僞。」是「僞」即「為」字。《史》、《漢》文異而意不異也。古音「為」如「僞」，故僞《孔傳》轉作「訛」而有「訛化」之訓。【《周禮．馮相氏》注：「仲夏辨秩南譌」，段懋堂云：葉林宗影宋鈔本《釋文》，亦作『南僞』。」】[20]

這第四分題本身就是受到錢大昕啟發而設計的，錢大昕就《尚書．堯典》「平秩南訛」一句的「南訛」一詞，首先指出《說文解字》沒有「訛」字，然後列舉《荀子》、鄭玄對於《周禮．馮相氏》的注釋、《孔傳》、《漢書》、《史記》的司馬貞《史記索隱》、段玉裁對唐陸德明《經典釋文》宋鈔本的清初葉林宗鈔本的評論等六筆記載，支持司馬貞的意見，認為「南為」才是正字。王懿榮答案基本上依照錢大昕原文，但簡略得多，沒有徵引荀子、段玉裁，唯一有新意之處，是指出《說文解字》雖無「訛」字但有「吪」字，有可能「訛」是「吪」之誤字。當然，這個推測甚為勉強。

第三例：第十分題：「《周禮》『贄』或作『摯』，《儀禮》『扑』皆作『朴』，能臚其說否？」這個分題下又有兩小題，筆者把王懿榮第一小題的答案與錢大昕相關文字並列如下：

20 錢大昕，《十駕齋養新錄》，卷一，頁11。【】內文字為原書之雙行小注。

王懿榮第十分題第一小題答案	錢大昕《十駕齋養新錄》原文
《周禮》「摯」字，〈士冠〉、〈士婚〉二禮皆作「摯」，獨〈士相見〉篇作「贄」，《釋文》云：「贄」本又作「摯」，音同，此悉「摯」字。經注總四十有四，俱改從「貝」，當在唐壽（前），朕（然）唐石經本、北宋本猷（猶）作「摯」。「贄」，「摯」俗字。	〈摯〉 「摯」，正字；「贄」，俗字。〈士冠〉、〈士婚〉二篇皆用「摯」字，獨〈士相見〉篇皆作「贄」，蓋張淳所改。【張淳《儀禮識誤》云：此卷「贄」字，經注總四十有四，皆從「手」，按《釋文》云：「『贄』本又作『摯』，音同。」其從「手」者，必非陸氏所釋本。今改從「貝」。】唐石經本作「摯」，北宋刊本猶然。[21]

筆者從三方面比較錢王文字之異同：一、對於《周禮》「贄」、「摯」二字，錢大昕起首即認為「摯」是正字，「贄」是俗字。王懿榮答案則把這個意思作為結論，放在最後，但文字稍有改易。二、錢大昕指出〈士冠〉、〈士婚〉二篇皆用「摯」字，但〈士相見〉則作「贄」，原因是宋朝張淳改易，並抄錄張淳《儀禮識誤》原文，作為張淳把《儀禮》四十四個「摯」字改成「贄」的證據。王懿榮答案的論證過程十分相似，但有所簡化，沒說是張淳所為，而把錢大昕引張淳的「經注總四十有四，皆從『手』，……今改從『貝』」等36字簡化為「經注總四十有四，俱改從『貝』」等11字。三、錢大昕最後說北宋刊刻之唐石經本仍寫為「摯」，王懿榮答案也類似，只是文字稍有不同。王懿榮應該是背誦了錢大昕《十駕齋養新錄》的相關原文，稍加簡化與變易而答題。

第四例：承接上文，這就是第十分題第二小題，筆者把王懿榮答案與錢大昕相關文字並列如下：

21 錢大昕，《十駕齋養新錄》，卷二，頁23。【】內文字為原書之雙行小注。

王懿榮第十分題第二小題答案	錢大昕《十駕齋養新錄》原文
《儀禮》「朴」字，〈鄉䠶（射）〉篇凡十五見，〈大䠶（射）〉篇凡二十一見，石經初刻並從「木」，後磨改從「手」。其未經磨改而從「手」者，皆朱梁補刻，惟《周禮．司市》「大刑朴罰」，「朴」字尚從「木」，此原刻之僅存者。古無「扑」字，《說文》木部「朴」訓「木皮」，鄭注「取朴」云「所以撻犯教者」，蓋古人止用木皮撻人，以為教學之刑，《虞書》所謂「朴作教刑」是也。後人緣「朴」有「撻」意，遂改從「手」，唐元度《九經字樣》誤收，失之。張參知「朴」不從「手」，故《五經文字》手部不收「扑」字，得之，而「木」部無「朴」，則其遺漏。「扑」，「朴」誤字。	〈朴〉 瞿中溶云：《禮經》「朴」字，〈鄉射篇〉凡十五見，「取朴」一，「倚朴」一，「去朴」六，「搢朴」六，「與朴」一；〈大射篇〉凡廿一見，「取朴」一，「去朴」七，「搢朴」九，「倚朴」三。石經初刻並從「木」，後磨改从「扌」，其有未經磨改而作「扑」者，皆朱梁補刻。案古無「扑」字，《說文》木部「朴」訓木皮。鄭注「取朴」云「朴，所以撻犯教者」，蓋古人止用木皮撻人，以為教學之刑，其物即，名之曰「朴」，《虞書》所謂「朴作教刑」，是也。後人緣「朴」有「撻」意，遂改从「手」，張參知「朴」不从「手」，故《五經文字》「手」部不錄此字。【「木」部亦不收「朴」字，則其遺漏也。】《九經字樣》乃收之，則此磨改之弊，或即出於唐元度之手，今本皆沿其謬矣。【石經《周禮．市司》：「大刑朴罰」，「朴」字尚從「木」旁，此元刻之僅存者。】[22]

據錢大昕《十駕齋養新錄》，錢之女婿瞿中溶指出，「朴」在《禮記．鄉射篇》出現 15 次，在《禮記．大射篇》出現 21 次，然後羅列具體的詞組及其出現次數；王懿榮沒有提瞿中溶名字，只摘錄「朴」在二篇出現的次數（15、21）。瞿中溶認為「朴」是正字，從五代後梁開始訛為「扑」，列舉《說文》、《鄭注》、張參《五經文字》，最後補充《周禮．市司》一條。王懿榮把石經《周禮．市司》一條挪至《說文》之前，其餘文字內容完全與錢大昕《十駕齋養新錄》卷二〈朴〉條目一樣，最後總結:「『扑』，『朴』誤字」。

以上四例，足證錢大昕《十駕齋養新錄》，成為考官出題、考生答題的共同知識來源。但王懿榮是平日直接閱讀錢大昕著作？還是透過《皇清經解》之類的叢書了解錢大昕著作？還是透過坊間各種舉業輔助參考書掌握錢大昕論點？恐怕三者皆有之。

四、結論

錢大昕仔細研究上古典籍文字，考證其讀音之假借及流變，提出「古無輕脣音」、

22　錢大昕，《十駕齋養新錄》，卷二，頁 24。【】內文字為原書之雙行小注。

「古無舌上音」的觀點，[23] 不僅是中國文字學、聲韻學之一大突破，在清朝當時也已成為學者、士子之學術圭臬。光緒六年會試第三場策問試第一題的題目設計本身，以及王懿榮的答卷，都見證錢大昕在音韻學方面的重大影響。其實，除上文在第一題十一分題內找到的四例之外，第九分題問《春秋三傳》人名地名假借現象八詞四對，其中「士魴」、「士彭」這一對，錢大昕也有所留意，早已指出。[24] 錢大昕的《十駕齋養新錄》，刊行於嘉慶九年（1804），為此書寫序者正是在學術、在朝廷均望重一時的阮元。[25] 道光五年（1825），阮元復命廣州學海堂刊刻《皇清經解》，又四年後，此收錄清朝立國以來 73 位學者 183 種著作、凡 30 函 1,400 卷之大型叢書正式面世，寄達阮元的雲貴總督昆明衙署，時為道光九年十二月。[26] 從《皇清經解》上海書局光緒十三年（1887）石印本可知，其第五十四、五十五種，分別正是錢大昕《十駕齋養新錄》、《潛研堂文集》。[27] 由此可見，無論從學術思想史的角度看，還是從書籍史的角度看，光緒六年庚辰（1880）會試策問試第一題的題目設計，和王懿榮的答案，都深受錢大昕音韻學觀點的模塑和影響，本文揭示其細節與過程，為科舉制度之學術文化層面之研究，為清朝科舉與清朝樸學之密切關係，提供一個案云。

23 錢大昕，《十駕齋養新錄》，卷五，頁 101-117。
24 錢大昕，《十駕齋養新錄》，卷五，頁 106。
25 錢大昕，《十駕齋養新錄》，頁 7-8 阮元序。
26 《皇清經解》後來又有咸豐十年庚申（1860）補刊本，以及流傳甚少之同治九年庚午（1870）續刊本，見虞萬里，〈《正續清經解》編纂考〉，載阮元、王先謙編，《清經解 清經解續編》，第 1 冊，頁 4-6。又據虞序，編纂《皇清經解》的學術工作本身極為繁難，而受阮元委託之學者顧千里、江藩、段玉裁、嚴杰等，或因人事不諧，或因公私事務遷移遊走，阮元本身亦奔走王事，頻頻調職，是以《皇清經解》從編纂至刊行，過程十分漫長複雜。光緒十二年（1886）六月十九日，江蘇學政王先謙上奏請求在江陰南菁書院設立書局，續刊《皇清經解》，獲得批准，兩年多後，光緒十四年（1888）七月十四日，王先謙上奏，表示刊刻《皇清經解續編》完畢，凡收錄著作 209 種，合共 1,430 卷。見第 9 冊，頁 7-8。
27 《清經解 清經解續編》，第 1 冊，頁 13-14。

參考資料

王崇煥編，《清王文敏公懿榮年譜》，臺北：商務印書館，1986。

王懿榮著，呂偉達主編，《王懿榮集》，濟南：齊魯書社，1999。

阮元、王先謙編，《清經解 清經解續編》，南京：鳳凰出版社，2005，據《皇清經解》上海書局光緒十三年（1887）石印本、《皇清經解續編》蜚英館光緒十五年（1889）石印縮本影印。

班固，《漢書》，北京：中華書局，1962 排印。

陸德明著，黃坤堯、鄧仕樑校訂索引，《經典釋文》，臺北：學海出版社，1988。

章學誠，《章學誠遺書》，北京：文物出版社，1985，據 1922 年吳興嘉業堂劉承幹刻本影印並補充佚文十八篇。

張之洞著，陳居淵編，朱維錚校，《書目答問二種》，中國近代學術名著叢書，香港：三聯書店，1998 排印。

趙爾巽等編，《清史稿》，北京：中華書局，1977 據關外二次本排印。

錢大昕，《十駕齋養新餘錄》，載氏著，《十駕齋養新錄》，上海：商務印書館，1957 重印。

顧延龍主編，《清代硃卷集成》，臺北：成文出版社，1992，第 46、49 冊。

伍躍

2013《中國的捐納制度與社會》，南京：江蘇人民出版社。

李世愉

2005《清代科舉制度考辯》，瀋陽：瀋陽出版社。

2012《清代科舉制度考辯（續）》，北京：萬卷出版公司。

沈俊平

2013〈晚清石印舉業用書的生產與流通：以 1880-1905 年的上海民營石印書局為中心的考察〉，《中國文化研究所學報》第 57 期，頁 245-275。

耿勇

2019〈止閱初場？——明代科舉考試後場論、策地位考辨〉，《史林》第 3 期，頁

67-76。

2019 "Between 'Policy Questions' and 'Policy Response Essays': the Civil Service Examination and production of historical knowledge in Ming China (1368-1644)," PhD thesis, Department of Chinese Studies, National University of Singapore.

徐世博

2018〈清末江蘇學政的考試與選拔：以經古考試和南菁書院為中心〉，《中國文化研究所學報》總第 66 期，頁 179-202。

2019〈清末科舉停罷前的上海「書局」考論〉，《文史》第 2 期，頁 223-256。

郭培貴

2014《明代學校科舉與任官制度研究》，北京：中國大百科全書出版社。

商衍鎏

2014 商志譚校注，《清代科舉考試述錄及有關著作》，天津：百花文藝。

蘇精

2014《鑄以代刻：傳教士與中文印刷變局》，臺北：臺大出版中心。

Ho, Ping-ti 何炳棣

1964 *The Ladder of Success in Imperial China: Aspects of Social Mobility, 1368-1911*, New York: John Wiley & Sons.

Examination and Evidential Research: the Case of Wang Yirong's Policy Questions Paper for the 1880 Metropolitan Examination

PUK, Wing Kin
Department of History,
The Chinese University of Hong Kong

ABSTRACT

The first question of the Third Session of the Imperial Civil Metropolitan Examination of 1880 contained 11 sub-questions, and were all about philology. Both the questions and Wang Yirong's answer demonstrated the profound impact of Qian Daxin's academic contribution in ancient philology. This serves as an interesting case of the close relationship between the Qing "Evidential Research School" and the Qing Imperial Civil Examination System.

Keywords Wang Yirong, Qian Daxin, Imperial Civil Examination, Policy Questions, Evidential Research

中國歷史抑或中華文明史？——論青少年歷史教育的宗旨、功用和愛國主義的關係

香港樹仁大學歷史系
魏楚雄

摘要

本文探討對青少年進行中國歷史教育之最佳模式。青少年在政治上尚未成熟，社會閱歷不深，所以很難充分理解古代中國政治史的曲折性、複雜性甚至殘酷性，容易產生誤解甚至抵觸。另一方面，中華文明博大精深、豐富多彩，容易使青少年對其產生強烈的興趣和愛好，也符合他們對形象物體比較容易把握了解的特點。通過學習中華文明史，青少年將被激發出對中華傳統文化和中華民族的認同和熱愛，潛移默化地吸納中華文明優秀深邃的人文思想、思維方式和道德內涵，那是中華民族的基因和血脈。同時，他們也逐步被培養出宏觀的歷史洞察力、細緻深刻的歷史分析能力、客觀中允的歷史觀和恰如其分的歷史感。有了這樣的基礎，青少年就能夠從容應對來自比較錯綜複雜之中國政治史的挑戰。為此，筆者建議將中小學的中國歷史教育改為以中華文明史為主，於初中三年級再開始學習以近現代為主的中國歷史。

關鍵詞　　中國歷史教育　青少年　中華文明史　民族主義　愛國主義

一、歷史教育之宗旨與功用

自古以來，世界各國都非常重視歷史教育。因為，如果說人類在生殖繁衍方面，是靠自然天賦；在生存發展方面，是靠知識技能；在溝通交流方面，是靠語言文字；

在自我管理方面，是靠思想政治；那麼，人類在自我認識和文化傳承方面，就是靠歷史教育。歷史教育是人類文明的承載器，而文明把人類有機地組合成一個整體，就像一個人從嬰兒成長為孩童、青年、中年、老年一樣。人類歷史就是人類文明一代代延綿不絕的衍生、或衰落消亡然後重新生長的過程。跟沒有文字沒有文化的動物群體不一樣，人類是具有精神意識、能夠創造文明的高級動物，人類能夠通過歷史和語言文字來世世代代地積累傳遞文明。沒有歷史和文明，人類就沒有自身記憶、沒有文明和進化，就跟沒有精神成長的動物群體毫無區別，這就是為甚麼歷史教育處處受到極大重視的原因。

中國具有悠久的歷史教育傳統，歷史教育早在古代中國就受到極度的重視。文史三大名著之一的作者劉勰在《文心雕龍 · 史傳》中記述道：「軒轅之世，史有倉頡，主文之職，其來久矣。」可見，中國有文字記載的歷史，至少從軒轅黃帝時代就已開始，由史官倉頡主管記載歷史的職務；其目的，是要「彰善癉惡，樹之風聲」，即彰揚善舉，力除邪惡，在社會上樹立良好的風氣。孔子撰寫《春秋》，其目的也是為了「上明三王之道，下辨人事之紀，別嫌疑，明是非，定猶豫，善善惡惡，賢賢賤不肖」，[1] 旨在明示先王治國之道，為後人辨析操行之法度條綱，明定是非，排除猶疑，以揚善抑惡，推崇賢者，鄙視賤行。同樣，文史三大名著的另一作者劉知幾也在其《史通 · 直書》中直言：「史之為務，申以觀誡，樹之風聲」，即歷史的使命，就是説明過去善惡的原由曲直，以供人們觀察，引以為戒，從而在社會上樹立良好的風氣。

可見，自古以來，歷史教育的巨大社會政治功能就被得到肯定和重視，被看作是樹立良好社會風氣、褒善懲惡、傳授成功治國經驗和理念的重要渠道及手段。這種歷史教育的理念，深深地影響到後世的歷史學家。例如，二十世紀後半葉著名的中國歷史學家白壽彝就繼承了古代賢哲的理念，認為歷史教育的目的和任務之一，就是「要講歷代治亂興衰得失之故」。[2] 然而，每個時代的善惡標準、道德時尚和政治理念是很不相同的。在古代，人類可以借鑒的歷史經驗甚少，只有早期少數成功治國的範例可以仿效，所以古代歷史學家和政治家就非常重視老祖宗立下的遺訓和規矩，強調「資鑑垂訓」。正如民國著名史學家胡哲敷所指出：

> 過去的歷史目的，好像大多數都集中在垂訓這條路上，……可以拿過去的史蹟做現在的教訓。如政治軍事等，都可以取法于以前。孟子所謂「遵先王之法而過

---

1 司馬遷，《史記 · 太史公自序》。
2 白壽彝，《白壽彝文集》（開封：河南大學出版社，2008），頁 63。

者，未之有也」，與後世所謂「以古為鏡，可鑑興衰」，正是此意。[3]

所以，中國古代歷史教育，把重點放在古代，有厚古薄今的現象，而且中國古代歷史教育的教材，基本上是經史一體，文史不分。[4]

在西方，文史最初也是不分家的，甚至還跟神話傳説混雜在一起。即便到了中世紀和現代早期，西方歷史學家仍認為，歷史應該是對上帝之宗旨在人世間被執行之過程按年份的詳細記載。事情之所以發生終究是因為上帝的旨意，人類歷史只是善與惡之超自然力量相爭的活動場所。雖然在啟蒙時代，理性主義史學家開始將人性之力而非上帝之力看作是決定歷史發展方向的關鍵，[5] 但一直至十九世紀，當自然科學在西方迅猛發展、民族國家紛紛崛起之後，在現代自然科學的促進和國家的支持下，德國的蘭克學派才成功把歷史學科與其它學科分離，努力用近似科學的方法，把歷史研究和歷史寫作做得嚴謹化、規範化、職業化，使歷史成為一門獨立的學科。但與此同時，由於民族主義在這一時期盛行並達到了頂峰，歐洲的歷史學家們拒絕了啟蒙運動領袖們的普世觀念傾向。那時，「幾乎所有的歷史學家們都認為民族國家是歷史研究的目的。歷史學家的任務主要在於研究國家的起源與發展以及國家之間的相互關係，這種觀點主導了嶄露頭角的歷史專業。」[6]

在中國，當舊皇朝在辛亥革命中被徹底推翻之後，中國古代傳統的歷史教育理念也受到了質疑和挑戰。如同當年德國史學家蘭克一樣，民國歷史教育家鄭鶴聲提出要以科學觀來取代垂訓史觀。他明言：「科學觀的歷史，其主旨不在垂訓，亦不求媚人，只在應付科學精神的要求。」他也認為應該把歷史教育跟現代民族國家的建設結合起來。他說：「用歷史教育，訓練良好的公民，以為復興民族，建立國家的基礎……。這種注意民族國家的公民教育，真是我們現在歷史教育上佔最重要的地位。」[7] 如此，清末民初的中國歷史教育者已將其立足點從古代挪到了現代和當代，這正如著名的英國歷史學家愛德華．H．卡爾所倡導的：「歷史學家的作用，既非去熱愛過去，亦非去把自己從過去中解放出來，而是把過去作為認識當下之關鍵，來理解和把握它。」[8]

---

3 胡哲敷，《歷史教學法》，上海：中華書局，1934 年，頁 31-32。見姚繼斌，〈走出古代的歷史教育——綜論幾種清末民國歷史教學法論著〉，《國史教育與教材——清末以來的變遷》（香港：香港教育圖書公司，2014 年），頁 31。

4 同上，頁 31-32。

5 Richard J. Evans, *In Defense of History* (New York, NY: W. W. Norton & Company, 1999), p. 13.

6 Richard J. Evans, *In Defense of History* (New York, NY: W. W. Norton & Company, 1999), p. 22.

7 鄭鶴聲，〈歷史的價值〉，《中學歷史教學法》（南京：正中書局，1936 年），頁 16，8-9。見姚繼斌，〈走出古代的歷史教育——綜論幾種清末民國歷史教學法論著〉，頁 38。

8 Edward Harllett Carr, *What Is History?* (London, 1987), 2nd edition, 26.

不過，跟西方十九世紀歷史學家不同的是，在清末民初，中國歷史學家在提倡把歷史教育與建設現代民族國家結合起來時，他們所強調的是歷史教育在培養愛國主義精神、而非民族主義意識的功用，這兩者是有根本區別的。印度著名詩人和哲學家泰戈爾，就非常反對在十九世紀隨同西方民族國家之興起而發展起來的民族主義。泰戈爾認為，衝突和征服的精神而非社會合作是西方民族主義的起源和核心。西方民族主義發展成為完美的權力組織，卻毫無理想主義精神，它就像是一夥捕食動物，靠捕獲其他生物而存活。西方列強為獲取更多的犧牲品和領地而互相廝殺。西方民族主義不僅自身就是以衝突為導向的，而且它還阻止所有人類的充分發展。[9] 作為東方世界的另一大國，中國在這方面的觀念跟印度很接近。在中國民族國家誕生發展的過程中，中國史學家強調的不是民族主義，而是愛國主義。正如姚繼斌所發現，早在 1904 年，中國最早刊行的教育雜誌《教育世界》，就發表了被視為中國最早之歷史教學法論著〈歷史教授法〉一文，主張歷史教學須貫注愛國主義和世界主義精神：「向之教授歷史者，不過於使生徒玩味古人之言行，與國民之行動，而予以道德的規範。今之教授歷史者，則更欲使生徒體會國家之成立，與社會之係，……教授歷史者，……能喚起世界主義與愛國主義。……言國事者，知陶冶有力國民之為要，而注重歷史。」[10] 這一時期的歷史教學目的，大抵以推動愛國精神為要。

二、中華文明史與愛國主義教育

中國史學家之所以強調愛國主義精神而非民族主義意識，是因為中國具有與西方文明不同的文化傳統。如果說，西方國家的民族主義是建立在民族國家基礎上、是以西方理性主義和個人主義理念為指導的，那麼中國的愛國主義則是建立在中華文明基礎上，是以理想主義和集體主義／世界主義理念為指導的。許多著名的中外學者，如梁漱溟、錢穆、B. A. William Russell、Joseph R. Levenson、Lucian W. Pye、Martin Jacques 等，都認為西方是民族國家（nation-state），而中國是文明國家（civilization-state）。自古以來，中國的聖賢和智者都把中華文明和道德準繩看作是國家和世界秩序的基礎，以及處理國內外事務的指導原則和途徑。中華文明被視為是一種不斷排除野蠻的持續過程，是把本國和全球各民族和諧地統合起來的有效之和平手段。文明國

9 Rabindranath Tagore, "Nationalism in the West," in *Nationalism*, ed. by Ramachandra Guha (New Delhi: Penguin Books), 45-47.

10 姚繼斌，〈走出古代的歷史教育——綜論幾種清末民國歷史教學法論著〉，頁 36。

家「在其獨特的文明而非民族國家之領土完整、語言和全體公民的概念中尋求其合法性」。[11] 在歷史上，中華文明帝國「在一個廣闊的領土上包含了鬆散的社會關係、多種少數民族以及各種各樣的文化」。[12] 維護中華文明和中國的統一與安全是中國歷史上所有統治者的最重要使命，因為「對中國人來說，最重要的政治價值是統一，是維持中華文明」。[13] 即便到了近代，作為一個現代民族國家，中國在國際上已是一個地緣政治實體，但同時作為一個文明國家，近現代中國從未試圖把自己的民族利益淩駕於世界各民族之利益之上。相反，中國總是按照其文明國家的政治哲學，努力把本國的利益同所有其他國家民族的利益協調一致起來，所以中國歷史學家們才會把世界主義和愛國主義看成是並行不悖的兩種主義，並力圖在民眾中喚起它們。

那麼，如何才能通過歷史教育來有效地在民眾中喚起愛國主義呢？筆者認為，加強中華文明史教育是在民眾中喚起愛國主義的最佳途徑。因為首先，民眾對國家的熱愛，除了個人與國家之間密不可分的共同利害關係以外，歸根結底是建立在對國家之整體文明的認同之上，是出於對自身文明和文化傳統的熱愛。人們對國家的文明文化了解得越多，對國家的熱愛也會越強烈。更何況，中華文明博大精深、豐富多彩、輝煌絕倫，浸染其中的中國人無法不熱愛它。其次，在一個國度或社會裏，人們常常會因為政治觀點和經濟社會地位的不同而產生分歧甚至衝突，進而影響人們對國家歷史的認識和認同，從而產生跟國家意志相左的想法或行動。然而，人們基本不會否定滋生自己的文化土壤，那就是屬於整個民族和社會、屬於全體民眾、為全體民眾所共享的中華文明。所以，如果人們的歷史觀是建立在對本國文明史之深刻了解的基礎上，他們在很多問題上就比較容易趨於一致，就不會輕易被各種政治口號和社會輿論所迷惑，其史觀也不容易被其政治立場和經濟地位所左右。再者，文明之進化是一種在跨度和範圍上都遠遠超越政治、經濟、社會等變化的歷史內容和歷史進程，它具有高度的整體性、穩定性和延續性。一個國家的歷史，可以因政治、經濟、軍事或社會的條件變化而變化，這些變化有時候會非常劇烈和巨大，但文明卻是日積月累地沉澱下來的，其進化和提升經歷了一個漫長的過程，它不會被輕易改變，其內涵覆蓋了社會各

11 James M. Dorsey, "Civilizationism vs. the Nation State," *Modern Diplomacy*, https://moderndiplomacy.eu/2019/03/24/civilizationism-vs-the-nation-state/ March 28, 2020.

12 Ban Wang, ed., *Chinese Visions of World Order* (Durham, NC: Duke University Press, 2017), "Introduction," 9.

13 Martin Jacques, "Understanding the Rise of China," TED 演講（TED Speeches）, *Baidu Wenku*, http://wenku.baidu.com/link?url=eX7BIuBbUAqaXa2RYQOkF5RicR5W-0GfM7gopEEszNvCQCbjBtURkaCTgbKVNt_VXPuME0zLhA-OxezW_G6CgzmVibTClTTkv9tL9ARRLwO###, access at 12:29 PM, April 18, 2021.

階層並為其所接納，從而代表了一個國家和民族的整體性質和特點。所以，對中華文明史的了解，便是對中國和中華民族自身在本質上的了解。當一個人對自己的國家、民族和文明有了本質上的了解之後，深深明白自己就是此文明的一分子，他／她怎麼會不熱愛自己的文明和國家呢？最後，因為文明史的跨度長、跟現實的政治和社會相距遙遠，它就可以促使人們從一種更符合歷史研究方法的視野，以一種局外人之平靜的心態和客觀的角度，去了解認識歷史的文明，這是一種最好的歷史學習方法。所以中國最早之歷史教學法論著〈歷史教授法〉在其第一章第一頁就開宗明義道：「歷史之所研究者，果何在乎？……凡可云進化之現象，皆在歷史所宜研究之列……歷史一科，惟專論人類之進化的現象耳。」[14] 胡哲敷也認為：「文化的寄存，卻賴國民國家觀念以鞏固，大概這也是歷史本身特具的魔力。……故歷史學科體系與國家同其休戚存亡，不教歷史學科則已，教則養成國家觀念，乃其本身目的，無可游移的。」[15] 這就是說，歷史、文明和國家三者是互為一體、互依互存的。文化和文明賴以國民國家的觀念而寄存鞏固，歷史學科與國家存亡休戚相關，歷史教育的魔力來自於文化和文明，國家因歷史教育和文化文明興盛而強盛，中華文明史是實現愛國主義的最佳途徑。

三、青少年歷史教育的特點、方式與挑戰

歷史教育最重要的對象，就是青少年，因為他們是國家未來的棟樑和希望。早在古代，中國唐代史學家劉知幾就在其《史通．直書》中強調，歷史之功用，是「使後之學者，坐披囊篋，而神交萬古，不出户庭，而窮覽千載，見賢而思齊，見不賢而內自省。……史之為用，其利甚博，乃生人之急務，為國家之要道。有國有家者，其可缺之哉！」年青人如果潛心學習琢磨歷史，足不出戶便可通曉古今往事，博覽群書而洞悉人事優劣，從而明辨是非，擇佳而從。所以，歷史教育既有助於年青人修心養性，又有利於培養他們的家國情懷，務不可缺。歷史教育的這種功用，歷來被社會精英所肯定認同，如清代思想家龔自珍、現當代哲學家思想家任繼愈等。歷史學家白壽彝也認為，歷史教育的第一目的和任務，就是「要講做人的道理」。[16] 他在述及史學工作在教育上的作用時強調，歷史學習的第一目的，就是要「幫助人們從青少年起一直

14 姚繼斌，〈走出古代的歷史教育——綜論幾種清末民國歷史教學法論著〉，頁 39。
15 同上，頁 37。
16 白壽彝，《白壽彝文集》，頁 61。

到老死為止如何做人，幫助人們了解或理解做人的道理，這是最重要的一條」。[17] 他還專門做了學術報告，分析〈怎樣在歷史教學中進行愛國主義教育〉。他說：「我想到的就是這三點，一個是培養歷史感，一個是培養時代感，一個是培養民族自豪感。」[18] 這三點，無不與學習中華文明史緊密相連。光輝璀璨的中華文明可以使年青人產生民族自豪感，悠久厚重的中華文明可以使年青人獲得歷史感，不斷繼往開來的中華文明可以使年青人明白其時代之使命。所以，學習中華文明史對青少年來說，尤其重要，它更容易培養青少年的愛國情操。

從歷史教育的實際功效來看，中華文明史也是歷史教育的最佳形式與手段。人類的歷史教育有多種途徑：有通過學校的課堂和教育平台系統講授歷史的形式，那是歷史教育的狹義範圍；也有其它各種方式如長輩對晚輩言傳身教、書本文字的無聲傳播，以及網絡媒體的有聲傳播等等，那是歷史教育的廣義範圍。在歷史教育狹義範圍內從事教育工作的，可以被稱之為歷史教育者。歷史教育者的動機比較單純單一，其工作和宗旨屬於教育和思想的範疇，就是向年青人傳授歷史知識、歷史觀點和歷史分析研究能力。當然，歷史教育者群體也不是鐵板一塊，他們每人都有獨自的歷史見解和觀點，並隨時代的變化而改變。但總體來說，歷史家們之間的學術分歧在文明史方面遠遠少於其在政治史、經濟史、社會史等方面。

在歷史教育廣義範圍內從事教育活動的，可以被稱之為歷史教育推動者，其動機跟前者很不一樣，對歷史教育之功用的理解也不盡一致，這就決定了他們之間所遵循的歷史教育之宗旨、形式和方法都很不一樣，所以廣義範圍內的歷史教育與狹義範圍內的歷史教育既相輔相成，又互相衝突或競爭。狹義範圍內的歷史教育者經過歷史學科的嚴格訓練，其歷史知識比較豐富完整，歷史思維比較嚴謹到位，歷史觀點比較深刻合理。但同時，規範系統的歷史教育要涵蓋中國歷史上下五千年，事件錯雜，內容繁多，歷史老師只能有限地偏重於講授政治史、經濟史、軍事史和外交史的內容，它們涉及許多陌生的人名、地名、日期，與學生的現實生活相去甚遠，這對年青人來說就有點枯燥乏味。另一方面，雖然廣義範圍內的歷史教育推動者，大都沒有經過系統的歷史訓練和學習，他們的歷史知識、歷史認識和歷史見解往往是建立在個人經歷之基礎上，難免有所偏頗甚至偏差，但如果是家長，那他們對孩子具有很大的權威性和影響力，其活生生的人生經歷——那也是一種歷史——從長輩口中活靈活現地表述出來，對孩子具有強大的感染力和說服力，而且那是日復一日、年復一年的反覆灌輸。

---

17 同上，頁 79。
18 同上，頁 112。

至於那些出版界和傳媒界所展開的歷史教育，其背後是巨大的經濟利益在驅動，其傳授之歷史知識的嚴肅性、嚴謹性和目的性，往往被對經濟效應和受眾率的考慮所取代。為了獲取更多的經濟效益，提高書本銷售量、票房收入或網絡廣告盈利，這些歷史知識傳播者們更重視歷史傳播的趣味性、情節性和吸引力，並常常為此目的而不惜歪曲史實、迎合受眾，把史學變成了文學，用當下情懷取代了歷史現實，從而對狹義範圍的歷史教育造成很大的衝擊和干擾。

四、文明史課程在青少年歷史教育中的特殊地位與功效

面對這種挑戰，狹義範圍的歷史教育應該怎麼辦呢？其實，歷史學家們早就呼籲，對青少年的歷史教育應該針對青少年的自然天性和心理狀態，盡量把歷史學習設計成一種充滿趣味、具有可觀性的過程。因為，孩童對具體可觸摸的事務比較好奇並容易理解，而好奇心往往是學習的最大動力。中國近現代著名教育家蔣夢麟就認為，教育之宗旨，在「使兒童受之以豐富其生活」，而「教授歷史，亦當以此為原則，使兒童受之，得供給生活之需要」。[19] 胡哲敷也提倡「自然興趣法」，「主張中小學歷史課的分配，應以兒童自然傾向和興趣為標準，就是注重兒童天性中所喜歡的材料」。[20]《中國歷史教學法略論》一書的作者柳存仁側提倡「炫奇教學法」，主張用興趣來引導學生探索學習歷史。[21] 到了二十世紀早中期，西方的許多著名教育學家，如約翰．杜威（John Dewey）、蒙台梭利（Maria Montessori）、讓．皮亞傑（Jean Piaget）、羅傑斯（Carl Rogers）、布魯納（J. S. Bruner）、莫里斯．梅洛 - 龐蒂（Maurice Merleau-Ponty）、弗里德里希．席勒（Friedrich Schiller）等，都主張教學以學生為中心原則、人本主義原則、情意主義原則、尊重兒童青少年天性發展的原則、適合與激勵兒童青少年興趣的原則、直觀教學原則、知覺優先論、教學感性樣態、培養兒童青少年主動和獨立的認識能力之原則等。[22]

確實，從書法篆刻到筆墨繪畫，從陶瓷青銅器到木雕漆器，從服飾家具到建築庭

19 蔣夢麟，〈歷史教授革新之研究〉，《教育雜誌》，10 卷 1 號，1918 年 1 月，頁 30。見姚繼斌，〈走出古代的歷史教育——綜論幾種清末民國歷史教學法論著〉，頁 41。

20 同上，頁 44。

21 同上，頁 61-63。

22 田本娜主編，《外國教學思想史》（北京：人民教育出版社，1994 年），頁 365-4254，48-484；林逢祺，《教育哲學——一個美學提案》（臺北：五南圖書出版股份有限公司，2015 年），頁 19-22，37-43。

園，從民族器樂到地方戲曲，從體育游藝到剪紙雕塑，中華傳統文化五花八門、形式多樣、內容齊全、各成一體，充滿魅力、活力和生命力，對青少年可以產生極大的吸引力，其可觀可聽可觸摸的具體表現形式，完全符合青少年對形象事物比較容易把握了解並產生興趣的特點。更何況，當前許多學生都有一技之長，他們或者勤練書法，或者操弄樂器，或者藝從繪畫等等。於是，中華文明史和中華傳統文化就與他們的親身學習經歷結合在一起了，他們怎麼能不對此深感興趣呢？對精彩絕倫之中華文化和中華文明的興趣與熱愛，能大大促使青少年認同和熱愛中華民族和國家。中華文明蘊藏了很多優秀深邃的人文思想和道德內涵，它是中華民族的基因和血脈。如果歷史教育先從學習中華文明史開始，青少年們將被激發出對中華文化的強烈興趣和熱愛，從而產生對中華民族的深刻認同，同時為培養塑造其人格奠定良好的基礎。

其實，中國所有長期積累起來的各種文化成果，其本身就蘊含着厚重的歷史。比如，中國書法從篆書到隸書、楷書、行書、草書和狂草的演變，就是一部中國從分裂到統一、從高度集權化和劃一化到分權化、多樣化和個性化的發展歷史。中國器皿製造從陶器到玉器、青銅器、瓷器、漆器和琺瑯瓷銅混合器的演進，就清晰展示了中國經濟生產力的歷史推進。中國古代繪畫風格在唐朝的改變，從模仿印度風格、突顯人體骨骼和性感身材，轉為以流暢簡單的服飾線條來隱匿人物形體，以祥和樂觀的微笑和豐滿臉龐來展示平和與精神喜悅，就代表了古代印度佛教對中國的影響以及人本精神在唐朝的興起。宋朝出現的山水畫南北兩派明顯不同的風格以及宮廷畫和文人畫的分野，則表達了正統思想精神與非正統思想精神之間的文化張力，而花鳥畫的興起，亦反映了宮廷對文人的禁控，所以畫家們轉而投筆於較少思想含義的花鳥畫。當學生們從文化實體中觀察到這種宗教、政治、經濟、社會之影響時，他們就不知不覺地學會了歷史研究的方法。

然而，當前中國各地包括港澳地區的中學歷史教育，仍然沿襲傳統陳舊的教學模式，以政治教育為主，採用的歷史教科書可謂是大學歷史教科書的縮寫本，文字枯燥，敘述呆板，充滿概念和現成的結論。特別是在初中時期，由於要在短短的學期內完成對數千年中國歷史或世界歷史從頭到尾的講述，老師們根本沒有時間在課堂裏展開啟發式的歷史討論，而缺乏人生閱歷的初中生們，也不具備在課堂中積極展開討論和互動的能力。結果，初中的歷史教育就成了灌輸式教學，歷史學習就成了死記硬背，重要的人名、地名、事件發生的日期和經過等等就同歷史知識畫上了等號。這樣的歷史教育，對青少年的成長有甚麼意義呢？它既不符合青少年的心理特點，又跟人文精神教育和人格培養脱節，結果就不可避免地讓學生產生對歷史學習的抵觸和反感，難以提高他們學習歷史的熱愛和積極性。尤其是，初中歷史課程和高中歷史課程都開設中國歷史和世界歷史，這樣就很難避免重複，使老師難教，使學生不願意學。

事實上，青少年的認知模式跟成年人不同。在初中時代，他們在政治上尚未成熟，社會閱歷不深，所以很難充分理解和辨明中國歷史上錯綜複雜的政治鬥爭以及常常隨之而來的軍事衝突和戰爭殺戮。如果不能深刻理解社會、政治和人性的複雜性以及歷史進程的曲折性和歷史性，人類在政治軍事鬥爭中所暴露出來的醜陋人性，會使青少年對人生和歷史產生懷疑，喪失信心，更難以使他們對國家產生認同和熱愛。青少年如果在深刻了解中華文明和傳統文化的基礎上，再進一步學習以政治史為主的中國歷史，就比較容易理解歷史上很多反覆發生的政治現象。上世紀後半葉，蘇聯著名教育學家 III · A · 阿莫納什維利提出「後方教育學」的理念，就頗有道理。他主張從少年兒童所處的地位出發，即從少年兒童的年齡心理特點來安排組織教學，猶如從後方出發來擬定軍事戰略一樣，根據少年兒童內在的自然機能，按照少年兒童因興趣而產生的主動性和自我發展趨向來進行對他們的教育。[23]

為此，筆者建議將中小學的歷史教育改為中華文明史和世界文明史的教育，只是在初中最後一年起再開始接受完整的中國史和世界史教育，並把重點放在近現代部分。如果初中歷史課程由內容不同、時間跨度可長可短的中華文明史來取代，既可以避免中學歷史教學的內容重複，也可以給老師教學提供一定程度的靈活性，讓他們在教學時側重歷史知識的理解深度而非時間跨度，同時符合青少年教育的「直觀性原則」、「啟發性原則」和「循序漸進原則」。[24] 當教學時間充裕了，老師們不必趕教學進度了，學生們也就有機會發揮他們的主動性、積極性、參與性和主體性，從而培養起他們的探索精神、創新思維和思考能力。由於文明史和文化史的內容多種多樣，其教學也可以相應地按各種視角、各個層面、各種類型和各種方式來進行。活潑多元的教學模式，一定會產生很好的效果。如果先讓學生們學習中華文明史和世界文明史，他們就能夠充分認識優秀的中華文化遺產以及世界各國優秀的文化遺產，把握歷史發展的進程與規律，領悟中華民族經久不衰的根源及其深厚的文化根基與民族精神，養成關注中華民族和世界各民族之歷史命運的習慣，進而產生對中華民族的深沉熱愛以及對全人類的關愛，並培養起從歷史角度去思考理解人與人、人與社會和族群、人與自然和環境之關係的習慣，形成必要的歷史意識、歷史視野、歷史高度和歷史智慧即「歷史感」，因為只有這種歷史感才能使一個人擺脱個人的困境與局限，跟歷史發展的真正潮流和中國與世界發展的大勢同行，從而立於不敗之地。也只有這種歷史感，才

23　畢淑芝、王義高主編，《當代外國教育思想研究》（北京：人民教育出版社，1993 年），頁 220。

24　華中師範教育系、河南師範大學教育系、甘肅師範大學教育系、湖南師範學院教育系、武漢師範學院教育教研室合編，《教育學》（北京：人民教育出版社，1982 年），頁 136-42。

能使學生們正確理解中國在近現代時期的遭遇、中國在當下的歷史使命，以及中國該如何走向未來。

總之，筆者非常贊同香港教育局局長楊潤雄的主張，積極推廣中華文化，將中華文化元素涵蓋中小學的學習宗旨和內容，從初中就加強對文學歷史經典的學習，通過中華文化教育來在中小學生中推行愛國主義教育、弘揚愛國主義精神。[25] 筆者非常期待香港中小學很快開展中華文明史和世界文明史的課程。

25 《巴士的報》，2021 年 7 月 10 日。

Teaching Chinese History or the History of Chinese Civilization? – The Aim and Function of the History Education for the Youth and Its Association with Patriotism

WEI, Chuxiong George
Department of History,
Hong Kong Shue Yan University

ABSTRACT

This article is to explore possibly the best model for history education for the youth. In general, the youth is politically not mature and lacks enough social and life experience, thus hard to fully understand the complexity, tortuosity and brutality of ancient Chinese political history, which they are likely to dislike. On the other hand, Chinese civilization is vast, profound, colorful and of multiple dimensions, which could easily arise the strong interest and curiosity among the youth and which rightly fits the learning pattern of the youth who is able to well grasp the tangible and visual subjects. Thus, through studying the history of Chinese civilization, the identity with and love for the nation could be largely generated among the youth, who could well absorb the outstanding way of thinking and excellent elements and quality of humanism and merits deeply embodied in Chinese civilization, which is the gene and bloodline of the Chinese nation, and whose capability of viewing history with a bloodline and insightful perspective and an objective and balanced approach and analyzing history with depth and nuance as well as a right historical sense will be developed. Once the youth has attained such a foundation, they would be well equipped to meet the challenge from learning the complicated ancient Chinese political history. Thus, the author suggests to mainly teach the history of ancient Chinese civilization at the elementary and early secondary schools and to start teaching the political histories of China with a focus on the modern eras only from the third year of the secondary high school.

Keywords History Education; The Youth; History of Chinese Civilization; Nationalism; Patriotism.

對外漢語課程文化及歷史教學實施的現況、挑戰及展望

香港教育大學中國語言學系
林善敏[1]

啟新書院
麥俊文[2]

摘要

中國經濟快速發展，漢語能力於國際社會的需求及其於國際間的地位也愈來愈高。不少具高度認受性的國際課程，例如國際文憑課程（IBDP）都納入對外漢語課程。而語言與文化之間的關係密不可分，學習語言本為了解目的語的文化，而文化學習反過來又能讓學習者更好地掌握目的語。因此，對外漢語教學中的中國歷史、文化教學是整個教學過程中不可或缺的重要環節。目前，關於對外漢語中文化教學的研究得到廣泛的重視，但多側重於文化教學在對外漢語課程中的定位及其重要性，對於實際教學場景中具體實施情況的研究卻甚少。

本研究採用質化的方法，旨在探討於對外漢語的實際場景中，中國歷史、文化教學的具體推行情況，並進一步探究推行文化教學的具體方法、有效策略及遇到的困難。研究者透過半結構性訪談的方式，搜集研究材料，並以目的採樣的方法，訪問分別於香港、新加坡及中國內地六所不同的國際學校的六位對外漢語教師。本研究審視文化教學的推行現狀，並發現問題，提出改善的建議，對完善對外漢語課程的文化教學，促進漢語國際化及弘揚中國文化帶來啟示及積極推動的作用。

關鍵詞　國際文憑課程　中國文化與歷史　國際漢語　跨文化　教師培訓

---

1 Affiliation: Department of Chinese Language Studies, The Education University of Hong Kong. Email: ssmlam@eduhk.hk

2 Affiliation: Chinese teacher, Renaissance College. Email: makc5@rchk.edu.hk

一、研究目的及背景

本研究針對國際學校的對外漢語課程，推行中國文化及歷史教學的情況，探討從課程規劃、課堂設計與教學，以及課外活動幾個方面，指出推行中國歷史及文化教學的現況及挑戰，使語文教育學者和不同地區的對外漢語前線老師能更全面了解對外漢語課程中的文化及歷史教學。研究結果不但可以為對外漢語教學開展新的研究領域，亦可啟發教師發展出更有效促進學生語言學習及跨文化能力的教學策略。

國際文憑組織（International Baccalaureate Organisation）旨在「培養勤學好問、知識淵博、富有愛心的年輕人，通過對多元文化的理解和尊重，為開創更美好、更和平的世界貢獻力量」。[3] 同時，國際文憑課程（International Baccalaureate，簡稱 IB）的使命宣言強調學生通過全球參與、多語言和跨文化理解，建立國際情懷（International Mindedness，簡稱 IM）。國際情懷（IM）由三個部分組成，其核心是「跨文化的理解」，而「全球參與」和「多語言」則是建立國際情懷的組成部分。教學策略方面，IB 課程認為學習包括三個方面：事實、技能和概念，並採用概念驅動教學，打破傳統基於主題，着重事實與能力的教學方法。[4] 簡而言之，「概念」提供一個跳板，學生舉一反三，掌握不同的「概念」就能理解不同主題的內部和相互之間的聯繫。

為了全面發展學生的國際視野，IB 課程要求學生掌握母語以外的現代語言，並設有世界語言（World Languages）一科，希望培養深厚的跨語言和跨文化的交流能力。而對外漢語學習屬於世界語言的其中一門，課程以「符合文化習俗地運用語言，要求學習和理解與語言相關的文化習俗和文化知識」為宗旨，要求學生掌握語言能力之外，還強調培養學生「極敏銳的多元文化意識」。[5] 學生比較、反思兩種或多種語言，擺脫自我為中心的思維模式，以積極的態度對待人與人之間、不同文化之間的差異，融合及尊重各種文化，達至無文化藩籬的境界。[6]

---

3 國際文憑組織，《大學預科項目中的教學與學習方法》（國際文憑組織，2019），頁 4。

4 Lynn Erickson, H., Lois A. Lanning and Rachel French, *Concept-based curriculum and instruction for the thinking classroom* (Corwin Press, 2017).

5 國際文憑組織，《中學項目的學科教學：培育重要思想觀點和深刻理解》（國際文憑組織，2012），頁 49 及頁 56。

6 Mitchell R. Hammer, Milton J. Bennett and Richard Wiseman,"Measuring intercultural sensitivity: The intercultural development inventory." *International journal of intercultural relations* 27.4 (2003): 421-443.

二、文獻綜述

跨文化能力（Intercultural Competence）的定義為理解和尊重被認為與自己文化不同的人，並與他們進行有效和適當的互動和交流，以及與他們建立關係時所需的一套價值觀、態度、技能、知識和理解。[7] 這種能力是基於一個人對自己和他人文化的認識和理解（認知方面），對文化學習和跨文化差異的態度（情感方面），以及有效應對不同文化的技能（行為方面）。語言能力與跨文化能力密不可分，[8] 因此，在學校環境中，跨文化能力是語言學習者發展目標語言能力的促進因素。[9] 擁有良好的跨文化能力的人，不僅能夠在跨文化環境中有效和適當地發揮作用，而且能解釋和說明不同的世界觀，在不同文化的人之間充當「調解人」。[10] 儘管如此，研究表明，許多成年學生不具備必要的跨文化技能。[11] 缺乏跨文化能力會導致偏見、歧視和不友善的言論，交流過程中甚至產生誤解。[12]

不同學者發展出跨文化模型來描述學習者的能力，比如跨文化敏感度發展模型，[13] 以及評估跨文化能力的量表。[14] 另外，Barrett（2020）對不同的跨文化能力模型

---

7 Darla K. Deardorff, "Identification and assessment of intercultural competence as a student outcome of internationalization." *Journal of studies in international education* 10.3 (2006): 241-266.

8 Vairmuthu Suntharesan,"Importance of developing intercultural communicative competence among students of ESL." *Language in India* 13.2 (2013):1–8.

9 Murat Hismanoglu,"An investigation of ELT students' intercultural communicative competence in relation to linguistic proficiency, overseas experience and formal instruction." *International Journal of Intercultural Relations* 35.6 (2011): 805-817.

10 Martyn D. Barrett, Josef Huber, and C. Reynolds, *Developing intercultural competence through education* (Strasbourg: Council of Europe Publishing, 2014).

11 Kenneth Cushner, "The challenge of nurturing intercultural competence in young people." *International Schools Journal* 34.2 (2015):8–16.
Ren-Zhong Peng, Wei-Ping Wu and Wei-Wei Fan, "A comprehensive evaluation of Chinese college students' intercultural competence." *International Journal of Intercultural Relations* 47 (2015):143–157.
Maria Yarosh, Dane Lukic and Rosa Santibáñez-Gruber, "Intercultural competence for students in international joint master programmes." *International Journal of Intercultural Relations* 66 (2018):52–72.

12 Martyn Barrett, "How schools can promote the intercultural competence of young people." *European Psychologist* 23.1 (2018): 269-293.

13 Milton Bennett, *Basic concepts of intercultural communication: Paradigms, principles, and practices* (United Kingdom: Hachette, 2013).

14 Mitchell R. Hammer, "The intercultural development inventory: A new frontier in assessment and development of intercultural competence" in *Student Learning Abroad,* ed. Berg, Paige, and Lou (Sterling: Stylus Publishing), pp.115-136.
Guo-Ming Chen and William J. Starosta, "A review of the concept of intercultural awareness." *Human Communication* 3 (2000):1–15.

進行了分析，以構建一個新的綜合概念框架，並從價值觀、態度、技能及知識和批判性理解四方面，提出 20 個跨文化能力的組成部分：[15]

價值觀	態度
· 重視人類尊嚴和人權。 · 重視文化多樣性。 · 重視民主、正義、公平、平等及法治。	· 對其他文化以及其他信仰、世界觀和習俗持開放態度。 · 公民意識。 · 尊重他人。 · 富責任感。 · 自我效能感。 · 對模糊性的容忍。
技能	**知識和批判性理解**
· 自主學習能力。 · 分析和批判性思維能力。 · 聆聽和觀察的能力。 · 同理心。 · 靈活性和適應性。 · 語言、交際和多語言能力。 · 協作能力。 · 化解衝突能力。	· 對自我的認識和批判性理解。 · 對語言和交流的認識和批判性理解交流。 · 對文化、文化和宗教的認識和批判性理解。

圖 1. Barrett（2020）跨文化綜合概念框架

列表中的部分能力例如同理心，可以從相對早期階段（如學前和小學）開始培養，而其他部分（如對文化的知識和批判性理解）則更適合在高中甚至高等教育中培養。因此，促進跨文化能力是各年級教育的任務。正如前述，IB 的語言課程旨在發展學生「敏銳的多元文化意識」，並基於 Bennet（1998）的理論，發展出 IB 課程中跨文化能力的學習階梯，期望學生從「以民族為中心的階段」，逐漸過渡至「民族相互關聯的階段」，從而建立跨文化的心態。[16]

15 Martyn Barrett, "The Council of Europe's Reference Framework of Competences for Democratic Culture: Policy context, content and impact." *London Review of Education* 18.1 (2020):1-17.

16 Milton J. Bennett, "Intercultural communication: A current perspective." *Basic concepts of intercultural communication: Selected readings* 1 (Yarmouth, Intercultural Press, 1998), pp. 1-34.

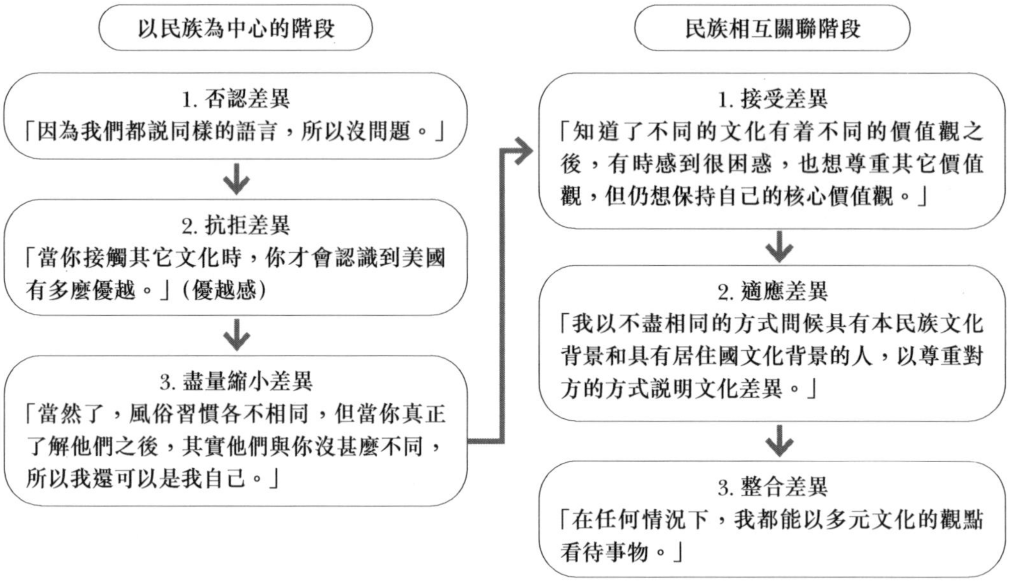

以民族為中心的階段

1. 否認差異
「因為我們都說同樣的語言，所以沒問題。」

2. 抗拒差異
「當你接觸其它文化時，你才會認識到美國有多麼優越。」(優越感)

3. 盡量縮小差異
「當然了，風俗習慣各不相同，但當你真正了解他們之後，其實他們與你沒甚麼不同，所以我還可以是我自己。」

民族相互關聯階段

1. 接受差異
「知道了不同的文化有着不同的價值觀之後，有時感到很困惑，也想尊重其它價值觀，但仍想保持自己的核心價值觀。」

2. 適應差異
「我以不盡相同的方式問候具有本民族文化背景和具有居住國文化背景的人，以尊重對方的方式說明文化差異。」

3. 整合差異
「在任何情況下，我都能以多元文化的觀點看待事物。」

圖 2. 1B 課程跨文化能力的學習階梯

過去有不同學者對跨文化的教學策略進行研究。研究發現，在課堂上使用文化相關的教學材料，如電影和文學文本，對學生的跨文化能力發展有積極的影響。[17] 課堂上運用角色扮演，或是跨文化小組的活動，都能促進學生的跨文化能力。[18] 另外，研究發現，課堂加入反思元素或運用翻轉課堂等教學策略及模式，能有效發展學生的跨

17 Luisa María González Rodríguez and Miriam Borham Puyal, "Promoting intercultural competence through literature in CLIL contexts." *Journal of the Spanish Association of Anglo-American Studies* 34.2 (2012):105–124.
Liliia Shayakhmetova, Leysan Shayakhmetova, Alsu Ashrapova and Yevgeniya Zhuravleva, "Using songs in developing intercultural competence." *Journal of History Culture and Art Research* 6.4 (2017):639–646.

18 Joost J. L. E. Bücker and Hubert Korzilius, "Developing cultural intelligence: Assessing the effect of the ecotonos cultural simulation game for international business students." *The International Journal of Human Resource Management* 26.15 (2015):1995–2014.
Esther Stockwell, "Using web-based exploratory tasks to develop intercultural competence in a homogeneous cultural environment." *Innovations in Education and Teaching International* 53.6 (2016):649–659.
Kanoknate Worawong, Kanjana Charttrakul and Anamai Damnet, "Promoting intercultural competence of Thai university students through role-play." *Advances in Language and Literary Studies* 8.6 (2017):37–43.
Yi'an Wang and Steve J. Kulich, "Does context count? Developing and assessing intercultural competence through an interview-and model-based domestic course design in China." *International Journal of Intercultural Relations* 48 (2015):38–57.

文化能力。[19] 學生接觸到真實的、第一手的跨文化情境能對其跨文化能力產生直接的影響。[20] 研究人員亦指出了語言能力和跨文化能力之間有直接關係，即語言能力愈高，其跨文化能力亦相應提升。[21] 除此以外，研究證明學習者對文化的觀念需要時間，一個月或一學期的持續培訓，比一周的跨文化活動帶來更顯著的成效。[22] 總的來說，過去的研究證明教學干預可以改善學習者的跨文化能力，特別體現在（1）以目標文化的真實材料作為學習內容；（2）參與體驗活動，如角色扮演、文化混合小組活動和跨文化訪談；以及（3）參與長期的跨文化課程或項目。

三、研究問題

基於 IB 課程的理念及教學策略，以及過去語言學習與跨文化能力培養的研究，本研究的具體研究問題如下：

1. 對外漢語教師對對外漢語課程的文化及歷史的教學有甚麼看法？

---

19 Edward P. Cannon, "Promoting moral reasoning and multicultural competence during internship." *Journal of Moral Education* 37.4 (2008):503–518.
Maniyarasi Gowindasamy, "A case study on the implementation of reflective development model in improving intercultural competence among business student in Stamford College." *Journal of Education and Practice* 8.12 (2017):168–174.
Jing Betty Feng, "Improving intercultural competence in the classroom: A reflective development model." *Journal of Teaching in International Business* 27.1 (2016):4–22.

20 Christa Lee Olson and Kent R. Kroeger, "Global competency and intercultural sensitivity." *Journal of Studies in International Education* 5.2 (2001):116–137.
Tracy Rundstrom Williams, "Exploring the impact of study abroad on students' intercultural communication skills: Adaptability and sensitivity." *Journal of Studies in International Education* 9.4 (2005):356–371.

21 Guo Lansing Hui, "Intercultural communicative competence, language proficiency, and study abroad." *International Journal of Research Studies in Education* 4.2 (2015):57–67.
Jeff R. Watson, "The role of language proficiency in cross-cultural competence (3C): A fundamental key to intercultural effectiveness in military personnel." *Center for Languages, Cultures, & Regional Studies* 2 (2007):1–5.

22 Mitchell R. Hammer and Judith N. Martin, "The effects of cross-cultural training on American managers in a Japanese-American joint venture." *Journal of Applied Communication Research* 20.2 (1992):161–182.
Ramirez R, Enrique, "Impact on intercultural competence when studying abroad and the moderating role of personality." *Journal of Teaching in International Business* 27.2 (2016): 88-105.
Bird Allan, Susan Heinbuch, Roger Dunbar and Marian McNulty, "A conceptual model of the effects of area studies training programs and a preliminary investigation of the model's hypothesized relationships." *International Journal of Intercultural Relations* 17.4 (1993):415–435.

2. 在 IB 國際學校的對外漢語課程中，文化及歷史的課程規劃、課堂設計與教學，以及課外活動有哪些特點？
3. 在 IB 國際學校的對外漢語課程中，教授文化及歷史有甚麼挑戰？

四、研究設計

本研究旨在探究對外漢語課程中文化及歷史教學實施的現況及挑戰，採用定性解釋學的方法（Qualitative approach），試圖理解人們的第一手經驗，[23] 即對外漢語老師的看法及處境。解釋論者認為，社會、文化、歷史或個人背景建構人們的經驗和現實，而現實可從多種視角去理解。[24] 教師作為課程的規劃及實施者，是文化及歷史教學中的關鍵人物，他們與課程、教學環境、教材等因素的互動，從而建構「現實」，[25] 因此希望本研究能從教師的經驗中發現具參考價值的結果。

（一）研究對象

本研究以立意取樣（purposive sampling）挑選研究對象，同時選取最大變異的參與者（maximum variation）為原則，邀請中國內地、香港及新加坡六位對外漢語教師參與本研究。由於中國內地作為傳統中華文化的發源地，而香港是中西文化交匯地，新加坡則是多元文化的國家，三個地區及國家的文化及歷史教學可能受環境影響而有所不同。本研究希望了解六位來自三個地區及國家的對外漢語老師，嘗試從不同角度理解中華文化及歷史的實施情況，互相比較。下表詳述六位受訪對外漢語教師的背景。

23 Monique Hennink, Inge Hutter and Ajay Bailey, *Qualitative research methods*. (London: Sage 2010).
24 Lisa M. Given, ed, *The Sage encyclopedia of qualitative research methods*. (Sage publications, 2008)
25 Colin Robson, *Real world research: A resource for social scientists and practitioner-researchers*. (Wiley-Blackwell, 2002).

教師 *	現時任教地區 / 國家	曾任教地區	任教的國際文憑課程（IB）	任教 IB 課程年資（總教學年資）
朱老師	中國內地	中國香港、韓國、新加坡、中國深圳	大學預科項目（DP）：語言 B（普通及高級程度）、語言 A（語言與文學）；中學項目（MYP）：語言習得、語言與文學	11 年（25 年）
黃老師	中國香港	中國香港	大學預科項目（DP）：語言 B（普通及高級程度）、漢語初級（Ab initio）、語言 A（語言與文學）；中學項目（MYP）：語言習得、語言與文學	12 年（12 年）
蔡老師	中國香港	中國香港	大學預科項目（DP）：語言 B（高級程度）、語言 A（語言與文學）	8 年（15 年）
麥老師	中國內地	中國廣州、澳洲	大學預科項目（DP）：漢語初級（Ab initio）；小學項目（PYP）	6 年（24 年）
梁老師	新加坡	新加坡	大學預科項目（DP）：語言 B（普通及高級程度）、語言 A（語言與文學）；中學項目（MYP）：語言習得、語言與文學；小學項目（PYP）	12 年（12 年）
李老師	新加坡	台灣、英國、新加坡	大學預科項目（DP）：漢語初級（Ab initio）、語言 B（普通及高級程度）、語言 A（語言與文學）	4 年（23 年）

* 教師名稱均為化名。

（二）研究方法

本研究採用半結構式訪談（semi-structured interview），鼓勵教師以開放式的方法回答研究員的問題，[26] 冀為訪談提供更大的靈活性，同時讓老師在訪談過程中能澄清及闡述他們的觀點，以使研究員對其經驗有深入的了解。訪談問題主要圍繞 IB 課程，並分四為部分：（1）對外漢語課程的理念；（2）對外漢語課程中的文化及歷史教學的現況；（3）文化及歷史教學的教學策略；及（4）文化及歷史教學的挑戰。

（三）研究程序

本研究透過一位任職於國際學校的研究員尋找研究對象，教師答允參與之後，會

26 David Scott and Marlene Morrison, *Key ideas in educational research*. (Continuum, 2006).

徵詢其學校校長之建議及批准。資料搜集於 2021 年 5 月進行，受到疫情影響，所有訪談以網上視像形式錄影進行。訪問之前，研究員向研究對象清楚解釋本研究之目的，並給予足夠時間考慮是否參與。每位教師的訪談時間約一小時，之後由研究助理轉譯為完整的謄錄稿。

本研究採用主題分析方法（thematic analysis）分析訪談資料，按三道研究問題將教師的回應編碼和分類。主題分析法能協助研究員分析特定背景下參與者的經驗和其建構的現實，並歸納為重要的主題（theme），[27] 從而對對外漢語教師實施文化及歷史教育的現況及挑戰作詳細分析。本研究根據 Braun 和 Clarke 提出的主題分析法六個階段進行數據分析程序，[28] 以確保可信。首先，兩位研究員反覆閱讀謄錄稿，藉此熟悉及掌握數據；然後根據研究問題產生初始編碼（code）；再尋找類別（category）及主題（theme），兩位研究員通過各自反覆閱讀和分析數據的過程來比較、合併、刪減和重新組織編碼。然後二人比較編碼，最後審視並確定主題。主題產生的過程舉隅如下：

<table>
<tr><th>編碼（code）</th><th>類別（category）</th><th>主題（theme）</th></tr>
<tr><td>語言、文化結合</td><td rowspan="3">中華文化定位</td><td rowspan="5">課程推行的現況</td></tr>
<tr><td>學習興趣</td></tr>
<tr><td>學生能力</td></tr>
<tr><td>引導者</td><td rowspan="2">教師角色</td></tr>
<tr><td>課程設計者</td></tr>
</table>

27 Jennifer Fereday and Eimear Muir-Cochrane,"Demonstrating rigor using thematic analysis: A hybrid approach of inductive and deductive coding and theme development." *International journal of qualitative methods* 5.1 (2006): 80-92.

28 Virginia Braun and Victoria Clarke,"Thematic analysis." In *APA handbook of research methods in psychology, Vol 2 Research Designs,* ed. Cooper Harris (American Psychological Association, 2012), pp. 57-71.

五、研究結果

根據六位老師的訪談，本部分將分析現時 IB 課程文化及歷史教學實施的現況及挑戰。

（一）文化及歷史教學的現況

1. 歷史及文化的定位

六位老師皆認為，對外漢語的學習中，語言與歷史及文化有着密不可分的關係，兩者相輔相成。他們均表示 IB 課程本身就自覺地與文化、歷史密切相關。其中，黃老師的意見較能代表老師的普遍觀點：

> IB 課程強調 cultural awareness（文化認知），而課程中，學生並非只單純學習一種語言和文化，而是通過學習目標語言（target language）及與此相關的文化特點，連繫自身的文化，反思其意義，目的在培養學生的世界觀（international appearance）。

換句話說，在 IB 課程中，中國文化、歷史教學的目標，並非只是知識的灌輸，而是以學習漢語、中國文化作為一種工具、媒介，去反思自身，認識世界。

2. 教師角色

六位老師強調自己對學生學習、接觸中國文化、歷史有重要的責任與使命感，並認為自己的角色是「引導者」和「思考者」。他們「不是純粹的一種文化的傳輸，或者是歷史課本的文化的傳輸，帶着絕對的民族自豪感，這樣的一個宣教士的教學」(梁老師)，非照本宣科式的傳授文化、歷史知識，而是以學生為中心，於日常教學行為及與學生互動中深耕細作，努力營造出一種中國歷史、文化的氛圍及環境，給予學生誘導和鼓勵，以「潛移默化」的方式，引領學生感受、了解中國文化。梁老師續補充:「我有思考，帶動同學們一起思考；而我是開放性的思維，我會重新根據這個世界的變化，或者我身邊一些文化的進步和改變，重新思考自己應該怎樣來跟學生一起調整。」IB 課程強調培養學生的世界觀，不單是學生，教師在施教的過程中，深刻地反思自己的價值觀，自身文化與身處的世界產生互動，從而適應、整合對世界的認識與理解。另外，部分受訪老師反映其教師團隊對歷史及文化的教學存在差異，有些老師只重視語言教學，對歷史、文化的概念甚少關注，極大地限制了教學成效。

3. 課程規劃

六位老師皆提出現有的對外漢語課程規劃中，沒有嚴格規範於各個學習單元中，加入文化、歷史教學的概念及元素，而是根據老師的判斷、學生的學習情況，以「自然滲透」的方式，於課程中適時地加入相關的元素。李老師指出：「雖然漢語學習跟歷史、文化有緊密連繫，但不一定於每節課或每個單元的教學都能連繫上。」

另外，雖然受訪老師們肯定中國文化及歷史的重要性，但大都認為這只是提升語言能力的手段，其於教學及學習時的重要性，一定比不上漢語語言學習本身。黃老師提出：「文化教學應是對外漢語課堂的其中一個組成部分，但課堂教學，還是應該以培養學生的語言能力為重心。」麥老師也指出：「文化、歷史的教學就好像在經營副業。」因此，受訪教師傾向以非課堂教學形式，推行歷史及文化教育。部分老師提到外在學習環境的建立和營造，例如校園的氛圍、課室的佈置等，對提升學生學習漢語和中國文化的興趣，非常有效；或是舉辦多元化的課外活動，例如剪紙、書法等，推廣中國文化及歷史。

訪談中，有兩位老師提到所任教的學校也曾就中國文化、歷史課程有系統地加入到課程規劃中，甚至獨立開科。蔡老師分享：

> 以往曾經嘗試每個年級都有一個專門的文化、歷史單元，例如國歌、園林文化、音樂藝術等，但對二語學生來說，某些文化概念，例如天人合一比較抽象、複雜，講授內容太淺、太少，又難以撐起一個單元的時間。最後，導致學習效果不太理想，所以只能作出修正、甚至取消這些單元。

黃老師也指出其任教的學校曾經開辦「中國研究」一科，但因報讀學生的人數不理想、學校的資源、管理安排等原因，最後取消。

而部分老師提到在 IB 公開考試中，滲入了相關的文化元素，老師因此更有意識於課堂中進行文化及歷史教學。朱老師舉例說：「口語考試要求學生連繫視覺材料中的文化元素加以發揮，表達個人意見。」但另一方面也有老師表達於公開考試中加入歷史、文化元素的顧慮，教師可能只針對考試內容而教學，而不是以培養學生的跨文化能力為目標。

4. 教材選用

六位老師皆指出文化及歷史教學既不主張，也沒有使用固定的教科書或教材。不過，挑選教學材料時有以下幾個原則：首先，教材的內容必須生活化，與學生的生活息息相關，同時重視教材的真實性及趣味性，才能引起學生的興趣。其次，各種的網上電子資源及多媒體教材，包括視頻短片、廣告、網上電子學習平台等，都有助文化和歷史的教學和學生學習。再者，對於語言能力較弱的二語學生，可選取圖文並茂，甚至以圖畫為主、文字為輔的教材，減少語言能力對理解文化概念帶來的障礙。最後，IB 的語言學習培養學生的跨文化、跨語言的能力，多元化的學習材料是重要的考量。

黃老師提到：

> 選材時，除了運用來自中國內地的資料，我也會特別注意選用來自兩岸四地及大中華地區的材料，包括香港、台灣及新加坡等地的資源。一方面讓學生了解不同地區獨有的文化現象及其對相關文化的不同詮釋，明白語言、文化並非只是一家之言，即使對相同的文化現象，不同地區可以有不同的觀點及理解；另一方面，學習選自不同地區的材料，也能回應閱讀評估的要求。

其他老師也有相同的回應，認為選用不同地區的材料，淡化材料本身的地域性、主觀性，幫助學生從不同角度，更全面、客觀地理解各種文化議題。而且中國文化並非一個固定的概念，每個人都可以有不同的理解，老師應根據自己的理解，選擇合乎學生能力的教材。而老師的教學只是引子，目的在引發學生的興趣、思考和反思。

5. 教學策略

根據六位老師的訪談，他們課堂上的歷史及文化教學，皆以概念驅動及探究式為主要教學策略。李老師解釋：「歷史、文化並非僵硬的知識，而國家、歷史、文化等都可體現為可轉化、引申，不受時空所限的概念。」例如她曾以中西家居的佈局、家具特點，引導學生思考中西文化中「家」的不同概念；梁老師則以《螞蟻王國》的視覺材料讓學生理解中華民族「修身、齊家」的概念。探究式學習（inquiry-based learning）亦是過去 IB 積極提倡的教學方法之一，受訪老師表示最常用的教學策略是開放式的提問，帶動學生主動討論，促進師生及學生之間的交流、分享，從而對相關的歷史事件或文化議題有更深刻的認識與理解。

除此之外，受訪老師強調體驗式的學習，通過舉辦不同的歷史、文化活動讓學生參與其中，以經驗建構知識。課堂上，老師們安排剪紙、包餃子活動；課外活動則有龍舟隊、舞龍隊、大型的文化晚會及學生組織的中國文化學會；校外方面，舉辦文化考察及遊學團，例如到番禺了解當地的建築、人民生活，從而認識嶺南文化。更有跨學科合作，例如與美術老師設計中國臉譜、與其他外語老師組織世界語言文化周。教師提供不同的平台，讓學生體驗多元的歷史、文化活動，理解中國文化內涵。

（二）文化及歷史教學的挑戰

1. 華人社會的國際學校

老師們都提到，學校的管理層普遍對推行中國文化、歷史教學抱支持的態度。然而，絕大部分國際學校的管理層，皆來自西方文化背景，未必熟悉中國文化，實質的支持可能有限。麥老師提到：「無論在人事的編排，對中文課程的重視，都表現出他們（管理層）對這個語言不夠重視，更遑論推廣（中國的）文化、歷史。」學校的管理層在口頭上表示支持，但實際的表現並不積極。

在國際學校中，漢語屬於世界語言（World Language）的一部分，中文科多歸屬於現代語言部門（Modern Language Department），修讀對外漢語的學生，只是按課程需要學習一門現代語言，未必重視中國文化。加上部分中國歷史、文化知識，與學生自身的成長環境、文化背景及認知距離太遠，難以引起共鳴，學習起來自然就缺乏動機。黃老師指出：

> 雖然身處以華人為主的香港社會，但大部分同學從小於國際學校學習，成長環境以西方文化為重心，即使老師不斷強調中國文化、歷史的重要價值，他們也未必認同，沒有很強的學習意識，造成教與學成效的明顯差距。

而在新加坡獨特的社會背景下，推行文化、歷史教學，又多了一層不同的考量：「新加坡是一個多元文化國家，推行活動時，必須注意照顧不同種族的文化，難以單獨推廣中國文化，對推行中國文化課也有一定的困難。」這也回應了同樣在新加坡任教的梁老師的意見：「新加坡的本地、國際學校，需要配合種族和諧的語境，不同語系的老師，各施其職，推廣不同的文化，互不衝突。」

2. 課程推行

受訪老師提出其他推行中國歷史、文化教學的挑戰。首先，教學時間緊迫，語文老師需要培養學生的讀、寫、聽、説能力，課程內容繁重，於是中國文化、歷史的教學首當其衝，老師也只能選擇刪減、甚至放棄這部分。其次，中國文化及歷史非公開考試的主要考核內容，而華人地區國際學校的家長都看重成績，普遍不支持學生於課堂上或課後花時間於文化、歷史的學習及活動。還有，二語學生語文能力難以支撐高階的思維層次，並對所學文化進行深度的討論。梁老師指出：「學習複雜、深奧的歷史知識可能造成挫敗感，而選擇比較簡單、淺易的材料，又可能讓他們感到無聊，影響學生們的學習興趣。」所以，有老師指出，當要求學生作深層次討論或高階思維，會運用英語進行，但這又出現教師自身英語能力不足的問題，導致難以清晰說明教學內容，最後學生的討論只流於表面。

六、討論與建議

宏觀而言，IB 課程本身有其特定的教學理念與取向，着重培養學生的國際情懷（international mindedness），推動跨語言及跨文化的價值與態度，為對外漢語的文化及歷史教學提供一個理想的平台。然而，具體實施過程中，三個地區六位教師的訪談中可見以下兩個問題。首先，研究結果反映對外漢語教師普遍認為語言與歷史及文化有着密不可分的關係，但重點是語言能力的培養，歷史及文化只為輔助。教師把歷史及文化教學定位為「副業」，教學時以滲透、融合的方式進行。雖然這樣為課程及教學帶來靈活性，但同時衍生歷史及文化教學隨機性強，欠缺連貫與銜接的問題。根據 Barrett（1998）的理論框架，學習者的跨文化能力的建立，乃從「以民族為中心的階段」發展至「民族相互關聯階段」，在體驗群體之間的差異的過程中，以整合差異為理想目標。[29] 當對外漢語教師認為歷史及文化只為語言能力培養的輔助，沒有規範的課程，沒有特定課時，更沒有跨文化能力的階段發展指標，便出現現時碎片化的情況。不同學校涵蓋的範圍不同，教師們「各顯神通」，甚至在課時緊迫的情況下，歷史及文化被刪減、犧牲。雖然 IB 部分公開考試卷別涵蓋歷史及文化內容，但老師有意識地只集中教授與考試相關的內容，產生倒流效應，不單未能培養學生的跨文化能力，限制了文化及歷史教學的廣度與深度，甚至演變成教學套路，指導學生在考試中回答相關問題，學生可能以更狹隘的視野去理解相關議題，未能真正反思中國文化的價值與意義。

29 Milton J. Bennett, “Intercultural communication: A current perspective.” *Basic concepts of intercultural communication: Selected readings* 1 (Yarmouth, Intercultural Press, 1998), pp. 1-34.

其次，研究結果反映教師認為學生的語言能力與歷史及文化教學的深度相關，學生的語言能力未能應付複雜的歷史及文化知識，從而限制了他們的教學內容。一方面對外漢語教師具備使命感，認為自己的身教也是歷史及文化輸入的一部分，這與中國傳統思想中老師的「傳道、授業、解惑」的思想有關。加上 IB 課程提倡概念驅動教學，老師們認為他們的角色是引導者，思考者，潛移默化帶領學生去感受中華文化。然而，教師認為由於學生的語文能力有限，因此課堂上未必會選取複雜的歷史及文化材料及主題，無疑局限學生建立跨文化能力。即使過去研究發現語言能力與跨文化能力互為影響，但兩者非但不相悖，而且若能在課堂上的歷史及文化議題刺激學生思考，更能促進其語文能力的長遠發展。否則，歷史、文化的教學蜻蜓點水，語言學習墮入學習旅遊、飲食、學校等主題的相關詞彙，未能啟發中學生的認知發展及歷史文化的理解，更遑論跨文化能力的建立。要解決此問題，教師可在不同的教學環節上，有意識地轉換教學語言，適當地運用英語及中文，並擺脱二語學生難以掌握複雜的歷史及文化知識的前設，方能提升相關教學內容的深度。

除此以外，研究發現教師的歷史及文化教學傾向「生活文化」的輸入，例如剪紙、節日慶祝、包餃子等，而非文學、歷史及哲學的薰陶。無可否認，這些生活文化題材比較貼近學生的生活，容易引起共鳴，有助提升學習語言的興趣，但可能使學生單一、表面地理解中國文化，甚至產生誤解。中學生並非不能駕馭文學、歷史及哲學的學習，而是教師們如何解決語言可能帶來的障礙，在啟發思維的同時，也能夠促進其漢語語言的提升，在兩者之間取得平衡。

根據本研究的結果，對外漢語的課程可從課程規劃及教學策略兩方面思考如何推廣歷史及文化教學。在課程規劃方面，把對外漢語課程的歷史及文化教學系統化，以校本方式，統一規劃歷史及文化的教學主題，訂立跨文化能力的目標，並設特定教學時間，明確確立其重要性。同時，給予教師足夠的空間，例如歷史、文化教學的時間以總課時的百分比設定，而非硬指標，使他們可因應教學內容及學生的興趣作出調整及調配。

其次，教學策略方面，教師可以善用 IB 推動多元文化的理念，以及學生多元背景的優勢，鼓勵跨文化小組活動，通過合作學習，增加不同文化背景的人的接觸，發展友誼。另一個方法為專題研習（Project-based learning），結合 IB 課程提倡的概念驅動教學，學生以回答一個核心問題為目的，通過設計、構思並執行解決方案，訓練學生的語言和交際能力和聆聽能力，以及理解及採納他人的觀點，尊重多元文化的社群。[30] 另外，以概念驅動作為歷史、文化教學的主要教學策略，不同的「概念」貫穿不同文化的特點，讓學生能更有效學習相關知識，比較、深化並反思中國文化與其自身或其他文化的差異，在體驗差異的過程中，價值觀、技能、態度、以及知識及批判理解的形成，達至「整合差異」的終極目標。

七、總結

總括而言，培養和提升漢語學習者的跨文化能力為國際漢語教學一個重要及明確的方向，教師應該致力在提升學生語言能力與跨文化能力之間取得平衡，尤其是IB課程的理念及概念驅動教學，為對外漢語課程中國歷史及文化教學提供理想的平台，教師更應具備創新的思想，思考多元化且有效的跨文化教學策略。不過，國際文憑組織亦可為語文教師提供跨文化能力教學的培訓，更新及深化其理論與知識，從而更有效規劃及設計課程。

本研究從跨文化的角度了解對外漢語課程文化及歷史教學的現況，訪問六位來自中國內地、香港及新加坡的對外漢語教師，以期具體理解教師的理念與挑戰，研究結果在學術和教學兩個層面均有一定貢獻。然而，本研究在設計上有兩個不足之處，一是訪談人數相對較少，而且只能從教師的角度去了解文化教學的現況與挑戰，影響結果的代表性及推論能力，研究結果未必能應用於其他的教學場景。第二，本研究假若能加入實地觀課、學生訪問或派發問卷評量學生跨文化能力，能更全面且深入去研究問題的核心。建議日後可在本研究的基礎上，訪問更多不同地區與國家的對外漢語教師，以及從學生的角度，了解他們跨文化的能力，為對外漢語課程中的歷史及文化教學提供更重要的參考價值及啟示。

---

30 Stephanie Bell, "Project-based learning for the 21st century: Skills for the future." *The Clearing House* 83 (2010): 39-43.

參考資料

國際文憑組織，《大學預科項目中的教學與學習方法》（國際文憑組織，2019）。

國際文憑組織，《中學項目的學科教學：培育重要思想觀點和深刻理解》（國際文憑組織，2012）。

Barrett, Martyn

2018 "How schools can promote the intercultural competence of young people." *European Psychologist* 23.1: 269-293.

2020 "The Council of Europe's Reference Framework of Competences for Democratic Culture: Policy context, content and impact." *London Review of Education* 18.1:1-17.

Barrett, Martyn D., Huber, Josef, and C. Reynolds

2014 *Developing intercultural competence through education*. Strasbourg: Council of Europe Publishing..

Bell, Stephanie

2010 "Project-based learning for the 21st century: Skills for the future." *The Clearing House* 83: 39-43.

Bennett, Milton J.

1998 "Intercultural communication: A current perspective." In Milton J. Bennett (Ed.), *Basic concepts of intercultural communication: Selected readings*. Yarmouth: Intercultural Press.

2013 *Basic concepts of intercultural communication: Paradigms, principles, and practices*. United Kingdom: Hachette.

2013 *Basic concepts of intercultural communication: Paradigms, principles, and practices*. United Kingdom: Hachette.

Bird, Allan, Heinbuch, Susan, Dunbar, Roger, and Marian McNulty

1993 "A conceptual model of the effects of area studies training programs and a preliminary investigation of the model's hypothesized relationships." *International*

Journal of Intercultural Relations 17.4:415–435.

Braun, Virginia, and Victoria Clarke

2012 "Thematic analysis." In *APA handbook of research methods in psychology, Vol 2 Research Designs,* edited by Harris. American Psychological Association, pp. 57-71.

Bücker, Joost J.L.E., and Hubert Korzilius

2015 "Developing cultural intelligence: Assessing the effect of the ecotonos cultural simulation game for international business students." *The International Journal of Human Resource Management* 26.15:1995–2014.

Fereday, Jennifer, and Eimear Muir-Cochrane

2006 "Demonstrating rigor using thematic analysis: A hybrid approach of inductive and deductive coding and theme development." *International journal of qualitative methods* 5.1: 80-92.

Hammer, Mitchell R., and Judith N. Martin

1992 "The effects of cross-cultural training on American managers in a Japanese-American joint venture." *Journal of Applied Communication Research* 20.2:161–182.

Hennink, Monique, Hutter, Inge, and Ajay Bailey.

2010 *Qualitative research methods*. London: Sage.

Hui, Guo Lansing

2015 "Intercultural communicative competence, language proficiency, and study abroad." *International Journal of Research Studies in Education* 4.2:57–67.

Cannon, Edward P.

2008 "Promoting moral reasoning and multicultural competence during internship." *Journal of Moral Education* 37.4:503–518.

Chen, Guo-Ming, and William J. Starosta

2000 "A review of the concept of intercultural awareness." *Human Communication* 3:1–15.

Deardorff, Darla K.

2006 "Identification and assessment of intercultural competence as a student outcome of internationalization." *Journal of studies in international education* 10.3: 241-266.

Erickson, H. Lynn, Lanning, Lois A., and Rachel French

2017 *Concept-based curriculum and instruction for the thinking classroom.* Corwin Press.

Feng, Jing Betty

2016 "Improving intercultural competence in the classroom: A reflective development model." *Journal of Teaching in International Business* 27.1:4–22.

Given, Lisa M., ed.

2008 *The Sage encyclopedia of qualitative research methods*. Sage publications.

Gowindasamy, Maniyarasi

2017 "A case study on the implementation of reflective development model in improving intercultural competence among business student in Stamford College." *Journal of Education and Practice* 8.12:168–174.

Hammer, Mitchell R.

2012 "The intercultural development inventory: A new frontier in assessment and development of intercultural competence." In *Student Learning Abroad,* edited by Paige, and Lou. Sterling: Stylus Publishing, pp.115-136.

Hismanoglu, Murat

2011 "An investigation of ELT students' intercultural communicative competence in relation to linguistic proficiency, overseas experience and formal instruction." *International Journal of Intercultural Relations* 35.6: 805-817.

Kenneth, Cushner

2015 "The challenge of nurturing intercultural competence in young people." *International Schools Journal* 34.2:8–16.

Mitchell, Hammer, Bennett, Milton J. and Richard Wiseman

2003 "Measuring intercultural sensitivity: The intercultural development Inventory." *International journal of intercultural relations* 27.4: 421-443.

Olson, Christa Lee, and Kent R. Kroeger

2001 "Global competency and intercultural sensitivity." *Journal of Studies in International Education* 5.2:116–137.

Peng, Ren-Zhong, Wu, Wei-Ping, and Wei-Wei Fan

2015 "A comprehensive evaluation of Chinese college students' intercultural competence." *International Journal of Intercultural Relations* 47:143–157.

Ramirez R, Enrique

2016 "Impact on intercultural competence when studying abroad and the moderating role of personality." *Journal of Teaching in International Business* 27.2: 88-105.

Robson, Colin

2002 *Real world research: A resource for social scientists and practitioner-researchers*. Wiley-Blackwell.

Rodríguez, Luisa María González, and Miriam Borham Puyal

2012 "Promoting intercultural competence through literature in CLIL contexts." *Journal of the Spanish Association of Anglo-American Studies* 34.2:105–124.

Scott, David, and Marlene Morrison

2006 *Key ideas in educational research*. Continuum.

Suntharesan, Vairmuthu

2013 "Importance of developing intercultural communicative competence among students of ESL." *Language in India* 13.2:1–8.

Shayakhmetova, Liliia, Shayakhmetova, Leysan, Ashrapova, Alsu and Yevgeniya Zhuravleva

2017 "Using songs in developing intercultural competence." *Journal of History Culture and Art Research* 6.4:639–646.

Stockwell, Esther

2016 "Using web-based exploratory tasks to develop intercultural competence in a homogeneous cultural environment." *Innovations in Education and Teaching International* 53.6:649–659.

Wang, Yi'an and Steve J. Kulich

2015 "Does context count? Developing and assessing intercultural competence through an interview-and model-based domestic course design in China." *International Journal of Intercultural Relations* 48:38–57.

Watson, Jeff R.

2007 "The role of language proficiency in cross-cultural competence (3C): A fundamental key to intercultural effectiveness in military personnel." *Center for Languages, Cultures, & Regional Studies* 2:1–5.

Williams, Tracy Rundstrom

2005 "Exploring the impact of study abroad on students' intercultural communication skills: Adaptability and sensitivity." *Journal of Studies in International Education*

9.4:356–371.

Worawong, Kanoknate, Charttrakul, Kanjana, and Anamai Damnet

2017 "Promoting intercultural competence of Thai university students through role-play." *Advances in Language and Literary Studies* 8.6:37–43.

Yarosh, Maria, Lukic, Dane, and Rosa Santibáñez-Gruber

2018 "Intercultural competence for students in international joint master programmes." *International Journal of Intercultural Relations* 66:52–72.

An Investigation of the Current Situation, Challenges and Prospects of the Implementation of the History and Cultural Teaching in the Chinese Foreign Language Program

Lam Sin Manw Sophia
Department of Chinese Language Studies
The Education University of Hong Kong

Mak Chun Man Cliff
Renaissance College

ABSTRACT

As the Chinese economy's development accelerates, the status and demand for fluent Chinese proficiency emerges globally. Many highly recognised international courses, such as the International Baccalaureate Program (IBDP) has also included Chinese as a foreign language curriculum. Due to the inseparable nature between language and culture, language learning forms the foundation of cultural learning, whilst cultural learning assists learners to better master the language. Therefore, Chinese history and cultural education are important elements of the respective curriculum. Some research has been conducted in cultural teaching of Chinese as a foreign language as an essential element of learning the language. However, such research mainly focuses on the values and significance of cultural teaching in Chinese foreign language courses, and less on the real-life applications in practical teaching situations.

This research adopts a qualitative method to explore the implementations of Chinese history and cultural education in International Baccalaureate (IB) Mandarin Chinese, whilst it further explores the effective methods and difficulties encountered. Six Chinese teachers from mainland China, Hong Kong and Singapore in four different international schools were interviewed. Through this research, researchers aim to examine the current state of cultural teaching, identify problems, and make further suggestions for improvement. This not only improves the existing Chinese language and cultural course, while also helps inspiring and advocating the promotion of the Chinese language and culture globally.

Keywords International Baccalaureate, Chinese History and Culture, Chinese as a Second Language, Intercultural Competence, Teacher Education

教育理念應用在校園：在「田中」實踐了田家炳先生教育思想*

香港樹仁大學歷史學系
區志堅

摘要

主張「中國的希望在教育」的實業家、慈善家、儒商、教育家田家炳先生，多年推動中華文化及道德文化教育，在國內捐助興辦大學、中學及小學，譽滿國際，更有「中國百校之父」的美譽，家炳先生更身體力行，以朱柏廬先生《治家格言》為營商、辦學及教育子女的指導思想。本文先述田家炳先生的家學，再述先生以《治家格言》為營商及從事教育的指導思想，並述先生辦學思想，最後述及先生辦學思想成功地在田家炳基金會直接資助下成立的田家炳中學之課程及師生生活中實踐。筆者希望以田家炳中學實踐了辦創人田家炳先生教育思想的辦學模式，為今天學校推行生命教育、道德教育、公民及社會發展課程的借鑑。

關鍵詞　田家炳　田家炳中學　道德教育　《治家格言》

* 十分感謝「田家炳基金會」資助香港樹仁大學進行「儒商田家炳先生資料庫研究計劃」，本論文是此研究計劃的階段性成果。又感謝田家炳教育基金會批准及運用基金會典藏檔案資料。

一、引言

近現代中國學術發展具有專業化、學院化及獨立化的特色，[2] 而中小學教的基礎教育更為成長的青少年建立學習知識的基石，學校課程成為培養學術專業發展的「硬件」，而校園生活則成為營造學風的「軟件」，學校更使大部分的教學、行政人員、學生都工作和生活在一個正式組織裏，學院不單要完成教學、研究、服務社會及創造知識等功能，還要照顧職工生活，也為學生提供校園生活，成為團結師生及行政人員的機構，由是院校也是一個具有「社會功能和工作生活共同體」（a working/living community），師生間的社會及日常生活相為連繫，學生受教員的處事及研究方法的啟迪，更有些學生承傳教員的研究方法及觀點，師生身份上也認同學術機構及組織（organizational identity），產生對機構的歸屬感及團結感，師生及行政人員身份上也認同自己屬於組織的一份子，更重要的是師生間對所屬機構的身份認同，校友也以曾在此校修讀，感到光榮，對母校產生身份認同。學校成為師生、校友的凝聚力量，師生生活及學術成果相砥礪，更推動一代學風。[3] 加上，校園內各位成員均認同學術機構的創校宣言或創辦人的言論，研究方法或觀點相沿承襲，漸成一個學術群體。談及香港一地中小學教育發展，往往尚未多談及是學校怎樣實踐創辦人的辦學理念，不少人士會懷疑創辦人的辦學理念經過了多年行政及學校發展，甚至認為學校發展進入制度化，更未能實踐及延續辦學理念。但筆者曾進行相關課題研究，得見部分學校，均能實踐了創辦人的辦學理念。[4] 例如在香港一地，由香港非常重要的慈善家、教育家及實業商人，奉為「中國百校之父」[5] 的田家炳先生（1919-2018，以下直稱：家炳），[6] 資助在內地及香港創辦的中小學，家炳的辦學理念是可以實踐在學校課程、師生生活等各

2　汪榮祖，〈五四與民國史學之發展〉，《五四運動研究論文集》（台北：聯經，1985），頁 22；有關學校教育制度與培育學風的關係，見 Peter Bernski, *Organizational Identity in An Institution of Higher Education an Examined Through Metaphor* (The University of Colorado,2002)；周國華，《大學教師組織認同研究：影響因素及建構基礎》（上海：華東師範大學出版社，2012），頁 209-239。

3　見王慶生：《德被華夏的田家炳訪談錄》（武漢：長江文藝出版社，2003），頁 3-5。

4　區志堅，《明理愛光：杜葉錫恩的教育思想及實踐》（香港：中華書局，2021）；〈「中國的希望在教育」：客家儒商田家炳先生的辦學思想及實踐〉，《新亞論叢》（2021 年），期 213-17；〈以人文主義之教育為宗旨，溝通世界中西文化：錢穆先生籌辦新亞教育事業的宏願及實踐〉，香港中文大學文學院編：《傳承與創新——香港中文大學文學院四十五周年校慶論文集》（香港：香港中文大學出版社，2009），頁 90-114。

5　有關以「百校之父」之名，稱田家炳先生，見《遼寧衛視》，https://www.youtube.com/watch?v=wAFkUof9Nmo[瀏覽日期 :2021 年 9 月 1 日]。

6　為方便行文，省略尊稱，如田家炳先生及家炳公等，直稱：家炳。

方面。換言之，教學理念是可以在辦學制度上加以實踐及應用，故本文主要是以田家炳基金會直接資助及籌辦的香港田家炳中學師生生活為研究對象，看家炳先生其辦學理念及實踐情況，更從師生生活（Daily Life）及「概念實踐」（concept code）的研究方法，得見田家炳中學的確實踐了家炳先生的辦學理想。[7]

二、略述田家炳素重中國文化、道德教育及《治家格言》

田家炳，香港著名的企業家、慈善家、教育家，因對中國教育作出的巨大貢獻，廣泛資助國內外高等院校、中小學的發展，尤以中小學的興建更多受家炳先生撥資籌辦，故先生也被稱為「中國百校之父」。1919 年 11 月 20 日，家炳出生於廣東大埔縣一個世代書香的家庭，在其回憶文字中，多言受父親玉瑚公的啟迪，並得以受到良好的教育，家炳常言：父親田玉瑚公原是讀書人，為當地聞名遐邇的儒林耆宿，為謀生計，開設了一家名為「廣泰興」商店，經營百貨商品，服務鄉鄰。後來，玉瑚公又興辦了一座磚瓦廠，繁盛時曾招募上百名工人。[8] 他對家炳的要求，經常以忠孝節義的事例、立身處世的格言為課題，言傳身教，[9] 以身作則，厲行公義。家炳憶起，當鄉親間有不少糾紛，往往會找玉瑚公主持公道，「我父親不畏強權，令正義得到伸報，而受過他幫助的鄉親，除了口頭上感激讚頌，有些甚至會親自來到他身前叩拜感謝」，深刻影響了家炳後天人格的形成，家炳後來接受採訪時表示，無私奉獻的精神其實來源於其父親田玉瑚公的遺風，家炳自小已有「多做好事、多貢獻社會」的信念，亦促使他多年來把捐款集中在教育上，提倡德育。[10] 而玉瑚公在世時極為重視子女的德育傳承，要求家炳自小背熟明末清初學者朱柏廬（朱用純（公元 1617-?），字致一，自號柏盧）著《治家格言》。家炳也引《治家格言》以自勉，躬行實踐。至年老之時，仍對《治家格言》背誦如流，[11] 其中一句「善欲人見不是真善，惡恐人知便是大惡」常提

---

7 有關「Daily Life」（生活史）的研究，見 Eric Hobsbowm, "From Social History to History of Society," *Daedalus* 100:1(Winter, 1971), pp.20-45. 又「概念實踐」的研究方法，見嘉比．克呂克—托佛羅 & 桑妮 克尼特爾（劉名揚譯）：《概念思考模式：從醞釀概念到有意義的消息行動》（台北：本事究出版，2018 年）此書原是英文著作：Gaby Crucq-Toffolo and Sanne Knitel, *Concept Code: How To Create Meaningful Concepts*.

8 〈樂善好施惠眾生 德行大名刻星空〉，《中國日報．華商領軍者版》，2012 年 11 月。

9 〈西部開發週刊〉，《人民日報（海外版）》第 12 版，2000 年 6 月 8 日。

10 〈田家炳盡捐 20 億工廈資產 家族淡出基金會交教育專才接手〉，《明報》2012 年 6 月 22，A5 版。

11 區志堅訪問及整理，〈田慶先先生訪問稿〉（2021 年 3 月 12 日）[未刊稿]。

醒家炳低調行善，做事多考慮對社會會否有負面影響。[12]《治家格言》全文內容廣泛，環繞修身治家之道，例如「一粥一飯，當思來處不易」便是提醒人要珍惜物件、「勿貪意外之財，勿飲過量之酒」警惕世人要戒貪心，而最為人熟悉的句子，相信是勸勉人要做好準備的「宜未雨綢繆，毋臨渴而掘井」。[13] 家炳稱讚《治家格言》字字珠璣，是待人處事的準則。但論到最重要的兩句格言時，他認為是:「惡恐人知，便是大惡。」「我這幾年出外演講，經常有人問你認為甚麼是好事？甚麼是壞事？我的答覆總是：我覺得簡單，我做事如果是怕人知道的就是壞事；如果不怕人知，就是好事。」他續說，這兩句對於考慮應否做某件事情，有很大的提醒。另外，他亦很讚賞「處世戒多言，言多必失」，家炳認為工作時總會遇到不同見解的人，說話前應考慮對方面對的情況，切身處地想想以免引起無謂爭拗。[14]

就《治家格言》「一粥一飯，當思來處不易」一句而言，不僅為家炳力行踐行，在家炳日常生活及其對子女的教育中更能體現。時年八十三歲的家炳問到為何兒女婚嫁一切從簡、八十大壽也不擺酒時，家炳直言:「古訓云，一粥一飯，當思來之不易；半絲半縷，恆念物力維艱。社會是由無數小我組成的，我們日常生活所需的衣食住行，一切由勞動大眾分工合作提供。應該加以珍惜，不要浪費。對於社會，我只是稍盡回饋之責而已。我始終相信施比受更有福。」[15] 問及每次外遊，為何堅持帶着自己的肥皂出門，外出吃飯，通常只要一杯白水時，家炳回答:「我出門帶肥皂，因為在每地方只小住一兩晚，如果開酒店的番覶來用，用不完很浪費。既然我可以為外人慳，何樂不為？至於不喝飲料，是因為我想全港 700 萬人，如果每人一天少開一罐飲料，一天省下的罐便有 700 萬個，也省了 700 萬個罐罐堆填面積。」[16] 而家炳勉勵子孫及學生的《治家格言》，也是《朱子家禮》，更成為 2021 年 8 月香港特區教育局育局公佈增設 85 篇經典古詩文篇章篇目內，為日後中學生必讀的課文，教育局官員也說藉以上課文培育學生優良道德及歷史文化知識，由此也可見家炳先生早有卓見，以《治家

---

12 〈田家炳盡捐 20 億工廈資產 家族淡出基金會交教育專才接手〉，《明報》2012 年 6 月 22 日，A5 版。

13 潘敬青，〈治家格言令田家炳克儉常樂 百校之父奉家訓行善〉，《星島日報》，2003 年 12 月 15 日，F3 版。又有關中國傳統家訓、先賢格言等教材，成為推動地方道德教育的重要力量，見陳延斌，〈序〉，《中國傳統家訓文獻輯刊》(北京:國家圖書館出版社，2018)，頁 1-6;參陳來，〈蒙學與世俗儒家倫理〉，袁行霈主編，《國學：多學科的視角》(北京：北京大學出版社，2007)，頁 95-113。

14 見〈治家格言令田家炳克儉常樂 百校之父奉家訓行善〉。

15 〈田家炳月用三千助學十億〉，《羊城晚報》，2002 年 12 月 28 日，A3 版。

16 〈田家炳月用三千助學十億〉，《羊城晚報》，2002 年 12 月 28 日，A3 版。

格言》為教材。[17]

三、田家炳的教育理念：「中國希望在教育」

田家炳極為重視教育，認為「中國希望在教育」。他認為振興教育是可以提高人的素質、強國富民的最主要工作。因而他對每一捐資專案都廢寢忘餐地勞心費力，以期做到盡善盡美，將教育事業當作他終身奉獻的事業。[18] 家炳鍾情教育，回報社會，寧「積德於後代」不「留財予子孫」。他表示：「我捐的錢都不是給個人，而是給大眾。建學校孩子們能讀書，修橋樑大家能過河，建醫院能救治病患」，田先生覺得「授人以漁」遠比「授人以魚」更為重要，而投資教育即是「授人以漁」的最直接的辦法。[19]

家炳的長子田慶先回憶父教時說：「家父很重視家庭教育，為了樹立良好的家風及建立溫暖的家庭，他事事都以身作則，給兒女做個好榜樣。除了不抽煙，不喝酒、不賭錢外，他的一言一行，都非常嚴謹檢點。他重視身教甚於言傳，兒女的思想行動，一般人視為平常不過的錯誤，他也要和顏悅色地提出糾正」，[20]「看見爸爸用人格換取別人的尊重，我覺得我也要做一個好人」，[21] 現時孩子接受教育的機會相比以往多，子女時常都會自恃知識水準高而忽視父母的意見。而田先生認為嘮嘮叨叨可以起教導的作用不大，希望以身作則，讓子女從父親的行為學習，知道父母親對自己的期望。只用身教的田先生，甚少干預子女的學業，不要求子女繼承父業。「以前爸爸會以身教教導我，甚少干預或督促我。」家炳是一位慈父，不溺愛子女，也不會整天嘮叨。身教，勝過一切的語言，也為亦父亦友的關係提供了優良的發展平台。[22] 雖然平時對自己一角幾分都要省，但用在兒女教育上他是從不計較的。[23] 家炳不節省兒女的教育費用，對社會公益的教育捐款也毫不計較。1984 年至 2018 年，僅家炳所捐助的中學，

---

17 《文匯網》，https://www.wenweipo.com/a/202108/13/AP61158703e4b08d3407d3ded3.html［瀏覽日期：2021 年 9 月 3 日］。

18 〈我敬愛的父親〉長子 慶先，錄自貴州人民出版社 1999 年 9 月版《華夏之星田家炳》，頁 19。

19 屈文琳、劉健君，〈田家炳：華夏仰望的「教育之星」〉，《社會與公益》，2010 年第 6 期，頁 39。

20 田慶先，〈我敬愛的父親〉，轉引自貴州人民出版社 1999 年 9 月版《華夏之星田家炳》，頁 19。

21 謝麗芬，〈田家炳博士專訪：仁人，愛人，家人〉，頁 4-5，仁愛堂田家炳中學，《二十五週年校慶陽光人物》，2013。

22 謝麗芬，〈田家炳博士專訪：仁人，愛人，家人〉，頁 4-5，仁愛堂田家炳中學，《二十五週年校慶陽光人物》，2013。

23 〈家父的生活點滴〉二子 文先，錄自四川人民出版社 2005 年 3 月版《德高義重的田家炳》，頁 34。

就達 166 所，「百校之父」對待公共教育十分慷慨。

家炳亦很強調中華文化的教育。田家炳輾轉至香港置業，其中很重要一原因即是希望孩子接受中華文化的薰陶。田家炳解釋道：「當時我雖然生意取得了成功。不過，我更希望九個子女能真正接受中華文化。與孩子們的教育相比，經濟上的利益比不上中華民族文化的薰陶重要。因此，我還是決定離開了印尼，在 1958 年時，舉家遷到了香港定居。」[24] 此後田家炳所建立的田家炳基金會更以「促進德育教育，弘揚中華文化，融合世界文明」為使命。而基金會所創辦的香港田家炳中學即已將中華文化教育貫徹到底，通過全校整合模式，將中華文化內容滲入各科正規課程及延伸活動之內，讓學生在有系統的計劃中體認中華文化，並將優良的中華文化精神，在日常生活中躬行實踐，以成就有傳統中華文化優良特質的「完整人格」，從而提升個人的生命素質。[25]

四、實踐理念：田家炳中學實踐田家炳先生重育興德的辦學理念

田家炳基金會長期以來希望在辦校上促成多方合作，如政府出資，基金會再配對捐錢，希望藉大學專家身分及本身的專業知識，協助中小學在教學上的需要。[26] 因而，田家炳中學（以下簡稱：田中）於 1994 年建制時即屬政府津貼之中學，甫創校即廣邀學者擔任校董，校董會內有 3 至 4 名來自香港中文大學、香港大學及香港教育大學的教授，以專家身分領導學校，在課程、管理、教學及輔導上給予意見。校長阮邦耀指出，該校能得到教授們的鼎力支持，皆為田家炳及基金會的努力所致。田中抱着「全人培育」及「學生為本」的教育理想，以嚴謹的辦學精神，全人關顧的愛心，致力提供優質教育，培育莘莘學子。深為教育界讚賞、社會人士肯定。[27]

90 年代前後青少年性教育、環境議題及政府廉潔情況引起社會普遍關注，有關性教育、健康教育、清廉教育、環境教育等逐漸被引入中小學德育課程內容之中。1999 年時，德育還沒有成為香港學校的正規科目，有關學校德育的界定及範疇也是見仁見智，許多學校只是把涉及有關價值的課題納人德育教學中。這種情況也造成了香港學

---

24 〈樂善好施惠眾生 德行大名刻星空〉，《中國日報．華商領軍者版》，2012 年 11 月。

25 〈教師手冊〉，龍榮淦，田家炳基金會：《香港田家炳中學德育實踐模式》，2010 年，頁 3。

26 〈田家炳基金會特約專輯 繼承田家炳博士宏志，興學育才、推廣文教、回饋社會、貢獻國家〉，《明報》，2019 年 10 月 25 日。

27 〈教師手冊〉，龍榮淦，田家炳基金會：《香港田家炳中學德育實踐模式》，2010 年，頁 3。

校德育的一大特點，即隨意性強、涵蓋面廣。德育涉及到許多領域，其中首推公民教育。由於德育還沒有成為必修課，學校在德育方面有很大自主權，這使得香港學校德育有很大的隨意性。形式多樣，社會積極參與是其長處，而缺乏系統性及難於進行德育評估也困擾着學校德育。[28] 田中甫創校五年，將通識教育與和品德教育進行結合，亦將公民教育融入學生日常活動設計之中，另外其對中華文化課程的倡導，從傳統文化中挖掘德育資源，實在獨樹一幟，走在香港中學的前列。為回應 3、3、4 中學新學制的推行，田中於 2006 年開始便在中一級引入通識課程，並逐步設計學生成長歷程檔案和統整高中其他學習經歷。

田中的行政人員及教師，透過班主任課，早會、生活教育課、級社周會及全體周會等場合，讓老師在「教書」的同時，也能充分發揮「教人」的職分。田家炳中學同工常常以對方的暱稱作稱謂，例如「阿疆」、「偉德」和「珍姐」等，就活像朋友和家人一樣。尤其在一些集體聚會，如早會及周會等，老師們都會樂於分享自己的故事和經歷，包括童年成長、家庭關係、旅行軼事、與同學的相處，生活中的樂事或難關等等。進入千禧年後，香港社會常常有關注千禧世代的討論聲音，厭棄權威、圖像化，樂於體驗而抗拒單純的道理。在生活教育課這種情感體驗的過程中，老師引領、推動，引發學生去詮釋周遭的喜、怒、哀、樂等情感，同學會在不知不覺中借用了老師的眼睛看這世界，透過老師的心靈感受世間事物的真善美。

在「我們都是這樣長大的」這節課中，班主任和同學都會無私地分享自己的童年成長照；在「齊心做壁報」活動中，讓班內所有同學動手完成屬班壁報板；在「一網打盡」和「團隊協作」中，更要求師生親力親為，同心合力面對挑戰，從中體會到彼此信任、合作和承擔等抽象的概念及其重要性。如果早會是讓同學體驗老師的經歷，生活教育課要達至的程度更闊更廣，有些高中班主任甚至會陪伴同學從中四走到中六畢業，踏入人生另一階段，當中師生情誼更見深厚。

德育工作往往受到社會應試文化和功利主義的風氣影響，不受學生重視，更甚者，同學視之為阻礙學習的絆腳石。在新高中通識教育實施後，田中找到了突破的契機，就是把通識教育和品德教育兩者配合，希望透過前者的實用性，帶領同學進入另一層次——相關的價值觀和態度。例如在「我們的東北發展」周會中，老師既談新界東北的發展，也談人的價值和投入社區的重要性；在「通識講壇」周會中，老師嘗試仿效港台的《城市論壇》，讓各班代表扮演事件中的不同持份者，又配合通識科課堂，進行周會前資料搜集，然後在周會環節中全情投入、據理力爭，務求打動台下的觀

---

28 吳江，〈香港中小學德育簡敘〉，《深圳教育學院學報》，1999 年新 4 卷第 1 期，頁 71-74。

眾。以上種種安排，是希望同學參與周會時，帶着多學通識相關議題對考試會有好處的心態，而在熱鬧過後，更能沉澱所學，帶着正確的價值觀和態度成長。對於專責通識教育科和德育工作的同工而言，魚與熊掌是可以兼得的。[29] 秉承家炳對德育的重視和學校首十年相關工作的開展，在 2008 年開始，田中以學生的共性和個性平衡作為學校關注事項。目標是希望每位田中的學生除了具備良好的共通品性，亦擁有自己的獨特個性。對於個性的培育，田中以「Now: Discover Your Strength」作為藍本，教師共同學習如何發掘學生的強項，繼而從強項中引導學生建立自我形象，塑造個性。而在共性方面，田中以一個簡單的理念作為起步點，選取和參考了梁啟超先生於 1922 年的一篇演講文章《教育應用的道德公准》，提出了培育學生「關愛、誠實、勤奮、堅毅」的素質，作為學校的關注項目。

田中的德育及公民教育強調的是學生優良素質的培養和建立，正正是希望田中的學生能夠有不同的優良素質涵養，以面對將來複雜的時代。田中早會的特色，在於強調「讓學生透過眼睛看世界」，田中的老師們都喜歡跟同學分享他們的過去成長或生活故事，藉着老師自身的經歷和體會，讓學生明白做人處事的道理。在生活教育課中，班主任通常以學生為中心的課程設計，往往會和同學打成一片，推動學生探索成長的挑戰和機遇。以家庭關係主題為例，中一至中二級的同學分別在課堂中探討家庭和親情關係，其中，中三級學生更有機會參與「護蛋行動」，真實地體驗父母無微不至照顧兒女之情，在感受生命的脆弱的同時，更能懂得珍惜生命和幸福。

田中在德育發展，發揚中國文化中，創立了「田家炳博士中華文化獎勵計劃」、兩文三語與校本管理制度。

家炳十分重視中華文化的傳承與教育，而學校自創校以來，積極推廣、發揚中華文化，期望學生能勉紹先志，肩擔國家歷史文化承傳的使命，故倡辦「田家炳博士中華文化獎勵計劃」，更於 2010 年出版龍榮淦、蕭開廷先生主編《「己立立人、品德傳承」香港田家炳中學德育實踐模式——教師手冊》為日後內地及香港的田中的借鑑。[30] 通過全校整合模式，將中華文化內容滲入各科正規課程及延伸活動之內，讓學生在有系統的計劃中體認中華文化，並將優良的中華文化精神，在日常生活中躬行實踐，以成就有傳統中華文化優良特質的「完整人格」，從而提升個人的生命素質。此獎勵計劃是一個深化課堂各相關科目的學習與實踐、文娛及精神體驗、且富靈活性的活動節目，能切合不同背景學生的興趣和能力，而不論他們的資源多或少。同時，此獎勵計

29 《田家炳中學二十周年校慶紀念特刊》，2014 年，頁 74。
30 參龍榮淦、蕭開廷主編，《「己立立人、品德傳承」香港田家炳中學德育實踐模式——教師手冊》（香港：田家炳基金會，2010）一書。

劃純屬自由參加的活動，不含競爭性。同學可個別參加或組成小組參加，每個人的成績根據進度、毅力和成就評定，因此人人皆可完成而獲獎。在獲取獎勵的過程中，同學可從不同經驗中汲取中華文化的精粹，更能學習到自律、進取和努力等優良情操，並加深對自己和友儕的認識，體會發展個人嗜好的樂趣。初中學生完成閱讀、專題報告、文化參與及文化推介四項，便能考取木章、銅章，其中特別重視文化參與。期望藉參與校內、外的文化活動，拓展學生的接觸面，以培養其對中華文化的興趣與感情。高中學生通過完成專題報告以考取銀章、金章，其中特別強調對中國歷史文化和國情現況的認識，通過實地考察、查勘、訪問及與內地學生交流，以提升學生對中華文化的識見，從而孕育並深化家國情懷，讓中華文化得以薪火相傳。本校畢業之校友，在校外或專業學院進行，並完成深入的、與中華文化有關的專題研究，並在有分量的刊物上發表，可獲頒榮譽章級。為了推動這一計劃的執行，田家炳中學每年亦會舉辦一些重要的中華文化活動，如每年十月舉行中華文化獎勵計劃頒章暨薪火相傳典禮，以總結獎勵計劃過去一年考章工作的成果，同時為新一年考章工作起動。家炳先生及田榮先校監都會蒞臨主持典禮及頒章儀式，家炳更會親自燃點火炬，主持薪火相傳典禮，象徵承傳中華文化的使命得以代代相傳。最後設表演項目，為同學提供文化表演的機會，其中包括中樂演奏、中國舞蹈、詠春拳表演等等。每年二月農曆新年假後設中華文化周，舉辦不同類型的文化活動，例如中華狀元紅、早操（八段錦）週、攤位遊戲、中樂同樂、古詩文背誦比賽、足毽比賽、古裝人物扮演比賽等，藉以增加學生對中華文化的認識和興趣。每年七月由中華文化獎勵計劃委員會聯同學生事務組安排全級中四同學到廣州或東莞進行文化考察活動，行程包括：參觀廣州或東莞的田氏化工廠和廣州或東莞的歷史古蹟，以加深同學對祖國發展的認識，深化家國情懷。每年四月復活節假期期間，為中五、中六級同學舉辦內地文化交流及考察活動，讓同學在考察交流中汲取文化知識，期望通過親身接觸，實地觀察及交流，深化同學對中華文化的識見，從而變化氣質，肩負承傳中華文化的使命。亦會不定期舉辦教師文化參與活動，例如：老師書法班、中國傳統小食製作班等，以深化老師對中華文化的認識，並提升興趣。

2014 年時，田中田家炳博士中華文化獎勵計劃已經歷了整整十九個年頭，累積獲章同學已超過四千人，可見計劃已取得了碩大的成果，喚醒了同學對中華文化的關注，扭轉了他們之前對中華文化的偏見，擴闊了同學對中華文化的認識，為他們日後承傳華文化奠下基石。[31] 如中四級學生陳綺婷在其文〈中華文化〉中所述：「本來，在

31 《田家炳中學二十周年校慶紀念特刊》，2014 年，頁 106。

閱讀某兩本書前，我心中真的有點瞧不起中國的。也許，是因為修讀中國歷史、世界歷史的關係，令我覺得中國實在比其他西方列強遜色多了，尤其是近代的中國，接二連三的戰敗在西方國家手中，甚至連日本這只有四個『島』的國家也可來中國分一杯羹，說真的，這樣的中國，令人覺得有點難過，因此，『如果我是其他國家的人』這念頭亦油然而生……但現在，看過兩本關於中華文化博大的書後，令我不禁為自己生為中國人感到驕傲，並為從前自己想做其他國籍的人的念頭而感到羞恥。我看的書是四書五經的白話文譯本，和一本關於外國人對中國人的看法。我記得一句外國人的說話：『中國人是有自己的智慧……只是他們都過於偏狹於儒學之發展……他們的重點方向錯誤了。』這句話令我深刻的原因是它道出了我的同感，我個人也認為中國人確有自己的美德，但是大家心中所追求的，跟不上時代的步伐，從前的中國不斷尋求文學、儒家的發展，對科技、社會等反而不夠注重。當世界的資訊爆炸，科技起飛時，中國人仍然驕傲自大的自以為天下間無『國』能與之匹敵，仔細想想，為何中國會有這種想法？就是因為中國從前太強了，有過一段輝煌的歷史，才會小覷了其他的國家。其實中國五千多年歷史，光是這一點，已令世界各國望塵莫及了，而中國的文教發展，更是舉世聞名。我想中國字可以說是最深奧的文字了。英文的字全由二十六個字母組成，日本文更少，只有那不足十個字交互使用，湊成不同的字。我不是要貶低其他國家的文化，而是中國文化在經二千多年的發展後，真的已臻成熟之境界。」[32]

為鼓勵學生進行英文寫作，田中實踐 Tinspiration 學習計劃，該計劃收集學生的英文作品，其中部分是學生為校內外比賽準備的比賽作品，還有部分是學生平時完成地很好的散文課堂作業。Tinspiration 鼓勵大家探索年輕人深刻的思想，以及他們生命中令人感動的時刻。[33] 田中在鞏固了學生學習和兩文三語上，成效良佳。有關英中路方面，學校從 1994 年創校全面採用英語作為教學語言開始，經歷了 1998 年的母語教育政策，又透過前任校長和教師同工們的努力，曾演變為佔全港少數的「雙語中學」。2010 年 9 月，田中獲得教育局批准，開始成為全面採用英語授課的中學，踏進新的里程碑。與此同時，田中第一套公開演出的英語音樂劇「Joseph and the Technicolor Dreamcoat」在慶祝創校十五周年的時候在香港浸會大學會堂成功演出，第二套公開演出的英語音樂劇「The King and I」亦藉慶祝田中成立二十周年，2014 年於 4 月 30 日在香港理工大學綜藝館圓滿演出。

在學校管理方面，家炳雖為創校人，但從不干預學校的行政及辦學自由，田中的

---

32 〈中華文化〉，陳綺婷，田家炳中學官網，http://www.tkpss.edu.hk/v2/040_publications/040-070_writing/index.html[瀏覽日期：2021 年 9 月 3 日]。

33 *TIN spiration 2017-2018*, Issue 9, p. 1.

管理自由空間頗大，加之有專業人士指導，在學校管理方面可謂獨具風格。田中在創校開始已實行校本管理，即學生自我管理、樂閱讀、英中路、共性和個性平衡以及協作學習。學生自我管理理念即從教師為中心轉變成學生為中心。「學自管」的理念取材自前香港考試及評核局秘書長張永明博士的博士論文，他在文中指出為了盡量發揮校本管理的好處，學校、教師工作小組及教師個人三個層面應不斷加強自我管理。[34] 該理念在田中的具體實踐表現為每星期的早會分享、早操帶領及周會分享等，這些活動在老師統籌下適度和穩步地轉由學生主導。樂閱讀即由一群喜愛閱讀的同工帶領的閱讀推廣組作統籌，目的是培養學生對閱讀的興趣，推動全校同工參與並分享閱讀。

環境育人是田中的一個信念。在第二個十年，田中行政人員刻意為師生塑造一個更全面和更優良的工作及學習環境。田家炳先生十分樂於捐贈教育基礎設施，早在田家炳中學創校時，田家炳基金會已捐錢協助學校開設語言中心及裝設冷氣，早前學校獲 600 萬捐款提升資訊科技軟硬體，基金會額外加撥 200 萬元，讓學校有更多資源靈活運用。田家炳中學是唯一一間由基金會主辦且直接管理的學校，田家炳一直對田家炳中學掛念有加。2018 年颱風「山竹」襲港後，校內有一棵由田老先生親手栽種的樹被吹倒，學生及舊生們立即發起拯救行動，如今該樹已恢復健康。「舊生及學生們都受到田老先生感染，認為無論一樹一木也應該珍惜，不應隨便棄掉或浪費」；[35] 在硬體建設方面，現時每個課室除了電腦、投影機和擴音裝置外，更加添了實物投影機。由於操作簡易，實物投影機受到師生的歡迎，能有效地輔助課堂教學。此外，他們重新規劃和設計教員室，令全體教師可「一人一腦」和「共處一室」。教師工作環境不單獲得大幅改善，同工間的溝通以及教學和行政效率更有顯著提升。另一方面，玉瑚樓的落成、七樓天台的擴建、食物部加裝冷氣和開合式玻璃門，都為學生的學習和活動增添了不少額外的空間，對教學、聯課活動、生活教育和課後學習都大有裨益。正門長廊、早會講台和學校正門大堂的優化及校園的創建等，配合整潔校園和全面綠化的工作，令學校環境進一步大幅優化，達到環境育人的效果。

田中的校友和家長具備多元才華，亦十分關心學校發展。過去多年，田中廣泛引入校友和專業導師協助學生多方面發展，包括體育、音樂、文學創作、學業和職業輔導等，以回應學校全人教育的辦學夢想。此舉亦有助聯繫校友與母校的情誼，將老師的力量和時間轉投至教學和培育學生品格上，效果良佳。家長方面，除了舉辦很多親

34 張永明和鄭燕祥，<學校的多層面自我管理：香港校本管理的進一步發展>，發表於「第五屆中國教育國際會議：面向廿一世紀的中國教育」，香港中文大學，1997 年 8 月。

35 〈田家炳基金會 特約專輯 繼承田家炳博士宏志 興學育才 推廣文教 回饋社會 貢獻國家〉，《明報》，2019 年 10 月 25 日。

子和家長教育活動外，更大規模引入家長義工，協助星期六的恆常監考工作，與老師配合，有效地提升學生學業成績。[36]

田中級社周會為各級學生提供了聯繫同級情誼的作用之餘，亦藉着級社周會，照顧同一級學生的發展需要。例如針對中二級建立人際關係技巧的需要和中五級面對沉重學習及公開試壓力的挑戰，2019 年田中特意邀請專業輔導團隊到校，分別為兩級舉行了級社周會，其中，中五以「放空」為題，為他們提供了一節別開生面的紓緩壓力活動，讓他們在壓力高漲的時刻，盡快釋放出來。除了這類專業團體，級社周會更邀得校監和校長，每年分別與中四及中六同學對話，兩位都會都毫無保留地與學生分享他們過去的成長經歷、家庭關係和事業發展等話題。透過這些多元化而「盡情」的安排，田中希望進一步與學生連結起來，以便幫助他們能夠尋索自己的人生道路和培養個人生命的素質。

行政組織上，為使各主要部門的教育工作專業化，2009 年田中更成立了行政及發展委員會。它承接了教務委員會、學生事務委員會和教職員專業發展委員會（目前仍為組別）不少的行政工作，讓各委員會有空間朝向專業發展，提升教育質素。目前，學校在行政組織上以四個委員會為主幹，推動學校發展。從 2014 年 9 月開始，每個委員會均由一位副校長帶領，屆時田中的行政組織將更為成熟和穩健，成為學校可持續發展的重要基礎。同時基金會也資助學校多開設兩個副校長職位，校長阮邦耀指出：「一般學校只有兩名副校長，但其實未足夠兼顧日趨繁重的行政工作，現時教育局正在研究開設第三個副校長職位，但我們已有四位副校長，讓許多學校都羨慕不已。」[37]

除了校內工作，田中行政人員亦積極連繫社區，他們深信，沒有一項活動比參與義務工作更能讓學生發揮他們的關愛之心和服務精神。故此他們希望藉着提供網絡供同學走出校園去關懷社區，在從事大量的義務工作、服務他人的同時，更重要的是能夠建立自己的個性和心志，以便能夠承擔「明日公民領袖」的使命。因田中建立的「走進社區」服務氛圍，中四及中五級同學平均有超過一半學生均有八小時以上的校外服務，田中每年獲得香港義工運動頒發獎狀的同學人數平均接近一百名，同學的參與熱情高漲。此外，在一系列周會活動，以致班主任的時事點滴環節，透過時事討論，讓學生能接觸社會議題，推動學生除了關注自身需要，亦要了解自己

---

36 《田家炳中學二十周年校慶紀念特刊》，2014 年，頁 30。

37 〈田家炳基金會特約專輯，繼承田家炳博士宏志：興學育才、推廣文教、回饋社會、貢獻國家〉，《明報》，2019 年 10 月 25 日。

所處的社會。[38] 田中在努力達成年度關注事項的同時，並沒有忘記對本校辦學夢想的追尋，回應香港教育改革，行政組織專業化，廣泛引入校友力量和優化及綠化校園等工作。田中創校時標示的辦學夢想「成就優質全人教育，塑造明日公民領袖」，在前任校長和教職員的努力下，學校於全人教育方面已有不錯的成就。當今田中教職工人員在秉承前人辛勞和成果的同時，亦開始了「塑造明日公民領袖」的具體工作。田中除了引入的學生自我管理和個性與共性發展外，更重要的是引導學生追尋自己的夢想。過去田中曾經以下列周年主題帶動學生尋夢和築夢：「尋夢摘星現真我」、「品學齊驅築我夢」、「遠近相瞻知世事、上下求索築夢想」。透過老師們的努力，學生的回應十分正面，夢想也十分多元化，也取得了卓越的學業成就與傑出的運動成就，許多同學成為了電台主播、音樂人、作家等，部分同學更積極參與學生領袖選舉，獲得不少獎項，最突出的包括蔡楚航、葉啟文、黎詠媛和歐穎婷同學，他們都獲得全港十大傑出學生領袖的榮譽。

隨着社會和科技的迅速發展，世界各地的學校教育除了在課程上進行改革外，均希望在教學上進行範式轉移。新的教學模式包括混合學習（Blended Learning）、翻轉課堂（Flipped Classroom）和自主互助學習等都相繼推陳出新。田中亦在兩年前從中一開始推行建構與協作學習（Constructivist and Cooperative Learning, CCL）。新範式要求教師在課堂上為學生建構知識，並靈活地採用協作方式，讓學生在互動的過程中提升學習興趣和效益。新範式在中文、英文、數學及通識四個主要科目推行，並逐步推展至中三級。經過同工們兩年的努力，田中已為上述科目培育了一定數量的核心教師，除了教學範式改變外，部分科目亦已開始進行相互配合的課程改革，效果良好，亦為田中的教育開創新的一頁。

香港田家炳中學為唯一一間由田家炳基金會主辦的學校，不負田家炳先生心願，通過「燭光計劃」、「田家炳博士中華文化獎勵計劃」等活動，傳承發揚中華文化，加強了兩岸三地之間的聯繫，強化了本土學生對中華文化的認同感，所作之功遠不止教育本身。此外，香港田家炳中學積極進行課程改革，推廣德育，廣泛開設課外活動，促進學生智識、心理方面的全面發展，對社會公民的培養頗有助力。

38 〈田園〉，《田家炳中學校刊》，2019 年 7 月第 25 期，頁 22。

五、小結

學校成功實踐創辦人的教育理念及理想，往往有賴各方面的協作，其中歷任校長的堅持及傳承、師生的努力及學校教育制度的配合甚為重要，而香港田家炳中學的歷任校長及師生努力實踐創辦人田家炳先生的辦學理想，正是教育思想、理念，能成功在中學實踐的明證，這種中學德育實踐模式，均可以作為日後教育機構實踐教育思想及理念的借鑑。

Application of Education Philosophy at Campus — A Case Study of Tin Ka Ping

AU, Chi Kin
History Department,
Hong Kong Shue Yan University

ABSTRACT

Tin Ka Ping the entrepreneur, philanthropist, Confucian merchant, and educationalist advocated “Believing the future of China lies in education”. His years of endeavours in promoting Chinese culture and moral cultural education through donations for establishing universities, middle schools and elementary schools earned him international acclaims as “Father of a Hundred School”. Moreover, Tin practices Zhu Bolu’s Motto for Family Governance in his business operations, education philosophy, and childrearing. This study elaborates Tin’s family teaching, his practice of Motto for Family Governance as the guiding ideology in his business operations and education philosophy, and how his education philosophy successfully has actualized in the curriculum and school life at Tin Ka Ping Secondary School established under direct subsidy of Tin Ka Ping Foundation. It is hoped that this study of Tin Ka Ping Secondary School serves as a model for implementation of life education, moral education, civic and social development curriculum at schools nowadays.

Keywords Tin Ka Ping, Tin Ka Ping Secondary School, Moral Education, Motto for Family Governance

在中小學課程教授《周易》的難點與突破

香港教育大學中國語言學系
羅燕玲

摘要

《周易》貴為群經之首，是古人修身進仕的必讀要籍。書中不但蘊含陰陽消長、剛柔變化之道，更富有人生哲理，而不少成語亦出自《周易》經傳。在基礎教育中融入《周易》的教習，對學生日後進一步研究哲學、天文曆法、古代算術，甚至中醫學，均有益處。〈乾文言〉和〈繫辭下〉兩篇雖曾一度列入香港預科中文課程之中，但現今中小學語文課程，一般不涵蓋此經。究其原因，實與《周易》言辭之古奧、概念之抽象和體系之龐大有關。然而，筆者以為若能配合中小學生的學習階段特性設計教材，施教得法，在基礎課程融入《周易》的講習亦是可行的。本文將依次討論在中小學課程教授《周易》的難點、目標、原則與選材施教的方法。

關鍵詞　　周易　中小學　教習難點　選材　施教

一、引言

《易》有三名，分別是「簡易」、「不易」和「變易」，[1] 其簡易之處在於它以陰、陽變化簡約天地之道，並以六十四卦總結人事變幻之理，道理易知易行。可是，傳統以為孔子「五十以學《易》」，[2] 當孔子也要在知命之年才學習此經，又反映了《易》道之博大精深。

本地中小學中文課程編選了不少先秦經典的篇章，涉及的典籍有《詩經》、《論語》、《孟子》、《莊子》、《荀子》、《韓非子》、《左傳》及《戰國策》等，[3] 其中〈論四端〉、〈二子學弈〉（《孟子》）、〈鄭人買履〉、〈曾子殺豬〉（《韓非子》）、〈狐假虎威〉（《戰國策》）等都是學校選教的熱門篇章，而〈論仁、論孝、論君子〉（《論語》）、〈魚我所欲也〉（《孟子》）、〈逍遙遊〉（《莊子》）、〈勸學〉（《荀子》）獲選入十二篇指定文言經典篇章，於 2018 年起在中學文憑試中國語文科中設題考核，[4]2021 年新發《中國語文課程及評估指引（中四至中六）》更新增〈關睢〉（《詩經》）、〈曹劌論戰〉（《左傳》）及〈大學〉（《禮記》）三篇。[5] 反觀同屬先秦經典的《周易》則鮮在中小學生誦習經典之列，〈繫辭上〉「天尊地卑」至「天下之理得而成位乎其中矣」數節雖以「天尊地卑」為題選入「積學與涵泳——中學古詩文誦讀材料選篇（2017 年）」，但本地學校多不會以篇章選講的形式教授此篇。事實上，〈乾文言〉和〈繫辭下〉皆曾納入香港中學預科中文課程之中，[6] 而香港中英文中學在戰後初期多採用宋文翰、張文治編的《新編高中國文》，[7] 讀本第一冊收入〈乾文言〉，第六冊收入阮元〈文言說〉，

---

1 孔穎達〈周易正義卷首〉：「《易緯乾鑿度》云：『易一名而含三義，所謂易也，變易也，不易也。』……鄭玄據此作《易贊》及《易論》：『易一名而含三義，易簡，一也；變易，二也；不易，三也。』。」王弼注、孔穎達疏：《周易正義》，十三經注疏整理委員會整理：《十三經注疏整理本》（北京：北京大學出版社，2000 年），頁 5。

2 《論語．述而》：「子曰：『假我數年，五十而學《易》，可以無大過矣。』」所以傳統以為孔子當在五十知命之年學《易》，說法與《史記》、《漢書》等云「孔子晚而喜《易》」相符。惟《經典釋文》言：「魯讀『易』為『亦』。案《魯論》作『亦』，連下句讀。」1973 年河北定州西漢中山懷王墓出土簡本《論語》同將「易」寫作「亦」，讓學界對孔子「五十而學《易》」之說產生不少懷疑。

3 參考教育局課程發展處（中國語文教育組）：「積累與感興：小學古詩文誦讀材料選編（2010 修訂版）」、「積學與涵泳——中學古詩文誦讀材料選篇（2017 年）」、「中學中國語文學習參考篇章」（俱載香港特別行政區政府教育局「中國語文教育」網頁：http://www.edb.gov.hk/cd/chi）。

4 參考教育局課程發展處（中國語文教育組）：「指定文言經典學習材料教師參考資料選編」（載香港特別行政區政府教育局「中國語文教育」網頁：http://www.edb.gov.hk/cd/chi）。

5 香港特別行政區政府教育局「中國語文教育」網頁：http://www.edb.gov.hk/cd/chi。

6 布裕民：〈有關「十翼」——最早解釋《周易》的兩組文章〉，「灼見名家」網站（https://www.master-insight.com）。

7 陳必祥：《中國現代語文教育發展史》（昆明：雲南教育出版社，1987 年），頁 333-334。

篇後附「題解」、「作者略歷」及「注釋」。[8] 至 1956 年教育司署頒佈初、高中國文課程標準，將中文中學初、高中和英文中學第一至第六級的教材篇目都訂定下來，[9] 此後與《周易》相關的篇章再沒有出現在統一的指定教材之中。

《周易》文辭之難懂、概念之抽象和體系之龐大，皆是在中小學中文課程融入此經的阻礙。然而，《易》貴為群經之首，書中不但蘊含陰陽消長、剛柔變化之道，更富有人生哲理，而不少成語亦出自《周易》經傳。在基礎教育中融入《周易》的教習，對學生日後進一步研究哲學、天文曆法、古代算術，甚至中醫學，均有益處。筆者以為，只要教得其法，學生學得其門，讓中小學生誦習《周易》，並不是空中樓閣。下文將先分析教習《周易》的難點、目標和原則，再從中小學生的學習階段特性討論在中文課程融入《周易》的具體辦法。

二、《周易》的經典特色與教習難點

相傳《周易》本經成於西伯，其時周文王被囚禁於羑里，時代大約是公元前 1100 年左右的殷商時期，《易傳》則多著成於戰國中葉至晚期，[10] 此經言辭之古奧難懂，是可想而知的。《易》經用字雖不如《尚書》詰屈聱牙，但卦爻辭是占斷式的，是揲蓍演卦的占卜結果，其文辭之簡約造成了許多解釋的可能性。同時，《周易》「一詞多義」的現象甚多，單就六十四卦卦名而言，「一詞多義」的情況已經造成了許多解釋上的分歧，舉〈井〉卦為例，傳本《周易》作「井」，此字可理解為水井，也可以讀為陷阱。出土《周易》文獻材料有作「汬」（上博簡），表示了水井的意思；但〈井〉卦初爻爻辭云「舊井无禽」，其中「禽」指獵物，抓獵物用的是陷阱，所以句中的「井」應讀為「阱」。鄭吉雄認為「井」既指「水井」，也可以是「陷阱」，《周易》的作者「故意利用『井』字創造一種模糊性」，「跳躍地包含兩個意思」。[11] 古漢語的一詞多義現象本來已讓學生卻步，《周易》經文這種解釋的跳躍性就更加令學生摸不着頭腦了。版本方面，《周易》異文甚多，解《易》者依一己所本各自為說，眾說紛云，要尋得確

---

8 宋文翰、張文治：《新編高中國文（第一冊）》（上海：中華書局，1937 年）；《新編高中國文（第六冊）》（上海：中華書局，1946 年）。按，該書經教育部審定，遵照部頒「修正高級中學國文課程標準」編輯。

9 何文勝：《兩岸三地初中語文教科書編選體系的承傳與創新研究．二十世紀五十年代以來香港初中中國語文教科書編選體系的承傳》（香港：文思出版社，2007 年），頁 47-80。

10 鄭吉雄：《周易答問》（上海：上海古籍出版社，2019 年），頁 57、59。

11 鄭吉雄：《周易答問》，頁 72。

解以教育學生，絕對不是易事。

《易》分象數、義理兩門，要理解箇中道理，需要高度的抽象思維。就象數而論，《易》分陰陽，並以「—」、「- -」兩種符號代表易卦的陰爻、陽爻，以象徵天地萬物既對立又互補的狀態。陰陽二爻組成八卦，分別是乾（☰）、坤（☷）、震（☳）、巽（☴）、坎（☵）、離（☲）、艮（☶）、兑（☱），象徵天、地、雷、風、水、火、山、澤的自然物象，而八卦相重又組成六十四卦共三百八十四爻，每爻各有序位。《易》象背後有義理，例如就八卦而論，乾喻示「剛健」、坤喻示「柔順」、震喻示「奮動」、巽喻示「遜入」、坎喻示「險陷」、「離」喻示「靜止」、兑喻示「欣悦」。[12] 以上所說的只是最簡單的《易》學概念，但要讓學生明白，已頗費唇舌了。

《易》又分言、象、意，言是指《周易》六十四卦卦爻辭；象是指卦畫、爻畫的符號系統；意則是上述的文字和符號系統背後所寓的道理，三者構成了一個龐大而複雜的體系。王弼《周易略例．明象》分析三者的關係：

> 夫象者，出意者也。言者，明象者也。盡意莫若象，盡象莫若言。言生於象，故可尋言以觀象；象生於意，故可尋象以觀意。意以象盡，象以言著。故言者所以明象，得象而忘言；象者，所以存意，得意而忘象。[13]

王弼所言，有兩點值得注意：其一、言、象、意三者互為關係，不可分割，言因象而生，象因意而來，所以言說明了象，象表述了意；其二、「得意」是最終目的，一旦「得意」，便可「忘象」、「忘言」。現今的閱讀教學，除了要教導學生閱讀的技能（learn to read），更要教導學生從閱讀中學習（read to learn），[14] 而後者是本地課程改革的關鍵項目。[15]《周易》的教習，理念應與此相符，相比起文辭的解讀，義理的掌握顯得更為重要。只是，「義理」不是獨立存在的，要學生掌握《易》義，先決條件是讓學生懂得言和象。《周易》比起一般文言經典如《論語》、《孟子》等難讀，原因就是學習者在解讀本身已晦澀難懂的文辭以外，還要處理與之相連的複雜符號系統。

要在《周易》裏剔出適合的材料以編進中小學教材並不容易，而上述各種教習《周易》的難點，沒有牽涉筮法、《易》數及圖書等更繁雜的問題，但已足夠讓教者、

12　張善文：《象數與義理》（瀋陽：遼寧教育出版社，1995年），頁33。

13　王弼著、樓宇烈校釋：《王弼集校釋》（北京：中華書局，2009年），頁609。

14　羅燕琴：〈閱讀評估與學習〉，見岑紹基、羅燕琴、林偉業、鍾嶺崇編著：《香港中國語文課程新路向：學習與評估》（香港：香港大學出版社，2011年），頁22。

15　香港特別行政區政府教育局網頁：http://www.edb.gov.hk/cd/chi。

學者卻步。既然課程一貫沒有教習傳統，那麼學過《周易》而有能力講授的老師，數量大概相當之少，所以，師資問題也要考慮。但是，「難」不等同放棄。習《易》的好處很多，《周易》與不同知識領域的聯繫，引言部分已經提到，更何況《易》是群經之首，兼含了影響中國人至深的儒、道思想？其實只要覓得其法，要在中小學教習《周易》，並不是不可行的。

三、教習《周易》的目標和原則

要突破難點，思考將《周易》納入中小學課程的方向，首先要認清教習《周易》的目標。讓中小學生讀《易》的原因，並不是要讓他們通盤認識《易》道或成為《周易》研究的專家，正如傳統將《論語》、《孟子》、《莊子》等經典納入課程，也不期望學生諸經全通，只要學生能初步認識典籍，從經典中吸收養分，思考箇中命題，學習立身處世之道，也就完成了基礎教育的任務了。因此，在此階段教習《周易》，不必纏繞於文辭、象數或義理上的糾結之處，而當選取對學生而言親切易懂而樞要的部分。教材若有效啟發興趣，刺激動機，便能誘發學生進一步探究；相反，若怖之以難，讓學生形成負面印象，便會成為學習的阻礙。

要讓《周易》融入中小學課程變得「可行」，除了要思考《周易》的內容是否適合納入教材，還要考慮實踐問題。以下幾點原則，筆者以為是實踐的關鍵：

1. 選材配合現有課程：要在現有的課程框架中加入《易》學元素，《周易》的教習便須配合現行課程的理念和內容。除讀寫聽說四大語文能力以外，中華文化、品德情意和思維都是中國語文學習範疇的重點，[16]《易》學知識的傳授正能配合上述需要。現時的中小學中文課程以單元組織，各有主題和學習重點，《周易》材料可以按教學需要編輯，以便融入現行課程。至於比例的多少，則以學生為本，按學生的程度、興趣和接受能力而定。
2. 內容緊貼生活：聯繫生活經驗理解閱讀材料，是中小學生須掌握的閱讀策略，[17] 換言之，課程選用的材料須緊貼生活，並可用諸生活。生活化地演繹《周易》的道理，亦能拉近學生與經典的距離。

---

16 香港特別行政區政府教育局課程發展議會編訂：《中國語文教育學習領域課程指引（小一至中六）》（2017），頁 14。

17 香港特別行政區政府教育局課程發展議會編訂：《小學中國語文建議學習重點》（2008 修訂），頁 10、《中學中國語文建議學習重點》（2007 修訂），頁 6。

3. 經、傳相輔，教習以義理為先：言、象、義皆是《易》學系統的組成部分，而《易》義是菁華所在。對學生而言，《易》象不免深奧，此部分建議在高中階段才重點以文化延伸知識的方式傳授，而此前亦不妨為學生初步建立一些基礎。文辭方面，《周易》本經較簡奧，宜配合說理較具體的傳文講授，而針對小學生文言基礎較弱的情況，設計教材時亦不妨以白話轉寫經文。

四、小學生的學習階段特性和《周易》的教習

根據皮亞傑的發展階段論劃分，小學生正處於具體運思期（concrete operational stage；7-11 歲），這個階段學童的思想主要圍繞具體事物，較難做抽象思考，美國心理學家 Flavell 指出：「他們在解決問題時，採取率直素樸（earthbound）、具體、務實的方式，執着於眼前直接看得見、直接推測得到的事物。」他們雖然能形成概念、瞭解關係、解決問題，但必須是他們熟悉的事物和情境。[18] 在小學階段的學生，應該可以理解一些簡單的《周易》概念，但概念的傳授必須要建基於生活經驗和具體事物。考慮到小學生文言理解力較弱，而《周易》經傳都不是文辭簡易暢達的作品，在這個階段引介《易》學知識，可以白話作媒介。

初小階段的課文有不少是關於季節和自然環境變化的，以教育出版社有限公司編印的《我愛學語文》（一上第一冊）為例，課本的單元三「從秋天想起」選文三編，分別是〈秋天的葉子〉、〈中秋賞月〉以及〈郊遊〉，其中〈秋天的葉子〉課文如下：

秋天來了，葉子落了。

黃色的葉子落在泥地上，小蟲爬過來，把它當作房子。

紅色的葉子落在小河邊，螞蟻走過來，把它當作小船。

綠色的葉子落在池塘裏，小魚游過來，把它當作小雨傘。

大家都愛秋天的葉子。[19]

另外，同書一下第一冊單元二主題是「可愛的春天」，選文四編分別是〈春天的圖

18 Robert E. Slavin 著、張文哲譯：《教育心理學——理論與實際》（台北：台灣培生教育出版股份有限公司，2013 年第三版），頁 52-53。

19 余婉兒、蘇玉潔主編：《我愛學語文》（一上第一冊）（香港：教育出版社有限公司，2020 年初版重印），頁 39-56。

畫〉、〈春天的呼喚〉、〈春曉〉、〈雨變成一首詩了〉，其中〈春天的圖畫〉描寫春天的景物：

> 初春的早晨，爸爸、媽媽和我到公園散步。看到小草露出地面，綠芽鑽出枝頭，小花迎風開放，我感到一陣驚喜。
> 爸爸讓我輕輕地撫摸小草。啊！軟軟的，像我家的地毯。媽媽跟我一起聞一聞小花。啊！香香的，怪不得請來了很多花蝴蝶。
> 我們站在春天裏，也成了春天最美麗的風景。[20]

這些單元的設計目的，在於讓學生觀察和認識景物隨季節遷移的變化，掌握相關的形容詞、顏色詞、擬聲詞等，並學會欣賞自然之美。

「變」和「不變」是《周易》的重要主題。《周易》重視「變」，撇開卦爻象的變化不説，從義理而言，卦辭和爻辭記述了很多人事吉凶和自然現象的變化，如〈大過〉爻辭「枯楊生華」(枯槁的楊樹又長出了枝葉)、〈泰〉爻辭「无平不陂，无往不復」(沒有無陂的平地，沒有往而不返的事情)。[21] 與此同時，「不變」亦是《周易》所強調的。世間的現象變化不斷，但背後的規律（怎樣變和變成甚麼）不變，而現象的變化也就是規律之一，所以《周易》言「變」的「不變」。[22] 易中天為幼童編的《中華經典故事：周易故事》將此番道理撰成一首簡易的童詩，頗適合作為講解此番道理的教材：

> 有的在變，
> 有的不變。
> 變的不變，
> 不變的變。
> 你也在變，
> 我也在變。
> 誰能不變，
> 那就是變。

---

20 余婉兒、蘇玉潔主編：《我愛學語文》(一下第一冊)(香港：教育出版社有限公司，2020 年初版重印)，頁 39-56。

21 語譯取朱伯崑説，見朱伯崑主編：《易學基礎教程》(北京：九州出版社，2011 年第 2 版)，頁 243。

22 易中天、慕容引刀：《易中天中華經典故事 06：周易故事》(上海：上海文藝出版社，2017 年)，頁 36。

童詩的節奏輕快而文字簡易明了，可是卻帶出了深刻的哲學思維。現代社會瞬息萬變，自然的變化、人的成長老去和事物的更替，固然是要讓學生了解的命題，可是變化的規律或一些永恆的價值，也很值得引領學生思考。另一出版社編撰的《新編啟思中國語文》（一下第一冊）單元十五收入〈天天不一樣〉課文，所言的道理與此相類：

> 一天過了又一天，
> 每個日子都新鮮。
> 有的日子熱熱鬧鬧，
> 有的日子平平靜靜，
> 有的日子在家看書，
> 有的日子出去散步。
> 有時輕鬆，
> 有時忙，
> 天天都不一樣，
> 天天都是好時光。

在日子的變化之中，「好時光」是不變的，這首詩鼓勵學生抱持正面的心態迎接一切變化。教師在講授此課時，也不妨配合上引易中天的童詩，進一步跟學生探索一些「不變」的東西（例如家人的關係、生活的美好之類），這也是《周易》談「變」與「不變」的價值所在。再進一步言，《周易》主張「與時偕行」，[23] 在變化的環境之中，如何調適自己的狀態或心境，積極面對轉變，是應世的關鍵。學生年紀雖小，但也不免要應付人生中種種變幻，所以要引導他們應對不同的情況，例如人聚散有時，在家人朋友「熱熱鬧鬧」地歡聚時，要投入其中；歡聚過後，「日子平平靜靜」，也要懂得獨處、平淡的美好。如果教師能將思考和討論提升至上述層次，那課文的講授就更顯意義了。在這個階段，學生不一定須要知道甚麼是《周易》，但書中的道理很值得向他們介紹。

小學階段的學生也開始學習成語，〈小學中國語文建議學習重點〉在「閱讀範疇」部分建議第二學習階段的學生要有「理解所學篇章中與現代語義不同的文言詞語」的能力，[24] 所以由小學三年級起，課程會逐步引進文言色彩較濃的成語。《周易》經傳蘊

---

23 〈損〉卦〈彖傳〉：「二簋可用享，二簋應有時，損剛益柔有時，損益盈虛，與時偕行。」
24 《小學中國語文建議學習重點》（2008 修訂），頁 9。

含不少成語，除了從語文知識角度引介，教師在講授時亦可考慮一併傳授與之相關的《易》學甚至歷史知識，那材料的價值便更能彰顯。譬如「臥薪嚐膽」是高小學生常誦習的成語，越王勾踐的故事學生亦耳熟能詳，與越王相關的另一成語——「否極泰來」則源於《周易》。「否極泰來」典出《吳越春秋．勾踐入臣外傳》，本作「否終則泰」，考慮到《吳越春秋》原文並不易解，[25] 編制課程時較宜轉寫為白話，舉例如下：

> 在春秋時代，越國被吳國打敗，越王勾踐到吳國給夫差作奴隸，臨行前與一眾大臣在江邊餞別，非常感慨。
>
> 大夫文種與范蠡便勸諫越王：「古代聖賢皆曾遭遇過許多困厄才能成功，大王應當學習當年周文王被商紂王囚於羑里七年，卻能坦然面對的精神自勵。周文王雖然被紂王像個奴隸般地囚禁起來，但他並不感到憂愁，反而專心研究《易經》中的道理，推演伏羲氏的八卦為六十四卦，並寫了卦辭和爻辭，最終否極泰來，他也可以回到故里。由此可知，只要能夠積極面對人生的禍福，不懷憂喪志，一旦困厄結束了，順遂的日子必然到來。」
>
> 越王句踐接受了臣子的勸諫，在吳國忍辱負重地事奉吳王夫差，終於得以歸國，更臥薪嘗膽，最後消滅吳國，報仇雪恥。[26]

「否極泰來」在高小成語學習之列，這個成語道出物極必反的道理，典源與吳越之爭相關，連繫文王演《易》的故事，文字背後還牽涉《周易》天理循環、陰陽升降和陰陽交泰的概念，若以一般教授成語的方法講授，只向學生交代語譯（例如「否」代表「壞」、「泰」代表「好」）、成語釋義和例句，不免「大材小用」。當然，〈否〉(䷋) 坤下乾上、陰陽不交和〈泰〉(䷊) 乾下坤上、陰陽交泰的卦象涉及抽象的理論，小學階段的學生大概難以明白，但教師亦不妨借助上述文種與范蠡勸諫越王的故事或篇章，帶出歷史典故，並一併傳授王被囚而演《易》的事跡。學生的接受範圍，可能止於

---

25 〈勾踐入臣外傳〉原文如下：越王曰：「任人者不辱身，自用者危其國，大夫皆前圖未然之端，傾敵破讎，坐招泰山之福。今寡人守窮若斯，而云湯文困厄後必霸，何言之違禮儀？夫君子爭寸陰而棄珠玉，今寡人冀得免於軍旅之憂，而復反係獲敵人之手，身為傭隸，妻為僕妾，往而不返，客死敵國。若魂魄有知，愧於前君。其無知，體骨棄捐。何大夫之言，不合於寡人之意？」於是大夫種、范蠡曰：「聞古人曰：居不幽，志不廣；形不愁，思不遠。聖王賢主，皆遇困厄之難，蒙不赦之恥，身居而名尊，軀辱而聲榮，處卑而不以為惡，居危而不以為薄。五帝德厚而無窮厄之恨，然尚有泛濫之憂。三守暴困之辱，不離三嶽之困。泣涕而受冤，行哭而為隸，演《易》作卦，天道祐之。時過於期，否終則泰。……」趙曄撰、徐天祐注：《吳越春秋》（上海：商務印書館，1937 年初版），頁 139-141。

26 轉譯文字參考台灣教育部「成語典」https://dict.idioms.moe.edu.tw/，並因應小學生程度而修改。

〈否〉、〈泰〉分別是《易》的一卦，前者凶，後者吉，若果學生能記住這些知識，其實已相當理想。知識的生成是累積而得的，經過這些鋪墊，學生日後修習，便能利用已有基礎提升水平。再者，「否極泰來」這個物理循環的概念，亦能幫助學生建立積極價值觀，教師可利用生活化的例子，與學生思考其中精神或討論道理的真確性。

除了人事的道理以外，《周易》也跟天時的運轉和氣候的變化相關。本地中學中國語文參考篇章推薦楊萬里〈小池〉一詩，詩云：

泉眼無聲惜細流，樹陰照水愛晴柔。

小荷才露尖尖角，早有蜻蜓立上頭。

此詩文字淺白，語言清新，也是不少本地小學教習的篇章。[27] 詩中描寫活水細流、荷葉尖尖、蜻蜓休歇的景象，是美好的初夏畫面。古人寫冬至的作品亦不少，如白居易〈邯鄲冬至夜思家〉：「邯鄲夜裏逢冬至，抱膝燈前影伴身。想得家中夜深坐，還應說着遠行人。」詩歌淺白如話，但情意甚深，可與〈小池〉配合設計以中國節氣為主題的單元。這些古詩文都是講習中華文化的材料，與兩詩相關的夏至、冬至，是中國人至今仍然相當重視的節氣。教師講解這些作品時，除了連繫相關習俗，亦可引介有關《易》學知識。夏至過後白晝變短，冬至以後白晝復長，這是學生很容易觀察到的自然現象。《易》以〈姤〉(䷫) 配夏至，〈復〉(䷗) 配冬至，說明夏至一陰生、冬至一陽復的道理。〈姤〉、〈復〉兩卦之象比較抽象，對學生可以略去不說，但中國人認為天地之間有陰陽二氣，陰氣代表黑暗、陽氣象徵光明，夏至日陽氣盡而陰氣漸漸加重，所以白晝慢慢變短；冬至日陰氣盡而陽氣萌生，所以白晝會漸漸加長。這番道理雖然亦有點抽象，但配合晝夜長短變化的觀察，輔以具體例子講解陰陽二氣的概念，應有助學生理解。

總而言之，在小學階段，《周易》經傳因為文辭較古奧，學生不易明白，所以《周易》原文不必成為學生的誦習篇章。與《周易》相關的語文材料或知識，則可用滲透的方式注入現行課程之中，目的是讓學生累積已有知識，為進一學習打下基礎。至於《周易》涉及的中華文化、品德情意等元素，則可透過生活化的經驗向學生引介。

27 香港特別行政區教育局課程發展處中國語文教育組：《積累與感興：小學古詩文誦讀材料選編（2010 修訂）》。

五、中學生的學習階段特性和《周易》的教習

皮亞傑認為十一歲到成人期的學生正處於形式運思期（formal operational stage），中學生屬於此階段。在這個時期的學生，除了能通過假設思考、思維有了預計性，懂得打算和計劃之外，還能做抽象思考，了解「此時此地之外的諸多可能性」。[28] 其中，初中學生的抽象邏輯思維仍然傾向經驗型，所以《易》學理論的傳授還須多配合生活經驗，到了高中階段，學生的邏輯思維則屬於理論型，[29] 較能接受抽象的《易》學知識。與此同時，中學生閱讀文言作品的能力逐步增強，可以由淺由深地讀《周易》經傳的原文。

選材方面，就現今課程設計及中學生的學習習慣而論，過往把整篇〈乾文言〉或〈繫辭下〉納入中文課程的做法已不可行。近年北京師範大學依據國家《完善中華優秀傳統文化教育指導綱要》而編寫的《中華傳統文化》系列（共 24 冊），將《周易》列入高中二年級的課外學習教材。[30] 此書按主題摘取《周易》經傳文字，例如第一單元「天地合德」下設「自強不息」、「修辭立誠」、「厚德載物」及「積善之家」三個題目；第二單元「德業日新」下設「謙謙君子」、「復見天心」、「革故鼎新」及「卦終未濟」等，分別選取相關的《周易》材料編輯為適合中學生閱讀的教材，這個方法較符合學生實際學習需要，可以參考。

相對卦爻辭而言，《易傳》的文字較具體而易見系統，中學的同學讀《易》可先從傳文入手，而《易傳》通論式的文字亦可讓學生建立基礎概念。「積學與涵泳——中學古詩文誦讀材料選篇（2017 年）」收入〈繫辭上〉一段文字，此段文字《中華傳統文化》（《周易》）第三單元「易道廣大」第九課以「大道至簡」一題節錄：

> 天尊地卑，乾坤定矣。卑高以陳，貴賤位矣。動靜有常，剛柔斷矣。方以類聚，物以群分，吉凶生矣。在天成象，在地成形，變化見矣。
>
> 是故剛柔相摩，八卦相盪。鼓之以雷霆，潤之以風雨。日月運行，一寒一暑。
>
> 乾道成男，坤道成女。乾知大始，坤作成物。
>
> 乾以易知，坤以簡能。易則易知，簡則易從。易知則有親，易從則有功。有親則可久，有功則可大。可久則賢人之德，可大則賢人之業。易簡而天下之理得矣；

---

28 《教育心理學——理論與實際》，頁 54。

29 烏美娜主編：《教學設計》（北京：高等教育出版社，1994 年第 1 版），頁 112。

30 徐梓主編：《中華文傳統文化（高二年級．下冊）》（北京：北京師範大學出版社，2017 年第 1 版）。

天下之理得，而成位乎其中矣。[31]

節錄的文字以四字句為主，句子兩兩成對，音節鏗鏘，琅琅上口，文字淺白而優美，頗適合作為中三以上學生學習文言的材料。在內容上，此章第一節由「天尊地卑」、乾坤定位的概念談起，再說明乾坤定位以後衍生貴賤、動靜、剛柔等事理，天地萬物各有歸屬，同類相聚。若能順物類，依其性而行，便會大吉，反之則凶，[32] 而這些不同的特性形成了日月星辰等不同天象，和山川動植等在地上的不同形體，體現了變化之道。第二節承上文「變化」二字，說明《周易》的卦象模擬天地的變化，陰與陽、剛與柔的運轉、八卦卦象的推移變動產生了宇宙萬有。[33] 第二節說自然現象，第三節說「人」道：乾陽之氣運化成男，坤陰之氣運化為女性，乾主管萬物的創始，坤的作用則是使萬物育成。最後一節則說明乾坤平易、簡約之道易知易從，卻可以成就偉大的德業，點出了《周易》簡易之理。

此章字數不多，但涉及《周易》變化和簡易兩個重要概念，講解時，要先介紹八卦，特別是奠基的〈乾〉、〈坤〉二卦，而當中亦牽涉陰陽的理論。要學生讀懂箇中意思，除了語譯文句和解釋詞語背後概念以外，還要配合大量生活化的例子。例如「天尊地卑」一節講述〈乾〉、〈坤〉二卦模擬天尊地卑的現象，教師可從天高地低的自然規律，引發學生思考對天的感受，再點出天不可觸摸和尊遠的特色，至於地的卑近，教師可從人類對大地有形的萬物的掌握入手，思考人類對地產生親切感的原因。天尊地卑的自然規律轉移至人文世界，便產生了高低、貴賤的分野，教師宜配合學生的已有知識，與學生一同列舉相關例子，譬如在古代社會中，君主統領天下，地位至高無上，是「貴」的典型例子，在下位的臣民，相對來說就卑微得多。〈繫辭〉提到「方以類聚，物以群分，吉凶生矣」，天下萬物各依其類而聚合，並產生區別，依從規律，便能產生秩序，若尊卑不分、貴賤無等，秩序便會大亂，正如君臣民的地位一旦顛倒，社會便失去秩序一樣。再如〈乾〉、〈坤〉為天、地，分象男、女，〈說卦〉以〈乾〉為父、以〈坤〉為母，[34]〈乾〉是生成萬物的源頭，〈坤〉長育萬物，教師除了可以利用天的雲、雨、陽光和地的土壤、養分舉例說明二卦的作用，亦可引領學生討論

---

31 《中華文傳統文化（高二年級．下冊）》，頁 48-49。

32 王弼注「方以類聚，物以群分，吉凶生矣」曰：「方有類，物有群，則有同有異，有聚有分也。順其所同，則吉也；若乖其所趣，則凶也，故曰『吉凶生矣』。」此處取王弼《周易注》說解。詳《周易正義》，頁 303。

33 以上說解參考「積學與涵泳——中學古詩文誦讀材料選篇（2017 年）」〈天尊地卑〉（編號 101）「賞析重點」。

34 《說卦》：「乾，天也，故稱乎父。坤，地也，故稱乎母。」《周易正義》，頁 388。

父母在家庭中的責任和角色如何體現〈乾〉、〈坤〉二卦的精神，讓道理更具體。

高中學生的思維更抽象化和理論化，而閱讀文言作品的能力亦進一步加強，教師可以配合傳文，讓學生嘗試讀文辭較深奧、義理更抽象的卦爻辭。其中，〈乾〉卦以龍為喻，並以龍所處的不同狀態說明事物發展的階段和君子應對之方，其爻辭簡潔而各爻連繫性強，是不錯的閱讀起點。卦象、卦辭、爻辭、經文、傳文（包括《彖》、《象》、《文言》諸篇）等概念有助學生理解《周易》體例，宜均向學生解釋。講解經文時以傳文相輔，除了可以讓經文的義理更具體，亦可深化思考，例如舊說是孔子所作的〈乾文言〉，開篇總述了卦辭，發明「元、亨、利、貞」的隱藏意義，接着便逐爻分述，說明了爻辭精要之處，其中，〈乾〉初九爻辭「潛龍勿用」描述時機未至，龍在潛隱狀態，不宜妄動，〈文言〉:「初九曰:『潛龍勿用。』何謂也？子曰:『龍德而隱者也。不易乎世，不成乎名，遯世无悶，不見是而无悶，樂則行之，憂則違之，確乎其不可拔，「潛龍」也。』」[35]〈文言〉以人事之理闡述爻辭意思，指出初九比喻有龍德但隱居的人，他們意志堅定，不因為世俗的影響而改變本心，亦不會追逐名利，即使不為世人贊同，依然不感煩悶，只奉行自己內心所樂而不作讓自己憂懼的事，堅實而不動搖。又如九三爻辭「君子終日乾乾，夕惕若厲，无咎。」描述君子處於憂危之地，但因能終日自強不息，至傍晚向夕之時仍保持憂惕之心，所以能免於過咎。〈文言〉解釋這爻說:「子曰:『君子進德脩業。忠信所以進德也。脩辭立其誠，所以居業也。知至至之，可與幾也。知終終之，可與存義也。是故居上位而不驕，在下位而不憂。故乾乾因其時而惕，雖危无咎矣。』」[36]意思是君子待人、處事和做學問之時，能盡心、信實、誠懇，相機而動，機會來了，就把握機會，並適時而退，無論居上位或是下位，都不驕不懼，只是憂心自己有沒有把事情做好。〈乾〉卦所言這種君子之道着重內在的修行而不因外在的名利憂懼、動搖，又知所進退，與時偕行，是做人處世的深刻道理，應該學習。本地中學文憑試指定文言經典篇章以「論君子」一題節錄了數則《論語》材料，包括「君子坦蕩蕩」(〈述而〉)、「君子不憂不懼」、「內省不疚，夫何憂何懼」(〈顏淵〉)、「君子病無能焉，不病人之不己知也」(〈衛靈公〉)等等，其中談及君子之坦然無懼，害怕修己不善。這幾則《論語》材料是偏向綱目式的，若能以〈乾〉卦及〈文言〉並讀，便能讓學生進一步理解君子「懼」與「不懼」的實質內涵。

總的來說，中學生的文言閱讀能力增強，可嘗試讓他們接觸《周易》的經典原

35 《周易正義》，頁 17。
36 《周易正義》，頁 19。

文，高中階段的學生對中華文化和歷史的認識加深，則可以成為理解《易》道的基礎，而《周易》的教習亦進一強化他們的文化水平，太極、陰陽、時位等《易》學知識與中國文化密切相關，教師可因應學生的能力及興趣教授。

六、結語

讓中小學生學習《周易》，好處想是不容置疑的，問題是如何讓教習雙方都能接受新元素的注入。《周易》不如《論語》、《孟子》、《莊子》、《史記》等文言篇章，後者只要疏通文意、了解大旨，再聯繫文章背景，施教時一般不難處理。《周易》的體系龐大而複雜，言、象、義三者關係密不可分，如前文所言，本地課程既沒有教習此經的傳統，則擁有《易》學相關知識而能勝任施教工作的教師數量相信不多。即使教師有意修習，《易》學派別之多、諸家《易》說之繁、版本之眾，想必讓研習者疑惑，更何況教務繁重的本地教師根本騰不出餘暇來學習一部新經典？要推廣《周易》的教習風氣，一套完善的教材是決不可少的。此套教材的編撰工作宜由學術界研究《周易》的專家帶領，以維持教材的專業質素。若教材程度適中、說明清晰、使用簡便，可讓教師自習相關知識進而開展教學工作，相信會大大增加教師施教的意願。若能配合講座、工作坊，由專家學者親授《易》學精要，那就更能加強施教者的信心了。

參考資料

王弼注、孔穎達疏:《周易正義》，十三經注疏整理委員會整理:《十三經注疏整理本》，
北京：北京大學出版社，2000。
王弼著、樓宇烈校釋:《王弼集校釋》，北京：中華書局，2009。
趙曄撰、徐天祐注:《吳越春秋》，上海：商務印書館，1937。

Robert E. Slavin 著、張文哲譯
2013《教育心理學——理論與實際》，台北：台灣培生教育出版股份有限公司。
朱伯崑
2011《易學基礎教程》，北京：九州出版社，第 2 版。
何文勝
2007《兩岸三地初中語文教科書編選體系的承傳與創新研究》，香港:文思出版社。
余婉兒、蘇玉潔主編
2020《我愛學語文》(一上第一冊)，香港：教育出版社有限公司。
2020《我愛學語文》(一下第一冊)，香港：教育出版社有限公司。
宋文翰、張文治
1937《新編高中國文（第一冊）》，上海：中華書局。
1946《新編高中國文（第六冊）》，上海：中華書局。
岑紹基、羅燕琴、林偉業、鍾嶺崇編著
2011《香港中國語文課程新路向：學習與評估》，香港：香港大學出版社。
易中天、慕容引刀
2017《易中天中華經典故事 06：周易故事》，上海：上海文藝出版社。
河北省文物研究所定州漢墓竹簡整理小組
1997《定州漢墓竹簡論語》，北京：文物出版社。
徐梓主編
2017《中華文傳統文化（高二年級・下冊）》，北京：北京師範大學出版社。
烏美娜主編
1994《教學設計》，北京：高等教育出版社。

張善文

1995《象數與義理》，瀋陽：遼寧教育出版社。

陳必祥

1987《中國現代語文教育發展史》，昆明：雲南教育出版社。

鄭吉雄

2018《周易階梯》，上海：上海古籍出版社。

2019《周易答問》，上海：上海古籍出版社。

台灣教育部「成語典」

https://dict.idioms.moe.edu.tw/。

布裕民

2020〈有關「十翼」——最早解釋《周易》的兩組文章〉，「灼見名家」網站：https://www.master-insight.com。

香港特別行政區政府教育局課程發展議會

2007《中學中國語文建議學習重點》(2007 修訂)，載香港特別行政區政府教育局「中國語文教育」網頁：https://www.edb.gov.hk/attachment/tc/curriculum-development/kla/chi-edu/sec_chi_suggest_learn_2007_070628.pdf。

2008《小學中國語文建議學習重點》(2008 修訂)，香港特別行政區政府教育局「中國語文教育」網頁：https://www.edb.gov.hk/attachment/tc/curriculum-development/kla/chi-edu/pri_chi_lang_lo_web_version.pdf。

2017《中國語文教育學習領域課程指引（小一至中六）》(2017)，載香港特別行政區政府教育局「中國語文教育」網頁：https://www.edb.gov.hk/attachment/tc/curriculum-development/kla/chi-edu/curriculum-documents/CLEKLAG_2017_for_upload_final_R77.pdf。

教育局課程發展處（中國語文教育組）

2010〈積累與感興：小學古詩文誦讀材料選編（2010 修訂版）〉，載香港特別行政區政府教育局「中國語文教育」網頁：https://cd1.edb.hkedcity.net/cd/chi/jilei_2010/pdf_shi/jilei_shi_content%20page.pdf。

2021〈指定文言經典學習材料教師參考資料選編」〉，載香港特別行政區政府教育局「中國語文教育」網頁：https://www.edb.gov.hk/tc/curriculum-development/kla/chi-edu/nss-lang/settext-reference.html。

2017〈積學與涵泳——中學古詩文誦讀材料選篇（2017 年）〉，載香港特別行政區政府教育局「中國語文教育」網頁：https://www.edb.gov.hk/tc/curriculum-development/kla/chi-edu/resources/secondary-edu/lang/reciting-mp3.html。

Difficulties and Breakthroughs in Incorporating *Zhou Yi* into Primary and Secondary Education

LAW, Yin Ling
Department of Chinese Language Studies,
The Education University of Hong Kong

ABSTRACT

Zhou Yi has been recognized as "the first of all Chinese classics". In the past, Chinese intellectuals have relied on it as a reference for the great learning, whose goals lead from cultivating one's person to governing the country. To this day, the implication of its doctrines are still applicable to modern discourse on behavior and conduct, philosophy, astronomy, medicine as well as acts of divination, and it is also an important source of Chinese idioms. Incorporating *Zhou Yi* into primary and secondary education should be beneficial to the students. Two articles from *Zhou Yi*, namely *Qian Wenyan* and *Xici Xia*, had once been included in the sixth form syllabus of Hong Kong, but it is now be excluded. The reason is related to the difficulty in understanding the ancient style of writing, abstract concept and complex book structure. Yet, if the materials can be designed according to the characteristics of the learning stage of primary and secondary school students, with appropriate teaching approach, it is also feasible to integrate *Zhou Yi* into the current curriculum. This article will discuss the difficulties, objectives, principles and method of teaching *Zhou Yi* in fundamental Chinese education.

Keywords *Zhou Yi*, Primary and Secondary Education, Difficulties, Teaching materials, Teaching methods

香港高等音樂教育發展史：21 世紀的挑戰與機遇

香港理工大學專業及持續教育學院
文愛娟

摘要

香港，堪稱為一個中西文化薈萃的集中地，從高等音樂教育發展歷史的角度而言，彷彿未能完全展現香港中西文化交融的特點。本文透過闡述香港於高等音樂教育界的發展歷程和科技發展對現代音樂發展的影響，嘗試探討香港高等音樂教育在 21 世紀正在面對的挑戰，並分析在新時代下高等音樂教育可能發展的機遇。而針對大學音樂教育界發展的歷史狀況和香港獨特的文化身份和特色，作者嘗試提出不同方案，目的為香港未來的音樂教育文化發展，建議更合適的定位，旨在為香港培養優秀音樂教育文化人才，從而進一步使香港音樂文化的氣色提升。

關鍵詞　香港　高等音樂教育　21 世紀　科技與音樂

一、前言

經歷超過一世紀的英國殖民統治後，時至今日，香港已經回歸祖國二十多年。鑑於這段獨特的歷史，使香港成為一個中西文化薈萃的城市，從文化的角度出發，無論飲食面貌、節日慶祝、傳統習俗，甚至街道名稱等日常生活，不難發現中華文化和富有英國色彩的元素融會在其中。從文化政策而言，香港第一任特別行政區行政長官董建華，在回歸後第一份施政報告也有提及香港文化交流的部分和藝術的段落，當中強調香港糅合了東西方文化精粹，擁有多個藝術表演場地，演藝學院等。此外，雖然面對回歸祖國後各種不同的變化，香港特區政府仍持續投放經費資助及撥出資源，通過教育和文化交流等領域，推動香港各方面的藝術發展，務求使香港成為富時代感和中華文化特色，並擁有多姿多采藝術領域的家園。[1] 為配合西九文化區發展，政府一直發展音樂及藝術節目，以及推動藝術教育和培育人才。

與此同時，政府投放在高等音樂和藝術教育相關的發展也算不少，而擁有體育和藝術才華等非學術領域表現出色的學生，也可透過正規收生制度被本地大學取錄。可想而知，在香港特區政府的文化政策推動下，教育事業，如高等音樂教育，是很有潛質發展的。現時，在八間政府資助的大學中，其中有四所政府資助的大學提供音樂教育專科訓練課程，再加上香港演藝學院的音樂部門，多年來肩負了培育社會音樂藝術人才的使命。近年，各院校亦鋭意提升學術研究方面的發展，可謂任重道遠。然而，反觀香港音樂藝術這麼多年來的發展和其中在國際音樂界的地位，筆者認為仍有改善的空間。有見及此，本文欲透過闡述本地各政府資助高等學府音樂課程的發展歷程及特色，探討香港高等音樂教育在現今 21 世紀所面對的機遇和挑戰，並嘗試建議不同方案，旨在為香港未來的音樂教育發展，找出更合適的定位。

二、高等音樂教育發展歷史

綜觀現時香港提供高等音樂教育學位課程的五間院校，歷史最悠久的算是成立於 1963 年的浸會大學（當時的浸會書院）文學院音樂系，而中文大學文學院音樂系於兩年後，即 1965 年開辦。至於香港大學文學院音樂系和香港演藝學院，差不多是兩個年代後，分別在 1981 及 1985 年才正式成立。最後，香港教育大學創意藝術與文化系在 1994 年開始招收新生。根據各院校的課程簡介，課程各有特色，但同時頒授音樂學士或音樂相關的文學士學位，畢業生亦有機會繼續供讀研究生課程。

（一）浸會大學文學院音樂系

「香港浸會書院」成立於 1956 年，是香港浸信會聯會創辦的私立專上學府，浸會書院與當時香港其他書院性質相同。[2] 1966 年，香港浸會書院位於窩打老道的校舍落成，隨後迅速發展。1972 年因香港政府認為浸會書院的學術程度達到中學以上，批准

1 《行政長官立法會席上行政長官施政報告》（香港：政府印務局，1997 年），段落 108-110。

2 書院的定義包括中學如九龍華仁書院及專上學府如珠海書院。而專上書院和政府資助的大學在資源及學術地位當然有差別，後者必然更勝一籌。

其改為學院。1983 年浸會學院獲政府全面資助，由私立學府轉變為公立專上學府，至 1994 年因香港政府教育文化政策的推動，與當時的香港理工學院及香港城市理工學院一併獲得正名，正式升格為大學，成為現時的香港浸會大學（下稱浸大）。浸大秉承基督教高等教育的理念，推行全人教育。然而，三所被升格的院校中，只有浸大設有音樂部門。

浸會書院音樂課程是香港最早開設音樂課程的專上學府，時至今日，已接近 58 年歷史。現時浸大由政府資助的音樂課程包括文學院頒發的榮譽文學士（音樂）課程和創意產業（榮譽）音樂學士，而自資音樂課程有音樂學文學士（榮譽）學位課程。課程內容期望學生在音樂實用性、創意及相關知識基礎作好準備，以預備畢業後的音樂教育、音樂相關事業發展或繼續學術研究工作。浸大榮譽文學士（音樂）課程和自資的音樂學文學士（榮譽）學位課程，均提供作曲 / 音樂製作；演奏 / 教學法；指導研究專修範疇，榮譽文學士（音樂）課程更設有音樂教育範疇，而音樂教育亦可選擇修讀榮譽文學士（音樂）兼教育文憑。當中包括音樂理論分析，音樂學、作曲、中西音樂史、音樂教學原理、演奏、管弦樂配器法、電子音樂與科技、流行音樂、音樂與科學等。至於創意產業（榮譽）音樂學士，專修包括電影、電視及電子遊戲音樂創作和流行音樂演奏及歌曲創作兩大範疇。可見，同學可修讀科目也非常豐富。根據浸大學生事務處的統計，浸大音樂系課程是經常獲得畢業同學評為最高評分的浸大課程，而畢業生平均起薪點亦比院校其他學位課程高百分之四十三。[3] 此外，畢業生出路亦相當廣泛，除可從事中學及小學音樂教育的工作，亦有機會在音樂相關之商業、藝術管理及政府部門發展。

師資方面，浸大音樂系也是資源最豐富的音樂系。學系現在全職教學人員來自世界各地，共有 21 位，當中包括 6 位教授，2 位副教授，8 位助理教授，3 位講師及 2 位研究助理教授。畢業生於學士課程畢業後，可申請升讀浸大音樂系開辦的函授文學碩士（音樂）課程。此課程目標為音樂教育者及有意進一步研讀音樂的學士學位持有人士提供機會及培養音樂人才，另外，同學也可透過哲學博士（音樂）的渠道，在音樂學術研究領域上更上一層樓。

（二）中文大學文學院音樂系

香港中文大學崇基學院音樂系成立於 1965 年，多年來致力培育中西音樂專業及

---

3 Career Prospects for Graduates: http://mus.hkbu.edu.hk/undergraduate.html［檢索日期：2021 年 7 月 30 日］。

學術研究訓練的人才。中大音樂系自1969年起頒授文學士，從歷史的角度看，是本地大學中最早頒授學士學位的音樂學系。學系在超過半世紀期間，培養了不少中西樂的音樂人才。同時，成立於1972年的中國音樂資料館，提供大量中國音樂教學及研究的資料，由於科技的發展，2005年開始館藏音像資料數碼化，2016年，中大中國音樂研究中心成立（下稱「中心」），現在「中心」主要職員及顧問各有三位。中國音樂資料館成為其轄下附屬單位之一，加上「戲曲資料中心」，令它成為香港舉足輕重的音樂研究資料搜集中心。根據「中心」統計，現館藏包括12,000本書籍，期刊及樂譜，12,000影音資料，和超過17,000份中國戲典相關物品，是收藏量豐富的音樂資料館。[4] 此外，中大音樂系有大小不同的管弦樂團、合唱團和合奏小組，例如崇基管弦樂團、崇基合唱團、崇基木管樂團、中國音樂合奏小組、古樂合奏小組、不同類型的室樂、爵士合奏小組、新音樂合奏小組等，藉此增加同學接觸不同音樂的機會，擴大同學的視野。

中大音樂系課程透過樂器演奏和音樂學術研究，包括分析、發展史和民族音樂學等，學習明辨思考。與此同時，歌曲創作和音樂資訊科技亦鼓勵創意發展。課程為學生提供四個專修範疇，包括作曲、教學、演奏及研究。除專修學習範疇外，合唱訓練、應用音樂、民族音樂學、中國音樂學、作曲理論與分析及西洋音樂史都是四年制課程的必修科目。課程期望主修音樂的同學，畢業後能具備在音樂理論、民族音樂學、音樂歷史、多元音樂傳統之基本知識；中英文口語及寫作和樂器演奏專業水平能力的技能；以及培養對不同音樂類型之認知，並以開放態度理解音樂在社會的重要意義。同學亦可副修課程，但也須獲皇家音樂學院音樂理論及樂器／聲樂五級或以上考試及格或具備同等學歷，或須接受面試，副修的同學也期望可讓他們在該學科或相關學科繼續進修，或從事相關職業，誠然，要求也頗為嚴格。

中大音樂系師資亦絕不遜色，現時共有11位全職教學人員，其中10位持有世界各地大學頒發的博士學位，當中有3位屬作曲，而音樂學、音樂理論及民族音樂學範疇的教職員分別各2位，而演奏及音樂企業乃另外2位全職教職員的專修範疇。此外，還有14位兼任或名譽教員，和大量中西樂器及歌唱訓練的外聘教師，當中大多都是香港的專業音樂家。[5] 中大音樂系分別於1985和1995年開始頒授兩年制哲學碩士和三年制哲學博士，是歷史最悠久及最多學額的研究生課程。課程顧名思義，主要以

---

4 CENTRE FOR CHINESE MUSIC STUDIES: https://www.arts.cuhk.edu.hk/~music/centre-for-chinese-music-studies［檢索日期：2021年8月1日］。

5 Instrumental and Voice Instructors: http://www.arts.cuhk.edu.hk/~music/faculty-by-music-area［檢索日期：2021年8月27日］。

研究方式為本，給有意從事全職學術研究的畢業生修讀。研究項目範疇包括民族音樂學、歷史音樂學及音樂理論三個類別，這亦正是中大音樂系導師們的專業範疇。近年亦增設音樂碩士（作曲）及音樂博士（作曲），給有興趣作曲或成為專業作曲家之人士提供繼續進修的途徑。2004 年更推出音樂文學碩士修課式全日制一年 / 兼讀制為期兩年自資課程。課程並沒有政府資助，但表現優秀的本地學生可申請 2020/21 年成立的大學教育資助委員會資助的「指定研究院修課課程獎學金計劃」，[6] 補助部分學費負擔。

（三）香港大學文學院音樂系

香港大學文學院音樂系於 1981 年成立，2007 年香港大學文學院架構重整後，現為人文學院統籌的六門學科其下的一門學科。在來自各地的音樂學者帶領下，港大音樂系在當今音樂研究領域上仍保持一席位。而港大音樂系的宗旨乃成為連繫世界音樂學研究的橋樑，提供合適文化氣氛，讓同學有更多機會投入及參與音樂演出。而課程結合中西音樂、音樂理論、音樂歷史、民族音樂學、流行音樂、演奏及作曲等元素。學系擁有各種西洋及民族音樂樂器，包括巴西及古巴敲擊樂器和香港唯一一部的印尼巴里甘美朗銅鑼克比亞等。[7] 此外，音樂圖書館早於 1982 年建成，屬港大圖書館分館之一。2012 年後遷往現在的百週年校園新址。館內收藏量豐富，當中包括音樂相關的書籍、期刊、樂譜、多媒體資料，電子書，電子資料庫和特藏等，超過 53,000 個條目，影音設備齊全。港大音樂系其他設施還有電子原音錄音室，可同時容納 10 位音樂家；專業的隔音錄音室，為修讀電子音樂作曲的同學提供不可多得的學習資源。

港大文學院音樂系頒授的是榮譽文學士學位，課程設計也相對其他高等學府靈活，必修課程要求不時更新，部分課程不要求學生具備音樂的知識，有興趣便可修讀。專修音樂的一年級同學，由 2018/19 年度開始，除了必修聆聽的藝術及音樂素材與結構科目外，還要在文學院其他學科修讀 6 個學分的概論科目，可見其注重跨文化與跨學科的學習特點。在二年級開始主修音樂的同學需修讀中國音樂、西方音樂文化及音樂聲調基礎的科目，和修畢最多兩科演奏科及最少一個頂峰體驗科目才可畢業。[8] 另外，音樂系每年也舉辦多個大小午間及晚間的音樂會，並定期的學術研討會，讓同

---

6 Targeted Taught Postgraduate Programmes Fellowships Scheme: https://www.ugc.edu.hk/big5/ugc/activity/targeted_postgraduate_scheme.html[檢索日期：2021 年 8 月 3 日]。

7 巴里甘美朗銅鑼克比亞（Gamelan gong kebyar）是印尼傳統樂器組合的類型，主要以銅器製成，是五聲音階的樂器，以改變速度，音色，切分及交錯的旋律及節奏為音樂特色。

8 頂峰體驗（Capstone experience），包括亞洲音樂歷史論題，古今音樂與科學思維，音樂分析，民族音樂論題，高級演奏，論文等課程，需要同學較高的思考分析能力。

學和參與者有更多機會體驗及討論音樂。

師資方面，港大音樂系現時有 8 位全職教學人員，其中 3 位是教授，3 位副教授，1 位講師及 1 位助理講師，分別來自意大利、美加、韓國、中國及香港等地。研究課程方面，港大音樂系主要開辦以研究方式為本的全日制 / 兼讀的哲學碩士和哲學博士，並沒有頒授音樂碩士或音樂博士學位，各研究生的研究論文亦根據港大音樂系教授的專長，以作曲及音樂學為主。

（四）香港演藝學院音樂 / 戲曲學院

在香港政府的文化藝術政策推動下，香港演藝學院根據香港政府條例於 1984 年正式成立。它的成立，目標為提供香港及亞洲一所首屈一指的表演藝術高等學府，培養高水平的表演藝術家，為學生提供創新、跨學科與環球視野的優質教育。2008 年以來，演藝學院獲得香港學術及職業資歷評審局授予的「學科範圍評審」資格，使演藝學院能夠自行監察和評審其五個學科範圍（舞蹈、戲劇、電影電視、音樂與舞台及製作藝術）內的學士學位及大專課程。2013 年，演藝學院宣佈新訂立的 10 年政策規劃，期望畢業同學具備迎接 21 世紀瞬息萬變藝壇挑戰的能力，將來成為界別的領袖和教育家。[9] 按演藝學院的教育方針所指，着重反映香港的多元文化，融會中西，為學生提供明察全球的優質學習之餘，同時希望發揮香港作為特別行政區的優勢，與本地社區及中國內地，以致全球演藝學府建立持續的聯繫，增加學生的實習和工作機會。演藝學院着重學術與行政的指導政策，推行以表演為本的教學與技術培訓。音樂相關範疇方面，主要包括音樂及中國戲曲藝術的訓練。據 1997 年的年報報告，演藝學院當時只有五個學院，包括舞蹈、戲劇、電影電視、音樂與舞台及製作藝術。1999 年增設了戲曲學院，在過去廿多年間，戲曲學院迅速發展。而粵劇課題自 2009 年起亦被列入新高中課程。2016 年起，演藝學院獲批的「學科範圍評審」資格擴展至涵蓋碩士學位及以下的學位及大專課程。戲曲學院所開辦的課程亦已通過評審，並於資歷架構下獲得認可。學院圖書館於 1986 年開始啟用，音樂圖書館主要存放大量表演樂譜及分譜，當中包括列特管弦樂樂譜藏品，實體音樂樂譜及分譜共 28,700 份，電子樂譜 52,000 份和 124,000 餘套數碼音樂唱片。

香港演藝學院在 1985 年開始招生，經常性開支由政府撥款，同時接受各界人士捐助。而音樂學院有中、西並重的學科，學生可選擇不同的中、西樂器、作曲或聲樂

---

9 21 世紀亞洲區的演藝學院 https://www.hkapa.edu/ebook/Strategic-Plan/HTML/files/assets/basic-html/index.html#1 [檢索日期：2021 年 8 月 3 日]。

作為主修學科。音樂學院的音樂學士（榮譽）學位屬政府資助的四年制課程，主要訓練學員在音樂表演或作曲方面的技巧，使其達至專業水平之餘，也教授音樂歷史及理論、使同學對其他文化及藝術有更深入的了解。音樂學院轄下的中西音樂科目分別有中樂、作曲及電子音樂、鍵盤樂，弦樂、聲樂、木管樂、銅管樂及敲擊樂系，亦同時提供音樂歷史、理論、分析和聽音技巧的學位課程。院校擁有自己的交響樂團、中樂團、合唱團、管樂團、銅管合奏團，不同的室樂合奏小組，當代音樂合奏團和爵士樂團，同時為學生提供各類音樂演奏的機會。學院也有開辦基礎音樂文憑課程，主要為有志於音樂演奏或創作專業訓練的高中畢業生而設，對學術科目的培訓沒有特別要求。

此外，戲曲學院提供四年制戲曲藝術學士學位課程（粵劇表演）及戲曲藝術學士學位課程（粵劇音樂）。主修粵劇的同學，除了中學文憑試成績，亦要展示在粵劇方面潛能與表現，在選修科目的訓練及過往相關經驗和表演，也會在考慮之列。成立於 2011 年的演藝青年粵劇團，為同學提供更多公開演出的機會，培育專業粵劇演員及伴奏人才之餘，更促進粵劇的傳承。未達修讀學士學位水平的同學，也可選擇兩年全日制的粵劇高等文憑課程或一年制全日制的基礎粵劇文憑課程。演藝學院亦會頒授香港學術及職業資歷評審局認可的音樂碩士學位，學生可主修西樂及中樂演奏、中樂指揮或作曲。研究生課程旨在學習教學法和應用先進數碼科技，亦會透過參與各類研討課、工作坊、大師班，舉辦同學作品的音樂會等，建立實踐式研習文化。

師資方面，演藝音樂學院和戲曲學院現時分別有 17 及 13 位全職教學人員，資源豐富。音樂學院的全職導師，主要來自美國或曾於海外留學的本地及華裔教學人員。而戲曲學院全屬香港或中國內地訓練的教員，在行內也有相當豐富經驗。

（五）香港教育大學文化與創意藝術學系

2016 年 5 月，「香港教育學院」正名成為香港教育大學，屬政府資助的高等學府。它的歷史根源，可追溯至 1853 年於聖保羅書院開辦的首個正規在職教師培訓課程，以及於 1881 年，成立香港首間官立師範學校。隨着政府及社會大眾對師資教育的需求不斷增加，羅富國師範學院（1939）、葛量洪師範專科學校（1951）、柏立基師範專科學校（1960）、香港工商師範學院（1974）及語文教育學院（1982）相繼成立，並共同提供正規的師資教育。1994 年，按教育統籌委員會第五號報告書建議，將 5 間學院合併，及後香港教育學院正式成立。1996 年，教院獲納入大學教育資助委員會資助院校，1998 年開辦首個學士學位課程，現時教育大學提供的政府資助四年制音樂課程，是創意藝術與文化文學士學位課程之一，而五年制音樂課程，屬創意藝術與文化文學士及教育學士雙學位課程。教育大學圖書館由位於大埔校園的蒙民偉圖書館及將軍澳教學中心圖書館組成。然而，並沒有獨立的音樂圖書館。

四年制創意藝術與文化文學士學位課程之下可選修音樂或視覺藝術，課程目標為讓同學透過參與及發展本地、鄰近區域和國際的藝術推廣，藝術教育和文化創意產業，培養出社區藝術人才。創意藝術與文化（音樂）課程是本港首個提供文化管理及文化研究的創意藝術學位課程，特點除了讓同學宏觀地認識創意藝術知識外，亦要求同學參與學術交流、創意藝術與文化實習、展覽或舞台表演等實驗性學習，120 學分之中，專修音樂的同學要選讀最少 15 個音樂相關的學分，再完成畢業論文，方可畢業。至於五年制的雙學位課程，要修讀 156 學分才可完成。除了教育學研究、專科教學法、實習、畢業論文等科目外，專修音樂教育的同學，需要修讀 21 個音樂相關的學分。相對其他政府資助的高等學府，教大着重音樂教育、視覺藝術、文化研究和管理及教學法的跨學科教學。而音樂教育範疇包括作曲、演奏、音樂教育歷史、多媒體技術、學校音樂課程設計教學法。學系也有不同中西樂團、手鈴隊、合唱團和合唱小組、爵士樂團、管弦樂團、銅管合奏團、當代音樂合奏團等，為學生提供不同音樂演奏機會。教大也有自資音樂教育學士課程，着重現代音樂及演奏教學法的教授。然因課程計劃重整，2018 學年後暫停開辦。由於是自資課程，政府沒有投放資助，院校需自付盈虧，經適時的審核，檢討後決定停辦。

創意藝術與文化學系現共有 26 位全職教學人員，其中 10 位來自本地、亞洲和歐美的導師，專責教授作曲、合唱、指揮、電子音樂、粵曲、演奏、音樂教育及音樂學等音樂課程。2004 年獲授予自行評審資格後，於 2005 年及 2007 年相繼開辦教育碩士及教育博士課程，並於 2010 年開辦哲學博士及哲學碩士課程。對有興趣在教大進修音樂的同學，可選擇修讀教育碩士、教育博士課程，或以研究為主的哲學碩士或博士課程。自資課程方面，教大亦有開辦音樂教育文學碩士。

三、香港高等音樂教育的特色

綜合上述關於政府文化政策，院校發展，音樂特點和師資情況的分析，可以得出香港高等學府音樂教育以下的特色：

首先，課程設計方面，作曲、音樂史與音樂理論乃各高等音樂教育院校普遍的課程，此外，按照各院校導師的專長，課程亦涵蓋不同音樂學術研究範疇。同時，就各大專院校性質上的差異，演藝學院較偏重作曲與演奏的訓練，而教育大學較着重與音樂教育相關的教學法與研究。就正統音樂訓練觀點出發，大學的音樂課程一般以教授音樂理論、音樂歷史及音樂學為主，至於作曲領域，由於音樂科技的發展，令音效更豐富，可擴闊音樂作品的可觀性。而演藝學院集中培育演奏家、歌唱家、指揮及作曲家。綜觀香港的情況，分工也算恰當。

其次，香港高等音樂教育界不乏有質素和經驗的師資，並擁有豐富的教學資源。從上文可見，上述五間大學音樂課程的導師，來自世界各地之餘，大部分也擁有國際著名大學相關的博士學位，加上教學經驗豐富，有利幫助同學開展國際視野，對發展香港建立世界城市的形像，帶動同學認識不同文化特點，以及促進中西交流，起了相得益彰的作用。此外，在硬件方面，雖然每間大學主修音樂課程的同學每年也只有幾十人，卻不乏大量參考書刊、影音產品及音樂教學設備，可見音樂教學配套上是無容置易的。

此外，本地四間開辦音樂課程的大學的政府資助學士學位課程，所頒發的都是文學士學位，並非如演藝學院頒發音樂學士。從專業的角度看，文學士沒有音樂學士的音樂專業程度，亦因應大學課程的規範，通識及語文部分也要兼顧，所以退而求其次，只可頒授音樂相關文學士學位。此外，研究學位也有類同情況，除了演藝學院有音樂碩士與博士課程和中大的音樂碩士（作曲）及音樂博士（作曲），其他院校也是開辦文學院之下研究音樂相關課程，而哲學碩士或哲學博士較為普遍。可見香港提供的高等音樂教育範疇不一定是音樂專業人才。因修畢本地音樂研究課程的哲學碩士或哲學博士畢業生，是研究音樂的學者。

前文提及本港不乏來自世界各地有質素的師資，詳細分析下，不難看出各院校的全職教員，除了教授中樂的導師主要是從內地來港外，其他課程的導師大多是從歐美日韓越洋來港，或是本地及華裔學者於歐美留學後回來，並能夠以英文任教的。雖然音樂課程是中西兼備，中樂及粵劇戲曲近年也增加不少教學資源，然西方音樂教學和西方學術研究方法仍是主流，課程充其量只可算是具備中西元素。

四、機遇與挑戰

關於香港高等學府的發展方向和政策，筆者認同一些學者的説法，[10] 香港政府，作為音樂教育界的決策及支持者，在制定音樂文化策略上可再分清學術、理論和技巧

10 劉靖之：《香港音樂史論》（香港：商務印書館（香港）有限公司，2014），頁 278。

的不同範疇和要求。例如作曲、演奏及演唱家的目的是成為音樂家，並不一定需要修讀博士，因為演奏是要成為「大師」級，理論分析並非最終目標；相反，研究音樂學和音樂歷史可選擇繼續深造，最終目標成為「學者」，這樣的安排相信可培養出更專業的演奏及音樂學術人才。在香港現在的學術環境下，製造了大量的「學者」，期望香港最終可培養出本地音樂「大師」。時至今日，香港的高等音樂教育歷史已超越半世紀，然而，要找一位接受本地音樂教育而世界知名的「大師」級音樂家，暫時仍然乏善可陳。在這方面可有很大的發展空間。

話雖如此，本地的高等音樂教育界，過去仍培養了不少行政人才，分別在政府及香港各大音樂藝術團體任職，亦為香港提供大量學校音樂老師和私人音樂導師。另有指揮、作曲家、電台廣播節目主持、電視電影配樂，錄音室唱片製作，亦有全職中西樂團成員、演奏及演唱等，這也反映香港音樂教育另一方面的存在價值，所以應繼續發揮實力。

另外，香港舉辦的音樂藝術表演，於行政管理和策劃上，在亞太區一向也有很高的評價。雖然香港只是彈丸之地，在疫情之前，仍是有不少世界的著名音樂人選擇來港演出。這肯定了香港作為國際城市的地位。同學修學期間亦有機會接觸不同文化藝術表演或機構，從中汲取經驗，並在市場調查、節目推廣與策劃、籌款贊助、法律條文等知識上累積經驗，所以有條件較兩岸三地的藝術行政管理人才優勝。

香港作為一個中西文化薈萃的地方，從音樂而言，相信也不難接觸到中國或歐西音樂文化。然而是否能達到真正的融合，又是值得商榷。能融會並透徹分析理解中西音樂學術及理念的學生，甚或是學者，筆者認為並不普遍。學粵曲演唱的同學相信不會融合西洋唱腔技巧，研究中樂與西方音樂的學者，一起合作研究亦非常罕見，所以，香港獨特的中西文化特色在音樂上的展現，大概只可定為流於表面。政府如能在文化藝術政策上加大力度，增加撥款推動中西音樂文化與藝術研究，相信距離前特首董建華所期望建造香港成為「紐倫港」的文化藝術國際大都會的目標，又可跨進一步。

最後，由於網絡科技的急速發展，在疫情期間，雖然在場館演出的音樂會被迫取消，部分音樂會仍可選擇在網上演出，音樂講座和比賽於網上進行，大學課堂在網上教授等。真可謂足不出戶，能觀看世界音樂，參與世界比賽和繼續學習，對於音樂的推廣，討論和教授，也算是前所未有的新機遇。盼望香港高等音樂教育界，能抓緊這機遇，超越媒體和國家界限，培養世界知名音樂大師和更出色的管理音樂行政人才，提升香港的音樂文化氣息。

參考資料

行政長官

1997-2019《施政報告》，香港：香港政府物流服務署。

王賡武主編

1997《香港史新編（下冊）》，香港：三聯書店。

劉靖之

2014《香港音樂史論——文化政策．音樂教育》，香港：商務印書館。

CENTRE FOR CHINESE MUSIC STUDIES

https://www.arts.cuhk.edu.hk/~music/centre-for-chinese-music-studies [檢索日期：2021 年 8 月 1 日]。

Chinese Opera, the Hong Kong Academy for Performing Arts

https://www.hkapa.edu/tch/co/study-programmes/bachelor-of-fine-arts-honours-degree-in-chinese-opera/ [檢索日期：2021 年 8 月 2 日]。

Department of Music, the Chinese University of Hong Kong

http://www.arts.cuhk.edu.hk/~music/en/about_us.php [檢索日期：2021 年 8 月 3 日]。

Department of Music, the Hong Kong University

http://www.music.hku.hk/ [檢索日期：2021 年 7 月 31 日]。

hkbu Department of Music

http://mus.hkbu.edu.hk/ [檢索日期：2021 年 7 月 31 日]。

Music, the Hong Kong Academy for Performing Arts

https://www.hkapa.edu/tch/music/ [檢索日期：2021 年 8 月 2 日]。

Targeted Taught Postgraduate Programmes Fellowships Scheme

https://www.ugc.edu.hk/big5/ugc/activity/targeted_postgraduate_scheme.html。

21 世紀亞洲區的演藝學院

https://www.hkapa.edu/ebook/Strategic-Plan/HTML/files/assets/basic-html/index.html#1。

The History of Hong Kong Tertiary Music Education Development: Challenges and Opportunities in the 21 Century

MAN, Ivy Oi-kuen
College of Professional and Continuing Education,
The Hong Kong Polytechnic University

ABSTRACT

Hong Kong is often considered as the meeting place of the East and West. However, viewing from the perspectives of tertiary music education development in Hong Kong, it appears that such hybridization has not been well taken place. Having the aims to elaborate the historical development of tertiary music education in Hong Kong and the influence of technological advancement on music development nowadays, this paper attempts to investigate the challenges that Hong Kong tertiary music education is currently facing, and analyses the possible opportunities for its further development at the new age. In addition, paying especial attention to the historical development of Hong Kong tertiary music education and the unique Hong Kong cultural identity and idiosyncrasy, the author also tries to recommend different proposals that are believed to possess appropriate orientation for the development of Hong Kong tertiary music education. It is also hoped that outstanding music talents could be nurtured to further enhance the music culture in Hong Kong.

Keywords Hong Kong, Tertiary Music Education, 21 Century, Technology and Music

香港中華文化教育的展望

香港教育大學中國語言學系
施仲謀

摘要

中國具有數千年的文化傳統，在人類的文明進程中作出了重大的貢獻。二十一世紀伊始，我們正式啟動「中華文化世紀工程」，全面落實中華文化的普及教育。這個工程，從小學、初中到高中，以至大學，由淺入深，設置中華文化各個階段不同的學習內容，從而建構漸進式和系統化的文化學習模式，希望使我們的下一代從小就增進對中華文化的認識、反思和認同，提高慎思明辨的能力，培養正確的倫理道德觀念，並藉此建立文化自信。

在編寫中華文化教材時，必須設身處地，考慮學生所處的生活環境和社會狀況所可能面對的問題，並結合現代資訊科技和多媒體的應用。我們嘗試從中華文化中挖掘適切的元素和恰當的歷史文化故事，以提高學生的學習興趣，研究團隊不會只抱持中華文化本位，故步自封；而是進行跨文化的比較探究，尊重多元文化，令學生、教師和教材三者在教學的過程中作良性互動，從而加強學習成效。

關鍵詞　　中華文化　中西文化　傳統文化　文化教育

一、歷史背景

香港自 1842 年起，即由原來以原住民為主體的社會結構，演變為一個華洋雜處，且由大量南下移民組成的社會體系。雖然華人仍是整個社會人口構成的基礎，英人的管轄已改變了中文和傳統文化的社會地位，英文成為法定語文，中文的功用止於日常應用的層面，華人的中文教育主要由民辦學塾或社團義學提供。至 20 世紀初，隨着華人人口不斷增加，居港華人的成分與開埠初期的流徙人口已有所不同，華人紳商階層逐漸形成，社會對中文教育的需求日增。

辛亥革命後，香港的中文教育步入「新」、「舊」兼容的發展階段，「新」者可見於中文教育已逐步納入正規學制，新式的官辦中文中學——漢文中學亦於此際成立；「舊」者則見於 1911 至 1935 年間中文教育課程的設計，仍以傳統的經史為主流，與民國不讀經學的主張及五四運動的新文化潮流相抗衡。

南下香港的清遺民，不少都屬科舉出身的進士，而學統方面又多出自廣州學海堂和廣雅書院一系，學術思想和文化意識都與傳統的社會制度緊密相連。賴際熙、區大典等一批前朝翰林學士，開啟了香港大學早期的中文教育，錢穆、唐君毅諸先生創辦了新亞書院，提倡宋明書院的講學精神，「艱險我奮進，困乏我多情」，弘揚國學，薪火相傳。近年各所大學，如香港城市大學中國文化中心、饒宗頤學術館、饒宗頤國學院、香港孔子學院、香港教育大學等，弘揚傳統文化，可謂任重道遠。

至於民間團體推動文化教育的情況，尤其值得大書特書。私塾是香港中華文化教育肇始，而學海書樓、孔教學院、香港孔聖堂、法住文化學院等文化機構，弘揚儒學，功在社會；至於香港道教聯合會和香港道教學院，在傳播道教文化教育的工作方面，可謂篳路藍縷，不遺餘力；繼而志蓮淨苑、香港佛教聯合會、香港佛教僧伽聯合會、佛教青年協會、香港佛教圖書館等團體，在佛教文化教育方面，貢獻至大。此外，其他文化機構，如香港學校音樂及朗誦協會、全港青年學藝比賽大會、香港中華文化促進中心、香港人文學會、國際經典文化協會、濟川文化研究會、香港中華文化發展聯合會、香港儒學會等，在推動文化教育方面的貢獻，都是有目共睹的。

二、立足本土文化

研究團隊在 2003 年至 2011 年先後四次獲得香港教育局優質教育基金資助，進行普及中華文化的研究和實驗教學計劃，並有《中華文化承傳》、《中華文化擷英》、《中華經典啟蒙》、《中華經典導讀》四套叢書的出版成果。另一方面，為全面落實香港課程發展議會《個人、社會及人文教育學習領域（中一至中三）》的教學目標，研究團隊在 2011 年將普及中華文化研究的焦點投放到綜合人文學習領域六大範疇中的「時間、延續與轉變」和「文化與承傳」，計劃全方位挖掘香港文化中豐富的傳統文化元素，讓學生通過與生活相關和緊貼社會發展的知識，切身地認識歷史、文化、道德傳統的承傳和變革，進而奠下文化創新的基礎。

對於學習者而言，從身邊的素材入手，由親身感驗而認知，學習效益將更為顯著。美國著名教育家約翰·杜威（John Dewey）提出「經驗學習」、「從做中學」的概念，美國著名組織行為學教授大衛·庫伯（David Kolb）進一步提出「體驗學習圈」理論，認為文化學習是由具體體驗、反思觀察、抽象概括到行動應用等四個階段所組成螺旋上升的完整過程。將個人、社會及人文教育的學習置於不同的時間、地方、制度、文化及價值體系之中，學習者透過研習不同的範疇，反思這些情境中出現的行為、事件和議題，得以探究現今實況、明白過去的關連及思考將來的種種可能性。我們在比較大中華圈的區域文化後，認為香港本土文化將提供一個最佳的藍本。香港在中華文化的傳承、創新及轉化方面，留下許多有價值的探討內容，從中可見與傳統文化的共性及其特性，並呈現其文化的多元及深層內涵。[1]

在為期兩年的實驗教學計劃中，研究團隊面向全香港的中學生，舉辦一系列增強中學生認識富有中華文化特色的香港傳統文化活動，包括：通過全港對聯、風物介紹，注釋和評析撰文的「香港楹聯匯賞徵文比賽」；參觀客家三棟屋、屏山上璋圍和當時即將清拆的新蒲崗衙前圍村的「香港圍村考察」；追蹤著名文學家許地山、陳寅恪、朱光潛、張愛玲、戴望舒、黃霑、許鞍華、林夕等在香港大學足跡的「香港文學漫步」活動和「孫中山與香港大學」文化講座。除了文化活動外，計劃最重要的部分為香港傳統文化實驗教學計劃。計劃成功邀請了 23 所中學參與實驗教學，讓學生學習以下 12 個與香港傳統文化息息相關的範疇和內容：[2]

歷史沿革	1. 南京條約與香港； 3. 展拓香港界址專條與香港； 5. 香港九七回歸； 7. 香港的文化傳承；	2. 北京條約與香港； 4. 孫中山的革命活動與香港； 6. 香港的文化政策； 8. 香港的文化創新
名人蹤跡	1. 劉禹錫、韓愈詠屯門； 3. 魯迅三赴香港； 5. 陳寅恪在港大； 7. 張愛玲在香港； 9. 茅盾三過香港；	2. 梁啟超途經香港； 4. 胡適在香港的演講； 6. 戴望舒在香港； 8. 梅蘭芳在香港； 10. 長眠港島：蔡元培、許地山、蕭紅

1 施仲謀、杜若鴻、鄔翠文編，《香港傳統文化》（香港：中華書局，2013），頁 i-ii。〈「傳統文化在香港的承傳和創新」計畫簡介〉，《中華文化通訊》9（2012-5），頁 1。

2 〈學習範疇〉，《中華文化通訊》9（2012-5），頁 2-3。

節慶活動	1. 太平清醮； 3. 盂蘭勝會； 5. 元宵節； 7. 端午節； 9. 中秋節； 11. 冬至；	2. 大坑舞火龍； 4. 天后誕； 6. 清明節； 8. 七夕節； 10. 重陽節； 12. 農曆新年
民間風俗	1. 打小人； 3. 開燈； 5. 婚禮習俗； 7. 吉祥春聯； 9. 忌諱； 11. 飄色巡遊；	2. 通勝； 4. 大押（當舖）； 6. 派平安米； 8. 赤口； 10. 花牌工藝； 12. 舞龍舞獅
飲食文娛	1.「飲茶」文化； 3. 鴛鴦奶茶； 5. 齋菜； 7. 廣東菜系； 9. 中醫養生；	2. 涼茶； 4. 龜苓膏； 6. 盆菜； 8. 飲食禁忌； 10. 功夫文化
倫理建築	1. 祠堂：屏山鄧氏宗祠、粉嶺彭氏宗祠、愈喬二公祠； 2. 圍村：元朗錦田吉慶圍、粉嶺鄧氏宗族的覲龍圍； 3. 墟市：元朗舊墟、厦村市； 4. 宅第：新田大夫第、八鄉嶺梅莊、屏山清暑軒； 5. 書室：覲廷書室、敬羅家塾、恩德書室、若虛書室； 6. 建築與風水	
廟宇古蹟	1. 銅鑼灣天后廟； 3. 元朗楊侯宮； 5. 大澳關帝古廟； 7. 三棟屋； 9. 前九龍寨城衙門； 10. 建築裝飾：陶瓷、屋脊、木雕、壁畫、楝樑、斗拱	2. 上環文武廟； 4. 紅磡觀音廟； 6. 古塔 —— 聚星樓； 8. 李鄭屋古墓；
香港園林	1. 荔枝角公園 ——具「嶺南之風」； 2. 南蓮園池 ——仿唐園林； 3. 九龍寨城公園 ——仿明末清初江南園林； 4. 北區公園 ——具揚州古典園林風格； 5. 鳳德公園 —— 以《西遊記》為主題； 6. 志蓮淨苑 —— 仿唐寺院	
語言文學	1. 粵方言的形成與分佈； 3. 文學作品中的粵方言詞； 5. 古雅的文字 —— 粵方言本字趣談； 7. 文學作品：招子庸的《粵謳》、唐滌生的《帝女花》； 8. 武俠小說：梁羽生作品、金庸作品	2. 粵方言與古詩欣賞； 4. 粵方言吉祥語的文化意象； 6. 粵語經典流行曲；
國學風貌	1. 錢穆； 3. 徐復觀； 5. 張君勱；	2. 牟宗三； 4. 唐君毅； 6. 饒宗頤

粵劇曲藝	1. 粵劇發展史； 2. 神功戲； 3. 戲神 —— 田及竇、華光； 4. 獨特的表現形式：唱、念、做、打、腳色行當、特技表演、戲曲器樂、人物臉譜、戲曲服飾、戲曲題材； 5. 戲曲的社會功能：祭祀、節慶、賀喜、自娛、聯誼
宗教信仰	1. 道教：青松觀、蓬瀛仙館、黃大仙祠、圓玄學院； 2. 佛教：寶蓮禪寺、青山禪院、佛誕； 3. 孔教：孔誕慶典、孔教學院； 4. 天后：天后得名沿革、天后傳說、天后崇拜的流播、天后崇拜活動、天后崇拜的內涵； 5. 關公：史家筆下、文學中的關羽、由人到神 —— 關公崇拜之形成、誰人拜關公、關帝廟、關帝崇拜與忠義文化； 6. 民間諸神：門神、財神、陸羽、土地公、車公、觀音借庫、福祿壽、七姐、祖先

節慶活動中的「太平清醮」、「大澳端午龍舟遊涌」、「盂蘭節」和「大坑舞火龍」等活動，在 2011 年由香港特區政府獨立申報成為第三批國家級非物質文化遺產。香港傳統民俗文化的重要性，於此可見一斑。

三、應對全球化

當二十一世紀的鐘聲敲響時，也意味着全球化時代離我們越來越近。人類的文化，將何去何從？中西文化，又可如何為未來社會的繁榮和穩定做出貢獻？費孝通先生說得好：「各美其美，美人之美，美美與共，天下大同。」假若不同文化之間能良性互動，合力共振，則我們相信，「天下大同」之願景，並非只是遙不可及的夢。

全球化作為一個客觀的經濟、文化以至政治的歷史進程，已成為當今世界發展的潮流。人類文明，已進入了一個全新的時代，它正在突破以往時間和空間的局限，把世界各地越來越緊密地聯繫起來，使各國政治交往更加頻繁，文化交流更加密切，經濟活動連為一體，產生全方位的互動共生。

今天的世界歷史，交往性和開放性日益擴大，與傳統社會的封閉性完全不同。隨着資訊科技的迅速發展和全球經濟的一體化，帶來了資訊傳播內容與方式的革命性改變，開闢了文化傳播與交流的新時代，各種思想、觀念迅速傳播，產生相互影響。

在新的時代格局下，地域空間的限制越來越顯得無足輕重，從而各個民族和國家，不同文化之間相互融合日益加強，無論其歷史文化背景如何，處於何種發展階段，政治社會制度如何，都不可能完全孤立於世界的進程之外。這不僅對各國的社會、經濟、政治產生深遠的影響，形成新的發展理念和管理模式，同時也將改變人們固有的思維方式以至價值觀念，物質和精神面貌煥然一新。

掀開人類文化的歷史，我們清楚看到，中西文化的交匯與碰撞，有着悠久的足跡。十八世紀前，中華文化一直居於世界文化的領先地位，亦對世界文化的進展起着積極的影響。而自十九世紀中葉後，中國由於政治、經濟和社會等因素，內憂外患，中華文化隨着中國國際地位的每下愈況，也顯露出不足之處。於是，近一百多年來，西方文化主導了世界文化的歷史進程。

從文化傳統來看，悠久的中華文化既有落後的一面，也積澱了優秀的恆久價值，雖經歷史的洗禮而絲毫不減其光澤。比如，和而不同的包容胸懷、自強不息的文化精神、天人合一的終極關懷、仁義禮智的道德理想、追求和平的淑世精神等等，這既是中華民族的財富，也是傾向於工具理性、科技主導、經濟實利的西方文化所欠缺的，正可彌補西方文化的不足。

在日本、韓國、越南、新加坡等明顯受華夏文化影響的國家地區，接受中文教育的海外華人比較容易認同華夏文化；而即使在美洲、歐洲和澳洲等非華夏文化圈的海外華人，也能夠認同華夏文化，這才是中文教育的更高目標。在澳洲推動中文教育多年的孫浩良，提出中文教育應有三個特點：第一，讓在海外出生和生活的華人子弟認識中國語言，了解中華文化，從而培養中華民族的自信心；第二，協助海外華人整合和凝聚力量；第三，作為東西文化交流的橋樑。當中以第三點最為重要，因為華人子弟一般在日校接受英文教育，回到家裏和週末的中文學校則使用中文，所以他們一開始便生活在東西文化交流的環境下，實際上成為理想溝通東西文化交流的中間人。[3]

對於完全不懂中文、已屬海外華人第二代和第三代以至外國人，要傳播中華文化，使用英文作為媒介是無可避免的選擇。本人任教香港大學期間，為國際學生開設中文入門課程，着重口語聽説能力訓練，教材採用英語和漢語拼音，教學語言用英語，學習成效甚佳。據李祖清的分析，英文之所以成為國際通用語言，在於英文屬拼音文字，易學易掌握。容易掌握，才能夠普及；能夠普及，才能談得上國際化。[4] 目前，中文電腦越來越普及，漢字可以用拼音輸入，也可以用聲音輸入，在針對外國人的短期中文課程而言，減少或避免認讀、書寫繁難漢字的障礙，用漢語拼音作為拐棍，這對習慣拼音文字的拉丁語系的外國人而言，應是普及中文教育的可行方案。

香港作為東西文化交流的重要橋樑，香港的中華文化教育不應只狹隘地以香港

3 孫浩良，《海外華文教育》（上海：上海人民出版社，2007），頁 1-6。
4 李祖清，〈21 世紀華文教育新動向——華文教育國際化〉，中國海外交流協會文教部編，《第三屆國際華文教育研討會》（北京：華語教學出版社，1999），頁 147。

學生為主要的受眾，而是應該面對全球化，面向眾多海外華人以及外國朋友對學習漢語和了解中華文化的強大需求。香港的國際中文教育工作者，可考慮用英文撰寫面向非華裔外國人的中華文化基礎教材以至入門書籍。拙著 *Introduction to Chinese Culture*（《中華文化精粹》，北京大學出版社，2011），是這方面的嘗試。該書分八個部分，包括 Myths and Legends（神話與傳說）、Festivals and Folklore（節日與民俗）、Scenic Spots and Historic Sites（風景與歷史遺跡）、Food and Sports（飲食與體育）、Arts and Crafts（藝術與工藝）、Language and Literature（語言與文學）、Thought and Enlightenment（思想與啟蒙）和 China and the World（中國與世界）。當中既不乏中華傳統色彩的故事如嫦娥奔月、木蘭從軍、桃園結義、梁山伯與祝英台、白蛇傳等千古傳誦的故事，也有外國遊客到訪中國必然接觸的事物和禮儀，如春節、清明節、端午節、中秋節、盆菜、茶、酒、剪紙藝術等。我們嘗試通過 56 個故事，從不同角度詮釋中華文化，務求令外國讀者更容易理解其蘊涵的意義。[5]

四、展望

「歷史如人一般，永不停步。」中國具有數千年的悠久文化傳統，在人類的文明進程中作出了突出的貢獻，刻下了深深的烙印。未來的中華文化，又將何去何從？中華文化，如何不斷充實自己，延續歷史的光芒，卓立於世界文化之林？

以開放的胸襟迎接、吸納新的文化要素是應有的前提。中華文化既不是固守傳統，也不是照搬西方的思維模式，而是要在中國固有文化的基礎上建立起來，體現時代精神。在吸收不同的文化優點時，誠如蔡元培所言：「非徒輸入歐化，而必於歐化之中為更進之發明；非徒保存國粹，而必以科學方法，揭國粹之真相。」[6]

中西文化，互有長短，擷取「華梵聖哲之義諦，東西學人之所說」，互補不足，正是最佳的途徑 。而「欲求超勝，必須會通」，[7] 兼通中西之學而折其衷，高瞻遠矚，面向世界，非盲目地信古、復古。它不是把傳統文化全盤接收或全面否定，而是要甄別糟粕和精華，然後進行正確的取捨，發揚其優良特質，古為今用。

也正是基於這一認識，二十一世紀伊始，本着香港在地理上的優勢，我們正式啟

5 Si, Chung Mou, Si, Yun Cheng. *Introduction to Chinese Culture*. (Beijing: Peking University Press, 2011), pp. iv-vi, 25.

6 蔡元培：〈《北京大學月刊》發刊辭〉，《北京大學月刊》1（1919），頁 1-3。

7 徐光啟，《新法算書》（文淵閣四庫全書，中國基本古籍庫），卷一，〈緣起〉，頁 8。

動「中華文化世紀工程」，全面落實中華文化的普及教育。這個工程，從小學、初中到高中，以至大學，由淺入深，設置中華文化各個階段不同的學習內容，從而建構漸進式和系統化的文化學習模式，[8] 希望使我們的下一代從小就增進對優秀中華文化的認識、反思和認同，提高慎思明辨和獨立思考能力，培養正確的倫理道德觀念，並為衡量傳統文化對當今世界的意義奠定基礎。

我們認為，應該編寫一系列採用文言文原典，但同時具有現代元素的全新讀物。研究團隊開展了「論語與現代社會」和「三字經與現代社會」（https://www.eduhk.hk/analects/ ）等研究計劃，目的是讓中小學生多接觸傳統文化，並提升語文水平。我們關注如何提升學生學習中文的興趣，諸如建立網站、設置應用程式、設計有聲書等，都已付諸實行；我們也嘗試結合學生的學習內容和日常生活，這亦是海外華人子弟學習中華文化所面對的共同問題。因此，研究團隊在編寫實驗教材時，嘗試以孔子學說的中心思想、現代社會發展所面對的種種困難，以及學生在個人成長過程中所面對的問題為核心，我們設計了如「談交友」、「怎樣當領袖」、「孔子喜歡賺錢嗎？」、「孔子迷信嗎？」等單元，目的都在引起學生的興趣，並引導作深入思考。

另一方面，傳統文化的內容，必須與現代資訊科技相結合，以引起學生的學習興趣。香港教育大學的「看動畫．學歷史」項目（http://achist.mers.hk/chihistoryanime/），以生動活潑的動漫呈現二十位中國歷史人物生平事跡，啟發學生學習中國歷史、文化和品德情意。另一「賽馬會與『文』同樂學習計劃」（https://chin.eduhk.mers.hk/），製作中國語文科動漫、多媒體電子遊戲及配套教材，旨在透過生動多元的學習經驗，培養學童對中國語文及文化的興趣，並藉此建立良好品德。這些都是頗具成效的具體例子。

這樣安排，是為了讓學生明白，中華文化並不是已經逝去的歷史，而是今天仍然能夠活學活用、增進個人智慧的活知識。我們認為，在編寫中華文化教材時，應該設身處地考慮學生所處的生活環境和社會狀況所可能面對的問題，並結合多媒體的應用。教材編寫者須嘗試從中華文化中挖掘適切的元素和恰當的歷史文化故事，以提高學生的學習興趣，更不應只抱持中華文化本位，故步自封；而是要進行跨文化的比較探究，尊重多元文化，開闊心胸，有容乃大。這樣才能令學生、教師和教材三者在教學的過程中作良性互動，從而加強學習的成效。

文化的發展是不可能一蹴即就的。中華文化要以其嶄新的面貌展現於今日世界，在全球化時代發揮應有的作用，就始於我們當下的共同努力。

8　施仲謀、杜若鴻：〈中華文化教學的漸進式和系統化研究〉，發表於「華人地區漢語教學國際學術」研討會（2004 ）。

參考資料

丁新豹

1988〈香港早期之華人社會（1841-1870）〉，香港：香港大學博士論文。

2010《香港歷史散步（增訂版）》，香港：商務印書館。

方駿

2009〈賴際熙與早期港大中文教育的發展〉，方駿、羅天佑編，《中國史探賾》，香港：華夏文化藝術出版社。

林愷欣

2014〈從政治退隱到文化抗逆：港澳兩地清遺民的文化志業研究〉，香港：香港大學博士論文。

區志堅

2006〈香港大學中文學院成立背景之研究〉，《香港中國近代史學報》2004.4：40-42

2006〈闡揚聖道，息邪距詖：香港尊孔活動初探（1909至今）〉，湯恩佳編，《儒教、儒學、儒商對人類的貢獻——第二屆儒學國際學術研討會論文集》，下冊，香港：香港孔教學院，頁537-554。

2010〈香港學海書樓與廣東學術南下〉，陳明銶、饒美蛟編，《嶺南近代史論：廣東與粵港關係1900-1938》，香港：商務印書館，頁239-252。

施仲謀

2013《語言與文化》，香港：中華書局。

施仲謀、杜若鴻、鄔翠文

2007《中華文化承傳》，北京：北京大學出版社。

2010《中華經典導讀》，北京：北京大學出版社。

2011《中華經典啟蒙》，北京：北京大學出版社。

2013《香港傳統文化》，香港：中華書局。

施仲謀、杜若鴻、鄔翠文、潘健

2007《香港學生看中華文化》，廣州：暨南大學出版社。

2010《中華文化擷英》，北京：北京大學出版社。

施仲謀、李敬邦

2017《論語與現代社會》，香港：中華書局。

2020《三字經與現代社會》，香港：中華書局。

蕭國健

1986《清初遷海前後香港之社會變遷》，台灣：商務印書館。

許振興

2013〈1912-1941 年間香港的經學教育〉，施仲謀編，《百川匯海——文史譯新探》，香港：中華書局，頁 151-166。

余英時

2010《中國文化史通釋》，香港：牛津大學出版社。

張岱年、方克立主編

2004《中國文化概論》，北京：北京師範大學出版社。

Outlook on Chinese Culture Education in Hong Kong

SI, Chung Mou
Department of Chinese Language Studies,
The Education University of Hong Kong

ABSTRACT

With several thousand years of cultural heritage, China has made great contribution to human civilization. Since the beginning of the 21th century, we have launched the *Millennium Project for Chinese Culture Education*, to make Chinese culture education an entitlement for all students. This project tailor-makes contents for beginning to advanced learners in primary, secondary, and tertiary levels of education, scaffolding a spiral and systematic learning model for Chinese culture cultivation. It is hoped that this project can strengthen recognition, reflection, and identification of Chinese culture of our next generation, and enhance their critical thinking skills, through which they are expected to establish correct ethical and moral values to foster their cultural confidence.

We need to put ourselves in students' positions by contextualizing their living environment and social status, and to incorporate the state-of-the-art application of information technology and multimedia when designing teaching materials for Chinese culture education. We endeavor to unearth suitable elements and stories with historic and cultural implications to improve students' learning interests. Instead of a Chinese culture-centered and close-minded approach, the research team conducts a comparative inter-cultural inquiry which respects multiculturalism, in order to ensure a positive interaction between students, teachers, and teaching designs in the process of learning and teaching for enhanced learning outcomes.

Key words Chinese culture, Eastern and Western Cultures, Traditional Culture, Cultural Education

4-Re 歷史學習方法：建構中史的歷史想像

香港教育大學文學及文化學系
姜鍾赫

摘要

自 2020 年起，中國歷史科在初中成為必修科目，為學生全面學習中國歷史帶來了契機。在本文中筆者提出藉由 4-Re 歷史學習方法——閱讀 read、重建 reconstruct，反思 reflect 和研究 research——讓學生和教師一起採取建設性步驟去建構歷史想像。在閱讀過程中，學生透過閱讀各種類型的歷史文獻去建構歷史圖像；在重建的過程中，學生將有機會去探索歷史人物的處境、決定、甚至感受，用歷史人物的角度去了解事件以及當時社會的背景；在反思的過程中，學生記錄學習歷史的旅程，並在考慮不同的角度後，對歷史議題進行批判性思考，並認真思考歷史問題，與過去產生有意義的互動；在研究過程中，學生經由搜尋資料，繼續探索歷史課題，進一步豐富學生的歷史想像。筆者希望 4-Re 歷史學習方法可以拉近學生與歷史之間的距離，讓學生體驗歷史教育的意義與價值。

關鍵字　中史課程　歷史想像　中國歷史　中學教育　歷史教學法　人文教育

「一個人如對周遭發生的事物沒有歷史觸覺及反思，便不能成為一位稱職的歷史老師。」——楊寶瓊。[1]

1　楊寶瓊，〈中國歷史教學的回憶與反思〉，楊秀珠主編《老師談教學：歷史教學篇》（香港：中華書局，2003 年），頁 119。

自 2020 年起，中國歷史科在初中成為必修科目，為香港教育史上開啟了一個新的章節。這次的課程改革除了調整課程內容，包括引入了學生可能有興趣的文化史部分以外，也改變了中國歷史學與教的焦點。教育局表示：「兩史修訂課程大綱旨在強化兩個科目的學與教，透過加強探究式學習，促進學生在課堂內（如小組協作學習）、課堂外（如實地考察）運用各種歷史技能學習歷史，從而提高他們學習歷史的興趣。」[2] 這對於學生來說不但是學習歷史的機會，同時也是改變他們對於歷史課程刻板印象的契機——學習中國歷史不應只是死記硬背。

我們活在一個科學當道的世代，學生自小就接觸與科學相關的科目。此外，學生也被鼓勵去學習一些應用性較強的學科，儘早習得相關的技術或是技能。在這個框架中，大部分的國家卻都認同學習歷史的價值；不論是在什麼文化或政治體系，絕大多數的義務教育框架中都包含了歷史科。雖然每個教育制度處理歷史科的方法截然不同，有些是從小學就有的獨立的歷史科、有些則是將歷史科與其他學科結合，但是基本上學生都有機會去學習歷史。香港這次在歷史科上的改革，在某個程度上也反映了這個現象。歷史科有它的獨特之處；它所涉及的知識層面、所提供的思想訓練以及價值觀的培養，是其他學科無法取代。

為了讓學生更有意義地學習歷史，不少歐美歷史學家和教育學家自上個世紀開始，就從不同層面探討學習歷史的理論及實踐，而討論的重點都是圍繞訓練歷史思維能力（historical thinking skills）。[3] 歷史教育不再只是灌輸史實和內容，而是透過分析和探究的過程去建構學生對於歷史的理解和培養他們的歷史意識。其中一個案例就是美國國家社會研究委員會（NCSS）在 1994 年發佈的其首個幼兒園至十二年級的國家課

---

2 https://www.info.gov.hk/gia/general/201805/24/P2018052400374.htm

3 P. J. Lee, R. Ashby and A. K. Dickinson, "Progression in Children's Ideas about History," in *Progression in Learning*, ed. M. Hughes (Bristol: Multilingual Matters, 1996), pp. 50-81; P. J. Lee, "Historical Knowledge and the National Curriculum," in *Teaching History*, ed. H. Bourdillon (London: Routledge, 1991), pp. 39-65; P. J. Lee, "Progression in Historical Understanding among Students Ages 7-14," in *Knowing, Teaching, and Learning History*, ed. P. Stearns, P. Seixas and S. Wineburg (New York, NY: NYU Press, 2000), pp. 199-222; P. J. Lee, "Putting Principles into Practice: Understanding History," in *How Students Learn: History in the Classroom*, ed. M. S. Donovan and J. D. Bransford (Washington D.C.: The National Academies Press, 2005), pp. 31-77; P. J. Lee and D. Shemilt, "'I Just Wish We Could Go Back in the Past and Find Out What Really Happened': Progression in Understanding about Historical Accounts," *Teaching History* 117 (2004), 25-31.

程標準；[4] 當中歷史課程的指引要求歷史教師評估學生的歷史思維能力。[5] 香港在實踐新的歷史課程之際，這是去探討相關應用的好機會。

對於大部分香港學生來說，學習歷史最大的障礙是與歷史之間的距離感；來自時間和空間的距離使得歷史課程的內容變得遙不可及、甚至天馬行空，因此他們看不到學習歷史的意義和價值。為了拉近學生與歷史之間的距離，筆者嘗試將體驗式學習方式應用在歷史課堂，目的在於幫助學生透過實際的步驟，建構他們的歷史想像。人類思維中有一種力量，它在我們對世界的日常感知中起作用，也在我們看不到的事物起作用，它使我們能夠看到看不到的世界。4-Re 歷史學習方法—— read 閱讀、reconstruct 重建、reflect 反思和 research 研究——的設計原理在於透過不同的學習歷史步驟，逐漸豐富學生腦海中的歷史圖像、逐次訓練學生探究歷史能力、逐步建構學生的歷史想像。本文將會探討 4-Re 歷史學習方法的框架，並且探討如何將它套用在中國歷史課程的學與教。

一、4-Re 歷史學習方法的框架

因為現今的教育制度，香港大多數香港學生將歷史教育與死記硬背聯繫在一起。雖然幫助學生掌握歷史的細節是歷史教育的重點之一，但是如果我們的歷史課堂只停留在陳述史實、講述每個時期的重點、幫助學生應付考試，學生可能無法意識到歷史所蘊含的價值以及歷史教育的意義。"*The historian's picture of the past is...in every detail an imaginary picture.*" [6] 著名史學家 R. G. Collingwood 認為人類對於歷史知識的建構必

4 A. Stein, "The Teaching American History Program: An Introduction and Overview," *The History Teacher* 36.2 (2003): 178-185; J. A. Percco, *Divided We Stand: Teaching about Conflict in U.S. History* (Portsmouth, NH: Heineman, 2001).

5 J. Moyer, J. Onosko, C. Forcey, and C. Cobb, "A Collaborative Project between the University of New Hampshire, SAU #56, and 13 Other School Districts, *The History Teacher* 36.2: 186-205; S. Pesick and S. Weintraub, "DeTocqueville's Ghost: Examining the Struggle for Democracy in America, *The History Teacher* 36.2 (2003): 231-251; P. N. Stearns, P. Seixas and S. Wineburg, eds., *Knowing, Teaching, and Learning History: National and International Perspectives* (New York, NY: NYU Press, 2000).

6 R. G. Collingwood, *The Idea of history [1946] Revised Edition* (Oxford: Clarendon Press, 1994), 245.

須依賴於歷史想像。在許多史學家一致認同歷史知識的侷限時，[7]Collingwood 給了史學界和歷史教育界人士重要的啟發。Collingwood 指出了解歷史的障礙在於，雖然過去的事件或是行為確實發生過，但這些行為發生在過去；歷史學家無法像其他學科一樣，第一時間進行實際觀察與記錄。正因為如此，Collingwood 認為歷史學家必須仰賴他們的想像力來重建和理解過去。不同於閱讀小說，歷史想像並不是一個虛構或是不真實的幻想，而是構建或重建過去的過程；因此歷史想像必須定位在實際存在的空間和時間中，並且必須與歷史學家收集的證據存緊密的關係。換言之，歷史想像要求學生和歷史學家使用有限的證據，在受時間和背景以及可用的史料的約束下，構建一個更大的事件圖像或敘述。筆者基於 Collingwood 的論述，提出 4-Re 歷史教學方法——閱讀、重建、反思、研究，目的在於用實際方法和過程幫助學生建構歷史想像。

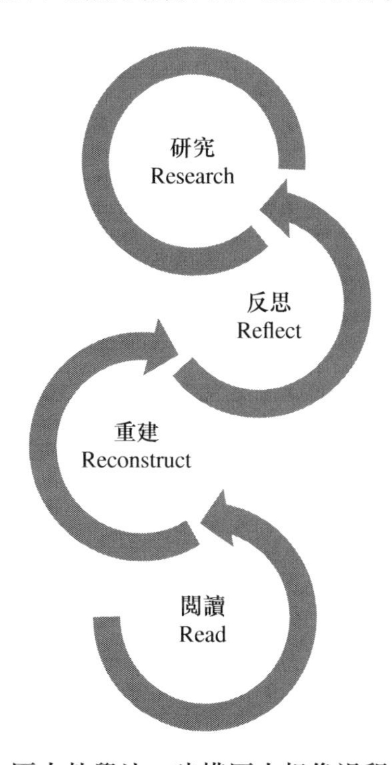

歷史教學法：建構歷史想像過程

---

7 B. G. Smith, *The Gender of Gistory: Men, Women, and Historical Practice* (Cambridge, Mass.: Harvard University Press, 1998); J. C. Bermejo-Barrera, "Explicating the Past: In Praise of History," *History and Theory* 31(1993): 14-24; P. Kosso, "Historical Evidence and Epistemic Justification: Thucydides as a Case Study," *History and Theory* 31(1993): 113; R. F. Atkinson, *Knowledge and Explanation in History* (Ithaca, New York: Cornell University Press, 1978); L. Stone, *The Past and the Present Revisited* (London: Routledge, 1987); R. Fogel and G. R. Elton, *Which road to the past?* (New Haven: Yale University Press, 1983).

(一) 閱讀 Read

原始資料是歷史學家洞察和分析歷史的重要途徑，因此閱讀和分析史料也是歷史教育的核心。[8] Collingwood 認為，如果歷史學家沒有史料幫助他們建構歷史想像，那麼他們就無法了解歷史，所建構的歷史想像並不一定正確。歷史學家不能根據猜測或幻想來編造事情。換言之，閱讀史料成為我們想像過去的重要依據。

事實上，不是所有學生都擁有足夠能力和掌握歷史脈絡去明白一份史料，尤其是剛剛接觸歷史的學生。舉例來說，如果一個中學二年級的學生，在中史課上學習鴉片戰爭時，如果他們沒有對於戰爭的背景沒有一定程度的掌握時，教師便直接要求學生在課堂上分析《南京條約》的部分內容，學生便難以充分明白從這份史料的內容。雖然從歷史想像的角度來說，閱讀史料其中一個重要的目的是讓學生更進一步明白時代背景，但是如果學生尚未有對這段歷史的基本認知，史料很難起到引起歷史想像的功能作用。

因此教師需要提供足夠的背景資料，預備學生閱讀和分析相關的史料。這些背景資料包括教科書所呈現的基本史實，甚至是素質較高的記錄片或動畫等。[9] 此外，宋佩芬提倡以故事的描述帶領學生感受歷史人物的教學方式，有助於學生思考歷史。[10] 楊淑晴和黃麗蓉也認為歷史小說對於學生建構歷史想像有一定程度的作用。[11] 這些使過去的事件在觀眾的腦海中栩栩如生，讓學生對於時代的框架有基本的掌握，得以明白歷史文件，同時也激發學生的想像動機。[12] 回到上述的例子，如果教師在上這堂課前，邀請學生去閱讀課文、觀看影片，甚至初步收集對於鴉片戰爭的背景資料，對於學生閱讀史料會有一定程度的幫助。

---

8 C. Husbands, *What is History Teaching?: Language, Ideas and Meaning in Learning about the Past* (Open University Press, 1996); J. Fines, "Evidence: The Basis of the Discipline," in *Teaching History*, ed. H. Bourdillon (London: Routledge, 1994), pp. 39-65; L. M. Westhoff, "The Use of Primary Sources in Teaching History," in *The Teaching American History Project: Lessons for History Educators and Historians*, ed. R. G. Ragland (London: Routledge, 2009), pp. 62-77; G. Howells, "Life by Sources A to F: Really Using Sources to Teach US History," *Teaching History* 128 (2007): 30-37; P. Smith, "Why Gerry Now Likes Evidential Work," *Teaching History* 102 (2001): 8-13; H. LeCocq, "Beyond Bias: Making Source Evaluation Meaningful to Year 7," *Teaching History* 99 (2000): 50-55; E. Pickles, "How Can Students' Use of Historical Evidence be Enhanced? A Research Study of the Role of Knowledge in Year 8 to Year 13 Students' Interpretations of Historical Sources," *Teaching History* 139 (2010): 41-51.

9 香港教育大學「看動畫．學歷史」(https://achist.mers.hk/chihistoryanime/)。

10 宋佩芬，〈講述中的歷史思維教學：一些可能與問題〉，《師大學報：教育類》53.1（2008）：175-197。

11 楊淑晴、黃麗蓉，〈中學生歷史思維能力之探究：歷史觀點取替模式的應用〉，《教育科學研究期刊》56.4（2011）：129-153。

12 R. Collins and J. Cooper, eds., *The Power of Story: Teaching through Storytelling 2nd ed.* (Boston, MA: Allyn and Bacon, 1997), 50.

同時，Collingwood 也說明了使用多種史料的重要性，運用穿插史料 interpoling 的方法，重建較為完整的歷史。過程中，歷史學家必須根據史料呈現的內容，運用歷史想像，將不同的史料拼湊起來。[13] 這種結構想像 structural imagination 不僅用於為史料提供連續性，而且有助於更深地解釋每一份史料。對於歷史學家來說，我們必須參考大量的史料，才得以做到深入和扎實的歷史分析。[14] 不過在一個課題上，學生不太可能閱讀所有關於一位人物和一個事件的所有史料，因此教師必須選擇最能夠幫助學生了解歷史情境（當時的社會、政治和文化規範）的歷史資料，同時嘗試讓學生比較不同角度的史料使他們明白事件的複雜性，並且將不同的歷史拼圖拼湊起來，幫助學生用不同的層面去認識歷史事件。教師也可以考慮使用一些非文字的史料，包括圖像和文物，搭配傳統史料，豐富學生進行歷史想像的空間和能力。以鴉片戰爭為例，中史科教師可以運用虎門銷煙的圖像去探討林則徐當年處理鴉片的方法（加入 STEM 的元素，從科學的角度分析硝煙的原理）、或是用第一次鴉片戰爭中的雙方死傷數據去思考中英雙方衝突的結果等。

此外，Collingwood 也提到批判性使用史料的重要性，提議用 interrogating 的方法去閱讀每一份史料。教師必須設計一連串的問題，引導學生在閱讀史料中去觀察、思考、推理，以致他們可以看到超越每一份史料呈現的資訊，並且將不同史料聯繫起來，建構歷史想像的網絡（web of imaginative construction）。[15] 為了幫助學生思考，教師可能需要設計相關的觀察性問題，幫助學生仔細觀察歷史資料並關注其中的相關信息，包括：

個人層面：

- 對你而言，這份史料有什麼特別之處？
- 這份史料呈現了哪些你之前不知道的資訊？
- 這份史料有哪些顛覆了你之前對於事件的認識？
- 你閱讀這份史料時，觸發了什麼感覺和想法？
- 你對這份史料有什麼疑問？

關於史料：

- 作者撰寫這份史料時，發生了什麼事情？

---

13 Collingwood, 240-241.

14 S. Brooks, "Displaying Historical Empathy: What Impact Can a Writing Assignment Have? *Social Studies: Research and Practice* 3.2 (2008): 130-146; J. L. Endacott, "Reconsidering Affective Engagement in Historical Empathy," *Theory & Research in Social Education* 38.1 (2010): 6-49; S. J. Foster and E. A. Yeager, "The Role of Empathy in the Development of Historical Understanding," *International Journal of Social Education* 13.1 (1998): 1-7.

15 Collingwood, 242.

- 作者撰寫這份史料的主要目的是什麼？
- 作者用什麼方法 / 角度去撰寫這份史料？
- 這份史料的主要受眾是誰？
- 這份史料呈現了哪些偏見？
- 這份史料與其他史料所呈現的資訊有什麼相同 / 不同之處？

除了這些基本的問題以外，教師可以按學生的能力和每份史料的特色，去設計其他問題，在過程中給予充裕的時間和提供相關的協助，鼓勵學生去更深地思考史料所呈現的資訊，並且與個人的已有知識產生聯繫。透過探索史料，豐富學生對於歷史事件的了解，同時也透過史料建構學生的歷史想像。

（二）重建 Reconstruct

楊淑晴、黃麗蓉建議教師應該：「嘗試引導學生融入歷史情境或建構歷史圖像的教學設計，藉以提升中學生在歷史思維能力的展現。」[16] 在一般的情況下，一個中學生可能很難想像十九世紀中葉住在廣州平民百姓的生活，或是參與鴉片戰爭清兵的經歷；這些議題也未必是一般中學教師在教鴉片戰爭時會選擇的學習內容。事實上，透過研讀和分析史料，學生得以在腦海中不斷嘗試重建過去。透過重建歷史，學生不僅明白了當時的政治、經濟和社會情況，亦深入了解歷史人物的生活與思想。

Collingwood 認為，要理解和想像過去，我們必須進行換位思考，從當事人的角度去思考當時的情況。閱讀史料的目的並不只是分析文件中所呈現的內容，而是去設想文件中描述的情況，試圖去理解和想像過去人類的行為。[17] 研究發現即使在小學階段，學生在發展上也有能力明白他人的觀點。[18] 不過跨越時間和空間的換位思考對於部分學生來說會有一定程度的挑戰。為了幫助學生可以更進一步與過去聯繫，除了預備相關的史料及問題以外，教師可以考慮透過不同組合的合作學習模式，幫助學生更深入分析史料，並一起進行歷史思考。[19] 在討論中，學生有機會聆聽和回應不同的想法，在換位思考中互相幫助，一起建構歷史的圖像。

---

16 楊淑晴、黃麗蓉，頁 146。

17 Collingwood, 213-215.

18 O. Davis, "In Pursuit of Historical Empathy," in *Historical Empathy and Perspective Taking in the Social Studies*, ed. O. Davis, E. Yeager and S. Foster (New York, NY: Rowman and Littlefield, 2001), pp. 1-12; N. Dulberg, "Engaging in History: Empathy and Perspective-taking in Children's Historical Thinking," *Annual Meeting of the American Educational Research Association* (New Orleans, LA, April 1-5, 2002): 1-47.

19 S. Kagan, *Cooperative Learning* (San Juan Capistrano, CA: Kagan Cooperative Learning, 1992), 3-1.

除了設想文件中描述的情況以外，歷史重建的另一個層面是體會歷史人物的感受。不少歷史教育學者稱這個教學法為「歷史神入（historical empathy）」。歷史神入的主要目的在於幫助學生與歷史人物進行認知和情感的接觸，將其置於情境中，理解過去人們在當時歷史和社會背景下如何思考、做出決定、行動和面對後果。[20] 不少學者在上個世紀已經開始關注如何應用不同的教學策略將歷史神入如何應用在教學法中，並且探討歷史神入在學生學習歷史時所產生的效果。[21]

歷史神入需要三個層次的元素：歷史情境化（對當時的社會、政治和文化規範的深刻理解，以及對導致歷史事件的因素和同時發生的其他相關事件的了解）、觀點代入（了解他人之前的生活經歷、原則、立場、態度和信念）、情感聯繫（考慮歷史人物的情感並與他們的感受聯繫）。雖然 Collingwood 認為歷史的想像只是知識上重建過去，並不涉及情感上的聯繫，事實上，從歷史教育的角度而言，除了思想和推論以外，情感也是構築歷史想像的重要工具。[22] 歷史教育學家 Coleridge 認為優秀的歷史是藝術的傑作，是智慧和感性的產物，所以學生學習歷史時需要思考、亦需要情感。[23] 畢竟歷史神入不僅是超越時間和空間，也是穿透心靈的過程。

---

20 C. Blake, "Historical Empathy: A Response to Foster and Yeager," *International Journal of Social Education* 13.1 (1998): 25-31; D. Bryant & P. Clark, "Historical Empathy and Canada: 'A People's History,'" *Canadian Journal of Education* 29.4 (2006): 1039-1063; J. L. Endacott, "Reconsidering Affective Engagement in Historical Empathy," *Theory & Research in Social Education* 38.1 (2010): 6-49; S. J. Foster and E. A. Yeager, "The Role of Empathy in the Development of Historical Understanding" *International Journal of Social Education* 13.1 (1998): 1-7; O. Davis, E. Yeager and S. Foster, eds., *Historical Empathy and Perspective Taking in the Social Studies* (New York, NY: Rowman and Littlefield, 2001); K. L. Riley, "Historical Empathy and the Holocaust: Theory into Practice," *International Journal of Social Education* 13.1 (1998): 32-42; B. S. Stern, "Addressing the Concept of Historical Empathy: Wit Frauen: German Women Recall the Third Reich," *International Journal of Social Education* 13.1 (1998): 43-48.

21 S. Brooks, "Displaying Historical Empathy: What Impact Can a Writing Assignment Have? *Social Studies: Research and Practice* 3.2 (2008): 130-146; S. R. Colby, "Energizing the History Classroom: Historical Narrative Inquiry and Historical Empathy," *Social Studies Research and Practice* 3.3 (2008): 60-78; L. D'Adamo & T. Fallace, "The Multigenre Research Project: An Approach to Developing Historical Empathy," *Social Studies Research and Practice* 6.1 (2011): 75-88; F. Doppen, "Teaching and Learning Multiple Perspectives: The Atomic Bomb," *The Social Studies* 91 (2000): 159-169; S. G. Grant, "It's Just the Facts, or Is It? The Relationship Between Teachers' Practices and Students' Understanding of History," *Theory and Research in Social Education* 29.4 (2001): 63-108; J. Jensen, "Developing Historical Empathy through Debate: An Action Research Study," *Social Studies Research and Practice* 3.1 (2008): 55-66; J. Kohlmeier, "'Couldn't She Just Leave?': The Relationship Between Consistently Using Class Discussions and the Development of Historical Empathy in a 9th Grade World History Course," *Theory & Research in Social Education* 34.1 (2006): 34-57.

22 M. Warnock, *Imagination* (London: Fraser and Fraser, 1976).

23 V. Little, "What is Historical Imagination?" *Teaching History* 36 (June 1983): 27-32.,

以鴉片戰爭的課題為例，教師可以在閱讀相關的史料後，幫助學生去思考在「虎門銷煙」的事件中，每一個角色的觀點、感受、或是行為。例如：

- 從林則徐的觀點而言，他為什麼決定銷煙？
- 從道光皇帝的觀點而言，他是否滿意虎門銷煙的過程和結果？為什麼？
- 從義律的觀點而言，他對於虎門銷煙的結果會有什麼感受？為什麼？
- 從英國商人的觀點而言，他對虎門銷煙會有什麼反應？為什麼？

透過思考歷史事件發生時的環境和脈絡，學生得以重建不同歷史人物的經歷。相信學生會對於這場經濟、文化、政治、軍事衝突有更深的體會和了解。歷史神入需要尊重、欣賞和敏感於人類行為和成就的複雜性。[24] 學生必須意識到學習歷史不是一個科研過程，沒有絕對的規則適用於過去人類的行為。[25] 雖然過程不容易，但是根據學者在歐美的研究，歷史神入不僅可以幫助學生與過去建立聯繫、建構歷史想像，更重要的是可以增加學生學習歷史的動機。[26]

（三）反思 Reflect

根據 John Dewey 對於反思在學習的定義，它是一個意義建構的過程；反思的過程讓學習者從一種體驗進入下一種體驗，更深入地理解體驗與其他概念的關係和聯繫。[27] 在體驗重建歷史的過程後，學生應該有機會去反思所掌握的歷史圖像和自身的歷史觀點，並且展示對於某個歷史議題做出的判斷、建構的主張、並且得出的結論。對於教師來說，這是一個進行進展性評估的機會；教師可以透過學生的反思去判斷學生對於史料的掌握程度、學生的歷史重建是否是建基於史料和相關的二手資料、學生的歷史想像是否是在合理的範圍等。教師亦可以根據學生的反思去給予適當的反饋、甚至展開進一步的討論和探索，鼓勵學生繼續思考相關的歷史議題。

同時，對於學生而言，反思其中一個的目的在於幫助學生記錄學習的過程，並且整理思緒。學生可以從回顧課程上的學習經歷開始，記錄這個課題學習到的新的歷史

---

24 Kohlmeier, 34-57; S. Brooks, "Historical Empathy as Perspective Recognition and Care in One Secondary Social Studies Classroom," *Theory & Research in Social Education* 39.2 (2011): 166-202; F. Doppen, "Teaching and Learning Multiple Perspectives: The Atomic Bomb," *The Social Studies* 91 (2000): 159-169.

25 S. Foster, "Using Historical Empathy to Excite Students about the Study of History: Can You Empathize with Neville Chamberlain?" *Social Studies* 90.1 (1999), 19.

26 K. Barton and L. Levstik. *Teaching History for the Common Good* (Mahwah, NJ: Lawrence Erlbaum Associates, 2004).

27 C. Rodgers, "Defining Reflection: Another Look at John Dewey and Reflective Thinking," *Teachers Colleage Record* 104.4 (June 2002), 845.

知識和觀點，並與學生的已有知識連結，持續不斷建構學生的歷史想像。當學生養成反思的習慣時，學生在學習的過程中也會更加留意新的學習知識，對於自己學習過程更加負責。換言之，教師可以透過反思，鼓勵學生成為積極的學習者，透過不斷探索，誘發新的理解和欣賞。[28]

除了知識和視野以外，學生更可以在反思中描述對於這個課題的感受。前段提到歷史神入必須有情感聯繫的層面。雖然歷史神入有別於一般的同理心，目的也不是在於認同任何一位歷史人物的經歷。但不可否認學生在學習歷史的過程中，可能會被一些影像、史料、問題觸動。可惜在一班的情況下，因為學生人數較多，因此教師可能很難在課堂上逐一處理。學生可以使用反思的空間，敘述並表達他們所經歷的情感，教師也可以在課後處理。

此外，教師也可以引導學生在反思中審視他們自己的觀點。在每一個歷史課題中，幫助學生去思考自己本身對於事件或是人物的認知和印象，並且在學習過程中審視本身的歷史認知和印象，與史料所呈現的資訊是否有些矛盾之處，給學生機會反思自己的歷史觀。[29] 過程中，學生可以進一步解釋他們自己的觀點和立場，並且提出具體證據來支持他們的結論。同時，學生應理解他們所獲知的並非是最終的定論；學生應該在反思中提出需要進一步調查的問題，並初步製定如何回答這些問題的策略，鼓勵學生繼續探索歷史。曾經有一位學生在反思中提出，他本來一直以為林則徐處理鴉片的方法絕對沒有錯誤，但經過在課堂上重演「嚴禁派」和「弛禁論」的辯論後，發現原來「弛禁論」的想法也很有道理。

最後，教師可以考慮在一些合適的課題上，鼓勵學生做一些應用性的反思。例如，引導學生在過去和現在之間進行有意義的比較，塑造他們對現在的理解。再者，幫助學生對過去的各個方面做出道德判斷，並邀請他們將這些意見應用到現在的行動中等。[30] 透過這些應用性的反思，給學生機會從過去吸取的教訓。例如，當時中英雙方可以採取哪些行動去避免戰爭爆發等。在此必須強調歷史教育的目的絕對不是要求學生做出一個簡單或是膚淺的道德判斷，而是一個經過歷史思考、有深度的道德反思。換言之，希望藉由不同層面的反思培養和鍛鍊學生的歷史思維能力，加深學生的歷史想像。

---

28 D. Boud, R. Keogh, and D. Walker, eds., *Reflection: Turning Experience into Learning* (New York: Kogan Page, 1985), 18.

29 B. VanSledright, "From Empathetic Regard to Self-Understanding: Im/Positionality, Empathy, and Historical Contextualization," in *Historical Empathy and Perspective Taking in the Social Studies*, ed. O. Davis, E. Yeager and S. Foster (New York, NY: Rowman and Littlefield, 2001), 51-68.

30 Barton & Levstik, *Teaching History for the Common Good.*

（四）研究 Research

學習歷史不應該只停留在課堂上，學生建構歷史想像的過程也應該在課後持續。一般提到研究一詞，不少人會認為是一件很深奧的事。研究是收集和分析信息以增加對所研究議題的理解；[31] 雖然不同學科的研究方法都不一致，研究者理應可以透過資料收集和分析的過程建構知識和訓練能力。因此，不少學者提倡讓中學生參與研究。[32] 以歷史學科而言，前段提到在反思中鼓勵學生繼續更深入地探討歷史，並且透過提問找到探索的方向。在某些特定的課題上，教師可以鼓勵學生去搜尋相關的史料，目的在於給學生機會分析教師指定的史料以外的歷史文件，擴展學生的歷史視野，豐富他們的歷史想像。

收集資料對於學生來說，是一個積極建構知識的過程，也是一個學生在 21 世紀必須具備的能力。根據香港的中國歷史科的課程指引，已經從中一開始強調判斷和運用歷史資料的技能。教師可以進一步教授並指導學生收集資料的方法與技巧，包括如何使用不同的圖書館資源（書籍、資料庫）和線上資源等。對於剛剛接觸中國歷史科目的初中學生來說，除了給予適當的訓練和指引以外，教師也可以考慮安排用合作方法，以小組型式的方式搜尋資料，增加學生收集資料的廣度。另一方面，當學生開始對中國歷史有了初步的認識，也累積了資料搜尋的經驗，教師可以安排更多機會讓學生去參與歷史研究。從學生自己提問開始，到自己找尋資料、然後得到初步的答案，並且彼此分享探索的成果，是一個非常寶貴的學習歷史的過程。

最後，教師應該鼓勵學生去在真實的環境中（authentic context）探索過去，找尋資料。教育學家 John Dewey 指出，如果學生參與真實、有意義的任務，他們就會對材料投入更多的心思與精力，學習的過程也會變得更有意義。[33] 真實的環境包括學生所處的家庭與社區。在相關的香港史的課題上，筆者曾經讓學生選擇一個特定的歷史事件，並在家裏尋找史料，包括一些舊的照片、文件、實物、或是家庭成員的口述歷史。學生經常帶回來許多豐富和多元的歷史材料，並且對於歷史問題得到新的見解；甚至筆者也在學生找到的歷史材料中得到不少啟發。這就是 Tyler 所提倡為學生提供機會更深入

---

31 D. L. Paul and E. O. Jeanne, *Practical Research: Planning and Design, 8th ed.* (Texas: Pearson Prentice Hal, 2004).

32 T. S. M. Meerah and N. M. Arsad, "Developing Research Skills at Secondary School," *Procedia Social and Behavioral Sciences* 9 (2010): 512-516.

33 J. S. Krajcik and P. C. Blumenfeld, "Project based learning," in *Cambridge Handbook of The Learning Sciences*, ed. R. K. Sawyer (New York: Cambridge University Press, 2006): pp. 318.

地了解他們的家庭和社會的教育。[34] Meerah & Arsad 在探討馬來西亞的中學生研究能力時，也發現社會科學領域的實地工作和研究是學生獲得信息技能的良好學習體驗，這種學習方法將使學生的學習變得有趣和有趣，亦讓學生培養了與社會的關係。[35] 不少學生在回饋中反映在家中收集歷史材料的過程，成功地打開了他們新的歷史眼界。

由於每一份史料是不完整的歷史片段，每個文件或文物代表了一個角度、一個歷史片段；學生應該通過尋找新的證據來進一步探索歷史。這也是學生走向高階思維的一個心路歷程，從閱讀史料中了解歷史、從重建歷史圖像中分析和比較不同的歷史視野、從反思中評鑑自己的歷史觀點和價值觀、到最後從研究中設計探索歷史的方向並找尋新的資訊，豐富學生的歷史想像。

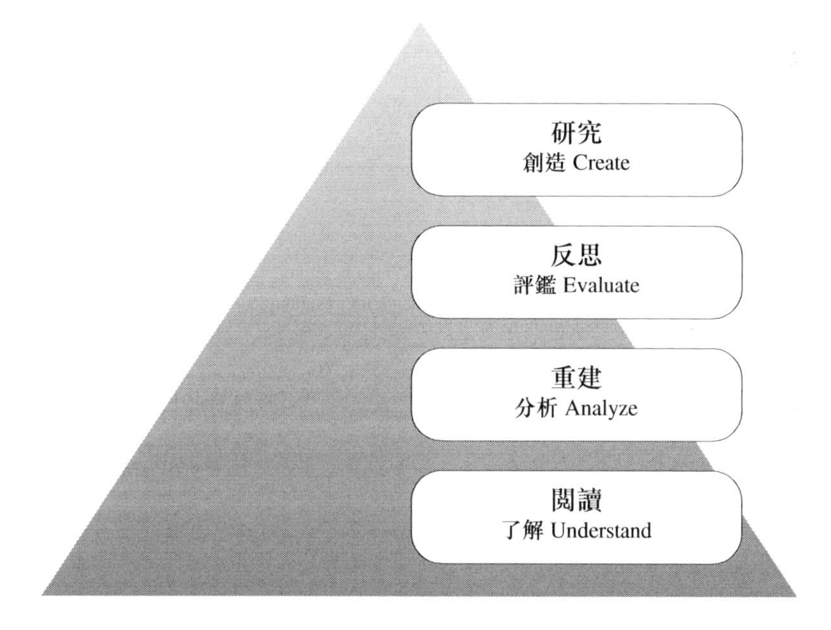

歷史教學法與布魯姆教育目標（Bloom's Taxonomy）

二、4-Re 歷史學習方法的應用

以目前香港的課程來說，因為課數和內容的限制，比較難將 4-Re 教學法完整的套用在每一個教學主題。教師可以考慮在學生在不同階段學習中國歷史時，按着學

34 R. W. Tyler, "Curriculum Development in the Twenties and Thirties," in *The Curriculum: Retrospect and Prospect*, ed. R. M. McClure (Chicago, IL: University of Chicago Press, 1971), 29.

35 Meerah and Arsadm, 516.

生的學習需要，將 4-Re 歷史學習方法中的部分應用在課堂上。以下是一些相關的討論，提供教師在設計課程中參考。

學生其實可以從幼稚園這個階段開始接觸歷史。香港現有的幼稚園課程指引中，並沒有太多與歷史相關的元素。不過大多數的幼稚園會在傳統節日，與孩子一起探討節日的典故和習俗，或是在故事時間，教師**閱讀**歷史人物的故事。這些都是一些初步**重建**幼兒歷史觀念的方法，幫助孩子們分辨過去與現在。此外，大部分幼稚園非常注重語言學習；在學習中文時，可以適當地加入一些歷史的元素，例如介紹一些文字的由來，象形文字與古代生活的關連，或是部首的歷史淵源等。另外，可以考慮在學習關於成長或是家庭的課題時，可以邀請孩子們在家裏做一些資料收集。例如，請孩子們帶一些舊的相片或是物件，在分享時一起觀察時間的轉變，開始建立幼兒時間的概念，例如一年與十年之間的分別等。

香港小學的常識科中有學習中國歷史及香港歷史的部分，主要是探討一些事件以及人物，並且將主要的焦點放在近代史。對於剛剛接觸歷史的小學生來説，大部分應該還未掌握時間和空間的概念，所以學生可能沒有能力和興趣去閱讀史料。教師可以考慮從有趣的二手資料着手，包括歷史人物傳記、歷史小説等，透過**閱讀**開始建構歷史圖像。此外，教師可能需要使用相關的影像材料，例如上述的中國歷史動漫、記錄片、歷史照片等，或是善用一些歷史文物，例如 50 年代民生用品，在課堂上做一些觀察和討論，相信都會對於學生**重建**歷史會有幫助，並且開始初步**反思**過去與現在之間的關係。

香港初中自 2020 年起，將中國歷史科定為必修科。這對於香港的中學歷史教育而言，是一個非常重要的轉機。學生將會在初中這個階段，有機會去學習中國通史。在學生剛剛接觸中史的階段，教師可以考慮選用一些學生可能感興趣的史料，在課堂上一起**閱讀**、討論。建議史料篇幅不宜過長、內容也不宜太複雜，重點在於找到適合孩子們學習和思考的材料。同時，也建議加入一些歷史考察的元素，不論是去到歷史景點、觀察歷史建築的風貌，或是去博物館，欣賞歷史文物的細節等，都可以幫助學生藉着親身體驗去**重建**歷史圖像，並且開始指出中國歷史中的一些具體變遷。在活動的過程中，鼓勵學生自己拍攝錄像，記錄學習的歷程，並且以視像**反思**取代傳統的紙筆反思。前段提到在某些議題上，可以邀請學生參與資料收集，透過**研究**讓學生接觸中國歷史。

到了高中階段，學生對於中國歷史有了初步的概念和歷史圖像，在這個基礎下，教師除了預備學生去考公開試以外，也應考慮採用實際的方法，與學生一起繼續建立歷史想像。在**閱讀**方面，學生理應有能力處理更複雜的文字史料，因此教師可以考慮提供內容較深，並且能提供不同角度的史料，刺激學生去思考和討論；透過這些史料，幫助學生可以代入不同歷史人物的角度和觀點，從而**重建**更豐富的歷史圖像，進一步解釋中國歷史中變遷的原因。同時，可以在高中慢慢培養撰寫**反思**的習慣和能力。除了記錄每一個課題的學習重點以外，學生也應該記錄描述自己觀點以及感受，並且積極地在反思中提問。最後，教師已可以考慮給予學生機會去透過**研究**找到問題的答案。除了去收集資料庫和網上的資料以外，也引導學生在社區中找尋答案，包括進行簡單的口述歷史收集等。

三、結論

教育大師 John Dewey 曾經說過，「想像力並不是只有所謂的『有創造力的人』才能從事的罕見活動。相反，它是我們所有人共同的學習工具，我們通過它來實現新現實的可能性。」[36] 歷史想像是一種認知活動、也是一種理解的方法、更是一種思想的感知工具。[37] 有別於一般的想像，歷史想像不是憑空創造與虛構歷史，而是透過思考與推論去想像過去的情境。換言之，歷史想像的最終的目的在於掌握過去的世界，並且從當時的時代脈絡中理解過去人們的行動。教授中國歷史的教師們可以考慮適度地將西方的歷史教育理論應用在課堂上，注入活力在現行的中史教育中注入活力，使得中史課程不再只是死記硬背，鼓勵學生們從思考歷史中，建構他們的歷史想像。

筆者希望藉由 4-Re 歷史學習方法——閱讀、重建，反思和研究——讓學生和教師一起採用建設性步驟去建構歷史想像。在閱讀過程中，學生透過閱讀各種類型的歷史文獻去建構歷史圖像；在重建的過程中，學生將有機會去探索歷史人物的處境、決定、甚至感受，用歷史人物的角度去了解事件以及當時社會的背景；在反思的過程中，學生記錄學習歷史的旅程，並在考慮不同的角度後，在對歷史議題進行批判性思考，並認真思考歷史問題，與過去產生的有意義的互動；在研究過程中，學生經由搜尋資料，繼續探索歷史課題，進一步豐富學生的歷史想像。雖然在每一個階段，因為課程中學習重點不同，學生歷史想像的焦點與程度也應該有所差異，筆者衷心盼望 4-Re 歷史學習方法可以抛磚引玉，激發中史教師們的創意，用不同的方法拉近學生與歷史之間的距離，進而產生學習歷史的興趣。

---

36 J. J. Chambliss, "John Dewey's Idea of Imagination in Philosophy and Education," *The Journal of Aesthetic Education* 25.4 (Winter, 1991), 43.

37 Warnock, *Imagination*.

參考資料

Atkinson, R. F. *Knowledge and Explanation in History*. Ithaca, NY: Cornell University Press, 1978.

Barton, K. & L. Levstik. *Teaching History for the Common Good*. Mahwah, NJ: Lawrence Erlbaum Associates, 2004.

Bermejo-Barrera, J. C. "Explicating the Past: In Praise of History." *History and Theory* 31 (1993): 14-24.

Blake, C., "Historical Empathy: A Response to Foster and Yeager." *International Journal of Social Education* 13.1 (1998): 25-31.

Boud, D., Keogh, R., and D. Walker, eds. *Reflection: Turning Experience into Learning*. New York, NY: Kogan Page, 1985.

Brooks, S. "Displaying Historical Empathy: What Impact Can a Writing Assignment Have?" *Social Studies: Research and Practice* 3.2 (2008): 130-146.

Brooks, S. "Historical Empathy as Perspective Recognition and Care in One Secondary Social Studies Classroom." *Theory & Research in Social Education* 39.2 (2011): 166-202.

Bryant, D. and P. Clark "Historical Empathy and Canada: A People's History." *Canadian Journal of Education* 29.4 (2006): 1039-1063.

Chambliss, J. J. "John Dewey's Idea of Imagination in Philosophy and Education." *The Journal of Aesthetic Education* 25.4 (Winter, 1991): 43-49.

Colby, S. R. "Energizing the History Classroom: Historical Narrative Inquiry and Historical Empathy." *Social Studies Research and Practice* 3.3 (2008): 60-78.

Collingwood, R. G. *The Idea of history (Revised Edition)*. Oxford: Oxford University Press, 1994.

Collins, R., and J. Cooper. *The Power of Story: Teaching Through Storytelling 2nd Edition*. Boston, MA: Allyn and Bacon, 1997.

D'Adamo, L. and T. Fallace. "The Multigenre Research Project: An Approach to Developing Historical Empathy." *Social Studies Research and Practice* 6.1 (2011): 75-88.

Davis, O., E. Yeager, and S. Foster, eds. *Historical Empathy and Perspective Taking in The Social Studies*. New York, NY: Rowman and Littlefield, 2011.

Doppen, F. "Teaching and Learning Multiple Perspectives: The Atomic Bomb." *The Social Studies* 91 (2000): 159-169.

Dulberg, N. "Engaging in History: Empathy and Perspective-taking in Children's Historical Thinking." *Annual Meeting of the American Educational Research Association* (New Orleans, LA, April 1-5, 2002): 1-47.

Endacott, J. L. "Reconsidering Affective Engagement in Historical Empathy." *Theory & Research in Social Education* 38.1 (2010): 6-49.

Fines, J. "Evidence: The Basis of The Discipline." In *Teaching History*, edited by H. Bourdillon. London: Routledge, 1994, pp. 39-65.

Fogel, R. and G. R. Elton. *Which Road to The Past?* New Haven: Yale University Press, 1983.

Foster, S. J. and E. A. Yeager. "The Role of Empathy in The Development of Historical Understanding." *International Journal of Social Education* 13.1 (1998): 1-7.

Foster, S., "Using Historical Empathy to Excite Students About the Study of History: Can You Empathize with Neville Chamberlain?" *Social Studies* 90.1 (1999): 18-24.

Grant, S. G. "It's Just the Facts, Or Is It? The Relationship Between Teachers' Practices and Students' Understanding of History." *Theory and Research in Social Education* 29.4 (2001): 63- 108.

Howells, G. "Life by Sources A To F: Really Using Sources to Teach US History," *Teaching History* 128 (2007): 30-37.

Husbands, C. *What Is History Teaching? Language, Ideas and Meaning in Learning About the Past*. London: Open University Press, 1996.

Jensen, J. "Developing Historical Empathy Through Debate: An Action Research Study." *Social Studies Research and Practice* 3.1 (2008): 55-66.

Kagan, S. *Cooperative Learning*. San Juan Capistrano, CA: Kagan Cooperative Learning, 1992.

Kohlmeier, J. "Couldn't She Just Leave?" The Relationship Between Consistently Using Class Discussions and The Development of Historical Empathy in A 9th Grade World

History Course." *Theory & Research in Social Education* 34.1 (2006): 34-57.

Kosso, P. "Historical Evidence and Epistemic Justification: Thucydides as a Case Study." *History and Theory* 31 (1993): 1-13.

Krajcik, J. S. and P. C. Blumenfeld. "Project Based Learning." In *Cambridge Handbook of The Learning Sciences*, edited by R. K. Sawyer. New York, NY: Cambridge University Press, 2006, pp. 317-334.

LeCocq, H. "Beyond Bias: Making Source Evaluation Meaningful to Year 7." *Teaching History* 99 (2000): 50-55.

Lee, P. J. "Historical Knowledge and The National Curriculum. In *Teaching History*, edited by H. Bourdillon. London: Routledge, 1991, pp. 39-65.

Lee, P. J. and D. Shemilt. "'I Just Wish We Could Go Back in The Past and Find Out What Really Happened': Progression in Understanding About Historical Accounts." *Teaching History* 117 (2004): 25-31.

Lee, P. J., "Progression in Historical Understanding Among Students Ages 7-14." In *Knowing, Teaching, and Learning History*, edited by P. Stearns, P. Seixas and S. Wineburg. New York, NY: NYU Press, 2000, pp. 199-222.

Lee, P. J., "Putting Principles into Practice: Understanding History." In *How Students Learn: History in The Classroom*, edited by M. S. Donovan and J. D. Bransford. Washington, D.C.: National Academies Press, 2005, pp. 31-77.

Lee, P. J., R. Ashby and A. K. Dickinson. "Progression in Children's Ideas About History." In *Progression in Learning*, edited by M. Hughes. Bristol: Multilingual Matters, 1996, pp. 50-81.

Little, V. "What is Historical Imagination?" *Teaching History* 36 (June 1983): 27-32.

Meerah, T. S. M. and N. M. Arsad. "Developing Research Skills at Secondary School." *Procedia Social and Behavioral Sciences* 9 (2010): 512-516.

Moyer, J., J. Onosko, C. Forcey, and C. Cobb. "History in Perspective (HIP): A Collaborative Project between the University of New Hampshire, SAU #56, and 13 Other School Districts." *The History Teacher* 36.2 (2003): 186-205.

Paul, D. L. and E. O. Jeanne. *Practical Research: Planning and Design (8th Edition)*. Texas: Pearson Prentice Hal, 2004.

Percco, J. A. *Divided We Stand: Teaching About Conflict in U.S. History*. Portsmouth, NH: Heineman, 2001.

Pesick, S. and S. Weintraub. "DeTocqueville's Ghost: Examining the Struggle for Democracy in America." *The History Teacher* 36.2 (2003): 231-251.

Pickles, E. "How Can Students' Use of Historical Evidence Be Enhanced? A Research Study of The Role of Knowledge in Year 8 To Year 13 Students' Interpretations of Historical Sources." *Teaching History* 139 (2010): 41-51.

Riley, K. L. "Historical Empathy and The Holocaust: Theory into Practice." *International Journal of Social Education* 13.1 (1998): 32-42.

Rodgers, C. "Defining Reflection: Another Look at John Dewey and Reflective Thinking." *Teachers College Record* 104.4 (June 2002): 842-866.

Smith, B. G. *The Gender of History: Men, Women, and Historical Practice*. Cambridge, MA: Harvard University Press, 1998.

Smith, P. "Why Gerry Now Likes Evidential Work." *Teaching History* 102 (2001): 8-13.

Stearns, P. N., P. Seixas and S. Wineburg, eds. *Knowing, Teaching, and Learning History: National and International Perspectives*. New York, NY: NYU Press, 2000.

Stein, A. "The Teaching American History Program: An Introduction and Overview." *The History Teacher* 36.2 (2003): 178-185.

Stern, B. S. "Addressing the Concept of Historical Empathy: Wit Frauen: German Women Recall the Third Reich." *International Journal of Social Education* 13.1 (1998): 43-48.

Stone, L. *The Past and the Present Revisited*. London: Routledge, 1987.

Tyler, R. W. "Curriculum Development in the Twenties and Thirties." In *The Curriculum: Retrospect and Prospect*, edited by R. M. McClure. Chicago, IL: University of Chicago Press, 1971, pp. 26-44.

VanSledright, B. "From Empathetic Regard to Self-Understanding: Im/Positionality, Empathy, and Historical Contextualization. In *Historical Empathy and Perspective Taking in the Social Studies*, edited by O. Davis, E. Yeager and S. Foster, S. New York, NY: Rowman and Littlefield, 2001, pp. 51-68.

Warnock , M. *Imagination*. London: Fraser and Fraser, 1976.

Westhoff, L. M. "The Use of Primary Sources in Teaching History." In *The Teaching American History Project: Lessons for History Educators and Historians*, edited by R. G. Ragland. London: Routledge, 2009, pp. 62-77.

宋佩芬，〈講述中的歷史思維教學：一些可能與問題〉，《師大學報：教育類》53.1（2008），頁 175-197。

楊寶瓊，〈中國歷史教學的回憶與反思〉，楊秀珠主編，《老師談教學：歷史教學篇》（香港：中華書局，2003），頁 113-119。

楊淑晴、黃麗蓉，〈中學生歷史思維能力之探究：歷史觀點取替模式的應用〉，《教育科學研究期刊》56.4（2011），頁 129-153。

4-Re History Learning Method: Constructing the Historical Imagination of Chinese History

KANG, Jong Hyuk David
Department of Literature and Cultural Studies,
The Education University of Hong Kong

ABSTRACT

Starting in 2020, Chinese History has become a compulsory subject in junior high schools, bring forth a valuable opportunity for Hong Kong secondary students to learn Chinese history. In this article, the author proposes to use the 4-Re history learning method—reading, reconstructing, reflecting, and research—to allow students and teachers to take constructive steps together to construct historical imaginations. In the process of reading, students construct historical images by reading various types of historical documents; in the process of reconstruction, students explore the historical situation, decisions, and even feelings of historical figures, and use the perspective of historical figures to understand events; in the process of reflection, students record the journey of learning history, and after considering different perspectives, they critically think about historical issues, and develop meaningful interactions with the past; in the research process, students continue to explore historical topics by searching for information to enrich students' historical imagination further. The author believes that the 4-Re history learning method will bridge the distance between students and the past, and allow students to experience the meaning and value of history education.

Keywords　Chinese History Curriculum, Historical Imagination, Chinese History, Secondary School Education, History Pedagogy, Humanities Education

盧梭式的歷史教育：以動畫劇本張騫的編寫為例

香港教育大學文學及文化學系
許國惠

摘要

盧梭在 1762 年的著作《愛彌兒》(Émile) 中提到歷史教育和歷史書寫的問題。盧梭認為歷史教育應該服務於其改造人類社會道德的宏大藍圖，年輕學生於進入社會前應該通過學習歷史來豐富自身的道德涵養；在學習歷史時，重點不在於記憶歷史事件，而在於通過歷史理解自己的生活和人類的命運，以尋找生存的意義。在歷史教育中結合盧梭理論，我們會遭遇一些具體的困難。當我們研讀歷史文獻的時候，會發現其內容往往非常豐富，並且有很多層次。比如《史記》和《漢書》裏有關張騫的記載都極為豐富多彩。那麼我們如何將這段歷史教給年輕學生呢？其中的關鍵涉及到我們對這段歷史的再解讀。本文試圖結合盧梭有關歷史教育的理論，探討我們嘗試將張騫通西域的歷史介紹給年輕學生時如何重新解讀文獻並以戲劇化的形式再現這段史實，以培養年輕學生的道德涵養，讓他們理解自己和別人的生命意義。

關鍵詞　盧梭　歷史教育　張騫　歷史劇　道德涵養

一、前言

香港教育大學於 2018 年推出第一輯「看動畫 · 學歷史」的項目，第一輯動畫共十集，以中國歷史上十個重要人物的生平故事為中心，全部按照歷史材料編寫，目的是培養小學高年級和初中的學生對中國歷史文化的熱愛。這個計劃可以歸類為歷史教育。盧梭（Jean-Jacques Rousseau，1712-1778）在他的名著《愛彌兒》（Émile）中不時提到歷史教育和歷史書寫的問題。盧梭的觀點有助於我們現代人反省相關的問題。本文試圖結合盧梭有關歷史教育的理論，探討我們嘗試將張騫通西域的歷史（十集動畫中的一集）介紹給年輕學生時，如何重新解讀文獻並以戲劇化的形式再現這段史實，以培養年輕學生的道德涵養，讓他們理解自己和別人的生命意義。

近年有學者漸從歷史教育着手，探討盧梭的教育思想的具體施行方法，亦有學者關注盧梭的歷史書寫是如何與歷史教育的主張互相配合。于書娟和周雲認為盧梭對歷史的態度是服務於其改造人類社會道德的宏大藍圖，他主張的歷史教育只是整個道德教育體系的其中一環，旨在令年輕學生於進入社會前，通過學習歷史來研究人類和社會，豐富自身的道德涵養。[1] 于書娟還指出盧梭認為歷史教育就是運用別人、前人的經驗來施行道德教育，因為他們的言行在歷史記載中無法被掩飾或偽裝，所以學生可以通過對他們進行道德判斷來了解人性。[2] 張健偉、李成靜、陳華仔發現，盧梭通過改變歷史評判的標準和歷史書寫的內涵，使歷史書寫從「事實真實」轉向「哲學真實」，因而具有道德教化的作用。正是如此，新的歷史書寫才能以寓言和故事包裝哲理，比起生澀和教條式的哲學著作更為理智未完全成熟的年輕學生所接受。[3] 曹永國認為同情是「公民德行養成的自然之根」，盧梭的歷史教育為的是培養對富貴者的同情。他指出盧梭主張學生運用獨立判斷的能力，審視和甄別歷史上權貴們享有的快樂、名利、權力及伴隨的煩惱、痛苦、互相偽飾和欺騙，以此獲得自我肯定和滿足，並對權貴產生同情而不是仇視或嫉妒之心。曹永國認為盧梭式歷史教育的目的不在歷史事件的記憶，而在於通過歷史理解到自己的生活和人類的命運，繼而尋找個人生存的意義。[4]

然而，盧梭改革歷史書寫和歷史教育的想法引起不少爭議。G. John 批評盧梭式的歷史教育存在「嚴重的社會偏見」（a strong social bias）。[5] 而 Julia Simon 則借用 Bakhtin 提出的「時空體」（Chronotope）概念，指盧梭創造了一個與真實歷史不一致的假想時空，令學生無法將之與自己身處的時空相連結，但這並不影響他們學習歷史，因為在盧梭的歷史教育下，他們要學習的本非歷史記憶，而是裏面蘊含的

1　于書娟：《世界著名教育思想家：盧梭》（北京：北京師範大學出版社，2012），頁 128、139、173-174。周雲：〈從《愛彌兒》看盧梭的道德教育思想〉，《社會科學前沿》，2018，7(5)，頁 608-60

2　于書娟，頁 170-172。

3　張建偉、李成靜、陳華仔：〈作為教育方式的歷史書寫——盧梭論歷史與教育〉，《湖南師範大學教育科學學報》，2016，15(4)，頁 30-32。

4　曹永國：〈同情教育：公民德行養成的根基——盧梭《愛彌兒》第四卷中的一個審思〉，《現代大學教育》，2015(2)，頁 73-80。

5　G. John, “The Moral Education of Emile”, *Journal of Moral Education*, 2006, 11(1), pp, 27-28.

哲學。[6] 還有學者認為盧梭從道德的角度出發，重新解釋人類社會發展的歷史，偏信原始狀態下的人性純樸，是過於浪漫主義和理想主義，甚至存在邏輯矛盾。[7] 即便如此，也有學者認為在今天歷史教育娛樂化、功利化的時代，盧梭對歷史書寫的哲學改造仍有相當的教育意義，對盧梭的歷史教育理論予以肯定。[8]

我們閱讀盧梭《愛彌兒》，不難發現通過歷史教育培養道德品質培養的重要性。根據盧梭的說法，人們應該將歷史當作寓言故事，其中的蘊含的德性非常適合人心的吸收。[9] 在道德品質中，盧梭尤其重視人應盡的種種義務。[10] 至於歷史書寫，盧梭認為歷史作品所描繪的「事實」與歷史真實發生過的「事實」有很大的距離，因為歷史學家往往會按自己的利益好惡來重塑歷史。[11] 如果是這樣的話，那麼歷史書寫的價值在那裏呢？下文以歷史劇本張騫的編寫為例，探討盧梭式歷史教育和歷史書寫的相關問題。我編寫歷史劇本張騫的過程，可以分為兩個步驟，首先是重新解讀歷史文獻，然後是以戲劇的形式再現張騫出使西域這段史實。通過對這兩個步驟的分析，本文嘗試反省歷史研究者對文獻的重塑，並討論如何通過歷史劇培養年輕學生的道德品質。

二、史書中關於張騫的記載

張騫出使西域的事跡主要記載在《史記》的〈大宛列傳〉和《漢書》的〈張騫李廣利傳〉。事實上除了《史記．大宛列傳》和《漢書．張騫李廣利傳》記述張騫出使西域這件事之外，這兩本史書中的其他篇章也有提到張騫出使的事情，比如《史記》的〈衛將軍驃騎列傳〉、〈李將軍列傳〉和〈漢書〉的〈西域傳〉、〈李廣蘇建傳〉、〈武帝紀〉。但是除了〈大宛列傳〉和〈張騫李廣利傳〉之外，其他篇章中記載這件歷史事件是相對次要的，沒有〈大宛列傳〉和〈張騫李廣利傳〉那麼集中。也就是說〈大宛列傳〉和〈張騫李廣利傳〉是在各種材料中最集中記載張騫兩次出使西域的事跡。所以當我編寫張騫劇本的時候，主要用這兩個原材料，同時也參考了其他人物傳記。

---

6 Julia Simon, "Natural man and the Lessons of History: Rousseau's Chronotopes", *Clio*, Summer 1997, 26(4), pp. 473-484.

7 薛勇：〈寓言，兒童不宜——錢鍾書、盧梭觀點異同辨〉，《中學語文教學》，2004(5)，頁 36-37；溫浩然：〈盧梭歷史哲學的詮釋路徑及其人的邏輯〉，《黑河學刊》，2017，234(6)，頁 40-41、54。

8 張建偉、李成靜、陳華仔，頁 32-33。

9 Jean-Jacques Rousseau, Trans., Allan Bloom. *Émile*, (New York: Basic Books, 1979) p. 156.

10 Rousseau, *Émile*, p. 112.

11 Rousseau, *Émile*, p. 238.

其實《漢書》跟《史記》上有關張騫出使西域的記載基本相同。《漢書》上的內容與《史記》基本相同，兩者僅在一個問題上有比較大的差異。這點差異挺有趣的，下文會再提及。另外，張騫第一次出使以後向天子詳述西域各國情況的內容，《史記》是將它與張騫的事跡一同放在〈大宛列傳〉，而《漢書》則沒有將它與記載張騫事跡的〈張騫李廣利傳〉放在一起，而是在〈西域傳〉中記載。

下文先看看兩部史書是如何講張騫出使西域的事跡。張騫第一次出使，「是時天子問匈奴降者，皆言匈奴破月氏王，以其頭為飲器，月氏遁逃而常怨仇匈奴，無與共擊之。漢方欲事滅胡，聞此言，因欲通使」。[12] 簡單地說，漢朝知道大月氏與匈奴有仇，於是派使到西域想要聯合大月氏共同消滅匈奴。可是，由漢出發到大月氏，要經過匈奴的境內，就在經過匈奴境內的時候張騫被匈奴俘虜，之後被關押了十幾年。十多年過去了，他終於找到機會逃走。他逃去大宛，經過康居，最後到達大月氏，可是當時大月氏王貪圖安逸，已經不想跟匈奴打仗了。於是張騫只好回漢朝，在回漢途中又被匈奴抓起來，一年多以後帶同妻子逃回漢地。[13]

回到漢地以後，張騫將在大宛、大月氏、大夏、康居等地的所見所聞向天子報告。之後張騫又跟隨衛青去攻打匈奴。因為張騫非常熟悉西域諸國的地理情況，如河道、地形等，於是漢武帝派他跟隨大將軍衛青出征西域。張騫知道如何帶領軍隊找到水源等資源，讓軍隊在行軍過程中避免過於疲乏，所以在他跟隨衛青打完仗回漢以後，武帝封他為博望侯。張騫跟隨衛青攻打匈奴回來以後，又跟隨李廣將軍攻打匈奴。他第一次跟隨衛青攻打匈奴的時候自己沒有帶兵，但第二次他跟李廣一起去攻打匈奴的時候，自己帶兵了，他帶的部隊差不多一萬多人。可惜在戰事後期沒能帶兵按時抵達指定的地點，犯了軍紀，本來應該斬首，但因為他有侯爵在身，並且能用錢贖身，才不至於被斬首，最後被貶為庶人。[14]

那麼在他被貶為庶人之後，為甚麼還會有第二次出使呢？在貶為庶人後，天子還不斷召見張騫，詢問他有關大夏和其他西域諸國的情況。在和武帝討論的過程中，張騫提出了自己的想法：「厚幣賂烏孫，招以益東，居故渾邪之地，與漢結昆弟，其勢宜聽，聽則是斷匈奴右臂也。既連烏孫，自其西大夏之屬皆可招來而為外臣。」[15] 這些想法讓天子覺得很有意思，於是讓張騫再度出使，這次的目標是與烏孫聯手對付匈

12 司馬遷，《史記》（北京：中華書局，1959），卷一百二十三，〈大宛列傳〉，頁 3157。

13 司馬遷，《史記》卷一百二十三，〈大宛列傳〉，頁 3157-3159；班固，《漢書》（北京：中華書局，1962），卷六十一，〈張騫李廣利傳〉，頁 2687-2689。

14 司馬遷，《史記》卷一百二十三，〈大宛列傳〉，頁 3167；班固，《漢書》卷六十一，〈張騫李廣利傳〉，頁 2691。

15 司馬遷，《史記》卷一百二十三，〈大宛列傳〉，頁 3168。

奴，同時想聯合大夏等國，將他們招來做漢的外臣。張騫順利完成使命，最後還帶烏孫使者及烏孫王獻與漢的禮物一起歸國。第二次出使之後，根據《史記》的評論：「西北國始通於漢」，就是說西北這些國家，在張騫第二次出使之後開始跟漢正式互相溝通。[16] 以上內容是《史記．大宛列傳》和《漢書．張騫李廣利傳》有關張騫兩次出使西域的記載。

三、張騫劇本作為歷史書寫

前文指出盧梭認為歷史作品所描繪的「事實」與歷史真實發生過的「事實」有很大的距離，因為歷史學家往往會按自己的利益好惡來重塑歷史。根據盧梭的說法，歷史學家擁有一種推測的藝術，使他們能從眾多謊言中挑選一個最接近真理的。[17] 但是，必須指出盧梭並沒有因此而否定歷史作品，因為他認為可以視歷史為寓言的組織（a tissue of fables），其中所蘊含的道德非常適合人心。[18] 我在編寫張騫劇本的時候盡可能忠於歷史原材料，只有當中有一些人物的對白是後加上去的，如果我們按照以上盧梭對於歷史作品和歷史書寫的想法，張騫劇本也可以視為一種歷史書寫。

（一）漢代史料的記載：政治軍事因素

必須指出我在編寫張騫劇本的時候對史料做了一些取捨，即在選用部分史實的同時也省略了另一部分的史實。張騫劇本完全省略了一個情節，即張騫第一次出使西域歸來後給漢武帝做了一份關於西域諸國的報告，內容非常詳細。這份報告在《史記．大宛列傳》和《漢書．西域傳》有詳細記載。從一個歷史研究者的眼光看，這份報告非常有趣。到底哪裏有趣呢？以下分三個層次談談。第一，從《史記》的原文中看到，張騫報告的一個重點是介紹了西域的戰略地理形勢。比如大宛在匈奴的哪一個方向、它與匈奴相距多遠，它跟漢朝的關係是怎麼樣，以及它的四方是哪些國家。後者包括烏孫在大宛哪一個方向，康居在大宛的哪一個方向，大月氏在大宛的哪一個方向，它們之間距離有多遠，有哪些河道穿過這些國家等等。當地的河道、水土等資訊也可以在這份報告中看到。也就是說當時張騫給皇帝一份以西域諸國的地理情況為重點的報告。

16 司馬遷，《史記》卷一百二十三，〈大宛列傳〉，頁 3169。
17 Rousseau, *Émile*, p. 238.
18 Rousseau, *Émile*, p. 156.

報告的第二個重點是西域諸國的國力。這些情況包括西域各國中那些是大國，那些是小國，這些國家的人口有多少。關於人口，最重要的信息是西域諸國的人口中可以打仗的人有多少。比如大宛「大小七十餘城，眾可數十萬。其兵弓矛騎射」，這裏說大宛有大小七十多座城，人口數十萬，使用弓箭長矛騎馬作戰；烏孫是「控弦者數萬，敢戰」，烏孫可以使用弓箭的有數萬人，而這些人戰鬥力很強，很願意去打仗。康居則有八九萬「控弦者」，但是國家很小。之後還提到，大月氏是個大國，有一二十萬可以使用弓箭的人。通過這部分的報告，我們可以看到張騫非常重視西域各國的人口，尤其是戰鬥人口。[19]

第三個重點是關於西域諸國的風土人情或習俗。報告尤其注意這些國家是從事農耕（輔以畜牧）還是遊牧等資料。他提到大宛：「其俗土著，耕田，田稻麥。有蒲陶酒。多善馬，馬汗血，其先天馬子也。」張騫先指出大宛人耕田，他們種植甚麼農作物，還提到他們有葡萄酒和汗血寶馬等特產。張騫還特別指出汗血寶馬的祖先就是「天馬」。烏孫、康居、大月氏的情況也有記敘:「大月氏……隨畜移徙，與匈奴同俗」;「烏孫……隨畜，與匈奴同俗」;「康居……與月氏大同俗」。根據張騫的報告，烏孫、康居、大月氏都是遊牧民族。對於安息有更詳細的記載：「安息……耕田，田稻麥，蒲陶酒……有市，民商賈用車及船，行旁國或數千里。以銀為錢，錢如其王面。」根據報告，安息也有耕田和生產葡萄酒等。另外，對於張騫來說，安息的商業情況可能比較重要，他記錄了安息使用貨幣，還特意記錄了貨幣上有國王的頭像，而且這個頭像會隨國王的更替而改變等情況。我們不難發現張騫對於風土、習俗、物資等記錄頗為詳盡。[20] 如果跟其他早期西方歷史著作去對比，這部分比較接近民族誌的內容，也許跟希羅多德（Herodotus）的《歷史》（*Histories*）有接近之處，兩者對記錄地方的習俗很感興趣。事實上，盧梭認為在歷史著作中，《伯羅奔尼撒戰爭史》（*Peloponnesian War*）和《歷史》是最好的歷史作品：前者不加入作者的個人判斷，而後者有各種各樣的細節。[21]

張騫所報告的內容之所以會被史書記錄下來，一來是張騫本人覺得重要，需要詳細向皇帝報告，張騫在西域十多年，他不會事無鉅細都跟皇帝報告，比如他不會談及他在匈奴的妻子以及他倆生的孩子，他更不會將被囚禁的十幾年中做了甚麼、吃了甚麼之類的生活瑣事向皇帝報告，他只選取了重點作匯報。另一方面，當時的皇帝也挺願意聽張騫講這些事情，並且覺得這些資料重要，所以讓史官記下來，而且是用了比

---

19 司馬遷，《史記》卷一百二十三，〈大宛列傳〉，頁 3160-3165。

20 司馬遷，《史記》卷一百二十三，〈大宛列傳〉，頁 3160-3165。

21 Rousseau, *Émile*, p. 239.

較長的篇幅去將這些內容記錄仔細下來。事實上，這些資料佔《史記 · 大宛列傳》中張騫部分接近一半的篇幅。

《史記》和《漢書》的原文並不是以地理形勢、國力、風俗這三個分類將張騫的報告記錄下來，只是我通過對原材料的分析和重整後，總結成以上三個分類。通過這樣分析、重整和分類，我主要是要展示張騫報告中一個有趣的地方：即對於漢代兩位歷史學家看來，出使最重要的意義在政治和軍事方面。正如上文提到在《史記》的相關記錄裏，大量篇幅記載了西域諸國的地理、人口、風俗和物產。那麼，為甚麼報告裏要講這麼多地理位置和山川河流的情況？為甚麼要記錄人口的數目，尤其是可以打仗的人數？為甚麼介紹這些地方的習俗？細心地進一步分析，可以發現這些資料其實可以理解為是情報。這些情報的收集是為了甚麼目的呢？我們不難想到是為了軍事的目的，更具體說收集這些情報的目的是為了打敗匈奴。要是根據這些情報能讓漢朝打勝仗，那麼這些情報就變得非常有價值，而收集這些情報的人，也就立了一功。這樣，我們便可理解為何張騫第一次出使回來之後，並沒有立刻被封為侯，而是等到他跟隨衛青攻打匈奴獲勝之後才被皇帝封為博望侯。因為隨衛青攻打匈奴期間，張騫的情報起作用了，他知道地理位置，知道水草在哪裏，他的這些情報令軍隊可以得到休息而不會過於疲乏。結果漢朝打勝了。也就是說，他的情報對於打敗匈奴有很高的價值，張騫作為情報收集人而立了大功，因此皇帝才封他為侯。《史記》和《漢書》對此記載完全相同：「騫以校尉從大將軍擊匈奴，知水草處，軍得以不乏，乃封騫為博望侯。」[22] 簡言之，張騫封侯不是單單因為他在外交上的成就，而是因為他收集了有價值的軍事情報，這些軍事情報幫助衛青打勝匈奴。因此，對《史記》和《漢書》來說，張騫出西域，軍事上的考量和價值是最重的。

比較張騫兩次出使西域的遭遇，亦有助我們理解軍事因素對張騫出西域的重要性。前文提到張騫第一次出使即被匈奴俘虜，並被囚禁了十幾年。匈奴對他不是很差，給他一個女人作妻子，對他的看管也慢慢放鬆下來，所以他之後才有機會逃走。逃走之後他到了大宛等國去完成他的出使任務，可是完成任務以後他還是要經過匈奴控制的地方才能回到漢朝的境內，途中他又被匈奴俘虜，但這次他的運氣比較好，只被關押了一年多。跟之前十多年相比，一年多算是很短的時間，張騫在短短的時間內被釋放的原因，不是因為匈奴敬重他，也不是因為害怕漢朝的強大，只是因為匈奴內亂，張騫才有機會逃跑。總而言之，張騫第一次出使時，每當經過匈奴的領地，他都

---

22 司馬遷，《史記》卷一百二十三，〈大宛列傳〉，頁 3167；班固，《漢書》卷六十一，〈張騫李廣利傳〉，頁 2691。

會被俘虜。

有趣的是，張騫在第二次出使的過程中再沒有遇到被俘的情況，再也沒有被匈奴抓起來，可以說是來去自如，還可以帶很多副使或者助手一起去。這些副使還可以分別到不同的西域國家訪問，甚至回漢朝的時候還帶了烏孫的使者，順利地完成使命。為甚麼張騫第二次出使這麼順利呢？我們嘗試再次閱讀歷史原材料就不難發現其中的原由。《史記》和《漢書》並沒有直接解答我們的問題，我們細閱歷史材料後再做研究和分析，可以發現在張騫第一次出使與第二次出使之間，《史記》和《漢書》用了簡短的篇幅寫了衛青攻打匈奴和霍去病攻打匈奴的事情。《史記》和《漢書》分別記載：「騫以校尉從大將軍擊匈奴……是歲漢遣驃騎破匈奴西（城）〔域〕數萬人，至祁連山。其明年，渾邪王率其民降漢，而金城、河西西並南山至鹽澤空無匈奴。匈奴時有候者到，而希矣。其後二年，漢擊走單于於幕北。」[23] 事實上，衛青和霍去病先後攻打匈奴之後，匈奴已經受到了沉重的打擊，有的匈奴領土已經慢慢納入了漢的版圖，而匈奴單于則被趕到沙漠以北。這個史實對回答為何張騫第二次出使異常順利這點很有幫助：因為通往西域的一條道路在張騫第二次出使前就已經納入了漢的轄地。也就是說張騫第二次出使的時候走的是自己國家的轄地，因此不會被匈奴俘擄，來去自如。有了漢朝軍事上的保障，再次出使西域才能更順利地完成。

張騫出西域，最重要的考量和價值在軍事和政治方面，這個觀點還可以從《漢書》其他部分找到佐證。《漢書．傅常鄭甘陳段傳》指出歷代派員出使西域最終讓漢朝可以在西域建立都護，直接管理這一地區。關於在西域建立都護，《漢書》是這樣記載的：「始自張騫通西域，而成於鄭吉。」[24] 也就是說，建立都護這個事業由張騫通西域奠定了基礎，而到宣帝時期的鄭吉才最終完成。《漢書》的這個評價，讓我們看到張騫出使西域在政治軍事上的意義。

總而言之，根據史書記載，張騫被封博望侯，是因為他收集了很多有用的軍事情報，漢朝因為得到這些情報得以打敗匈奴，為張騫第二次出使提供安全的環境。張騫第二次出使以後，漢朝才成功與西域諸國建立關係。而自張騫開始，經一代又一代人的努力，漢朝終於在西域建立行政管理機構。因此說，《史記》和《漢書》記錄張騫出西域一事，均側重政治軍事方面。

前文提到《史記》和《漢書》記載張騫出使西域一事內容基本一致，只有一處有比較大的分歧。這個分歧出現在張騫向武帝所做的報告裏。報告提到烏孫王昆莫的父

---

23 司馬遷，《史記》卷一百二十三，〈大宛列傳〉，頁 3167；班固，《漢書》卷六十一，〈張騫李廣利傳〉，頁 2691。

24 班固，《漢書》卷七十，〈傅常鄭甘陳段傳〉，頁 3006。

親是誰殺死時，兩份史料的記載完全不同。根據《史記》的記載，昆莫的父親是匈奴人殺的，然後匈奴人又收養了這個昆莫。[25] 而根據《漢書》的記載，昆莫的父親是被大月氏殺死的，在這之後匈奴才收養了昆莫。[26] 雖然這是一個很大的分歧，而且也很有趣，但跟我們寫張騫出使的故事沒有直接關係，所以劇本裏沒包括這個情節。

這裏再次說明從歷史材料到編寫劇本，我們要對歷史材料要作出取捨。因為歷史材料內容很豐富，有很多層次，史料裏充滿了各色各樣有趣的故事和種種細節：比如張騫是怎麼出發的，當時的軍事情況、文化、習俗是怎樣的，衛青、霍去病如何進攻匈奴，西域諸國的人對漢朝有甚麼認識，漢朝對他們有甚麼吸引力等等。值得一提的是，關於漢朝對西域諸國有何吸引力這個問題，《史記》有幾處文字記載：「大宛聞漢之饒財，欲通不得，見騫，喜」；「漢之賂遺王財物不可勝言」；「蠻夷俗貪漢財物，今誠以此時而厚幣賂烏孫」；「牛羊以萬數，齎金幣帛直數千巨萬」；「騫與烏孫遣使數十人，馬數十匹報謝，因令窺漢，知其廣大」。[27] 從這些文字去看，一方面西域諸國的人認為漢很富有，國土也大；另一方面漢朝也認為他們愛財，因此以財富來吸引他們。這些文字記載的有趣之處在於讓我們認識到分別生活在西漢和東漢時期的兩位史學家都認為漢的吸引力其實就是財富、人口以及廣大的國土，而不是漢朝先進豐富的文化，更不是因為中國有儒家思想或高尚的道德價值。簡單直接地說，按照他們二人的理解漢朝的吸引力就在於它財富與權力（wealth and power）。

（二）現代的轉化：從政治軍事到文化交流

歷史材料內容如此豐富有趣和多層次，那麼我們在編寫劇本的時候，思考怎樣將史料轉化為動畫劇本的時候，就需要一些標準或者是原則。其中一個標準，也是最重要的標準，就是要忠於史料，以史實為基礎，加上自己的分析理解。在這個基礎上對史料進行選取。選取的原因是我們不可能將史料的內容全部放到編寫的劇本中，因為劇本受篇幅所限。當然，對史料進行選取的另一個原因是要與主題配合。究竟通過張騫這一個人物（或者其他的人物比如孔子、屈原等）我們想將一個甚麼樣的主題傳遞出去呢？也就是說，在忠於史料的基礎上，從限制篇幅與突出主題這兩個方向出發對史料進行選取。

由於篇幅的限制，在編寫張騫劇本時我將第一次和第二次出使做了一個很簡單的處理。劇本裏沒有像《史記》和《漢書》那樣將張騫的報告詳細地寫出來，劇本也

25 司馬遷，《史記》卷一百二十三，〈大宛列傳〉，頁 3168。
26 班固，《漢書》卷六十一，〈張騫李廣利傳〉，頁 2692。
27 司馬遷，《史記》卷一百二十三，〈大宛列傳〉，頁 3158、3168-3169。

沒有提到張騫跟衛青一起出發攻打匈奴、張騫被貶為庶人、霍去病在張騫第二次出使之前便成功打敗匈奴等事情。我們都知道所有作品都受篇幅的限制，那麼我們就要追問：為甚麼我們要做這樣或那樣的選擇？為甚麼我們選這些內容，而不選那些內容呢？上文提到經過仔細閱讀和分析史料以後，發現在司馬遷和班固的時代，出使西域的重要性在於政治和軍事方面，文化交流並不是重點。但是在張騫劇本裏，文化交流卻被突出，為何要突出文化交流呢？因為要服務我們現代的需要。甚麼是我們現代的需要呢？現代人喜歡講國與國之間，人民與人民之間的經濟、文化交流互動，比如這些年我們關心絲綢之路，對一帶一路抱有期望。由於現代人認為這些主題重要，在編寫張騫劇本的時候，文化交流就被突出了。歷史研究者閱讀史料，理解歷史，解釋歷史，然後通過文字將歷史再現時，這些新理解和新解釋很多時候都與現代的價值、需要或意識形態發生關係。

那麼接下來是否要問重新編寫歷史的時候，對材料作選取，並將過去的歷史與現代的價值、需要或意識形態聯繫起來，是不是不對的，是不是不好的？前文提到盧梭認為歷史作品所描繪的「事實」與歷史真實發生過的「事實」有很大的距離，因為歷史學家往往會按自己的利益好惡來重塑歷史。盧梭還指出，歷史學家不需要改變史實，只需要增加或減少對各種事實之間的關係描述，就足已改變讀者對歷史的理解。他說，從不同角度觀察，同樣的事物看起來就會很不一樣。然而，這個事物的本質不會因此而改變，改變的只是觀眾所能看到的東西。[28]

我們可以說按照盧梭的看法，關於張騫出使西域一事，不管是漢代重視的政治軍事因素，還是我們今天重視的國與國之間和平的文化交流，兩者同樣可以理解為歷史研究者從不同角度觀察同一事物／事件（張騫通西域），最終讓觀眾看到不同的表像：前者是政治軍事，後者是文化交流。盧梭沒有對歷史學家在寫作時的自我反省加以評論。我認為要成為一個好的歷史研究者，我們要清楚意識到自己在閱讀史料、重新解釋史料和重新編寫歷史的時候，那些現代的價值、需要和意識形態對我們的影響。也就是說我們要不斷反省自己的理解和作品。換言之，作為歷史研究者，當我們去處理這些歷史材料的時候，我們要對如何運用這些材料很有意識。歷史研究者不可能百分之百還原歷史，這是我們研究歷史的一個限制，面對這些限制，歷史研究者要有自覺性。

我們不可以因為盧梭對歷史學家和歷史作品有這些看法就判斷盧梭對歷史持有負面的想法。事實上，盧梭認為歷史在教育的領域裏是非常重要的。他說只有通過歷史

28 Rousseau, *Émile*, p. 238.

才能讓年青的學生了解人的內心世界。[29] 我們如何理解盧梭講的人的內心世界呢？這點可以通過他對歷史教育的看法嘗試找答案。

四、歷史教育

盧梭雖然讚揚《伯羅撒尼戰爭史》，可是他又指出這本歷史著作美中不足之處在於全部談戰爭。盧梭認為好的歷史著作要寫重要人物的生命，認為歷史教育最重要是讓年輕人了解人，所謂了解人不是了解人的外在，不是他們公開做了些甚麼，而是要了解他們的心，了解他們的德性。[30]

《史記》和《漢書》，按照盧梭的觀點，都有一些傳統歷史著作共通的不足：兩部著作都比較重視政治軍事因素，多記錄重要人物的主要的公開活動，而對這些重要人物的日常生活不大重視。所以，看完史料以後我們思想中會有一些空白，我們回想，張騫到底是一個甚麼樣的人？張騫和他的外族隨從甘父在甚麼情況下可以從匈奴逃走呢？張騫跟西域各國的國王又講了甚麼，態度又應該是怎樣呢？在編寫劇本時這些問題變成一些我們可以想像的空間。我們還會想該如何塑造這些歷史人物。當我們具體去寫這些歷史人物的時候，重點還是不能違背基本史實和史料賦予人物以及事件的基本精神，比如我們不能將張騫寫成韋小寶那樣的形象和性格。

《史記》和《漢書》記載張騫出西域時，雖然重點在政治軍事方面，對人物的生活重視不夠，但是我認為它們還是能滿足盧梭對歷史教育的要求，即了解人，了解人的德性。在編寫歷史人物故事的時候，一個很重要的目的是通過歷史人物的故事讓年輕人看到人物身上那些優秀的道德品質，這些品質是古今中外都值得推崇的，它們可以超越時空傳遞到一代又一代年輕人的身上。具體來說，劇本希望通過張騫這個人物讓年輕人看到他忠於使命與忠於國家的優秀品質。《史記》和《漢書》上記載匈奴「留騫十餘歲，予妻，有子，然騫持漢節不失」。[31] 張騫被迫留在匈奴十多年，時間很長，匈奴人讓他在當地娶妻生子，讓他有一個家庭，讓他生活安穩，目的是想他能長期留下來，不再效忠漢朝，不再替漢朝做事，不去聯合西域其他國家來對付自己。然而，時間、家庭和安逸的生活，都不能改變張騫。十多年過去，他依然忠於他的使命，忠

29 Rousseau, *Émile*, p. 237.
30 Rousseau, *Émile*, p. 240.
31 司馬遷，《史記》卷一百二十三，〈大宛列傳〉，頁 3157；班固，《漢書》卷六十一，〈張騫李廣利傳〉，頁 2687。

於國家給他的任務。他的忠誠就是這裏說的古今中外都值得推崇的優秀品質，可以超越時空傳給我們的下一代。

除此以外，從兩部史書所記載的偏重政治和軍事的內容，我們依然可以了解張騫這個人，依然可以看到他身上那些優秀的道德品質。兩部史書對張騫生命軌跡的刻畫讓我們看到，張騫不怕危險，不怕艱難，自動請纓出使西域；雖然他知道前去大月氏必然要經過匈奴的領地，但他也沒有退縮，毅然決定出使；歸漢以後又不怕危險，與衛青、霍去病一同出兵攻打匈奴；即使因犯軍紀被貶為庶人，他依然心繫國家，替自己的國家考慮問題；最後還願意不辭勞苦再次出使西域。這些記載讓我們了解到，張騫這個人不但忠於使命、忠於國家，還非常勇敢和堅毅。

兩部史書都記錄了張騫向皇帝詳細報告他收集到的軍事情報，從這點我們可以了解到張騫是一個有好奇心，能主動做事的人。他出發時候的任務只是聯繫大月氏，說服大月氏王共同抗擊匈奴，也就是說，張騫只要跟大月氏聯繫上了，並跟大月氏王提出漢朝的想法，就算是完成任務了。但是張騫沒有因此而結束行程，從報告的篇幅和內容看，他主動聯繫西域其他國家，並且在聯繫西域各國時，用心觀察這些國家的地形、人口和風俗情況，然後細細記錄下來，歸漢以後即向皇帝報告。從他收集軍事情報這件事情，我們看到他是個有好奇心、有觀察力的人。更重要的是，我們可以嘗試進一步了解張騫為甚麼主動去觀察和記錄西域各國的情況。也許還是出於他對國家的忠誠，他心中總想着如何可以打敗匈奴，如何可以跟西域各國建主聯繫，因此他足跡所到之處，他都用心觀察和記下這些對軍事有用的信息。如果不是出於對國家的忠誠，而只是出於好奇心，他不必要只關心地形、人口等情況，他可以關心其他東西，如各國人民的長相、當地植物的分佈等。所以說，從張騫收集軍事情報這部分記載，我們還是可以了解張騫作為人的優秀的道德品質。

最後要指出的是，由於劇本是用來製作適合高年級小學生和初中學生看的動畫，因此在編寫劇本的過程中還要有其他的考慮因素，比如劇本要寫得生動有趣便是重要的考慮因素。怎樣做到生動有趣，不能讓動畫只有一個個單調的畫面，要讓畫面豐富多變，情節有起伏。因此劇本選擇了張騫被俘虜的部分，他在匈奴是怎麼受盡艱難困苦，最後完成任務，並且成就非凡。劇本也將甘父這個角色保留，希望畫面出現多一點不同的元素，比如不同的人種。劇本還要寫張騫和甘父途徑不同的西域國家，這樣可以使畫面可以不斷變動，使畫面豐富一點，生動一點。另外一點是根據史料裏對人物的記載，誇張放大人物的某些特徵，令動畫顯得更加有趣。比如大宛王，《史記》和《漢書》裏提到他貪財，於是劇本裏就突出他貪財這一點，所以大家看到動畫中，大宛王的眼睛有的時候會凸出一些錢的圖案。至於大月氏王就突出他貪圖安逸，當然這也是兩部史書有所提及，我們將其突出並漫畫化。當我們考慮到趣味的時候，我們還是要忠於史料，忠於史料這一點是一定不能改變的。但忠於史料的同時，還要生動有趣。為甚麼要這麼生動有趣呢？這涉及到娛樂功能跟教育或者說政治之間的關係。娛樂與教育兩者之間不但不會衝突矛盾，相反，我們必須要將他們結合得好，這樣才可以起到一個更好的教育功能。劇本和動畫有趣的話，觀眾（尤其是年輕的觀眾）就可以更容易地將劇本和動畫的內容印在腦海裏邊，這樣才能更長久地記得這個歷史人物以及相關故事。要是最終能培養年輕人對這個歷史人物和故事的興趣，更理想的情況是年輕的觀眾因此而主動進一步去了解相關的歷史，那麼教育的目的就達到了。

五、總結

盧梭在《愛彌兒》中談到歷史書寫和歷史教育的問題，他並不認為歷史作品能還原歷史真相，同時指出歷史包含如同寓言一般適合人心的道德因素，認為歷史教育最重要在於年輕人了解人，了解人的道德品質。本文指出，作為歷史書寫的一種，張騫劇本與《史記》和《漢書》相關敘述相比重點不同，兩部史書呈現出來的重點是政治和軍事，而張騫劇本的重點則是文化交流。我們可以用盧梭對歷史書寫的看法來審視這個重點的改變：歷史學家在書寫歷史的時候往往從不同角度出發，這樣同樣的一個事物看起來就會很不一樣。然而，這個事物的本質不會因此而改變，改變的只是觀眾所能看到的東西。具體來說，張騫劇本從不同族群和平相處的角度看張騫出西域一事，觀眾從這件事所能看到的是文化交流。然而不管是政治軍事還是文化交流，最重要的還是張騫的故事讓我們了解張騫這個人，了解他身上所體現出來的優秀道德品質。這些品質才是盧梭所說的歷史教育最重要的元素。盧梭指出，歷史教育關鍵在於給年輕人的腦海裏深深地印下不可磨滅的記號，從歷史人物身上看到的道德品質，可以讓人重視自己應有的義務，這樣人在他的一生中就能作出合適的行為。[32] 張騫劇本以及依這個劇本製作出來的動畫，正是希望將張騫這個歷史人物的故事深深印在年輕學生的腦海裏，讓他們看到張騫忠於使命，忠於國家的優秀道德品質，希望年輕學生在他們人生中能跟張騫一樣作出合適的行為。

32 用盧梭在《愛彌兒》的原話：To enlighten him about his duties –may be impressed on his brain with an indelible stamp at an early age and help him during his life to behave in a way suitable to his being and his faculties. Rousseau, Émile, p. 112.

Rousseauian Historical Education: with the Creation of the Cartoon Zhang Qian as a Case Study

HUI, Kwok Wai
Department of Literature and Cultural Studies,
The Education University of Hong Kong

ABSTRACT

In his renowned work on education *Émile*, Rousseau discusses the problems and hopes of historical education and historical narratives. He argues that historical education should contribute to the improvement of human morals; young students should study history for the purpose of moral cultivation; and when studying history, students should aim at not remembering historical facts but understanding their own lives and the destiny of mankind. We may encounter difficulties when incorporating Rosseau's theory into the practice of historical education. For example, the records on Zhang Qian in Shiji and Hanshu are colorful and sophisticated. How should we teach Zhang Qian's life to young students? The key lies in how we reinterpret Zhang Qian's trips to Xiyu (Western Regions). This essay reflects upon the ways in which I, as a historian and an author of historical plays, reinterpreted historical sources about Zhang Qian and then represented Zhang's trips via a historical play to cultivate moral sensibility in young students' hearts, helping them understand the meaning of life.

Keywords Rousseau, Historical Education, Zhang Qian, Historical Play, Moral Sensibility

史論文教學的「説服力」問題
——兼論香港高中蘇洵〈六國論〉教材

香港教育大學文學及文化學系
馮志弘

摘要

古今論者普遍肯定蘇洵〈六國論〉筆法新穎、文風激切，但對文中觀點是否切中時弊、説服力強，則言人人殊——原因是對如何評價史論文（議論文）説服力的認識各不相同所致。本文針對上述現象，旨在探討：1. 判斷史論文説服力的準則；2. 如何客觀評價蘇洵〈六國論〉是否具説服力；3. 以香港高中〈六國論〉教材為例，探討史論文教學的「説服力」問題。本文指出：史論文之説服力如何，宜兼從歷史評論（史學）及文學創作（美學），以及文本外因及內因分析：外因即能否達成文章原來目的（説服受文對象），內因即文章是否論點正確、論據堅實、論證嚴謹？以及是否雄辯滔滔、具感染力？香港教育局及經教育局評審的教科書教材尚能引導學生批判思考，把「〈六國論〉是否具説服力」還原為可資討論的問題；反之，速成的應試讀物幾乎都把「説服力強」作為〈六國論〉不辯自明的判語，不利學生獨立思考。

關鍵詞　蘇洵　〈六國論〉　史論文　議論文　説服力

一、前言

蘇洵〈六國論〉[1]見於《權書》，嘉祐元年（1056）張方平薦之歐陽脩，歐陽脩再

1　蘇洵著，曾棗莊、金成禮箋注，〈六國〉，《嘉祐集箋注》（上海：上海古籍出版社，2001）；卷三，頁 62-66，蘇洵文原題〈六國〉，「論」字為後人所加。

呈宋仁宗。[2] 古今論者普遍肯定蘇洵〈六國論〉筆法新穎、文風激切，[3] 但對文中觀點是否切中時弊、説服力強，則言人人殊[4] ——那麼，形成這些不同評價的原因何在？學界專論蘇洵〈六國論〉的著述甚多，[5] 惟尚未聚焦討論蘇洵〈六國論〉之説服力問題，本文以此研究缺環切入，以之聯繫史論文教學，旨在探討：1. 判斷史論文説服力的準則；2. 如何客觀評價蘇洵〈六國論〉是否具説服力；3. 以香港高中〈六國論〉教材為例，探討史論文教學的「説服力」問題。

二、判斷史論文說服力的準則——以蘇洵〈六國論〉為例

「史論文」即議論古人或古事之文章，脱胎自史書中的論贊，屬議論文體。[6] 一般認為議論文（argumentation）目的不僅在陳明觀點，尤須以論據、論證説服他人（特定

---

2 參張方平著，鄭涵點校：〈文安先生墓表〉，《張方平集》（鄭州：中州古籍出版社，2000），卷三十九、頁 716-720。

3 如儲欣云：「老泉論六國之弊在賂秦，蓋借以規宋也，故其言激切而淋漓。」儲欣輯，《唐宋十大家全集錄．欒城全集錄》，（收入《四庫全書存目叢書》集部 405，臺南：莊嚴文化事業有限公司，1997，據康熙刻本影印），卷五，頁 621；曾棗莊、曾弢評〈六國論〉云：「全篇行文縱橫恣肆，論斷斬釘截鐵，語言質樸簡勁，最能代表蘇洵論辯文的風格。」載陳振鵬、章培恒主編，《古文鑒賞辭典》（上海：上海辭書出版社，1998），下冊，頁 1244。

4 如沈惠樂謂此文「説理透闢，具有不可辯駁的説服力」，沈惠樂注譯，《蘇洵蘇轍散文選集》（香港：三聯書店（香港）有限公司，1994），頁 21；周振甫謂其「説理透徹，使人信服，又具有感動人的力量」，卻也説「北宋的兵力不足以與遼抗，所以蘇洵的主張還是不能實現」，周振甫編著，《蘇洵散文精品選》（西安：陝西人民出版社，1995），頁 77；王水照、羅立剛云此文「分析鞭辟入裏，言簡意賅，是三篇（三蘇〈六國論〉）之中最具力度者」，但未言其「説服力」之強弱；王水照、羅立剛選注，《蘇洵散文精選》（上海：東方出版中心，1998），頁 145；但田艷春、許小莉卻謂其「分論點論證失敗，中心論點自然無法成立；形式無論多麼精美，也不能消彌內容的謬誤。」田艷春、許小莉，〈謬誤多多的《六國論》〉，《現代語文》，1（2006），頁 28。

5 除前引文獻外，並參陳友冰，〈三篇《六國論》比較〉，《國文天地》15.9（2000），頁 75-82；馮志弘，〈勿賂．國之患果不在費．賂以制勝：三蘇《六國論》探賾〉，《山西師大學報（社會科學版）》45.5（2018），頁 78-84。

6 關於「史論文」的源流及定義參裴雲龍，〈「三蘇」史論文與「蘇學」〉，《文史知識》12（2020），頁 105-113。

受文者／其他讀者）接受自己的論點。[7] 另一方面，宋代史論漸見文學化傾向，即好發奇論、注重修辭、章法，藉此推陳出新，使文章具感染力。[8] 換言之，宋代史論文常兼具歷史評論（史學）及文學創作（美學）的雙重意義。綜合這兩種文體的評價準則，可大致歸納評論史論文「說服力」的準則，如下圖：

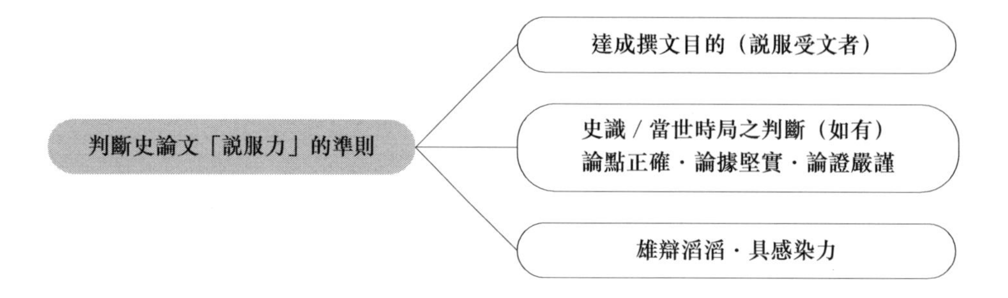

按上表綱目分類，蘇洵〈六國論〉撰文目標、論點、文學筆法如下圖：

撰文目的
- 北宋朝廷終止歲幣政策
- 得蒙引薦

論點
- 對秦統一的認識：六國弊在賂秦
- 對北宋局勢的認識：日削月割，或致從六國破滅之故事

文氣及感染力
- 提綱挈領
- 舉例論證、引用論證、比喻論證、對比論證、正反立論
- 借古諷今

---

7 葉聖陶以為議論文「必須說服讀者，使讀者信從」，並「以『說服他人』為成功」。葉聖陶，《文章例話》（北京：生活・讀書・新知三聯書店，1983），頁 59-60。Frans H. van Eemeren 對議論文（argumentation）的定義為 "Argumentation is a communicative and interactional (speech) act complex aimed at resolving a difference of opinion before a reasonable judge by advancing a constellation of reasons the arguer can be held accountable for as justifying the acceptability of the standpoint(s) at issue." *Strategic Maneuvering in Argumentative Discourse*, (Amsterdam / Philadelphia: John Benjamins Publishing Company, 2010), p. 29; David Zarefsky 觀點與前引書類同，認為議論文是 "Justifying a claim involves a specific means of persuasion, namely reasoning. It involves persuading a person to accept a claim by offering what that person will regard as good reasons for believing it." David Zarefsky, *The Practice of Argumentation: Effective Reasoning in Communication*, (Cambridge: Cambridge University Press, 2019), p. 3.

8 孫立堯以蘇軾為例，指出其史論文學化的特色包括：1. 注重文章起勢、2. 好發奇論、3. 常用假設、類比、寓言等文學手法。孫認為所謂「史論文學化」即把史論完全作為文章來創作，其文學技巧是首要的。孫立堯，《宋代史論研究》（北京：中華書局，2009），頁 126-136。

〈六國論〉影射宋遼和議，宋予遼歲幣財貨如「抱薪救火」，蘇洵〈審敵〉亦說：「天下之大計不如勿賂」，[9] 惟終其一生，宋遼始終結盟，〈六國論〉「勿賂」的主張未曾為朝廷接受。[10] 與此不同，就蘇洵獻《權書》以干謁求進這一目的看，《權書》的確得到若干在上位者的肯定，如雷簡夫謂「《權書》十篇，譏時之弊；〈審勢〉、〈審敵〉、〈審備〉三篇，皇皇有憂天下心」，[11] 故撰文薦之於韓琦、張方平；張方平讀《權書》、《論衡》，云「左丘明、《國語》、司馬遷之善敘事，賈誼之明王道，君兼之矣」，[12] 又薦之於歐陽脩，歐云：「其所撰《權書》、《衡論》、《幾策》二十篇，辭辯閎偉，博於古而宜於今，實有用之言，非特能文之士也。」[13] 但須注意：張方平、歐陽脩雖從整體肯定蘇洵《權書》等著作辭辯閎偉，卻未曾明言認同蘇洵止歲幣、斷和約的主張。歐陽脩治平二年（1065）——即薦蘇洵十年後——謂景德（1004-1007）年間與遼、夏議和後，「遂務休兵，至寶元（1038-1040）初，元昊復叛，蓋三十餘年矣。天下安於無事」，他批評這三十年間「武備廢而不修……將愚不識干戈」，旨在指出昔時朝臣與將士未具憂患意識，但這不過是「慶歷之事爾。今（治平二年 1065）則不然……往年忽而不思，今又已先覺，可以早為之備。」[14] 換言之，歐陽脩認為在延續和議的同時，北宋的憂患意識、武備兵力均已提升，非如蘇洵認為賂敵必然力虧。張方平更說：「澶淵之克，遂與契丹盟，至今（熙寧八年 1075）人不識兵革，可謂盛德大業」，[15] 這認識和蘇洵完全對立。總之，就能否達成撰文目的（說服受文者）的外因而言，〈六國論〉觀點未為執政者採納，其以「賂」為破滅之道的觀點，亦未為推薦者重視。惟蘇洵藉《權書》等著作得蒙引薦，達成了其躋身仕宦的目的。

就〈六國論〉的史識及對當世時局之判斷，文中主要論點有二，其一為明言「六國破滅弊在賂秦」；其二側寫對北宋局勢的認識，以為宋朝廷「日削月割，或致從六

---

9 蘇洵，〈六國〉、〈審敵〉，《嘉祐集箋注》，卷三，頁 62；卷一，頁 16。

10 舊說認為宋遼和約有辱國體，陶晉生在〈宋遼間的平等外交關係：澶淵盟約的締訂及其影響〉一文梳理相關史料，認為和議後宋遼外交關係實屬平等及和平。陶晉生，《宋遼關係史研究》（臺北：聯經出版事業公司，1984），頁 15-42。

11 雷簡夫，〈上韓忠獻書〉，載邵博著，劉德權、李劍雄點校，《邵氏聞見後錄》（北京：中華書局，1983），卷十五，頁 119。

12 張方平，〈文安先生墓表〉，頁 717。

13 歐陽脩著、李逸安點校，〈薦布衣蘇洵狀〉，《歐陽脩全集》（北京：中華書局，2001），卷一一二，頁 1698；並參蘇洵，〈上皇帝書〉：「歐陽修奏臣所著《權書》、《衡論》、《幾策》二十篇，乞賜甄錄。」《嘉祐集箋注》，卷十，頁 281。

14 歐陽脩，〈言西邊事宜第一狀〉，《歐陽脩全集》，卷一一四，頁 1721-1722。

15 李燾著，上海師範學院古籍整理研究室、上海師範大學古籍整理研究室點校，《續資治通鑑長編．熙寧八年》（北京：中華書局，1986），卷二五九，頁 6321。趙永春指出宋人對澶淵之盟評價不一，未曾形成社會共識。趙永春，〈宋人對「澶淵之盟」的認識〉，載張希清等主編，《澶淵之盟新論》（上海：上海人民出版社，2007），頁 73-91。

國破亡之故事」。

筆者另一篇文章已指出：蘇軾〈論秦〉云：「（秦）巧於取齊，而拙於取楚，其不敗於楚者幸也」，原因是其時倘「以久安之齊（國），而入厭兵空虛之秦，覆秦如反掌也。」換言之蘇軾認為到了戰國末年，齊國仍有可反擊秦國甚至亡秦的機會，〈論秦〉末後再次重申「秦之不亡，幸也」——[16] 文中蘇軾對秦統一天下成因的詮釋與其父大不相同。蘇軾〈策畧二〉再舉勾踐「賂遺費耗又不可勝計如此，然卒以滅吳」為論據，以論證「為國之患，果不在費」，[17] 這主張更和蘇洵〈六國論〉完全對立——反映蘇洵〈六國論〉對秦統一／六國破滅原因的分析未成定論，甚至不為自己兒子接受。[18] 當代史家論秦統一天下的原因，觀點多樣，如呂思勉認為秦克併六國因其地勢形便、俗尚強悍而侈靡之風未甚，並能用法家之說；[19] 錢穆認為秦國地勢險塞及兵力強盛固為主因，惟最重要的還是當時一般意向所促成；[20] 勞榦以為由於六國不相合作、齊國中立使秦可傾全力弱化楚國；[21] 嚴耕望提出「秦國之民好武尚力，則喜爭鬪，商鞅以法繩之，轉移其好鬥天性於對外」[22] 的觀點；王子今認為秦的技術及經濟實力遠勝六國——[23] 諸家分析各有見地，其一致處是：均未言〈六國論〉割地賂秦為秦統一的關鍵原因。

關於蘇洵對北宋外交政策（和議）的認識，前文已引述張方平以為澶淵之盟為「盛德大業」，王安石以澶淵之盟為「歡盟」，謂「丞相萊公（寇準）功第一」，[24] 李綱〈喜遷鶯．真宗幸澶淵〉：「虜情讋，誓書來，從此年年修好」——[25] 這三段評論都寫於蘇洵撰〈六國論〉之後，即〈六國論〉反對和議觀點未成時代共識。蘇洵兒子蘇轍更說「（真宗）知其（遼）有厭兵之心，稍以金帛啗之。虜欣然聽命」，澶淵之盟後「北

---

16 蘇軾著，孔凡禮點校，〈論秦〉，《蘇軾文集》（北京：中華書局，1996 年），卷五，頁 141-142。
17 蘇軾，〈策畧二〉，《蘇軾文集》，卷八，頁 229。
18 馮志弘，〈勿賂．國之患果不在費．賂以制勝：三蘇《六國論》探賾〉，頁 79-80。
19 呂思勉，《先秦史》（上海：上海古籍出版社，1982，據 1941 開明書店版影印），頁 242-243。
20 錢穆，《國史大綱》，《錢賓四先生全集》（臺北：聯經出版事業公司，1994），冊二十七，頁 135。
21 勞榦，《秦漢史》（臺北：華岡出版有限公司，1970），頁 3。
22 嚴耕望，〈戰國時代列國民風與生計——兼論秦統一天下之一背景〉，《嚴耕望史學論文選集》（臺北：聯經出版事業公司，1991），頁 110。
23 王子今、方光華主編，《中國歷史．秦漢魏晉南北朝史》（臺北：五南圖書出版股份有限公司，2002），頁 4；王子今，〈秦統一原因的技術層面考察〉，《社會科學戰線》，9（2009），頁 231。
24 王安石，〈澶州〉，王水照主編，聶安福、侯體健整理，《王安石全集．臨川先生文集》（上海：復旦大學出版社，2017），冊五，卷五，頁 210。
25 李綱，〈喜遷鶯．真宗幸澶淵〉，載唐圭璋編，《全宋詞》（北京：中華書局，1986），頁 901。

邊之民，不識干戈。此漢、唐之盛，所未有也。」[26] 和蘇軾一樣，蘇轍對北宋外交政策的認識和其父南轅北轍。此外仁宗朝富弼云「河湟百姓，幾四十年不識干戈。歲遣差優，然不當用兵之費百一二焉」，又「議榷場之貨，百有五十萬，所收乃其（遼）地所入」，[27] 認為和議所納歲幣，與宋朝廷就榷場得利幾可相抵。當代學者日野開三郎、張亮采、陶晉生均指出北宋與遼和議後通過榷場貿易，可達貿易順差，其認識遠較蘇洵認為和議必然導致經濟損失、敵強我弱的觀點深刻。[28] 此外，筆者另一篇專研宋南渡時人如何論述靖康之難成因的文章指出：南渡時人多從「君子小人之混淆，君子常不勝」[29] 這一理論解釋國難，未見以宋遼和議為北宋敗亡的意見。[30] 反之，南渡後若干論者認為北宋「背盟」，「引女真夾攻契丹，不顧章聖盟好」[31] 才是導致國破家亡的原因之一。[32]

上文云蘇洵〈六國論〉對戰國及北宋時局的判斷——無論論點、論據、論證，均未具無可置疑的說服力。即如周振甫評其〈審勢〉、〈審敵〉云：蘇洵「用了縱橫家游說的說法，不免夸誕，缺乏實事求是的精神。」[33] 雖然如此，古今論者大多肯定〈六國論〉縱橫恣肆、詞風銳利、「末影宋事尤妙」，[34] 這已屬判斷史論文「說服力」的第三個準則：聚焦於文氣之強弱與否，即以「感染力」為「說服力」。如浦起龍評蘇洵及蘇轍〈六國論〉云：「若就六國言六國，（蘇洵）不如次公（蘇轍）中肯，而警時則此較激切。以地賂，以金繒賂，所賂不同而情勢同，讀之魄動。」[35] 是否「中肯」，說的是文章論點是否正確、論據是否充足，這固屬對歷史及政治時勢的識見問題；「讀

26 蘇轍，〈歷代論．燕薊〉，陳宏天、高秀芳點校，《蘇轍集．欒城後集》（北京：中華書局，1999），卷十一，頁 1012。

27 富弼，〈上河北守禦十三策〉，載黃淮、楊士奇編，《歷代名臣奏議》（上海：上海古籍出版社，1989，據永樂十四年內府刊本影印），卷三二七，頁 4232。

28 日野開三郎，〈銀絹の需給上よりみた五代．北宋の歲幣．歲賜〉上及下，《東洋學報》5（1952），頁 19-41；6（1952）頁 1-26；張亮采，〈宋遼間的榷場貿易〉，《東北師範大學科學集刊》3（1957），頁 146-155；陶晉生，〈遼的對宋政策與貿易〉，《宋遼關係史研究》，頁 43-56。並參馮志弘，〈勿賂．國之患果不在費．賂以制勝：三蘇《六國論》探賾〉，頁 79。

29 李綱，〈與李泰發端明第二書〉，王瑞明點校，《李綱全集》（長沙：嶽麓書社，2004），卷一二一，頁 1164。

30 馮志弘，〈靖康之難的成因是甚麼？——從南渡時人的認識說起〉，《上海大學學報》32. 4（2015），頁 94-105。

31 徐夢莘，《三朝北盟會編》紹興十五年十月條引〈宇文虛中行狀〉（上海：上海古籍出版社，1987，據光緒三十四年許涵度刻本影印），卷二一四，頁 1538。

32 趙永春，〈宋人對「澶淵之盟」的認識〉，頁 73-91。

33 周振甫編著，〈後記〉，《蘇洵散文精品選》，頁 239。

34 楊慎選，《嘉樂齋三蘇文範》引袁宏道評蘇洵〈六國〉，（收入《四庫全書存目叢書》集部 299，臺南：莊嚴文化事業有限公司，1999，據明天啟二年刻本影印），卷二，頁 204。

35 浦起龍論次，《古文眉詮》（哈佛大學漢和圖書館珍藏．三吳書院印靜寄東軒藏版），頁 9。

之魄動」則從感染力立論——浦起龍的話意味：史論文論析是否言之有理，與其感染力之強弱並不完全等同。即使蘇洵〈六國論〉未如蘇轍客觀有理，惟因其警時較切，故較之蘇轍文章更能感染讀者。郭預衡舉蘇軾文為例，謂其「往往在表達平庸的思想的同時，卻具有相當的藝術感染力」，[36] 這句話或也可套用在蘇洵〈六國論〉的內容和筆法上。就佈局謀篇及修辭技巧論，蘇洵〈六國論〉開篇提綱挈領，論點既新鮮亦明晰，再運用舉例論證、引用論證、比喻論證、對比論證，正反立論，文末峰迴路轉，借古諷今，因而形成文學上雄辯滔滔、新人耳目的藝術效果。正由於蘇洵〈六國論〉兼具歷史評論（史學）及文學創作（美學）性質——而衡量這兩個特質的說服力（前者為論點論據論證的堅實與否，後者為文氣及文章感染力）又大不相同，因而導致論者對該文是否具說服力的取態不一。

這就引伸一個關鍵問題：就史論文而言，文學上的感染力，是否可視為說服力的一種？本文認為，僅就結合歷史論述與藝術特色的史論文而言，答案是肯定的，理由有二：

第一，「感染力」與「說服力」概念本就有所重疊，《漢語大詞典》釋「感染力」為「能引起別人產生相同思想感情的力量」，[37] 兼指對思想（就史論文而言，即文章觀點）和感情的認同。

第二，史論文當然有論析古人／史事的性質，惟「史論」作為文體之目，早見於《昭明文選》。[38] 蕭統〈序〉說明《文選》不取經、史、子著作，卻選史書之讚、論，原因是其能「綜緝辭采，序述之錯比文華，事出於沈思，義歸乎翰藻，故與夫篇什，雜而集之」，[39] 強調了「史論」的文學性。愈到後代，論者愈重視分析史論的文學筆法；[40] 史論作者運用文學筆法產生感染力，有助「說服」讀者接受文章的論點——尤其是當讀者還不曾／沒有能力深究文章外緣資料的時候，更容易因文章雄辯滔滔的筆法，先入為主接受作者觀點，被文章「說服」。這是今人常因〈六國論〉佈局嚴謹、詞鋒銳

36 郭預衡，《歷代散文史話》（北京：中國文聯出版社，2009），頁 257。

37 漢語大詞典編輯委員會漢語大詞典編纂處編纂，《漢語大詞典》（上海：漢語大詞典出版社，1994），冊七，頁 611。

38 蕭統編，李善注，《文選．史論》（上海：上海古籍出版社，1994），卷四九—五十，頁 2171-2226。

39 蕭統，〈文選序〉，《文選》，頁 3。並參高明峰，〈《文選》「史論」、「史述贊」二體發微〉，《廣西師範大學學報（哲學社會科學版）》，49.6（2013），頁 77-82。

40 高思、戴登云認為文章總集的出現對史論「由史入文」起了推波助瀾作用。高思、戴登云，〈文章總集與史論文學之辨體〉，《西南民族大學學報（人文社會科學版）》，2（2016），頁 184-191。

利，即認為其說服力強的理由。[41]

三、香港高中教材論蘇洵〈六國論〉的「說服力」問題

以香港高中中國語文課程為例，蘇洵〈六國論〉為香港「中學文憑試」指定文言篇章，很受重視。檢查 2020-21 學年香港通用三套日校課程高中教科書，[42]《啟思新高中中國語文》相關章節未曾說〈六國論〉說服力強，只指出該文「是一篇結構完整的議論文」、「多次呼應首段的論點，使文章的結構顯得緊密」，並運用了「駁論」等筆法。該書甚少評價〈六國論〉議論水平及文學效果高下，留有餘地讓學習者作個人評論。[43]

與此不同，《新高中中國語文新編》直言〈六國論〉「立論鮮明，論點明確，論據充分，同時運用了不同的議論方法，論證有力，說服力強。」這就首先把論證有力、說服力強的判斷給了學習者。又如說北宋：「妄圖以議和求取苟安……不僅有辱民族尊嚴，更助長了異族政權的侵略野心，宋朝終致滅亡」——前引陶文鵬文章已指出這說法並非古今論者共識，另和議是否或如何助長異族侵略野心，也尚需討論；就史實看，宋朝滅亡與宋遼夏和議有何關係更成疑問。另一方面，該書值得肯定的是設置開放式提問：即「有人指出蘇洵主戰用兵，有損國家的和諧穩定。你是否同意這種看法？」[44] 頗能刺激學習者思考戰爭利弊。另外上述兩本教科書都節錄了蘇轍〈六國論〉，讓學習者比較兩篇文章的觀點、筆法。

以上兩本教科書，其一未曾提及「說服力」，其二說〈六國論〉「說服力強」；第三本《高中互動中國語文》則把「說服力」還原為問題，如下：

（進階練習）在第 3 段，作者指「向使三國各愛其地，齊人勿附於秦，刺客不行，

---

41 如陳忠義認為蘇洵〈六國論〉「波瀾起伏；巧用比喻，因而使文章生動形象，說服力強。」〈三蘇《六國論》比較〉，《中文自修》Z1（1994），頁 20-21；反之，黃進德認為蘇洵〈六國論〉「說古道今，與雜文相類似……不必按史學論文的規格去求全責備」。黃進德，〈說蘇洵的《六國論》〉，《文史知識》1（1982），頁 36。

42 下文引用三套香港中學日校常用教科書按序分別在 2014、2017、2015 出版或再版，其版本與 2020-21 學年所用版本相同。

43 布裕民等編，《啟思新高中中國語文》（香港：牛津大學出版社（中國）有限公司，2014），冊二，頁 11.15-11.22。

44 鄺銳強等編著，《新高中中國語文新編》（香港：香港教育圖書公司，2017，第 2 版），冊二，頁 106-119。

良將猶在」，並由此推論六國或能與秦國較量。你認為作者的推論是否合理？試進行分組討論，與同學交流意見。

（進階練習）你認為作者借六國滅亡的史事來諷諫北宋的當政者，有沒有説服力？試談談你的看法。[45]

這種提問方式把〈六國論〉是否具「説服力」的判斷留給學習者；通過小組討論學習者能交流意見，優化分析，最符合香港中國語文教學日益強調結合「思維」、「明辨性思考能力」[46]的需要。該書也節錄了蘇轍〈六國論〉以資討論，並在「課外學習區」建議學習者兼讀三蘇三篇〈六國論〉，「以便對戰國時期的政治形勢有更深的了解」。[47]另須説明：以上僅就三套教科書〈六國論〉一章作比較，未可遽然以此推論三套教科書整體水平。

相對於經香港教育局審訂的教科書，針對香港中學文憑試，速成式的應試讀物，其誘導同學獨立思考的內容更少。如《DSE 中文科文言範文精讀》逕説蘇洵〈六國論〉「反覆立論，引用例證作論據，加強説服力」，「把要申明的道理更具體地表達出來，起以古為鑑的作用，更添説服力」；[48]惟欠進一步説明：即何以引用例證（未言所引例證是否恰當）、以古為鑑（不論所引舊事是否切合當世時局），必可增加文章説服力？《高中中國語文指定文言經典篇章匯編》云蘇洵散文風格是「論點鮮明，議論明暢，論據有力，筆勢雄健，具有雄辯的説服力」，〈六國論〉「善用論證，説服力強」[49]等，説法斬釘截鐵，不留餘地。李德康、梁浩生的《文言精讀》認為〈六國論〉「脈絡清晰，結構嚴謹。由論古以至於諷今，渾然天成，無懈可擊」，[50]這段評述幾不容學習者置喙，「無懈可擊」説法恐太過。其餘例子如《中國語文文憑試衝線全攻略》謂〈六國論〉「以諸侯的土地有限，對比暴秦的欲望無窮，論證賂秦只會助長秦國的野心，增強説服力」；[51]《圖解 DSE 文言範文＋經典》謂蘇洵「列舉史例，提供有力支持，

---

45 王一凝等編，《高中互動中國語文》（香港：培生教育出版亞洲有限公司，2015），冊三，頁 11.6-11.19。

46 教育局課程發展議會編訂，《中國語文教育學習領域課程指引（小一至中六）》（香港：教育局課程發展議會，2017），頁 14-21。

47 王一凝等編，《高中互動中國語文》，冊三，頁 11.16。

48 袁苡晴、楊玉潔、任芷華，《DSE 中文科文言範文精讀》（香港：明報出版社有限公司，2015），下冊，頁 53-83。

49 孤山、陳嘉禮，《高中中國語文指定文言經典篇章匯編》（香港：閦博出版社，2016），下冊，頁 101-121。

50 李德康、梁浩生，《文言精讀》（香港：優閱出版有限公司，2017），頁 458-507。

51 蒲葦（顧問），《中國語文文憑試衝線全攻略》（香港：啟思出版社，2016），頁 115。按：本書只列寫顧問名稱、未注明作者或編者名字。

增強說服力」、「以歷史諷喻現今時政，增強說服力」；[52]《中文王 5**，看這本就夠了2020》云〈六國論〉「正反論述，說服力強」[53] ——諸如此類的定判雖讓同學易於記誦，卻欠缺思維分析訓練，不利學生獨立思考。

其實，香港教育局編輯的《積學與涵泳》〈六國論〉教材未言這篇文章具「說服力」。編者言北宋「當時輿論，皆以契丹無厭之求，奚其可以竭中國膏血為賂」——這個描述尚可商榷；[54] 惟教材說「紙上談兵，衹在文字聳動；可行與否，背後大有文章」，[55] 洵為的論。材料收結引林紓言：「蘇家好論古人。蘇氏逞聰明，執偏見，遂開後人攻擊古人之竅竇」，[56] 發人深省。此外，王晉光在 2018-19 年為香港教育局主講「文言經典閱讀與賞析（二）：抗秦與賂秦」，其講義亦以為「蘇洵〈六國論〉的主觀成分——既是缺點又是優點」，又以為〈六國論〉中屢見「詖辭」、「遁辭」，「忽視客觀因素」、「低估問題的複雜性」，故認為〈六國論〉所以傳誦千古皆因其「文章之妙」，[57] 即僅從文學而不從史學觀點肯定蘇文。惟教育局自編教材及王晉光等兼及〈六國論〉不足之處的評論，絕不見於以上三本教科書，當然也不見於速成的應試式著作。

四、結語

論者對蘇洵〈六國論〉是否具說服力眾說紛紜，原因是對「說服力」的概念及其

52 田南君，《圖解 DSE 文言範文＋經典（修訂版）》（香港：三聯書店（香港）有限公司，2018），頁 450-472。

53 馬燕雯、梁淑卿編輯，《中文王 5**，看這本就夠了 2020》（香港：齡記出版有限公司，2019），頁 75-81。

54 教育局課程發展處中國語文教育組編，《積學與涵泳——中學古詩文誦讀材料選編》（香港：教育局課程發展處，2017），編號 138〈六國論〉，頁 285-296。按，「當時輿論」的判語似引自《唐宋文醇》：「宋仁宗增歲幣於契丹，當時皆謂契丹無厭之求，奚其可從，竭中國膏血不足以為賂矣」，乾隆敕編，《御選唐宋文醇．權書六國篇》，（收入《景印文淵閣四庫全書》1447，上海：上海古籍出版社，1987），卷三四，頁 618。

55 教育局課程發展處中國語文教育組編，《積學與涵泳——中學古詩文誦讀材料選編》，編號 138〈六國論〉，頁 294。

56 同上。又，檢索原書，「若蘇家則好論古文」後有「荊公間亦為之，特不如蘇氏之多。」見林紓，《春覺齋論文．流別論》（北京：人民文學出版社，1998），頁 61；並見林紓選評，慕容真點校，《林紓選評古文辭類纂．論說類》（杭州：浙江古籍出版社，1986），卷一，頁 2。

57 王晉光，「文本細讀：文言經典閱讀與賞析（二）：抗秦與賂秦」，香港教育局培訓活動，2018 年 1 月 3 日及 2019 年 1 月 12 日，培訓活動連結：https://tcs.edb.gov.hk/tcs/admin/courses/previewCourse/forPortal.htm?courseId=CDI020181555&lang=zh［檢索日期：2021 年 3 月 22 日］；講義全文連結：https://www.edb.gov.hk/attachment/tc/curriculum-development/kla/chi-edu/resources/secondary-edu/lang/CT04_1_2018.pdf［檢索日期：2021 年 3 月 22 日］。

評價準則理解不一所致：立足史學者或以其不符戰國實情，紙上談兵，故常見貶抑；立足古文創作者或常因其雄辯滔滔，借古諷今，每多褒揚。相對於這兩種判斷，甚少人提及蘇洵確因《權書》等論辯文章蒙張方平、歐陽脩引薦——這也是從文本外因可見《權書》具某方面說服力（說服受文對象）的證明。雖然如此，〈六國論〉「勿賂」的主張畢竟未被北宋朝廷採納，張方平、歐陽脩甚至蘇軾、蘇轍也不見得全盤接受蘇洵〈六國論〉觀點，這又反映蘇洵這篇文章雖能一新讀者耳目，卻非具無可置疑的說服力。

就史論文教學而言，蘇洵〈六國論〉兼具歷史評論（史學）及文學創作（美學）性質所引致的多元評價，不僅不應視為教學難點，卻應以之為培養學生分析及評論能力的契機。文學化史論提供了非常便捷的切入點，能讓教師設計「中國語文——中國文學——中國歷史」跨學科學習活動，並引導學生思考：

- 若〈六國論〉論點、論據、論證言之成理，何以未為古今治戰國史權威學者採納？[58]
- 若〈六國論〉對戰國形勢的認識明顯偏頗，何以仍頗為時人（雷簡夫／張方平／歐陽脩）注目？且為千古名篇？
- 論點正確．論據堅實．論證嚴謹是否判斷說服力的全部準則？文章的佈局謀篇、修辭技巧對形成說服力有何助益？
- 除文章內因外，還有何外因，足可影響論者（受文者）對文章觀點的判斷？
- 或最根本的問題：若說蘇洵〈六國論〉說服力強，這篇文章到底說服了誰？

誠然，學習者（包含應考「香港中學文憑試」者）自然不宜故作怪論，但評論古人文章大可各言其志，不必認為古人篇章必完美無瑕，只要持論得當，言之成理，無妨發表個人見解。

58 除前引呂思勉、錢穆、勞榦、嚴耕望、王子今著作未見徵引蘇洵觀點外，香港教育局編寫的中國歷史科（中四至中六）「支援教材（必修部分）單元二：秦漢．秦之統一及政權的鞏固」，所列秦統一六國的原因為人心所向、大勢所趨、秦國政治進步、具軍事優勢、地理佔優、重用天下游士、完善中央集權制度；亦未言六國日削月割，頁 2、21-22。全文見 https://www.edb.gov.hk/tc/curriculum-development/kla/pshe/references-and-resources/chinese-history/support-materials-core-part.html[檢索日期：2021 年 3 月 22 日]。

參考資料

蕭統編，李善注，《文選》，上海：上海古籍出版社，1994。
歐陽脩著、李逸安點校，《歐陽脩全集》，北京：中華書局，2001。
張方平著，鄭涵點校，《張方平集》，鄭州：中州古籍出版社，2000。
蘇洵著，曾棗莊、金成禮箋注，《嘉祐集箋注》，上海：上海古籍出版社，2001。
王安石著，王水照主編，《王安石全集》，上海：復旦大學出版社，2017。
蘇軾著，孔凡禮點校，《蘇軾文集》，北京：中華書局，1996 年。
蘇轍著，陳宏天、高秀芳點校，《蘇轍集》，北京：中華書局，1999。
李綱，王瑞明點校，《李綱全集》，長沙：嶽麓書社，2004。
李燾著，上海師範學院古籍整理研究室、上海師範大學古籍整理研究室點校，《續資治通鑑長編》，北京：中華書局，1986。
邵博著，劉德權、李劍雄點校，《邵氏聞見後錄》，北京：中華書局，1983。
唐圭璋編，《全宋詞》，北京：中華書局，1986。
黃淮、楊士奇編，《歷代名臣奏議》，上海：上海古籍出版社，1989，據永樂十四年內府刊本影印。
楊慎選，《嘉樂齋三蘇文範》，收入《四庫全書存目叢書》集部第 299 冊，臺南：莊嚴文化事業有限公司，1999，據明天啟二年刻本影印。
儲欣輯，《唐宋十大家全集錄》，收入《四庫全書存目叢書》集部第 405 冊，臺南：莊嚴文化事業有限公司，1997，據清康熙刻本影印。
浦起龍論次，《古文眉詮》，哈佛大學漢和圖書館珍藏．三吳書院印靜寄東軒藏版。
乾隆敕編，《御選唐宋文醇》，收入《景印文淵閣四庫全書》第 1447 冊，上海：上海古籍出版社，1987。
林紓，《春覺齋論文》，北京：人民文學出版社，1998。
林紓選評，慕容真點校，《林紓選評古文辭類纂》，杭州：浙江古籍出版社，1986。

日野開三郎，〈銀絹の需給上よりみた五代．北宋の歲幣．歲賜〉上，《東洋學報》5（1952），頁 19-41。

日野開三郎，〈銀絹の需給上よりみた五代・北宋の歲幣・歲賜〉下，《東洋學報》6（1952），頁 1-26。
王一凝等編，《高中互動中國語文》，香港：培生教育出版亞洲有限公司，2015。
王子今，〈秦統一原因的技術層面考察〉，《社會科學戰線》9（2009），頁 222-231。
王子今、方光華主編，《中國歷史．秦漢魏晉南北朝史》，臺北：五南圖書出版股份有限公司，2002。
王水照、羅立剛選注，《蘇洵散文精選》，上海：東方出版中心，1998。
布裕民等編，《啟思新高中中國語文》，香港：牛津大學出版社（中國）有限公司，2014。
田南君，《圖解 DSE 文言範文＋經典（修訂版）》，香港：三聯書店（香港）有限公司，2018。
田艷春、許小莉，〈謬誤多多的《六國論》〉，《現代語文》1（2006），頁 28。
呂思勉，《先秦史》，上海：上海古籍出版社，1982，據 1941 開明書店版影印。
李德康、梁浩生，《文言精讀》，香港：優閱出版有限公司，2017。
沈惠樂注譯，《蘇洵蘇轍散文選集》，香港：三聯書店（香港）有限公司，1994。
周振甫編著，《蘇洵散文精品選》，西安：陝西人民出版社，1995。
孤山、陳嘉禮，《高中中國語文指定文言經典篇章匯編》，香港：閎博出版社，2016。
孫立堯，《宋代史論研究》，北京：中華書局，2009。
袁苡晴、楊玉潔、任芷華，《DSE 中文科文言範文精讀》，香港：明報出版社有限公司，2015。
馬燕雯、梁淑卿編輯，《中文王 5**，看這本就夠了 2020》，香港：齡記出版有限公司，2019。
高明峰，〈《文選》「史論」、「史述贊」二體發微〉，《廣西師範大學學報（哲學社會科學版）》49.6（2013），頁 77-82。
高思、戴登云，〈文章總集與史論文學之辨體〉，《西南民族大學學報（人文社會科學版）》2（2016），頁 184-191。
張亮采，〈宋遼間的榷場貿易〉，《東北師範大學科學集刊》3（1957），頁 146-155。
教育局課程發展處中國語文教育組編，《積學與涵泳——中學古詩文誦讀材料選編》，香港：教育局課程發展處，2017。
教育局課程發展議會編訂，《中國語文教育學習領域課程指引（小一至中六）》，香港：教育局課程發展議會，2017。
郭預衡，《歷代散文史話》，北京：中國文聯出版社，2009。

陳友冰，〈三篇《六國論》比較〉，《國文天地》15.9（2000），頁 75-82。
陳忠義，〈三蘇《六國論》比較〉，《中文自修》Z1（1994），頁 20-21。
陳振鵬、章培恒主編，《古文鑒賞辭典》，上海：上海辭書出版社，1998。
陶晉生，《宋遼關係史研究》，臺北：聯經出版事業公司，1984。
勞榦，《秦漢史》，臺北：華岡出版有限公司，1970。
馮志弘，〈勿賂．國之患果不在費．賂以制勝：三蘇《六國論》探賾〉，《山西師大學報（社會科學版）》45.5（2018），頁 78-84。
馮志弘，〈靖康之難的成因是甚麼？——從南渡時人的認識說起〉，《上海大學學報》32. 4（2015），頁 94-105。
黃進德，〈說蘇洵的《六國論》〉，《文史知識》1（1982），頁 34-37、41。
葉聖陶，《文章例話》，北京：生活．讀書．新知三聯書店，1983。
漢語大詞典編輯委員會漢語大詞典編纂處編纂，《漢語大詞典》，上海：漢語大詞典出版社，1994。
蒲葦（顧問），《中國語文文憑試衝線全攻略》，香港：啟思出版社，2016。
裘雲龍，〈「三蘇」史論文與「蘇學」〉，《文史知識》12（2020），頁 105-113。
趙永春，〈宋人對「澶淵之盟」的認識〉，張希清等主編，《澶淵之盟新論》，上海：上海人民出版社，2007，頁 73-91。
錢穆，《國史大綱》，收入《錢賓四先生全集》第 27-28 冊，臺北：聯經出版事業公司，1994。
鄺銳強等編著，《新高中中國語文新編》，香港：香港教育圖書公司，2017，第 2 版。
嚴耕望，《嚴耕望史學論文選集》，臺北：聯經出版事業公司，1991。
David Zarefsky, *The Practice of Argumentation: Effective Reasoning in Communication*. Cambridge: Cambridge University Press, 2019.
Frans H. van Eemeren, *Strategic Maneuvering in Argumentative Discourse*. Amsterdam / Philadelphia: John Benjamins Publishing Company, 2010.

王晉光，文本細讀：文言經典閱讀與賞析（二）：抗秦與賂秦，香港教育局培訓活動，2018 年 1 月 3 日及 2019 年 1 月 12 日，培訓活動連結：https://tcs.edb.gov.hk/tcs/admin/courses/previewCourse/forPortal.htm?courseId=CDI020181555&lang=zh［檢索日期：2021 年 3 月 22 日］；講義全文連結：development/kla/chi-edu/resources/secondary-edu/lang/CT04_1_2018.pdf［檢索日期：2021 年 3 月 22 日］。
香港教育局：中國歷史科（中四至中六）「支援教材（必修部分）單元二：秦漢．秦之統一及政權的鞏固」，resources/chinese-history/support-materials-core-part.html [檢索日期：2021 年 3 月 22 日]。

The Question of Persuasiveness in Teaching Historical Treatises — Senior Secondary Teaching Resources on Su Xun's "Six Fallen States"

FUNG, Chi Wang
Department of Literature and Cultural Studies,
The Education University of Hong Kong

ABSTRACT

While the novel writing techniques and imposing effect of Su Xun's "On the Six Fallen States" have been widely recognised by critics from different times, opinions vary when it comes to determining the relevance of its argument about failed policies, and whether its persuasiveness is strong. The reason is that the way of evaluating historical treatises is perceived differently. In response to this phenomenon, this essay aims to: 1) define the standards for evaluating the persuasiveness of historical treatises; 2) explore how the persuasiveness of Su Xun's work can be evaluated objectively; 3) investigate the question of persuasiveness in teaching historical treatises, with examples of the current teaching resources on Sun Xun's work for senior form students.

This essay points out that in determining whether a historical treatise is persuasive, the approach has to treat the work as a review (historiography) and a literary writing (aesthetics) at the same time, while also considering both external and internal factors. External factors concern the work's ability to achieve the purpose for which it was written, meaning whether it can persuade its target readers, while internal factors consist of correctness of judgement, profoundness of evidence provided, rigorousness of arguments, as well as eloquence and evocativeness. The relevant teaching resources reviewed by the Hong Kong Education Bureau (EDB), and those published by EDB itself, consider the persuasiveness of Su Xun's work to be discussable, and are therefore moderately effective in guiding students to think critically. On the contrary, almost all the quick reference guides for the DSE assert that 'the strong persuasiveness' of Su Xun's work is self-evident, to the detriment of independent thinking.

Keywords Su Xun, "On the Six Fallen States" , Historical Treatises, Argumentative Writing, Persuasiveness

中國歷史科品德情意教學：以歷史人物為中心

香港教育大學文學及文化學系
蔡逸寧

摘要

香港中國歷史教學的課程目標強調「建構歷史知識」、「掌握研習歷史的技能」、「培養積極的態度和價值觀」，目標是提高學生對中國歷史及文化的認識和理解，並增強探究、組織和溝通等能力，培養積極的態度和正面的價值觀，以及優良的品格與公民責任。[1]現有的中學中國歷史課程分為「歷史發展」（必修部分）和「歷史專題」（選修部分），兼顧深度和廣度，有助學生系統地和全面地學習歷史。另一方面，歷史人物展現了中華文化良好品格，是學生培養品德情意的優秀素材。

本文先檢視品德情意教學的重要性和必要性、中國歷史教學的現況，再以歷史人物為中心，展示相關的品德情意教學方式，探討中國歷史科如何以歷史人物引導學生，培養學生的價值觀及態度。

關鍵字　中國歷史　品德情意　價值觀　態度　歷史人物

一、前言

中華民族源遠流長，中國歷史科一般以詳近略遠的時序模式進行教學，如此安排有助學生掌握歷史事件的先後次序，學生也可從中探究歷史事件的起因、經過、結

1　課程發展議會與香港考試及評核局《中國歷史課程及評估指引（中四至中六）》（香港：課程發展議會與香港考試及評核局，2015），頁 3-4。

果、影響、事件與事件之間的關連等。另一方面，中國歷史教材涉及政治、經濟、文化、外交及軍事各個方面，當中涉及不少歷史人物蘊含着中華傳統優良的美德，如堅毅、誠信、關愛及尊重他人，這些都是實實在在、活靈活現的品德情意教學題材。本文將以歷史人物為主軸，展示不同類型的品德情意教學方式，從中探討透過中國歷史教學提升學生品德情意的多種可能性。

二、文獻探討

（一）品德情意教學的內涵及重要性

中國歷史文化以儒家思想為主流，儒家經典強調品德情意為教育的核心。《論語·述而》提到「子以四教：文、行、忠、信」，[2] 除了「文」（歷代文獻），其餘的「行」（社會生活的實踐）、「忠」（對待別人的忠心）和「信」（與人交際的信實）都與德行有關。時至今天，學校同樣着重品德情意教學，品德情意融入各類課程的方式大致有三：[3]（一）學校將品德教育有計劃且多元地納入各個學科領域的教學之中，如：中國語文及中國歷史科的教學目標除了強調知識和技能的傳授，更包括培養學生的品德情意。[4]（二）學校將品德教育的內容具體地彰顯於校訓或校園規章之中，如：校訓的內容大多與為學、品德修養、社會責任有關；[5] 校規發展了德育的功能，包括引導學生的道德行為、約束學生某些投機行為、促進學生道德和行為習慣的養成、提供道德評價指南等。[6]（三）學校將品德教育有系統地融入校園環境，讓學生在師生、生生的互動中學

---

2 楊伯峻，《論語譯注》（香港：中華書局，2004），頁 73。

3 王金國，《品格教育理論與實踐》（台北：高等教育，2009），頁 103。

4 學校將品德情意滲入各科教學，例如：嘉諾撒聖方濟各書院透過中國歷史教學（中一至中三級），讓學生從接觸歷史人物中，學習對其行事作出反思，以培養個人品德。見嘉諾撒聖方濟各書院「學校網頁」（http://www.sfcc.edu.hk/academic_subjects/chinhist/index.html）；佛教黃鳳翎中學透過中國語文科培養學生的品德，加強對社群的責任感。又透過中國歷史科建立學生優良的品德，培養對民族及國家的歸屬感。見佛教黃鳳翎中學「學校網頁」（https://www.bwflc.edu.hk/CustomPage/paragraphGroup.aspx?ct=customPage&webPageId=32&pageId=55&nnnid=30）；中華傳道會李賢堯紀念中學透過中國歷史科培養學生積極的人生態度，培育個人對社會、國家及民族的責任感。見中華傳道會李賢堯紀念中學「學校網頁」（https://liymss.icampus.hk/website/article/article_detail?channel_id=4076&article_id=4000）。

5 校訓的內容大致分為三類：（一）為學之道，勸勉學生努力學習，掌握學習的方法；（二）品德修養，對如何修身做人提出具體的要求；（三）社會責任，強調個體對於社會奉獻與責任。三個範疇皆與品德情意有密切關係。參施仲謀、蔡思行，《香港中華文化教育》（香港：商務印書館有限公司，2020），頁 77。

6 吳神達，〈學校規則的德育功能探析〉，《教育探索》2005.8：84-86。

習和實踐，如：學校以不同的品德情意主題為周年或三年發展計劃的焦點，教師在班主任課、周會、班會活動、學會活動等不同場景滲入相關元素。[7]

（二）品德情意教學在中國歷史教學的必要性

培養價值觀和態度為中國歷史教育的重要目標。根據《中國歷史科課程及評估指引（中四至中六）》，中國歷史課程宗旨之一是「讓學生能夠培養積極的人生態度，培育個人對社會、國家及民族的責任感」。[8] 培養學生積極態度和價值觀方面的目標包括：[9]

1. 情智並重。在研習民族融和的過程、國家發展的歷史，以及歷史人物的言行時，在移情共感及獨立思考的過程中，提高對國家和民族的認同感和歸屬感，建立優良的品德和公民意識等；
2. 兼容並蓄。通過學習中國與世界其他民族、國家交往的歷史，培養有容乃大的胸襟，懂得欣賞及尊重其他文化體系的特質與價值，以期在全球化的世界裏具有更廣闊遠大的視野。

通過這個課程，學生的學習成果包括具有積極的態度和正面的價值觀，以及優良的品格與公民責任感，同時能夠：

1. 具有責任感與正面的價值觀，善於自我管理、與人協作，發展和諧的人際關係，並尊重他人的價值取向；
2. 建立對國家、民族的認同與歸屬感，既能欣賞自己國家、民族的成就，又能尊重不同國家、民族的歷史與文化。

《中國歷史科課程及評估指引（中四至中六）》也多次強調以歷史人物作為教學及研習素材的重要性，「與初中教育、高等教育及就業出路的銜接」一欄指出：

> 初中中國歷史科讓學生透過對歷史人物的嘉言懿行的學習，培養良好的個人操守及對團體和社會的責任感，建立對民族和國家的認同與歸屬感。

---

7 學校將品德情意滲入校園環境及師生的互動之中，例如：聖貞德中學推行「好心情計劃」和「夢想成真計劃」，建立學生正面積極的人生目標。見聖貞德中學「學校發展計劃 2018/19 至 2020/21」（https://www.sja.edu.hk/download/document/20181030152702429 4973.pdf）；博愛醫院鄧佩瓊紀念中學透過講座、活動、工作坊及小組活動等帶出建立堅強及正向的價值觀。見博愛醫院鄧佩瓊紀念中學「三年學校發展計劃 2018/19-2020/21」（http://www.tpk.edu.hk/CustomPage/5/%e4%b8%89%e5%b9%b4%e5%ad%b8%e6%a0%a1%e7%99%bc%e5%b1%95%e8%a8%88%e5%8a%832018-2021.pdf?v=202107281131）。

8 課程發展議會與香港考試及評核局《中國歷史課程及評估指引（中四至中六）》，頁 3。

9 課程發展議會與香港考試及評核局《中國歷史課程及評估指引（中四至中六）》，頁 3-4。

課程文件指出中國歷史科在「培養價值觀與態度」的設計原則：

> 通過對不同史事及歷史人物的研習，深化學生對國家民族的認同，從而培養學生正面的價值觀和積極的人生態度。(中四至中六) [10]

> 通過對不同歷史事件、歷史人物、民族關係、文化交流等課題的研習，培養學生認同國家、民族、尊重和欣賞不同民族及文化，以及對社會的責任感，從而發展學生正面的價值觀和積極的人生態度。(中一至中三) [11]

另一方面，中國歷史科也肩負培養以史為鑑、繼往開來的精神，以及培養學生「堅毅、尊重他人、責任感、國民身份認同、承擔精神、誠信和關愛」等重要價值觀的重任。[12] 由此可見，品德情意教學也是中國歷史教學的一個明確目標和使命，歷史人物的精神和人生態度有助啟發學生，培養學生的品德情意。

三、中國歷史科的教學現況

(一) 課時有限，難以兼顧品德情意教學

香港中國歷史課程以治亂興衰為主，依照時序讓學生宏觀地了解歷史。教育局《中國歷史科課程指引（中一至中三）(2019)》指出中國歷史課程將國家分為九個歷史時期，包括「史前至夏商周」、「秦漢」、「三國兩晉南北朝」、「隋唐」、「宋元」、「明」、「清」、「中華民國」以及「中華人民共和國」。各個歷史時期中，以政治演變為主，以文化特色及香港發展變化軌跡為輔。[13]

---

10 課程發展議會與香港考試及評核局《中國歷史課程及評估指引（中四至中六）》，頁 8。
11 課程發展議會《中國歷史科課程指引（中一至中三）》(香港：課程發展議會與香港考試及評核局，2019)，頁 7。
12 課程發展議會與香港考試及評核局《中國歷史課程及評估指引（中四至中六）》，頁 25。
13 課程發展議會《中國歷史科課程指引（中一至中三）》，頁 8。

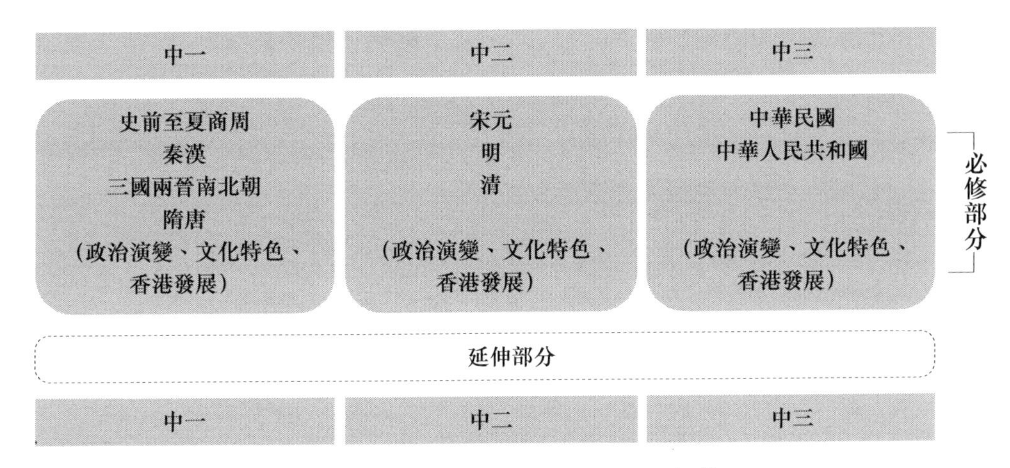

圖 1. 初中中國歷史科的課程架構[14]

中四至中六的課程結構則分必修和選修兩個部分，前者為「歷代發展」，內容按照歷史時序，涵蓋「上古至十九世紀中葉」及「十九世紀中葉至二十世紀末」的歷史；後者為「歷史專題」，以主題形式設計，任選一個單元。選修單元專題包括「二十世紀中國傳統文化的發展：承傳與轉變」、「地域與資源運用」、「時代與知識分子」、「制度與政治演變」、「宗教傳播與文化交流」和「女性社會地位：傳統與變遷」。[15]

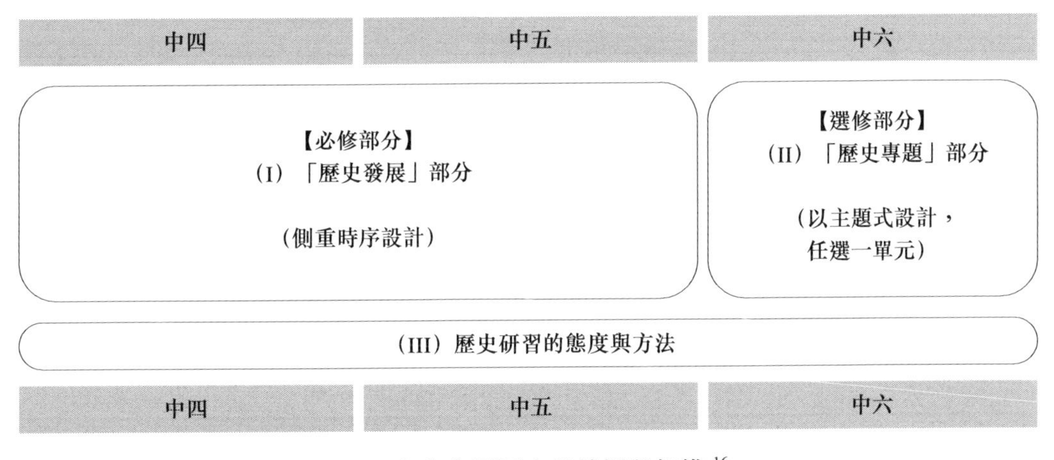

圖 2. 高中中國歷史科的課程架構[16]

14 課程發展議會《中國歷史科課程指引（中一至中三）》，頁 8。

15 課程發展議會與香港考試及評核局聯合編訂《中國歷史課程及評估指引（中四至中六）》，頁 8-9。

16 課程發展議會與香港考試及評核局聯合編訂《中國歷史課程及評估指引（中四至中六）》，頁 10。

儘管香港中國歷史課程的龐大內容經過濃縮和重整，課時不足仍然是不少教師一直擔心的問題。[17] 教學過程中，教師既要確保完整教授校內或公開試考核的課題，讓學生建構歷史知識，亦要教導學生分析和比較史料，訓練其思維能力。教師要兼顧和平衡學生不同層面的學習，個別教師未能教畢整個初中中史課程，需要略過或跳過部分課程，[18] 可見中國歷史科在施教時間上存在着現實的限制。然而，科目還需要兼及品德情意教育，根據 Lickona：

> 任何一種品德都具有三個相關連的成分，即道德上的知（moral knowing）、道德情感（moral feeling）和道德行為（moral action）。[19]

教師要有足夠的課堂時間與學生探究歷史教材所蘊藏的品德情意元素，才能讓學生對其中的元素有所認知，進而有深刻體驗和實踐，達到上述三個層次。

（二）內容豐富，材料繁多

中國歷史涉及的時期長，人名多，地名也多。學習中國歷史要掌握常見的兩種時間概念，即「公元紀年法」和「帝王年號」。以年號及謚號為例，年號一般為二字，但也有三字、四字、六字的年號，[20] 不少皇帝在位期間都用上多個年號，如李治用了十四個年號、武則天用了十三個年號。皇帝、皇后的尊號、徽號、廟號、謚號雖然是同一人，但不同時間有不同的稱呼，謚號還可以由簡至繁，不停增加，如清朝開國皇帝努爾哈赤最早的謚號是十四字「承天廣運聖德神功肇紀立極仁孝」，康熙時增加「睿武弘文定業」六字，雍正時加「端毅」二字，乾隆時加「欽安」二字，共二十四字。[21] 雖然，各個帝王的年號和謚號並非學生需要背誦的內容，但單憑帝王稱號的例子，可以推斷中國歷史材料之多，學生必須具備消化豐富歷史材料的能力。另一方面，由

---

17 星島日報〈循環周課節設計影響 初中中史課時不足〉（https://hk.news.yahoo.com/%E5%BE%AA%E7%92%B0%E5%91%A8%E8%AA%B2%E7%AF%80%E8%A8%AD%E8%A8%88%E5%BD%B1%E9%9F%BF-%E5%88%9D%E4%B8%AD%E4%B8%AD%E5%8F%B2%E8%AA%B2%E6%99%82%E4%B8%8D%E8%B6%B3-221110460.html）；信報通識〈淺析初中中史科修訂課程〉（https://iknow.hkej.com/php/article.detail.php?aid=47543）。

18 文匯報〈【聚焦中史教育】初中中史修訂 七成教師「讚好」〉（http://paper.wenweipo.com/2017/12/01/ED1712010003.htm）。

19 Lickona, T., *Educating for Character* (New York: Bantam, 1991), pp. 51.

20 三字年號如王莽的「始建國」、梁武帝的「中大通」和「中大同」；四字年號如「天安禮定」、「天儀治平」；六字年號如夏景宗的「天授禮法延祚」、夏惠宗的「天賜禮盛國慶」。參葛劍雄、周筱贇，《歷史學是甚麼？》（北京：北京大學出版社，2002），頁 93-94。

21 葛劍雄、周筱贇，《歷史學是甚麼？》（北京：北京大學出版社，2002），頁 92。

於歷史事件和人物與現代相距甚遠，學生對此難有共鳴，以致不少人對中國歷史科有「沉悶」、「死記硬背」、「難讀」等的主觀說法。[22]

不過，教師已就教學方式不斷作出調整，由單純採用直接傳授教學方式發展成更多元化、更活潑、更互動的教學方式，例如：探究式教學、角色扮演、辯論、口述歷史等。另外，教師會安排「走出課室」的歷史教學活動如：實地考察、參觀博物館。博物館的展覽形式也由傳統博物館擴展至數位博物館，意思是以傳統博物館精神為基礎，將之發揚至網絡空間上，以多樣性、彈性的形式展示影片、圖片、照片和虛擬實境等。[23] 即使在課室進行教學，教師加入資訊科技元素也是常見的方法，如利用 Quizizz、Google Form、Kahoot 等，製作相關的練習，評核和檢視學生的學習成效。[24] 還有，坊間已有不同的機構製作歷史動漫及教材，如香港教育大學「看動畫·學歷史」項目，[25] 以生動活潑的方式呈現歷史人物及其事跡；初創公司製作 AR 中史教材，展示 360 度實景短片。[26] 這些學習方式增加了學習的視覺效果，強化學生對歷史知識的認知，也提升了中國歷史科的學習趣味。

四、以歷史人物為題的品德情意教學

（一）以歷史人物為中心

值得注意的是，即使中國歷史教學面臨着上文提及的課時限制以及部分學生對中國歷史科的刻板印象，仍然有不少學者堅持透過中國歷史科培養學生的品德情意，並進行相關的研究。劉慧蘭期望學生通過學習歷史能了解人性，培養人文精神；[27] 趙敏認為中學歷史教師在日常的教學可發掘歷史教材中的素材，尤其是傳統文化的精髓，

---

22 信報〈中史科教育改革〉（https://iknow.hkej.com/php/article.detail.php?aid=36903）。

23 香港歷史博物館「虛擬展覽與歷史教學」（https://www.edb.gov.hk/attachment/tc/curriculum-development/kla/pshe/references-and-resources/chinese-history/virtual_tour_and_history_teaching.pdf）。

24 譚浩銘，〈由電子教育策略推動的中史科課程革新：從課堂教學到全校層面的教學革新初探〉收錄在何志恒、馮志弘、李婉薇主編，《多媒體與中國語文及文化教學》（香港：學術專業圖書中心，2020），頁 211-234。

25 香港教育大學「看動畫·學歷史」（https://achist.mers.hk/chihistoryanime/）。

26 明報新聞網〈初創 AR 教材 盼洗中史沉悶感〉（https://news.mingpao.com/pns/%E6%B8%AF%E8%81%9E/article/20200608/s00002/1591554578544/%E5%88%9D%E5%89%B5ar%E6%95%99%E6%9D%90-%E7%9B%BC%E6%B4%97%E4%B8%AD%E5%8F%B2%E6%B2%89%E6%82%B6%E6%84%9F）；大公文匯〈課堂不再沉悶「3D 動畫」助你趣學歷史〉（https://www.tkww.hk/s/202007/08/AP5f05180be4b08d787e99e158.html）。

27 劉慧蘭，〈如何在歷史課培養人文精神：一個國中老師的實踐歷程〉，《清華歷史教學》2012.11：87-102。

以提升學生的素質，例如:實行感恩教育，強調由「感恩」到「報恩」、由「知」到「行」的過程。[28]

那麼，中國歷史的材料豐富，教師如何選擇合適的品德情意教學材料？正如張熙指出：「並非任何史實都具有情意教育的價值，有的就是過去發生事件的描述，學生學習是為了了解一些過去發生的事情，如果非要把這些知識點與情意目標掛鈎，就會混淆學生的認知和情意，降低情意目標真正的價值。」[29] 故此，教材本身的內容是否與品德情意主題掛鈎是關鍵的要素，教師要經過謹慎的篩選。

中國歷史上出現的人物眾多，部分更是為人類發展有着莫大的貢獻。他們曾經靠實際行動，體現崇高的品德，其人其事、一言一行也為學生樹立榜樣，因此歷史人物正正就是品德情意教學的良好材料。利用歷史人物進行品德情意教育，教師要做好取捨，選擇有代表意義的人物講解，從而突出這些人物的品質和精神，甚至突顯中華傳統美德。[30] 以人物為主線的教材，好處是藉着角色的選取，學生能從自我中心的世界觀轉變到以個人之外的角度來反觀自己。當中的發展關鍵是因為它使個人能體驗與本身不一致的觀點，認知的衝突能助長道德推理的發展。[31] 歷史人物有豐富的經歷，他們在人生中作出不同的取捨和決定，為社會、國家或世界帶來影響，藉着探究歷史人物的行事為人，可以擴闊學生的視野和思考的層次。

以下就歷史人物的名言警句、歷史人物故事、歷史人物個案研習和歷史人物與正向六大美德展示以人物為中心的品德情意教學框架例子。

（二）歷史人物的名言警句

歷史人物身上散發着可貴的性格特質和高尚情操，從其相關的名言和詩句可見一斑（表 1）。對於運用名言警句或典故作為教學材料，學者持着不同的觀點，例如：李映雄、李惠珍認為這些材料與學生生活有距離感，無形中影響了學生對教材內容的深度認同，[32] 但孫洪偉認為在課堂上藉着名言警句可以發揮以下效用：[33]

1. 導入課堂
2. 讓學生理解所學所知

---

28 趙敏，〈中學歷史教學中的感恩教育〉，（山東：山東師範大學教育碩士學位論文，2011），頁 18、29。

29 張熙，〈高中歷史教學中情意目標養成的誤區與策略〉，《黑龍江史志》2015.7：327。

30 劉波，〈歷史學科教學中的德育滲透探究〉，《中國教育學刊》2020.12：132-133。

31 單文經、江履維，《道德發展與教學》（台北：五南圖書出版公司，1986），頁 217。

32 李映雄、李惠珍，〈生活敘事：提升學生思想品德素養的有效方式〉，《中學政治教學參考》，2016.7：29-30。

33 孫洪偉，〈借助多媒體展示名言警句 打造初中精彩思品課堂〉，《中國現代教育裝備》，2016.1：44-46。

3. 突出教學重點
4. 引導學生參與探究活動
5. 昇華情感
6. 進行課堂總結

此外，人類價值教育課程模式（Sathya Sai Education in Human Value，簡稱 SSEHV）常用勵志的名言、諺語教學，好處是：

> 利用這些富含智慧的話語引發學生正向的想法、行為和習慣。當這些名言深植於潛意識內，便會影響心念，而心念最終和人格有關。[34]

名言令學生容易琅琅上口，以表 1 為例，人物的名言包括兩類，一是情感類，說話者在詞語或段落中蘊含着深厚的感情。這類名言可以激發學生的聯想，引起學生的共鳴，也可以讓學生在字裏行間感受作者高昂、澎湃、婉約的思想感情。[35] 所以，名言不僅僅是讓學生認知古人的說話內容，更可以讓他在大聲朗讀時體會作者的感情。二是教化、說教類的，一句簡單的說話便能總結古人智慧，使學生能易於理解和記憶，成為生活的座右銘。教師在中國歷史課堂運用這兩類名言，讓學生在感性上代入古人的心情，在理性上將古人提倡的道理和態度應用在日常生活當中。

表 1. 品德情意元素與歷史人物名言警句舉隅

品德情意元素	朝代	人物	名言警句
承擔精神	三國	諸葛亮	「臣鞠躬盡力，死而後已。」《後出師表》[36]
	南宋	文天祥	「人生自古誰無死？留取丹心照汗青。」《過零汀洋》[37]
	明末清初	顧炎武	「天下興亡，匹夫有責。」《日知錄．卷十三》（原句為「保國者，其君其臣，肉食者謀之；保天下者，匹夫之賤與有責焉耳矣。」）[38]

34 鍾聖校，《情意溝通教學理論：從建構到實踐》（台北：五南圖書出版，2000），頁 397；簡楚瑛，《幼兒教育課程模式（第四版）》（台北：心理，2016），頁 69。

35 邢春華，〈讓孩子在潛移默化中受到感召——小學語文德育滲透的方法初探〉，《吉林教育》2020.8：55-56。

36 闕勛吾、許凌雲、張孝美、曹日升等譯注，《古文觀止上》（湖南：湖南人民出版社，1988），頁 439。

37 夏延章主編，《文天祥詩文賞析集》（成都：巴蜀書社，1994），頁 121。

38 〈日知錄．卷十三〉，中國哲學書電子化計劃（https://ctext.org/wiki.pl?if=gb&chapter=614214）。

勤奮與學習	春秋	孔子	「學而不思則罔，思而不學則殆。」《論語 · 為政》[39]
	唐	韓愈	「業精於勤荒於嬉，行成於思毀於隨。」《進學解》[40]

（三）歷史人物故事

除了人物的名言警句，歷史故事也是中國歷史課堂常見的教學材料。利用歷史人物故事作為材料，好處是栩栩如生地將人物呈現在學生眼前，讓學生感到生動有趣。另一方面，故事在教學之中有特定的地位，其教育價值為心理學與教育學者所認同。Robert Coles 指出故事的作用：

> 好的故事讓我們更認識自己，藉由故事情節與人物個性的鋪陳，使我們透過他人的眼睛、他人的耳朵得以看得清楚、聽得仔細、想得明白。因此在享受聽故事的過程中，故事常喚起我們自己的經驗，成為一種指引我們新方向的力量。[41]

因此，說故事既讓學生重新反思，故事人物的經驗亦擴闊了學生的認知，從另一個人的視角看到新的可能，令學生的內在有所更新。當中的覺察、沉澱和轉化，正是品德情意教學重要的學習歷程。

教師在中國歷史科進行品德德育教育，可能需要補充一些課本以外的故事材料。一些耳熟能詳、家喻戶曉的中國歷史故事的確包含着各個面向的品德情意元素：

表 2. 品德情意元素與歷史人物故事舉隅

品德情意元素	朝代	人物	歷史故事
誠信	西周	周幽王	烽火戲諸侯（反面例子）
	秦	商鞅	徙木立信
忍耐、刻苦	春秋	勾踐	臥薪嘗膽
勤奮	戰國	蘇秦	蘇秦刺股
勇敢	戰國	荊軻	荊軻刺秦王

---

39 〈論語 · 為政〉，中國哲學書電子化計劃（https://ctext.org/analects/wei-zheng/zh）。

40 闕勛吾、許凌雲、張孝美、曹日升等譯注，《古文觀止下》（湖南：湖南人民出版社，1988），頁 105。

41 引自唐淑華，《情意教學——故事討論取向》（台北：心理出版社，2004），頁 96。

勇於認錯、寬宏大量	戰國	廉頗、藺相如	負荊請罪
謙虛	三國	劉備	三顧草廬

要注意的是，歷史故事和歷史事件有不一樣之處。歷史故事經過不斷豐富、傳抄、演繹，最後才逐漸定型，如「烽火戲諸侯」的故事起源自先秦時期《呂氏春秋》的「大鼓有寇」，司馬遷《史記》添加了「烽火」的元素，故事流傳至明清時期才成為「信史」。[42] 而且，運用歷史故事類文本進行教學，重點在説故事，在過程中強調人物的形象、心理描寫、社會環境和內心的志向等。加上，歷史故事更會以話劇、廣播劇、小説、繪本、電影等方式呈現，作者在製作過程中難免會加入主觀的想法，或是為突出故事重點而作出改編。而歷史故事和歷史事件的分別在於前者更具趣味性和清晰性，後者更注重內容的嚴謹性和抽象性。[43]《指引》中列舉一些著名的歷史人物事件作為價值觀教育的例子：[44]

表 3. 品德情意元素與歷史人物事件

品德情意元素	朝代	人物	歷史事件
堅毅、勇於承擔等	西漢	張騫	通西域
	東漢	班超	
	唐	玄奘	西行取經
	明	鄭和	下西洋

因此，教師選擇歷史事件作為教材時，可留意人物的品格和行為，適時闡述當中的品德情意，甚至就此設計活動，進行德育教學。若教師需要選擇歷史故事作為教材，選擇的原則有二，一要「準確」，將歷史與文學作品、野史、民間故事、神話等區分；二要「精煉」，在補充課外材料時，要兼顧整體的教學時數。[45] 即使教師選擇運用滲入虛構、誇大成分的歷史故事作為材料，教師也可以跟學生説明，或引導學生分辨及比較資料，培養他們的思維和評鑑能力。

42 鹿習健、緱宇平，〈「烽火戲諸侯」故事演繹流傳考論〉，《濮陽職業技術院學報》2020.11：69-71。
43 梁世總，〈歷史故事在初中歷史教學中的運用分析〉，《科學諮詢（教育科研）》2021.3：254-255。
44 課程發展議會《中國歷史科課程指引（中一至中三）》，頁 25。
45 李永祥、鄧百元，〈歷史教學中德育實施的原則〉，《歷史教學》1993.4：54。

（四）歷史人物個案研習

中四至中六的選修部分是歷史專題探究，設計的原則是讓學生對有關專題先有一概括的認識，再以「個案研習」模式進行較深層的探究。六個專題中，「時代與知識分子」單元以人物作為為個案研究的軸心，所選的人物有着不少的共通點，如：有着獻身國家與事業的高尚情操、屬中國傳統社會的菁英階層、遇上時代劇變時，不惜盡展本身的才學以期為國家與人民作出貢獻等。他們獻身國家與事業的事跡有着濃厚的品德情意元素：[46]

表 4.「時代與知識分子」歷史人物與品德情意元素舉隅

人物	時期	獻身國家與事業的事跡	品德情意元素
孔子	約前 551- 前 479	有政治抱負，亦有誨人不倦及有教無類的精神，將自己的理想傳揚。	關懷顧念、仁愛、推己及人
司馬遷	約前 135- 前 87 / 前 145- 約前 87	懷抱史家的精神及責任，追求「究天人之際，通古今之變，成一家之言」的理想。	耐性、恆心、責任感、堅忍
何啟	1859-1914	廣泛參與香港的政治、社會、文化事務，努力從事改革與建設；更關心中國的國運，積極鼓吹改良思想。	熱情、幹勁、堅定不移
梁啟超	1873-1929	努力從事政治改革，積極從事文化教育及學術研究工作，體現了知識分子從傳統到現代、自從政到為學的轉型。	積極、領導才能

「時代與知識分子」單元的歷史人物皆對國家有着極大的貢獻，卻又散發出不盡相同的品格和特質。教師可提供與歷史人物相關的各種史料，讓學生加以閱讀和鑑別，從而提高其思考及判斷能力。史料的形式繁多，包括史書、經典、文獻、日記、回憶錄、報道文字、錄像、圖片、漫畫、口述歷史、藝術精品、古蹟文物等。過程之中，學生能學習搜尋及運用所得的資料作為建立論說的理據。[47] 透過人物專題研習，學生了解該人物生平的重要事跡與時代的關係，教師突顯歷史人物的品格更令學生明白人物行為背後具備的良好特質，深化學生對人物從內而外的整體理解。

（五）歷史人物與正向六大美德

歷史人物有着豐富的美德和性格強項。近年，不少學校推行正向教育，例如：營

46　課程發展議會與香港考試及評核局《中國歷史課程及評估指引（中四至中六）》，頁 27-28。
47　課程發展議會與香港考試及評核局《中國歷史課程及評估指引（中四至中六）》，頁 86。

造正向校園環境、強調幸福元素（PERMA）等。正向教育的範疇有很多，其中包括六大美德及二十四種性格強項。六大美德為做人的基本道德，內容是大部分宗教和哲學學派都支持的，包括仁愛、智慧與知識、節制、靈性及超越、勇氣和公義。六大美德之下各有相屬的性格強項：

表 5. 六大美德與二十四個性格強項 [48]

六大美德	二十四種性格強項
智慧與知識	創造力、靈巧性和獨創性
	判斷力和批判性的思考
	對世界的好奇和興趣
	洞察力及智慧
	喜愛學習
仁愛	社交智慧
	仁慈和寬宏
	去愛和被愛的能力
公義	公民感、團隊精神和忠心
	不偏不倚、公平和公正
	領導才能
節制	寬恕和慈悲
	謙恭和謙遜
	小心、謹慎、審慎
	自我控制和自我規範
靈性及超越	靈修性、對目的的觀念和信念
	希望、樂觀感和未來意識
	對美麗和卓越的欣賞
	幽默感和佻皮
	感恩
勇氣	勇敢和勇氣
	勤奮、用功和堅毅
	誠實、真摯和真誠
	興緻、熱情和幹勁

不少正向心理學機構提供經過信度和效度檢驗的量表，供成人、青少年或兒童作

48 馬丁．塞利格曼著、洪蘭譯，《真實的快樂》（香港：遠流出版事業股份有限公司，2007），頁198。

為測量的工具。[49] 而學校亦舉辦不同的活動，讓學生學會這些美德和性格強項。從中國歷史中，可以找出這些美德和性格強項的代表人物：

表 6. 正向六大美德與歷史人物事跡舉隅

六大美德	歷史人物	人物事跡
仁愛	孔子	提倡「仁」的概念 [50]
智慧與知識	老子	楚王失弓 [51]
節制	漢文帝	節制花費用度 [52]
靈性及超越	六祖惠能	對成佛的理解 [53]
勇氣	岳飛	北伐收復領土 [54]
公義	文天祥	為國家犧牲與奉獻 [55]

圍繞六大美德主題，挖掘歷史人物呈現這些美德的言行或事跡，可以除去歷史教學中冗長和刻板的措施制度內容。不過，在挑選歷史人物作為材料時，仍有很多值得細緻思考之處，如：歷史上的男性人物比女性多，教師在選擇時可考慮兼及一些具影響力的女性歷史人物。此外，教師也可揀選正面及反面言行的歷史人物作為品德情意教學的例子，讓學生在探討、分析、比較的過程中建立正確的價值觀。

五、結語

進行中國歷史教學，教師既要教授學生辨別史料的技巧，培養其客觀分析的思維，然後學生能有理有據地評論歷史人物的功過。另一方面，教師更需要帶動學生回到古人的內心世界，引發學生內在的觸動和感悟，同時借鑑古人的行為，建構學生個人價值觀和世界觀。歷史事件既成為過去，學生或許對此難有共鳴，然而無論時隔多遠，歷史人物所展示的良好品格和人生態度都是歷久常新。優秀的品德情意正好是一道古今橋樑，拉近學生與中國歷史人物的距離。

---

49 VIA Institute On Character，(https://www.viacharacter.org/researchers/assessments)。

50 〈論語・學而〉，中國哲學書電子化計劃（https://ctext.org/analects/xue-er/zh）。

51 〈孔子家語・好生〉，中國哲學書電子化計劃（https://ctext.org/kongzi-jiayu/hao-sheng/zh）。

52 〈孔子家語・孝文本紀〉，中國哲學書電子化計劃（https://ctext.org/shiji/xiao-wen-ben-ji/zh）。

53 〈六祖法寶壇經〉，法界佛教總會（http://www.drbachinese.org/online_reading/sutra_explanation/SixthPat/sixthpatSutra.htm）。

54 張鵬良，《岳飛》（北京：軍事科學出版社，1992），頁 31-42。

55 王德亮編著，《文天祥》（上海：中華書局，1947），頁 38-46。

參考資料

王金國

2009《品格教育理論與實踐》，台北：高等教育。

王德亮編著

1947《文天祥》，上海：中華書局。

何志恒、馮志弘、李婉薇主編

2020《多媒體與中國語文及文化教學》，香港：學術專業圖書中心。

吳神達

2005〈學校規則的德育功能探析〉，《教育探索》2005.8：84-86。

李永祥、鄧百元

1993〈歷史教學中德育實施的原則〉，《歷史教學》1993.4：54。

李映雄、李惠珍

2016〈生活敘事：提升學生思想品德素養的有效方式〉，《中學政治教學參考》，2016.7：29-30。

邢春華

2020〈讓孩子在潛移默化中受到感召——小學語文德育滲透的方法初探〉，《吉林教育》2020.8：55-56。

施仲謀、蔡思行

2020《香港中華文化教育》，香港：商務印書館有限公司。

唐淑華

2004《情意教學——故事討論取向》，台北：心理出版社。

夏延章主編

1994《文天祥詩文賞析集》，成都：巴蜀書社。

孫洪偉

2006〈借助多媒體展示名言警句 打造初中精彩思品課堂〉，《中國現代教育裝備》，2016.1：44-46。

馬丁 塞利格曼著、洪蘭譯

2007《真實的快樂》，香港：遠流出版事業股份有限公司。

張熙

2015〈高中歷史教學中情意目標養成的誤區與策略〉，《黑龍江史志》2015.7：327。

張鵬良

1992《岳飛》，北京：軍事科學出版社。

梁世總

2021〈歷史故事在初中歷史教學中的運用分析〉，《科學諮詢（教育科研）》2021.3：254-255。

鹿習健、緱宇平

2020〈「烽火戲諸侯」故事演繹流傳考論〉，《濮陽職業技術院學報》2020.11：69-71。

單文經、江履維

1986《道德發展與教學》，台北：五南圖書出版公司。

楊伯峻

2004《論語譯注》，香港：中華書局。

葛劍雄、周筱贇

2002《歷史學是甚麼？》，北京：北京大學出版社。

趙敏

2011〈中學歷史教學中的感恩教育〉，山東：山東師範大學教育碩士學位論文。

劉波

2020〈歷史學科教學中的德育滲透探究〉，《中國教育學刊》2020.12：132-133。

劉慧蘭

2012〈如何在歷史課培養人文精神：一個國中老師的實踐歷程〉，《清華歷史教學》2012.11：87-102。

課程發展議會

2019《中國歷史科課程指引（中一至中三）》，香港：課程發展議會與香港考試及評核局。

課程發展議會與香港考試及評核局

2015《中國歷史課程及評估指引（中四至中六）》，香港：課程發展議會與香港考試及評核局。

鍾聖校

2000《情意溝通教學理論：從建構到實踐》，台北：五南圖書出版。

簡楚瑛

2016《幼兒教育課程模式（第四版）》，台北：心理。

闕勛吾、許凌雲、張孝美、曹日升等譯注

1988《古文觀止上》，湖南：湖南人民出版社。

1988《古文觀止下》，湖南：湖南人民出版社。

Lickona, T.

1991 *Educating for Character*, New York: Bantam.

大公文匯

2020〈課堂不再沉悶「3D 動畫」助你趣學歷史〉https://www.tkww.hk/s/202007/08/AP5f05180be4b08d787e99e158.html，2020.07.08。

中華傳道會李賢堯紀念中學

「學校網頁」https://liymss.icampus.hk/website/article/article_detail?channel_id=4076&article_id=4000。

中國哲學書電子化計劃

〈孔子家語．好生〉https://ctext.org/kongzi-jiayu/hao-sheng/zh。

〈孔子家語．孝文本紀〉https://ctext.org/shiji/xiao-wen-ben-ji/zh。

〈日知錄．卷十三〉https://ctext.org/wiki.pl?if=gb&chapter=614214。

〈論語．為政〉https://ctext.org/analects/wei-zheng/zh。

〈論語．學而〉https://ctext.org/analects/xue-er/zh。

文匯報

2017〈【聚焦中史教育】初中中史修訂 七成教師「讚好」〉http://paper.wenweipo.com/2017/12/01/ED1712010003.htm，2017.12.01。

法界佛教總會

〈六祖法寶壇經〉http://www.drbachinese.org/online_reading/sutra_explanation/SixthPat/sixthpatSutra.htm。

佛教黃鳳翎中學

「學校網頁」https://www.bwflc.edu.hk/CustomPage/paragraphGroup.aspx?ct=customPage&webPageId=32&pageId=55&nnnid=30。

明報新聞網

2020〈初創 AR 教材 盼洗中史沉悶感〉https://news.mingpao.com/pns/%E6%B8%AF%E8%81%9E/article/20200608/s00002/1591554578544/%E5%88%9D%E5%89%B5ar%E6%95%99%E6%9D%90%E7%9B%BC%E6%B4%97%E4%B8%AD%E5%8F%B2%E6%B2%89%E6%82%B6%E6%84%9F，2020.06.08。

信報

2018〈中史科教育改革〉https://iknow.hkej.com/php/article.detail.php?aid=36903，2018.10.27。

信報通識

2021〈淺析初中中史科修訂課程〉https://iknow.hkej.com/php/article.detail.php?aid=47543，2021.01.07。

星島日報

2017〈循環周課節設計影響 初中中史課時不足〉https://hk.news.yahoo.com/%E5%BE%AA%E7%92%B0%E5%91%A8%E8%AA%B2%E7%AF%80%E8%A8%AD%E8%A8%88%E5%BD%B1%E9%9F%BF%E5%88%9D%E4%B8%AD%E4%B8%AD%E5%8F%B2%E8%AA%B2%E6%99%82%E4%B8%8D%E8%B6%B3-221110460.html，2017.03.27。

香港教育大學

「看動漫・學歷史」https://achist.mers.hk/chihistoryanime/。

香港歷史博物館

「虛擬展覽與歷史教學」https://www.edb.gov.hk/attachment/tc/curriculum-development/kla/pshe/references-and-resources/chinese-history/virtual_tour_and_history_teaching.pdf。

博愛醫院鄧佩瓊紀念中學

「三年學校發展計劃 2018/19-2020/21」http://www.tpk.edu.hk/CustomPage/5/%e4%b8%89%e5%b9%b4%e5%ad%b8%e6%a0%a1%e7%99%bc%e5%b1%95%e8%a8%88%e5%8a%832018-2021. pdf?v=202107281131。

聖貞德中學

「學校發展計劃 2018/19 至 2020/21」https://www.sja.edu.hk/download/document/20181030152702429497З.pdf。

嘉諾撒聖方濟各書院

「學校網頁」http://www.sfcc.edu.hk/academic_subjects/chinhist/index.html。

VIA Institute On Character

https://www.viacharacter.org/researchers/assessments。

Teaching Chinese History with Moral and Affective Education: Focusing on Historical Figures

CHOY, Yat Ling Elaine
Department of Literature and Cultural Studies
The Education University of Hong Kong

ABSTRACT

The curriculum objectives of Chinese History in Hong Kong emphasize "constructing historical knowledge", "acquiring skills in studying history", and "developing positive attitudes and values". The goal is to enhance students' knowledge and understanding of Chinese history and culture, to strengthen their abilities in inquiry, organization and communication, as well as to develop positive attitudes and values, good character and civic responsibility. The existing secondary Chinese History curriculum is divided into "History Development" (compulsory part) and "History Special Topics" (elective part), which provides both depth and breadth to help students learn history in a systematic and comprehensive way. On the other hand, historical figures demonstrate the good character of Chinese culture, which is a valuable teaching material for students to develop moral and affective values.

This paper reviews the importance and necessity of moral and affective education, the current situation of Chinese History teaching, then uses it as a basis to show the proposed moral and affective education framework centered on historical figures, and to explore how Chinese History can use historical figures to guide students and cultivate their values and attitudes.

Keywords Chinese History, Moral and Affective Education, Values, Attitude, Historical Figures

談陶淵明和王維的「隱逸」與詩歌

香港教育大學中國語言學系
李蓁

東莞市第一中學
李成宗

摘要

陶淵明是隱逸詩人，這在文學史上已作定論；王維是「半官半隱」、「半官半佛」，眾導一說，似乎也作了定論。筆者充分肯定前者的說法，而對王維的「定調」頗有些異議，本文試圖從兩人所秉持的立身觀念及其在詩歌中透露出的意境與情調作些梳理，以期窺探二人「隱逸」特點之一二，以及王維又是否真正稱得上「半官半隱」的詩人。

關鍵詞　　陶淵明　王維　隱逸詩人　半官半隱

一、陶、王的隱逸之辨

人們習慣地將陶淵明和王維相提並論，其原因是兩人都寫田園詩，也與「隱逸」結緣；因為沾了「隱逸」的邊，還把王維的山水詩拉進來強調他「隱逸」的情味。其實，陶淵明才是真正的隱逸，王維不是；而且陶淵明田園詩的確寫出了深入田園生活的農家哀樂，而王維只是以一個士大夫的身份，作為一個「旁觀者」，用田園風光來書寫自己在欣賞中的禪理感受。

兩人不在一個籌碼上。

首先，我們必須為「隱逸」正名。

用「隱」字表不樂仕進，最早出現在《周易》:「天地閉，賢人隱。」又說:「遁世無悶。」又說:「高尚其事。」爾後《論語．微子》更有個鮮活例子的記載:「子路從而後，遇丈人，以杖荷蓧。子路問曰:『子見夫子乎？』丈人曰:『四體不勤，五穀不分。孰為夫子？』植其杖而芸……子曰:『隱者也。』」

《周易》明說「隱」者是「賢人」，是「遁世」。孔子用「隱者」對老人身份的認定，基於兩點，一是「以杖荷蓧」、「植其杖而芸」，即老人親自幹農活，也是「遁世」；二是「四體不勤，五穀不分」的答話顯示非同一般的知識貧乏者。那麼，這裏包含兩層意思：遠離朝廷，有學識、有見地的「高人」。《南史．隱逸》進一步說是「皆用宇宙而成心，借風雲以為氣」。「成心」於宇宙，「為氣」於風雲可謂對其才能豎起具體的標尺了。

《後漢書》第一次給隱逸作傳，稱之為「逸民」；到《晉書》纔開始用「隱逸」一詞。「逸」呢，是逃避。兩詞的底板其實是一個色道，都是在野不在官。所以，凡稱得上「隱」的人都是當時的士人，故人們稱之為「隱士」。換句話說，隱士就是處在民間的、不做官的「高人」。這與《周易》、孔子的說法相符。田夫野老、工匠走卒、醫卜相巫、丹青雜耍等等，役於千行百業者，也都處在民間，但他們夠不上士人的檔次，不能稱之為「隱士」。

我們現在可以回過頭來給陶淵明和王維「定位」了。

不消說，兩人都是「士人」。而陶淵明無疑是真正的隱士。他由官而民，親身參加勞動。王維不是隱士，他除了短暫時間在家「療養」外，一直在朝為官；他也沒在相當時間內參加任何形式的體力勞動。

下面具體說說兩人在官場的時間。

陶淵明在官的時間很短。按逯欽立《陶淵明集．系年》的考證，他 29 歲時第一次任江州祭酒，不久辭歸；第二次在 39 歲時任桓玄軍府參軍，次年冬天生母卒，奔喪在家，在官時間前後一年餘；第三次在 40 歲時，服喪期滿，被劉裕召為參軍；第四次在同年，調任建威將軍江州刺史劉敬宣參軍，劉讓他替自己去京城遞交辭職表，事後劉敬宣改任，陶淵明「參軍」一職自動解除。第五次在 41 歲時任彭澤令，八十一天後辭官歸家，一直住在栗里，直到老死。由此可以推出他在官時間 (包括守喪期) 不會超過四年。

再看王維。王維是是官宦、畫家、佛教徒。而官宦是他的身份；同詩人一樣，畫家是他才能所擁有的「兼職」；如釋是他的思想。我們據此可以說，同許多在朝有某種其他特長——比如天文、陰陽、技藝等——的文武官員一樣，他們的身份是官員，不能稱之為「半官半天文」、「半官半陰陽」、「半官半技藝」；王維也不能稱之為「半官半隱」、「半官半佛」。如果可以給王維那種頭銜的話，那不是還可以稱他「半官半畫」？

半官半隱，按前文所說，應是一半時間在官，一半時間在隱。就以一年三百六十五天計算，在官時間應在一百八十天左右。也就是說，這個一百八十天，王維拋棄了官場事務，回到他的輞川寫詩作畫唸佛。王維不是太子，不是李家的親王，即使他處事機敏圓滑，而朝廷也絕不能容許他這種不作為官員白喫皇餉的行為。

如果說，王維的「半官半隱」，是指的他人身在官場，思想在佛門在山水，即身在魏闕，心在如釋和輞川，那這個說法不僅遠離上面的概念，而且非常荒唐。如此說來，那麼，前代的梁武帝可以說是「半皇半佛」？後代酷愛做木匠的明熹宗也可以說是「半皇半匠」？（梁武帝可還真的入同慶寺做了幾次和尚，明熹宗也真的做出了漂亮的宮殿模型）還有老子可以稱為半道半作家（撰《道德經》），孔子可稱為半儒半遊歷（周遊列國）？推而廣之，工匠好讀書，也可稱為「半匠半書」？農民好交友，可稱為「半農半友」？養雞場主愛貓，也可以說他「半禽半畜」？老頭子好下棋，可稱為「半爹半弈」？丈夫好做飯，可稱為「半夫半廚」？（因為他們不是士人，姑且去掉「隱」字而按理推斷）王維能給這「頭銜」，其他人為什麼不能給？在這個問題上道理是一致的，不能因為王維有才華就奉給他帶有金燦燦光輝的「頭銜」；何況梁武帝才能還絕不輸他，儒、道兩大師的學識也遠在他之上呢！

下面將王維被官府任免時間作一梳理：

722 年——中狀元，任太樂令（從七品）；貶濟州司庫參軍（管理倉庫的官員）。

726 年——離開濟州，到洛陽候選。時韋抗知選事，見其才學過人，遂辟舉他到朝廷任職。什麼職？史書語焉不詳，估計是一般閒職。

734 年——上書張九齡（《上張公令》），次年被擢為右拾遺（諫官，正八品）。

737 年——張九齡罷相，王維出任河西（今青海一帶）節度使判官（協助節度使處理事務，沒實權）。

740 年——遷殿中侍御史（正七品），至嶺南任「知南選」（監督地方選舉）。

741 年——回長安，隱居終南山。

742 年——任左補闕（七品上）。

744 年——購置輞川別業。

755 年——安史之亂爆發，王維陷洛陽叛軍手，做了偽官。

757 年——洛陽收復，王維獲罪而被寬大處理。

758 年——被授予太子中允（正五品下），後遷中書舍人（正五品上）、給事中（正五品上）。

760 年——升任尚書右丞（正四品）。

761 年——卒於官。

由上看，王維 21 歲涉足官場，61 歲逝世，四十年仕宦生涯中，真正「隱居」只在 741 年，即 41 歲時。宦與隱的比例是 39 比 1，真正「隱居」的時間不過一年。

王維的「半官半隱」從何而來？

源頭應該在晉代王康琚的《反招隱詩》：「小隱隱陵藪，大隱隱朝市。」意思是：小隱隱在山林湖泊，大隱隱在朝廷街市。

自這以後，文人們就紛紛用這個話題做文章，除了大隱、小隱外，還出現了「中隱」。《梁書 · 處士傳》就把隱逸分為三等，中間一等是「或託仕監門，寄臣柱下（柱下史，御史官）……此所謂大隱隱於市朝，又其次也。」中隱即邊做官邊隱居。後代張大其意的是白居易，而且影響力也最大，他的《中隱》詩說，「大隱住朝市，小隱入丘樊。丘樊太冷落，朝市太囂喧。不如作中隱，隱在留司官」。這些就是「半官半隱」的由來。

王康琚的說法在詩歌中，詩歌是文學作品，史家豈能以文學作品為依據給人的身份定位？白居易也是用文學筆調寫，不可為據。

現在有些好事者選取歷史上有名的隱士湊成十位（實為十一位）：許由、伯夷叔齊、善卷、顏回、陶淵明、林逋、王維、介子推、嚴光、嵇康。這裏除了王維外，有誰在邊做官邊隱居的？

王維不是隱士，也不是「半」隱士。

二、陶、王的詩趣之辨

下面來看看兩人的詩歌。先看兩人的田園詩。

陶淵明的田園詩約為 32 首。這些詩中，涉及田園及與詩人情趣的各個方面。下面對其中部分詩歌各略舉一二以說明：

（1）鄉村面貌。曖曖遠人村，依依墟里煙。狗吠深巷中，雞鳴桑樹顛。（《歸園田居》）

（2）居處環境。方宅十餘畝，草屋八九間。榆柳蔭後檐，桃李羅堂前……戶庭無塵雜，虛室有餘閒。（《歸園田居》）藹藹堂前林，中夏貯清陰。凱風因時來，迴飆開我襟。（《和郭主簿》）孟夏草木長，繞屋樹扶疏。眾鳥欣有託，吾亦愛吾廬。（《讀山海經》）

（3）田園景象。仲春遘時雨，始雷發東隅。眾蟄各潛駭，草木縱橫舒。（《擬古》）

(4) 躬耕南畝。種豆南山下，草盛豆苗稀。晨興理荒穢，帶月荷鋤歸。道狹草木長，夕露沾我衣。(《歸園田居》) 晨出肆微勤，日入負禾還。(《酬劉柴桑》)

(5) 鄉鄰交往。時復墟曲中，披草共來往。相見無雜言，但道桑麻長。(《歸園田居》) 清晨聞叩門，倒裳往自開。問子為誰歟，田父有好懷。壺漿遠見候，疑我與時乖：「襤縷茅檐下，未足為高棲……一世皆尚同，願君汩其泥。」……故人賞我趣，挈壺相與至。班荊坐松下，數斟已復醉。……父老雜亂言，觴酌失行次。(《飲酒》) 鄰曲時時來，抗言談在昔。奇文共欣賞，疑義相與析。……農務各自歸，閒暇輒相思。相思則披衣，言笑無厭時。(《移居》)

(6) 鄉居情趣。白日掩荊扉，虛室絕塵想……山澗清且淺，遇以濯吾足……漉我新熟酒，只雞招近局。(《歸園田居》) 息交遊閒業，臥起弄書琴……弱子戲我側，學語未成音。(和《郭主簿》)

(7) 酒食之甘。園蔬有餘滋，舊谷猶儲今……舂秫作美酒，酒熟吾自斟。(和《郭主簿》) 悠悠迷所留，酒中有深味！(《飲酒》) 歡言酌春酒，摘我園中蔬。(《讀山海經》) 盥濯息檐下，斗酒散襟顏。(《庚戌歲九月中於西田獲早稻》)

(8) 遠官之樂。久在樊籠裏，復得返自然。(《歸園田居》) 結廬在人境，而無車馬喧。(《飲酒》) 採菊東籬下，悠然見南山。(《飲酒》)

(9) 關心稼穡。桑麻日已長，我土日已廣。常恐霜霰至，零落同草莽。(《歸園田居》) 新葵鬱北牖，嘉穟養南疇。開春理常業，歲功聊可觀。(《酬劉柴桑》) 貧居乏人工，灌木荒餘宅。(《飲酒》) 山中饒霜露，風氣亦先寒。田家豈不苦？弗獲辭此難。(《庚戌歲九月中於西田獲早稻》)

(10) 生計艱難。南圃無遺秀，枯條盈北園。傾壺絕餘瀝，窺竈不見煙。(《詠貧士》) 一宅無遺宇，舫舟蔭門前。(《戊申歲六月中遇火》) 夏日長抱飢，寒夜無被眠。(《怨詩楚調示龐主簿鄧治中》)

上面給陶淵明田園詩的內容大致作了歸類。可以看到，他對農村的風光、耕種、禾稼、人事交往、自身感受等多方面深入細緻地寫出，是真正的田園詩。

就詩歌「賦比興」的表現手法來說，陶詩所採用的基本全是「賦」體。賦，鄭玄解釋為「賦之言鋪，直鋪陳今之政教善惡」。這裏明白說，賦是「鋪陳」。鋪陳就是詳細敘述。鍾嶸在《詩品》中說：「若但用賦體，則患在意浮，意浮則文散，嬉成流移，文無止泊，有蕪蔓之累矣。」這段話中指出了專用賦體的弊病：用意浮淺，文辭鬆散，有蕪雜散亂的拖累。

可是我們讀陶詩不但感覺不到「意浮」、「文散」、「蕪蔓」，反而覺得名利如過眼煙雲，直如同陶先生和鄉鄰一起踩着「咕咕」聲響的泥土，在酩酊大醉中傲視世間的功名利祿。原因在哪裏？

在陶先生筆下畫面的生動和至情的感染——尤其是他那兀立自由的人格：農村古樸、安詳、平和、自在；居處清新、寧靜、和諧、安適；鄰里親善、真摯、淳樸、敦厚；家庭溫馨、怡暢、和洽、安然；遠離官場後的率情、灑落、寬放、悠閒。還有如在耕種中的躬親、體察的深入；在勞動中遇陽回雨潤，百物蔥蘢、馥郁的喜悦；在荒年、火災中為生計焦慮而慨嘆……總之，陶詩在敘事中言情，在言情中如過濾酒糟，漉出了「真我」。在生動鮮活的田園景象和生活畫面中，讓讀者看到的是一位遠離濁世、恬淡高雅、孤介清耿的特立之士。

蘇軾謂陶詩「質而實綺，癯而實腴」，意即語言看似質樸，實則流綺星連光彩；內容似清癯瘠瘦，卻豐實沉厚蘊藉。蕭統偏愛陶詩，推讚它「橫素波而傍流，干青雲而直上。語時事則指而可想，論懷抱則曠而且真。」把陶先生深厚的文字功夫、逼真的敘事手筆、率直的抒情氣脈，概括的非常詳盡。蘇軾說陶淵明：「欲仕則仕，不以求之為嫌；欲隱則隱，不以去之為高。飢則扣門而乞食；飽則雞黍以迎客。古今賢之，貴其真也。」能在賦體中寫出心胸內外大境界的，史上恐怕與陶先生比肩的沒有幾人。

下面再看看人們認為能體現王維「半官半隱」的田園山水詩。

王維的田園詩不多，以《積雨輞川莊作》、《渭川田家》、《春中田園作》、《新晴野望》和《田園樂》為代表。除《渭川田家》、《新晴野望》和《田園樂》中的三首全部寫田園外，總體而言，這類詩的特點大致有三：

第一，與山水聯繫着寫。如《積雨輞川莊作》，前三聯中山水田園各佔一半，尾聯抒情。《春中田園作》一半田園，一半其他。

第二，幾乎都是「外景」。如《積雨輞川莊作》中煙火、送飯、白鷺、黃鸝、朝槿；《渭川田家》中的牛羊、野老、麥苗、桑葉、田夫；《新晴野望》中的村樹、白水、明田、碧峯。

第三，詩人處身在景外。

王維的全部田園詩沒有一處深入到村落、田間、農事，都是以一個旁觀者的身份寫景抒情。即如上面所舉的《積雨輞川莊作》，前四句都寫所見所聞：一見雨後炊煙升起緩慢，二見農家做飯送往田間，三見水田模糊景象，四聞濃密樹林傳來鳥聲。王維這樣寫農村風光，用意在表現自己的閒適及與世無爭的心理，與農家戚欣苦樂無涉。就是其田園詩代表作《渭川田家》也僅將所見組合鋪墊出末兩句的言情，仍與農家戚欣苦樂無關。

能深入到田園內裏作全方位反映農村面貌，農人的耕種、生計、喜樂哀愁及其家庭氛圍的，前面只有陶淵明，後面只有范成大。但咀嚼起來，范詩不如陶詩有味，是因為前者也基本停留在客至主家，對其所面臨的痛癢無切膚之感，雖然他也與田家共憂樂。王維則更是。他不僅田園詩甚少，而且所表現的只是淡遠寧靜平和的佛家「禪道」，稱不上真正的「田園」詩人，他的成就在山水詩，在其中所包含的藝術韻味裏，他只能稱為山水詩人。

王維山水詩的代表作有：《鹿柴》、《竹裏館》、《過香積寺》、《網傳仙居增配秀才》、《終南山》。讓我們看看這些作品的藝術特色及所體現出的思想傾向是否也與「隱逸」有關。王維的山水詩的藝術特色大致可歸為以下幾點：

第一，重組合面。王維是畫家，得畫幅構圖的妙訣，他擅長在山水田園詩中營構出鮮明的畫圖。如《渭川田家》先用斜陽、墟落、窮巷、田間設置背景，然後將牛羊、雉雊、麥苗、眠蠶等點染其上。《山居秋暝》中用空山，明月作背景，再用新雨、松樹、山泉、白石、翠竹、紅蓮等點染。兩幅畫都屬組合式的，

蘇軾說王維「詩中有畫」，首先應是「平面」畫。

第二，重立體性。王維用兩種手法「拉」活上面的組合畫，使畫幅由「平面」轉為「立體」。

一是用畫面中的人事「拉」。《渭川田家》中讓「田夫荷鋤」與人相見時「語依依」，野老「倚杖候荊扉」來拉；《山居秋暝》讓浣女和漁舟來拉。這一拉，全詩中的人物、景物都富有動感，整個畫面都「活」起來了。「活」中更能顯出畫面的安閒和恬淡。

二是用深處的聲響「拉」。如上詩中用「竹喧」拉，《鳥鳴澗》中用鳥叫拉，《過香積寺》用泉聲、鐘聲拉，《鹿柴》用「人語響」拉，《積雨輞川莊作》用黃鸝「囀」拉，《輞川閒居贈裴秀才迪》用日暮的蟬聲拉，等等。這一拉，不僅起到上面用人事將畫面拉活的效果，而且還營造出一種幽靜、平和的氛圍來。

畫面一經「拉活」，深處就具有流動感，同時具有了立體的性質。

第三，重冷色調。王維詩歌中意境空幽，所佈出的多是相應的冷色調。如《鳥鳴澗》中的「時鳴春澗中」，「春」在「澗」中——冷色；《鹿柴》中的日光先是「返景」，再照在「青苔上」，光溫一減再減——冷色。兩個「冷色」，分別給春草和青苔佈上了幽幽的影子。《過香積寺》中「日色冷青松」，日光被青松過濾，也變成了冷色調。如此等等。

冷色調多構成靜謐、安詳的意境。

第四，重對比度。對比，在王詩中分明暗兩種：

明比，如《終南山》中的「白雲回望合，青靄入看無」——白與青；《桃源行》中的「坐看紅樹不知遠，行盡青溪忽值人」——紅與青；《山居即事》中的「綠竹含新粉，紅蓮落故衣」——綠與紅。

暗比，如《山中》的「天寒紅葉稀」。明的「紅」對比未出現（暗）的枯黃；《輞川閒居贈裴秀才迪》中的「寒山轉蒼翠，秋水日潺湲」，明的「蒼翠」對比未出現（暗）的秋水淨白色。

這裏的「對比」，準確地說，是「摻和」，即如布色時將大紅大紫鋪上一層健康色，畫面就變得輕軟柔和，符合士大夫恬適的心理和情趣。

王詩之所以具以上特點，為的寄寓詩人的「禪道」觀。禪道的核心在「空」。「空」可分「我空」、「法空」兩種。我空，小乘教認為，一切事情都是由各個組成元素聚合而成，其中沒有某主體主宰，「我」也僅是其中一個元素。大乘教的「法空」，指一切事物都依賴於一定的因緣或條件才能存在，本身沒有任何質的規定性；但它並非虛無，而是一種不可言傳的實在。王維的山水詩中多有「空」字，有的詩即便沒有字面上的「空」，也有物象中的「空」。「空」中的「我」，在畫幅中不是主體，如《竹裏館》中的「我」，與幽篁、明月、青苔和諧相處，即人們所稱道的「天人合一」，「我」只是它們的陪伴，不存在掌控或役使它們——與小乘教觀點吻合。另一方面，「空」中有「妙有」（禪語，即非有之有，見《佛學大辭典》），詩人又有意地將畫幅拉成立體式——與大乘教解釋相符。二者巧妙地達到了禪道「空」的境界；而在俗人看來，王維的詩歌是用動來表現「靜」，使其靜更顯清幽。不同的人能看到它不同的高妙——這真是絕頂的藝術天才！嚴羽《滄浪詩話 · 詩辨》說：「大抵禪道惟在妙悟，詩道亦在妙悟。」王維兩端都「妙悟」，採用通俗的話語，將自身、禪道、「詩道」、「畫道」與「音樂道」融合，營造出一種空靈淡遠的藝術境界，不能不令人叫絕！可以說，他用詩歌作為載體，寫進了他的思想，表現了他高超的才能。但能憑這些可以說王維「半隱」麼？「隱」與其寄寓的思想、與藝術是不相交融的幾個概念，只能說他「寄情山水」，不能因此說他是「半隱」。

王維的藝術天才也體現在他的應制詩裏。如《和賈舍人早朝大明宮之作》，用「九天閶闔開宮殿，萬國衣冠拜冕旒。日色才臨仙掌動，香菸欲傍袞龍浮」來組合成壯麗的畫面，其間用「開」、「拜」、「動」、「臨」、「浮」寫出動感；再用雞人報曉和配聲從深處拉活。整個畫幅顯出莊嚴、華貴、濃重、熱烈的景象和氛圍。這裏就不一一細說了。

王維的詩歌藝術的確達到為一般詩人難以企及的高度，如果說他前面的山水詩體現了他「隱逸」的一面，那麼，這首應制詩不是將所搭建的「隱逸」高台拆卸得些許不留？

三、陶、王的心性之辨

由上文可以看出，陶淵明就是陶淵明，王維就是王維，分別是老赫格爾所說的「這一個」。這從一些典籍的記載中也可以看出。

蕭統在《陶淵明傳》中給讀者留下了一些寶貴的信息：

（1）江州刺史檀道濟拜訪並請他出來做官，他回答說：「潛也何敢望賢，志不及也。」「道濟饋以粱肉，麾而去之。」——既拒絕了出仕，也拒絕了「粱肉」。

（2）陶淵明鄉居時曾對人說：「聊欲絃歌，以為三徑之資可乎？」執事者聞之，以為彭澤令。（絃歌，指能夠用文化來治理一個地方。見《論語．陽貨》。三徑，隱居家園的代名詞，見晉．趙岐《三輔決錄．逃名》）——出仕僅私下語，且意在日後隱居。

（3）上任彭澤時，他志求有酒喝，令二頃公田悉種秫（音 shú，高粱）。在妻子固請下，才種秔（同「粳」）五十畝。——只圖美酒，飯食忘記安排。

（4）會郡遣督郵至，縣吏他「應束帶見之。」淵明嘆曰：「我豈能為五斗米，折腰向鄉里小兒！」「即日解綬去職。徵著作郎，不就。」——先辭官，再徵，再拒絕：與官場訣別。

（5）王導的重孫王弘想結識陶淵明而不得見，就讓故人龐通攜酒具，在栗里往廬山的半道上攔住他。「既至，欣然便共飲酌。俄頃弘至，亦無忤也。」——不見是不屑，共飲是率性而為。

（6）顏延之臨去，留二萬錢與淵明，淵明悉遣送酒家，稍就取酒。——接受饋贈為重友情，送到酒家為圖一醉。

（7）淵明不解音律，而蓄無絃琴一張。——不重形式，只求內容，亦任情率性。

（8）若先醉，便語客：「我醉欲眠，卿可去。」——蕭評：「其真率如此。」

（9）郡將嘗候之，值其釀熱，取頭上葛巾漉酒，漉畢，還復著之。——心裏有酒，不知舉措有悖常道。

（10）另有記載，王弘命人給陶先生做雙鞋子，陶先生就伸出泥巴腳板讓人量尺寸。——無所謙讓，無所做作，仍率性而為。

上面的生活片斷記載了陶淵明嗜酒、任情、率性。他的諸如重秫輕秔、窮困拒官、無弦弄琴、醉中驅人、脫巾漉酒、泥腳量鞋等等行為，似乎遭世俗的嘲笑；而這正印證了他「大智若愚」的為人。愚，在陶先生是「真淳」。他坦坦蕩蕩，當行則行，當往則往，無顧忌，無煩憂，由此成就了他獨立的人格。他厭惡官場，甚至厭惡與官場中人來往，故王弘難見他一面，檀道濟的邀請和禮物一概拒受；而對朋友顏延之的饋贈，卻欣然接受並送往酒館。窮困時，他不裝清高而討乞：「行行至斯里，叩門拙言遲」；年豐時，慷慨同鄰里同樂：「漉我新熟酒，只雞招近局」。他三次辭官，兩次拒召，心底裏鄙視官場，這除了昔日曾祖曾為當朝宰輔至如今沒落導致巨大落差而產生的不屑心理外，更是他本性使然。否則，在他的田園詩中不是欣悅而會是無奈的慨嘆。

陶淵明心甘情願地當農民，為的守住他心中的一片淨土，他首先是「心安」而後「理得」地隱居在他的慄里。蕭統說陶先生「真率」，這與自己身為太子的身份，看慣了官場言不由衷的苟且與敷衍有關，即如聞慣了雪花膏的芳香，而反覺汗滴的焦臭更具人體的氣味一樣。

反觀王維，王維的詩中也表現出他心安，他理得；但應是先「理得」而後「心安」。王維是佛教徒，他將佛家的禪道入詩，以將自己的信仰的「理」寄寓其中，在「理」中求得安適，從而與世事上下周旋。這一點，不妨看下面他有關的生活經歷便知。

唐人薛用弱《集異記》記載了王維經歷的三件事。

一是王維高中狀元。在參加考試前，當時甚有名望的才子張九皋就託人走後門。後來在岐王的運籌下，王維的音樂、風度及詩詞博得九公主的賞識，並通過她的斡旋，王維金榜奪魁。

二是允許伶人舞《黃獅子》。此舞須皇帝在場，大概王維不知，被認為大不敬。這是走馬上任後的遭貶。

三是做了安祿山的偽官。在安祿山陷西京被官軍克復後，肅宗對判臣分六等論罪（達奚珣、韋恆一等罪被腰斬）。當時勳貴重臣崔圓出面替王維、鄭虔、張通等解救，兼以《凝碧詩》，王維得到寬大處理，而且還升遷為太子中允（由原來的七品上升為正五品下）。

這段話中先透露出兩個明顯信息：王維高中狀元除本身才能外，有岐王和九公主的幫抬；王維在生死大劫中平安地躲過且得到升遷。

將上述的信息與他的生平聯繫起來看，王維的立身原則是，不但無隱逸之念，而且非常在意功名，非常戀官。

他高中狀元少不了自己的主動；他寫信張九齡，「學易思求我，言詩或起予」，借用《易．蒙》《論語．八佾》典故，說得較委婉，而「當從大夫後，何惜隸人餘」中的「當從」「何惜」不異於直接向張九齡伸手要官了，第二年他被擢為右拾遺。王維很幸運，兩次主動，都如願以償。

還有隱形的「主動」。

王維在《重酬苑郎中》中說：「仙郎有意憐同舍，丞相無私斷掃門。」掃門，用的魏勃以掃地的方法求見齊相曹參而望提拔的典故。(見《史記．齊悼惠王世家》）意思是，儘管你有心抬舉我，但丞相（李林甫）無私杜絕請託。語意在讓對方如何打通丞相那道關口。此其一。

其二，在受張九齡被貶的牽連而同時遭貶後的第三年，王維升遷為殿中侍御史(正七品)。此時李林甫當政，作為他政敵張九齡所提拔的王維，憑什麼受到了李的青睞？且在「腹有劍」的此人當政的十多年中，遭陷害者無數，而王維不僅沒遭貶，反而穩坐釣魚台，由正八品升到正正七品上。王維用了些什麼方法？其間的「主動」是絕對抹不掉的。

其三，王維被貶濟州的四年後，到洛陽「候選」。候選，簡單說，就是等待朝廷分派官職。如果有陶淵明那種觀念，王維能「候」嗎？

其四，充任安祿山僞官是王維的生死劫難。雖然意外地獲得寬大處理且升遷，但若不是留戀官秩，王維還敢戰戰兢兢地履職麼？

總的看，王維重功名，而且戀官。從他的經歷可以看出，他處事圓滑，誰也不得罪，對誰都若即若離。這性格不是裝出來的，是源於他圓通靜覺的佛理觀念。

回頭看陶淵明，那真是活得坦坦蕩蕩、無拘無束、自由自在，「豈止仁義可蹈，抑乃爵祿可辭。」(見蕭統《陶淵明集．序》）其人格馨香永布青史。

四、結語

千百年裏，兩人詩歌的鼓槌響徹了中國文學史，歷代無數人學陶詩學王詩，但大都或厚而不重，或飄而不逸。這是因為人生歷練、心性、才氣的不同而使然。也因此，陶、王兩人的詩風與旨趣也各不相同。綜合地看，陶淵明光明磊落，王維心存私慮；陶淵明率性而為，王維謹慎從事；陶淵明是大手筆，王維是藝術天才；陶淵明是真正的隱士，王維不沾「隱」邊。

參考資料

孔丘著，吳兆基編譯：《論語》，北京，宗教文化出版社，2001。

司馬遷著，任飛編：《史記》，瀋陽，春風文藝出版社，1992。

白居易著，朱金城箋校：《白居易集箋校》，上海，上海古籍出版社，1988。

老子：《道德經》，香港，商務印書館香港有限公司，2002。

李延壽：《南史》，北京，中華書局，1975。

房玄齡等：《晉書》，上海，上海古籍出版社 1987。

姚思廉：《梁書》，上海，上海古籍出版社，1987。

姚淦銘編：《周易》，香港，中華書局，2004。

范曄著、楊鍾賢校訂：《後漢書》，天津，天津古籍出版社，1998。

陶淵明著，逯欽立校注：《陶淵明集》，香港，中華書局，1987。

趙岐撰，摯虞注，張澍輯：《三輔決錄》，上海，上海古籍出版社，1995。

蕭統編，俞紹初校注：《昭明太子集校注》，鄭州，中州古籍出版社，2001。

薛用弱：《集異記》，上海，上海古籍出版社，1987。

鍾嶸著、廖棟樑撰述：《詩品》，台北，金楓出版有限公司，1986。

嚴羽：《滄浪詩話》，上海，上海古籍出版社，1987。

丁福保編：《佛學大辭典》，北京，文物出版社，新華書店北京發行所發行，1984。

An Analysis of the Reclusiveness and Poetry of Tao Yuanming and Wang Wei

Li, Zhen
Department of Chinese Language Studies,
The Education University of Hong Kong;

Li, Chengzong
Dongguan No. 1 Senior High School

ABSTRACT

It has been agreed that Tao Yuanming is a reclusive poet in the history of Chinese literature. It seems to be also agreed that Wang Wei is half official and half reclusive, half official and half Buddhist. We agree with the former conclusion but not the latter about Wang Wei. In this chapter, we try to tease out the notions of self-cultivation and the imagery and emotional patterns to explore the reclusive characteristics of the poems written by the two poets. We also discuss whether Wang Wei can be truly characterised as half official and half reclusive.

Keywords Tao Yuanming, Wang Wei, Reclusive Poets, Half Official and Half Reclusive

媒體視域中的長城抗戰
——以《北洋畫報》為中心[1]

南開大學歷史學院
侯杰、李厚超、楊雲舟

摘要

《北洋畫報》創刊於 1926 年 7 月，曾被喻為中國媒體世界的「北方巨擘」，以圖文並茂的方式，報道並評論政治、軍事、藝術、社會、生活等諸多事項，言語幽默，文筆諷刺，廣受好評。1933 年長城抗戰爆發後，《北洋畫報》持續以大量的照片，配以詩歌、散文、短訊等多樣化的形式，予以關注，直接或間接地呈現出歷史的真實。

在《北洋畫報》建構的媒體世界中，依稀可見長城抗戰前後國民政府、前線官兵和社會各界人士對日本軍國主義，以及抗戰態度和決心的變化。通過比對不同社會群體對抗日態度的變化，有助於更好地了解長城抗戰及其在抗戰中的地位，進而深化對《北洋畫報》等媒體在抗日戰爭中的作用。

關鍵字　《北洋畫報》　長城抗戰　對日態度　媒體宣傳

1933 年的長城抗戰是「九一八」事變之後到 1937 年「盧溝橋事變」之前，中國軍隊抗擊日本侵略者規模最大的一場戰爭。這場戰爭是國民政府奉行「一面抵抗，一面交涉」方針的結果，標誌着中國政府對日本侵略者採取的政策、方略的發生重大轉變。前線將士浴血奮戰，各地民眾抗日情緒空前高漲，賦予長城抗戰研究以更大的學術價值和理論意義。

1　本文為南開大學 2021 年本科教育教學改革專案《中國近代史》的階段性成果。

《北洋畫報》是由中國銀行總裁之子馮武越於 1926 年 7 月 7 日創辦於天津法租界。起初為週刊，每週一版；後來改為三日刊，逢每週三、六出版；從 1928 年 10 月 2 日第 225 期起，又改為隔日刊，逢每週二、四、六出版。由於日本侵略者入侵天津，最終於 1937 年 7 月 29 日停刊。從創刊至停刊，該畫報共出版 1587 期，另於 1927 年 7 月至 9 月間出版副刊 20 期。總資訊條目計約 47,000 餘條，為北方畫報中刊行時間最長的畫報。在長城抗戰期間，《北洋畫報》對戰爭狀況，政府高層動向，民眾的反應等進行了一系列的報道，對重要戰役進行了專題介紹和評論，對長城抗戰的輿論宣傳和社會影響力的提升均產生重要的作用，讓更多的讀者和民眾了解長城抗戰。因此，《北洋畫報》是研究長城抗戰的重要文本。

一、選題緣起

長城抗戰爆發後，有關長城抗戰的文獻、影像資料，就受到人們的高度重視，88 年來，相關檔案、文史資料等文獻的整理和出版在兩岸陸續不斷，先後出版了《第二次中日戰爭各重要戰役史料彙編——長城戰役》、[2]《中華民國重要史料初編．對日抗戰時期》、[3]《革命文獻》、[4]《長城抗戰資料選輯》、[5]《從九一八到七七事變（原國民黨將領抗日戰爭親歷）》、[6]《回憶長城抗戰》、[7]《中國抗日戰爭正面戰場作戰記》[8]《中華民國史史料外編》[9] 等，從不同的角度對長城抗戰的背景、過程進行了呈現。筆者有幸擔任圖文資料集《長城與抗戰》[10] 的執行主編，彙集了分置海峽兩岸乃至日本的有關 1932 年至 1945 年發生於長城沿線的歷次中國軍隊抗日戰役的資料，包括中日雙方的檔案、電報、戰報、報刊，以及參戰者的回憶錄、文史資料等重要史料，雖關注了《北洋畫報》中的相關史料，但沒有集中採錄。而在《北洋畫報》的研究中，也鮮有關於該報與抗

2 國史館史料處，《第二次中日戰爭各重要戰役史料彙編——長城戰役》（台北：國史館，1980）。
3 中國國民黨黨史委員會，《中華民國重要史料初編——對日抗戰時期》（台北：中國國民黨中央委員會黨史史料編纂委員會，1981）。
4 羅家倫，《革命文獻》（台北：中國國民黨中央委員會黨史史料編纂委員會，1984）。
5 中國社會科學院近代史研究所中華民國史研究室，《中華民國史資料叢稿 專題資料選輯 長城抗戰資料選輯》（北京：中華書局，1989）。
6 中國人民政治協商會議文史資料研究委員會，《從九一八到七七事變（原國民黨將領抗日戰爭親歷）》（北京：中國文史出版社，1987）。
7 鄭洞國，《回憶長城抗戰》（北京：團結出版社，1992）。
8 郭汝瑰、黃玉章，《中國抗日戰爭正面戰場作戰記》（江蘇：江蘇人民出版社，2002）。
9 季嘯風、沈友益，《中華民國史史料外編》（廣西：廣西師範大學出版社，1999）。
10 民革中央聯絡部，《長城與抗戰》（北京：團結出版社，2016）。

戰的學術成果。

在有關長城抗戰的學術成果中，《長城抗戰》[11] 一書，以及徐友春的《略論長城抗戰》、[12] 金以林的《論長城抗戰》、[13] 曾景忠的《長城抗戰研討二題》[14] 等論文，對長城抗戰的過程、意義都有所論述，尤其是對於宋哲元將軍與喜峰口戰役的論述尤為詳細，有重要的參考價值。筆者率領研究團隊先後撰寫了《長城抗戰的歷史記憶與群體認同》、[15]《影像史學視域中的抗戰及其史學思考——以長城抗戰為例》、[16]《長城抗戰與二十九軍大刀神威再審視》[17] 等論文，為本文的撰寫奠定堅實的基礎。

筆者擬把長城抗戰與《北洋畫報》結合起來，重點研究長城抗戰前後國民政府、前線官兵和民眾對日本軍國主義，以及抗戰態度和決心的變化，有助於更好地了解長城抗戰及其在抗戰中的地位，進而深化對《北洋畫報》等媒體在抗日戰爭中的作用等研究。

二、中國政府、將士、民眾的抉擇

（一）國民政府對日方略的調整

在「九一八」事變發生之前，日本侵略者有意製造萬寶山事件、中村事件為其發動武力進攻做準備。但中國政府對日方的挑釁採取了「力避衝突」的方針。在長城抗戰前，日本侵略者對地理位置非常重要的熱河垂涎欲滴。

《北洋畫報》的報人們對熱河的關注度也很高，刊登大量照片，呈現了眾多的風景名勝，以及戰爭陰霾籠罩下的熱河民眾的緊張狀態。藉此說明熱河對於拱衛平津的重要。一旦熱河落入敵手，日本不但能夠鞏固其在偽「滿洲國」的統治，同時還打開了通往平津的大門，擴大對中國的侵略。馮玉祥發表通電：「暴日憑陵，日益危急，倘再不全力抵抗，則華北各省，隨時可淪於日人之手。現在已至最後之生死關頭，非

11 中華民國史叢書，《長城抗戰》，（河南：河南人民出版社，2010）。

12 徐友春，〈略論長城抗戰〉，《歷史檔案》，1984.4，頁 117-118。

13 金以林，〈論長城抗戰〉，《抗日戰爭研究》，1992.1，頁 127-144。

14 曾景忠，〈長城抗戰研討二題〉，《歷史教學》，2006.7，頁 20-25。

15 侯杰、常春波，〈長城抗戰的歷史記憶與群體認同〉，《中州學刊》，2015.9，頁 144-148。

16 侯杰、馬曉馳，〈影像史學視域中的抗戰及其史學思考——以長城抗戰為例〉，《煙臺大學學報》，2019.3，頁 112-120。

17 侯杰、徐開陽，〈長城抗戰與二十九軍大刀神威再審視〉，《河北學刊》2020.4，頁 65-74。

速圖抵抗，不足以挽茲垂亡之局。」[18] 熱河成為各方關注的焦點。與此同時，許多將領也紛紛致電國民政府，強烈要求：「鈞府迅速表示抗日之確切態度，對於前方禦侮軍隊，儘先籌撥軍實嚮糈，以解國人之憂疑，正國際之視聽。」國民政府官員也抗日，反對對日妥協的主張。蔣介石遂將軍隊部署於長城沿線，準備與日本侵略者展開搏殺。

對國民政府的這些動向，《北洋畫報》多次報道。如軍事委員會北平分會代理委員長張學良親赴熱河督師，並派飛機到上海接宋子文來熱河視察。他在代理行政院長宋子文的支持下，採取各種措施制止湯玉麟降日，並且增兵熱河，暗中接濟義勇軍。《益世報》對此有所報道：「張代委員長以熱河邊事激烈，擬日離平赴熱督師並轉往前方視察。惟行期尚不確定。又代理行政院長宋子文亦有日內由京再度來平視察華北情勢訊。福特飛機已由昨日十時南飛迎接。」[19] 相比之下，《北洋畫報》的報道就更加詳盡：「熱凡三次，皆無所記，愧不文也。此次隨宋張二公到承德，欲記之事雖多，然又苦無從下筆，蓋各報連日登載頗詳，已有『崔灝題詩在上頭』之感……九一八變後日人對湯主席極盡利誘威迫之手腕，繼之以造謠離間，不曰湯之二三其德，即曰不服調度；而湯見怪不怪，我行我素，心存報國，不知其他。今宋張連翩蒞止，一切謠諑不攻而破……」[20] 其中，既有宋子文到達北平與張學良、湯玉麟等人會面一同視察前線部隊的描述，又有宋子文與張學良二人挫敗日本人的陰謀，阻止湯玉麟投降日本的暗喻。不僅如此，因為《北洋畫報》的報道還配有照片，更加直觀和生動。

在 1933 年 1 月至 5 月長城抗戰期間，《北洋畫報》多次報道了國民政府高官視察前線的行蹤，不論是宋子文代院長與張學良代委員長和湯玉麟等人的會面；還是宋子文到前線視察；乃至何應欽在北平招待新聞界詳述戰區地圖的情形等，以顯示國民政府對日本侵略的態度轉變。國民政府還採取了多種手段進行抗戰宣傳。據《北洋畫報》報道「自中央委派劉建群組織華北宣傳總隊北上後，平市標語觸目皆是。前門東車站城根，有丈餘長英文標語兩句（Down with Japanese）（Fight for justice），用灰白塗寫，週邊藍線，極為鮮明」，[21] 起到一定的宣傳效果。

對於蔣介石與外交部企圖依靠英、美等國和國聯來解決華北危機的舉動，《北洋畫報》報人通過報道國聯特別大會中的情形，特別是英國公使囂張傲慢的態度來再現

---

18 趙謹三，〈馮玉祥致鄒魯論應速圖抵杭暴日電〉，《察哈爾抗日實錄》，（上海：軍學書社，1934），頁 36。

19 《益世報》，1933.03.02。

20 〈隨宋張赴熱記瑣〉，《北洋畫報》，卷 18，898 期，1933.02.23。

21 《北洋畫報》，卷 19，921 期，1933.4.18。

英、美等國根本無意於介入中日戰爭，對於日本侵略者的暴行只是口頭抗議並沒有採取實際行動。「可憐中國的大老官們，半點世界常識都沒有，對於這個組織根本上是不明了，一旦土地拱手讓人以後，就去托它的佛腳，可惜我佛無靈，而我則托了腳可難放下了！冤哉……『天助自助者』，自己不能守土奮鬥，徒倚他人，即使國聯不如『連雞』，我們也沒有生存在這優勝劣敗的世界上的理由！」[22] 對國民政府這種不思如何在戰爭中戰勝敵人，反而把和平的希望寄託於國聯和英、美等國調停的行為予以嘲諷，同時，對於自己國家的積貧積弱感到無奈。

對於《塘沽協定》的簽訂，《北洋畫報》的態度頗為矛盾、複雜。一方面，對國民政府為了使華北地區免於戰火表示讚賞「若謂當敵軍入我平津大邑近郊，天地混沌，如雞之卵，孕而未孵，人民氣結而不舒，將召喪師割地之辱，公則仗縱橫排闔之方，運用外交手腕，挽救華北危機，不屈不撓，奉中央之使命，立天下之大信。自茲而後，萬物孚甲，欣欣然另有一番生意，人民亦得慶昭蘇之望，公之名郛，其義大矣。」[23] 以「縱橫捭闔，挽救華北危機」來評價奉蔣介石之命簽訂協定的黃郛不可謂不高。但另一方面，對這種毫無底線的退讓所換來的短暫停戰並不抱任何希望：「自九一八以來，吾民所遭際之苦痛，自非口舌筆墨之所能形容。流離賓士，憂懼屠殺，可謂臻於至極慘痛，然而吾民仁愛和平，未嘗有怨恨振奮之色，未嘗定十年報仇之志，而至於今日。青年士女竟莫不憂心忡忡，惴惴於家國之覆亡，何所見之不遠也……果然，塘沽一夕聚首，而停戰協定簽字，雖戰停而兵未即撤，但和平之可望，當局已明言之矣。吾民從而知風雨已漸過去，尚有若干平安時光，足供優遊，但令馬首南指而不北向，則可保暫不為日人之奴，懿歟！可不稱快也哉！因舉香檳之酒，作停戰協定贊。」[24] 前線將士的浴血廝殺，億萬民眾的流離失所，最終只能借一紙協定，求旦夕和平，並在惴惴不安中苦苦掙扎。由此看來，《塘沽協定》的簽訂是一次失敗的外交活動。

綜上所述，自「九一八」事變到長城抗戰，國民政府對於日本侵略者的態度發生了比較明顯的變化，但抗戰決心不足，對國聯和英、美等國調停存在不切實際的幻想。

（二）前線將士的浴血抗敵

1933 年初，榆關之戰不僅打響了長城抗戰的第一槍，而且表明了前線將士守衛國

---

22 〈「連雞」〉，《北洋畫報》，卷 18，891 期，1933.02.07。
23 《北洋畫報》，卷 19，935 期，1933.05.20。
24 《北洋畫報》，卷 19，941 期，1933.06.03。

土的決心。對榆關之戰，《北洋畫報》進行了大量報道，並分析了失敗的原因：「此次日人乘我兵力尚未集中，遽行襲我榆關，我守榆官兵奮勇抵禦，卒以眾寡懸殊，兵器不敵，後方部隊增援未到，不得已退出榆關城外。」[25] 該報通過對倖存者的採訪，不僅突出了對日戰爭的殘酷性，而且凸顯了前線將士為了抵抗日本侵略者侵略付出了慘重的代價。《北洋畫報》以「敵騎縱橫」來形容日本侵略者攻陷榆關後縱橫無忌的囂張與傲慢，前線將士有着對日本侵略者的畏懼和對戰場上流血犧牲的恐懼，以及勝利無望，對前途的迷茫。即使如此，前線將士憑藉落後的武器裝備，英勇抵敵。《北洋畫報》據實報道：「榆關之役，我官兵之捨身報國，壯烈以死者不知凡幾，而安（德馨）營之全部覆沒，尤為痛心！壯士五百得生還者，僅排長趙壁及其隨從兵王某二人而已……元旦夜，奉命死守榆城……趙率兵出而迎敵，甫及洞口，日兵已有伺於門者數人，手刃之。行不數武，日兵又有來者，復手刃之……趙年可四十許，操河北口音，其家屬亦皆殉難矣！言時殊覺北惋，而報國之心，則又未稍衰也。」[26] 這與《申報》等媒體對安營長與長城共存亡的愛國壯舉之大加讚賞彼此呼應，形成對抗日將士「奮勇應戰，竟以重傷殉國，曷勝惋惜」的輿論。[27]

隨着長城抗戰的不斷推進，前線將士領教了日本侵略者飛機、炮火、坦克車等殺器的危害，同時也激發了他們的愛國心，殺身成仁、捨身保國的情緒不斷高漲。他們通過夜襲戰、白刃戰、運動戰等方式來發揮自身優勢，有力地打擊了敵人。在喜峰口戰役中，宋哲元將軍所率領的二十九軍用大刀譜寫了一曲英勇、悲壯的戰歌。《北洋畫報》對宋哲元將軍所部用大刀奮勇殺敵的壯舉大肆讚賞：「衝鋒陷陣，大刀揮處，如熱湯潑雪，喊殺之聲，渾似天驚石破，海立山飛。」此外，該報還以較大篇幅報道並評論這個被日本參謀本部稱之為「明治大帝造兵以來之皇軍名譽，盡喪於喜峰口外，而遭六十年來未有之侮辱。日支、日俄、日德歷次戰役戰勝攻取之聲威，均為宋哲元剗削淨盡」，[28] 以此振奮中國民眾。該報還把宋哲元將軍稱為「同心抗日之春」。喜峰口戰役，中國軍隊打破了日本侵略者不可戰勝的神話，由此揚名海外。《申報》《大公報》《益世報》等報刊媒體都紛紛報道。然而這種勝利是如何產生的呢？

眾所周知，宋哲元將軍的二十九軍原來隸屬於馮玉祥的西北軍，後接受蔣介石的改編，進入國民革命軍序列，但從不受重視。到 1933 年初，該軍將士 30,000 餘人，但裝備極差：大約三分之一的槍械，是中原大戰潰敗後遺留下來的是「漢陽造」，還

---

25 《北洋畫報》，卷 18，882 期，1933.01.12。
26 《北洋畫報》，卷 18，882 期，1933.01.12。
27 《申報》，1993.01.10。
28 日本參謀部，《滿洲事變作戰經過之概要》（東京：偕行社，1935）。

有三分之一是「老毛瑟」槍。其餘的是二十九軍成立後自辦的槍械所製造或者是從孫殿英那裏買來的土造槍。全軍只有野山炮 10 餘門，重機槍 100 餘挺。不僅如此，連衣物被褥的補給都極為匱乏。在這種惡劣的條件下，贏得戰鬥勝利，一方面是憑藉宋哲元將軍長期以來對部下所實行的愛國主義教育，「寧為戰死鬼，不作亡國奴」，另一方面，戰士們那種不怕犧牲的精神才是戰鬥勝利的關鍵。「此次作戰死亦光榮。無論如何要拼命作陣地，不求有功，只求能撐。」[29] 難得的是，將士們越戰越勇：「炮火轟擊，激戰竟夜——數次肉搏，敵死傷甚眾，終未得逞……職軍亦已全部增加拼死抵抗。現我官兵士氣甚旺……雖在炮火彌漫，血肉橫飛之際，仍能表現不屈不撓之精神。」[30] 一位傷兵在醫院中這樣說：「設汝知愛國，則必出良心速醫我創，創愈即當返前方，繼續殺敵。如不幸死，亦能瞑目，我一人已手刃七倭寇矣。」[31]《北洋畫報》對這種被折不撓，悍不畏死的精神大加讚賞，以此來告誡國民政府：「早決作戰之計，亦足以慰彼忠勇士卒之志也。」[32]

(三) 民眾的聲援與支持

榆關之戰不僅震驚了中國民眾，也喚醒了他們的抗戰之心，做些抗戰的準備。《北洋畫報》認為 1933 年的元旦，「日本侵略者進犯榆關，我為自衛已正式抵抗，敵人火炮，用代爆竹，而我『天下第一』之雄關，乃又淪為戰場矣！於是『年』、『關』二字，乃不啻如一讖語。」而隨着戰爭腳步的臨近，中國人「唯有從艱苦中求愉快」。和平年代一心只讀聖賢書的學生們再也無法安心讀書，「學校也須作個準備。如有機緣，來年再見」。天津租界之內「凡有空房一間者，均在準備作二房東，收容比較有錢之難胞，藉斂過舊年之費用矣。」[33]

在民族矛盾空前激化的情況下，由民眾共同參與的抗日救亡運動逐漸興起。學生們紛紛組織罷課，放棄理論學習，轉而組織體育活動來強身健體，北平各大學還組織戰地宣傳隊到前線參觀，返回後上街遊行，發表演講，揭露日本侵略者的暴行，呼籲抗日救國。上海美專學生國難宣傳團，特地組織國難繪畫展覽會，深入內地各省進行長途國難宣傳。他們認為此時「讀書已不能救國，讀它何用……國難日亟，體育當先……雪球作戰，拼命拋手溜之彈；冰塘競賽，用力踏腳下之刀。林下高歌，多唱送

29 孫湘德、宋景憲，《宋故上將哲元將軍遺集》（台灣：傳記文學出版社，1985），頁 237。
30 李安慶選輯，〈喜峰口戰役中宋哲元致國民政府電報選：1933 年 3 月 10 日致南京密電〉，《歷史檔案》，1984.2，頁 72-82。
31 〈傷兵之言〉，《北洋畫報》，卷 19，914 期，1933.04.01。
32 〈「年」「關」〉，《北洋畫報》，卷 18，879 期，1933.01.05。
33 〈曲線新聞〉，《北洋畫報》，卷 18，879 期，1933.01.05。

別易水；簷前曝暖，權當捨身抗日。」[34] 此外，學生們還紛紛捐款捐物，盡最大努力來幫助前線戰士，其中有一名南開女中學生，將本學期學校退回之「預償費」，全部購買衣料，製成棉馬甲五百件，捐助前敵抗日將士。清華大學全體女生也為前線軍官趕織毛線內衣，古月堂每夜燈光輝煌，雖至午夜，工作不停。凡此種種都表現了青年學生們的愛國之心，他們雖然無法像前線將士們那樣拿起刀槍殺敵保國，但是卻也同樣為抗日奔走，為國家興旺貢獻自己的力量。

除學生之外，市民們也聯合起來抵制日貨，提倡國貨。凡是出售日貨的店鋪一經查出，貨品悉數搗毀。市民們還紛紛組織參觀慰問團到前線慰問前線將士，捐款捐物，支援抗日。「巾幗不讓鬚眉」，女性支援抗戰將士不甘人後，「某名夫人，近發起麻雀牌抽頭集款，捐助義勇軍及抗日本侵略者。此種方法在舊曆新年中，收數當有可觀。」[35] 武漢婦女救國會捐贈由各校女生及婦女界義務縫製的布襪給前線將士，還舉辦遊藝會來慰勞抗戰將士。還有的自願組織傷兵救護隊，盡力保全前線將士，為抗日保存力量。在後防的傷病醫院裏，「邇來前往慰問者甚眾，去者皆攜有慰勞品，尤以食品為多。每兵面前皆堆積如山，致多乾硬腐壞者。慰問者之贈物，其熱心固足感，惟亦須顧及傷兵宜食與否，及消化力之強弱，如贈物非強傷兵食之不可，反礙病體，是愛之實以害之也。」[36]《北洋畫報》不僅大量報道民眾對前線將士的熱情關心與慰問，而且還提出更深層次的一些問題。

三、《北洋畫報》與長城抗戰宣傳

為了更好地了解《北洋畫報》與長城抗戰的關係，筆者圍繞着《北洋畫報》上刊發的有關日本的各類圖像編製了索引和內容分類統計表。

34 〈收拾書包過舊年〉，《北洋畫報》，卷 18，881 期，1933.01.10。
35 《北洋畫報》，卷 18，889 期，1933.02.02，曲線新聞。
36 〈傷兵醫院記瑣〉，《北洋畫報》，19 卷 917 期，1933.04.08。

表 1.《北洋畫報》中與日本相關的內容分類統計表（以目錄為分類對象）[37]

時間	中日戰事	日本時事	人文社會	中日交流	對日報道版面數
1926（7.7）—1928（5.2）	0（0%）	8（22%）	7（19%）	22（59%）	37
1928（5.3）—1931（9.17）	65（39%）	15（9%）	42（25%）	44（27%）	166
1931（9.18）—1937（7.29）	181（54%）	16（5%）	58（17%）	81（24%）	336

從上表可以看出：在日本侵華前，對日本的報道大部分集中在中日交流方面，報道數量也不多，有關中日關係者所佔比重並不大。隨着「九一八」事變的爆發，有關於中日戰事的報道數量劇增，中日關係遂成為《北洋畫報》的關注重點。

在長城抗戰期間，《北洋畫報》一共發行了 68 期畫報，其中只有 13 期沒有和長城抗戰的相關報道。有關戰事及相關新聞的報道共有 77 次，刊登圖片 121 張，還有一期是關於熱河戰事的專題報道。足見，《北洋畫報》對長城抗戰的報道數量急劇上升。這充分說明《北洋畫報》的編者、作者和讀者對長城戰事的重視程度。大量圖片的刊登以及連續的新聞報道，對長城抗戰的宣傳也起到了極為重要的作用。

（一）有關長城抗戰的報道、評論、影像記錄

《北洋畫報》每期四個版面，第一版是封面，以政治領袖、淑媛閨秀、影視新星和文化名人為封面人物，其餘為廣告。第二版是時事，選取的是最有價值的政治照片、時事諷畫及與時事相關的小品文字等。編輯者為了讓消息更加全面，還特別穿插了「曲線新聞」欄目，每條僅有十幾個字，上至政局下至八卦，內容豐富多彩。第三版是藝術，圖片部分主要是古今中外的名人書畫與金石雕刻，文字部分和圖片一樣切合藝術，詩歌、筆記風格優美。第四版是小說和廣告。內容看似駁雜，但分割明確，能夠滿足不同類型讀者的需要。

《北洋畫報》對長城抗戰的報道、評論、影像記錄等大都集中在第二版，除照片外，大多配有文字報道，用以闡述影像中的內容，並且對比較重要的人物、事件做簡明扼要的評論。《北洋畫報》中的影像資料大致分為兩種：一種是照片，一種是時事諷畫。照片的內容十分廣泛，從前線士兵構築戰壕，浴血奮戰到後方民眾捐款捐物；從愛國志士到上層政要；從戰前美麗風光到戰後山河破碎……《北洋畫報》對於照片的選擇十分廣泛駁雜，便於更直觀地「看到」長城抗戰前後的裱花，前線將士和民眾

37 《北洋畫報》，自 1926-1937 年。

的行動。至於時事諷畫，也可分為兩種，一種是醜化漢奸和日本侵略者的驕狂自大，用以宣傳抗日；另一種是諷刺政府軟弱無能，不能堅持長期抵抗。總體來說，時事諷畫是對照片的一種補充，用嘲諷的方式表達畫報編者、作者的觀點。

《北洋畫報》的文字報道，大致可分為三類：第一類是紀實報道，多由畫報記者撰寫，力圖更加真實地展現前線將士的戰鬥和生活，後方民眾對抗戰的踴躍支援，國民政府對長城抗戰的支持等等。第二類是散文隨筆，多是對圖片的詮釋。相對於其他報紙，《北洋畫報》散文隨筆的語言更加詼諧有趣，可讀性很強。第三類是詩歌，數量並不太多，大多是前線將士所作。「朝朝裂皆望長城，一紙書來萬里情。磧裏有人橫萬騎，寒冰熱血不分明。后羿彎弓夸父戈，漢唐見慣度遼河。手無寸鐵驚亡國，難得班生有斧柯。舉國裁衣寄戰場，孤城幾見與存亡。將軍一戰驚天下，早日誰知馬秀芳。拔劍高歌君莫哀。急如星火借詩催。楊圻發白心猶赤，願共諸侯歃血來。」[38] 這首詩就是羈留蘇俄之抗日猛將蘇炳文將軍，聽到榆關陷落的悲憤之作，表達了自己報國的決心和愛國情懷。詩歌的數量雖然不多，但往往是《北洋畫報》宣傳長城抗戰的點睛之筆，即通過將士們的詩歌，表達抗日愛國之情，來感召民眾投身抗日救亡。

需要指出的是，《北洋畫報》還通過「曲線新聞」的形式來報道與之相關的花邊新聞。曲線新聞並不拘泥於照片，報道範圍更加廣泛，地點遍佈全國，所選取的新聞以短訊的形式排列，內容短小精煉，多以國民政府高層活動，民眾抗日救國行動為主。為畫報展現的主題進行有益補充。

(二) 長城抗戰宣傳的特點及價值

1. 圖文並茂，內容豐富

《北洋畫報》對長城抗戰宣傳最大的特點就是圖文並茂，刊載了大量紀實照片。照片借助前線將士面對日本侵略者的兇殘入侵，浴血奮戰、頑強抵抗的畫面，更直觀地使讀者了解前線的態勢，感受前線將士為抵抗日本侵略者入侵、保家衛國所付出的努力以及犧牲，激勵更多的人參與抗戰。

2. 獨具一格的語言文字

《北洋畫報》刊發的文字，及時報道、反映了前線及後方的情形，即時性強，方便讀者了解即時資訊和各方動態。至於配圖而寫的文字，語言幽默，具有很強的諷刺意味，適合大眾化閱讀。通過刊載前線將士的詩歌，傳遞他們奮勇殺敵保家衛國的愛

38 〈楊雲史和蘇炳文詩〉，《北洋畫報》，卷 18，881 期，1933.01.10。

國情操，極富感染力和號召力。除此之外，《北洋畫報》還通過曲線新聞的形式，以更加廣闊的新聞視角來報道同一時間全國各地各界人士對長城抗戰的支援，展現出一幅幅全民抗戰的圖畫，擺脫了一般新聞報紙報道的乾癟無趣。《北洋畫報》獨具一格的語言文字表達形式，使其擁有了大量的讀者，在北方新聞媒體界佔據重要的地位。同時，龐大的《北洋畫報》閱讀群體也有利於長城抗戰的宣傳，提高長城抗戰的社會影響力。

（三）長城抗戰宣傳之不足

1. 報道失實

《北洋畫報》對某些重要事實採訪不夠，竟然出現失實之處。前引榆關之戰報道，「壯士五百得生還者，僅排長趙璧及其隨從兵王某二人而已！」[39] 為了突出戰事慘烈，把榆關戰役中的生還者，確認為兩人，並不符合史實。根據《申報》報道：「全團傷亡逾半尤以安營犧牲為最壯烈。營長安德馨及連長四名亦以身殉國……全營損失亦重，現俟整理後，仍赴前線對日抗戰。」[40] 可見，榆關戰役損失雖然慘重但是生還者並不只有兩人。這也提醒筆者在研究長城抗戰的歷史時，不要局限在某一個報刊媒體的報道，而是結合同時期相關報道，綜合分析不同文本，從而得出符合事實的結論。

2. 資訊相對滯後

《北洋畫報》在報道長城抗戰時大約是三天一期。這樣做是因為畫報需要印刷刊登大量的照片，在選材上比其他報紙材料更加繁雜，難度更大；在印刷上比其他報紙要求更高，耗費的時間更多。所以比每天一期或數期的文字報紙相對滯後，無法反映當天的前線戰況。

3. 報道相對簡略

畫報中的大量圖片擠壓了文字空間。由於版面有限，每期的文字報道大多受限於照片，曲線新聞也是以簡訊的形式呈現，很少有對事件的詳細報道。加之《北洋畫報》每三天一期，所要報道的事件必然要在有所選擇的同時，對事件的報道盡可能地縮短。

---

39 〈榆關安營中之兩生還者〉，《北洋畫報》，18 卷 882 期，1933 年 1 月 12 日。
40 《申報》，1933.01.10。

四、結語

1933 年發生的長城抗戰，雖然屬於局部戰爭，但是在五個多月的時間裏，中國軍隊不僅挫敗了日本侵略者的多次進攻，而且取得了打破了日本侵略者不可戰勝的神話之喜峰口大捷，沉重打擊了日本侵略者。這場戰爭也反映出以蔣介石為首的國民政府對日作戰方略發生了重大轉變，「一面抵抗，一面交涉」。前線將士則克服了對日本侵略者先進的飛機、大炮、坦克車等現代化武器裝備的恐懼，在炮火紛飛的現代戰爭中用原始的武器，以自己的血肉之軀保家衛國。其頑強不屈的戰鬥意識和救亡圖存的愛國精神深深地鼓舞着民眾。

長城抗戰喚醒了中國民眾的愛國意識和熱情。他們從開始對於戰爭的逃避、漠不關心到後來全力支援抗戰，顯現出無窮的力量。為後來中華民族抗日統一戰線的建立，以及抗日戰爭的最終勝利奠定了一定的基礎。

在長城抗戰期間，《北洋畫報》十分重視對抗戰將士的宣傳，拍攝並刊載了大量照片，全方位多角度地呈現了從前線到後方，從高層到民眾的抗戰壯舉。而為圖片配發的文字，在讀者中留下良好的口碑。龐大的讀者群，同樣極大地提升了長城抗戰的影響力。

至於《北洋畫報》對長城抗戰報道失實的情況，也需要研究者加強對相關史料及其內容的甄別，去偽存真。

參考資料

《北洋畫報》

1933〈「年」「關」〉，卷 18，879 期，1933.01.05。

〈曲線新聞〉，卷 18，879 期，1933.01.05。

〈收拾書包過舊年〉，卷 18，881 期，1933.01.10。

〈楊雲史和蘇炳文詩〉，卷 18，881 期，1933.01.10。

〈榆關安營中之兩生還者〉，卷 18，882 期，1933.1.12。

卷 18，882 期，1933.01.12。

卷 18，889 期，1933.02.02。

〈「連雞」〉，卷 18，891 期，1933.02.07。

〈隨宋張赴熱記瑣〉，卷 18，898 期，1933.02.23。

〈傷兵之言〉，卷 19，914 期，1933.04.01。

〈傷兵醫院記瑣〉，19 卷，917 期，1933.04.08。

卷 19，921 期，1933.4.18。

卷 19，935 期，1933.05.20。

卷 19，941 期，1933.06.03。

《申報》

1933.01.10。

《益世報》

1933.03.02。

中國人民政治協商會議文史資料研究委員會

1987《從九一八到七七事變（原國民黨將領抗日戰爭親歷）》，北京：中國文史出版社。

中國社會科學院近代史研究所中華民國史研究室

1989《中華民國史資料叢稿　專題資料選輯　長城抗戰資料選輯》，北京：中華書局。

中國國民黨黨史委員會

1981《中華民國重要史料初編——對日抗戰時期》，台北：中國國民黨中央委員會黨史史料編纂委員會。

中華民國史叢書

2010《長城抗戰》，河南：河南人民出版社。

日本參謀部

1935《滿洲事變作戰經過之概要》，東京：偕行社。

民革中央聯絡部

2016《長城與抗戰》，北京：團結出版社。

李安慶選輯

1984〈喜峰口戰役中宋哲元致國民政府電報選：1933 年 3 月 10 日致南京密電〉，《歷史檔案》，1984.2，頁 72-82。

季嘯風、沈友益

1999《中華民國史史料外編》，廣西：廣西師範大學出版社。

金以林

1992〈論長城抗戰〉，《抗日戰爭研究》，1992.1，頁 127-144。

侯杰、徐開陽

2020〈長城抗戰與二十九軍大刀神威再審視〉，《河北學刊》，2020.4，頁 65-74。

侯杰、馬曉馳

2019〈影像史學視域中的抗戰及其史學思考——以長城抗戰為例〉，《煙臺大學學報》，2019.3，頁 112-120。

侯杰、常春波

2015〈長城抗戰的歷史記憶與群體認同〉，《中州學刊》，2015.9，頁 144-148。

孫湘德、宋景憲

1985《宋故上將哲元將軍遺集》，台灣：傳記文學出版社。

徐友春

1984〈略論長城抗戰〉，《歷史檔案》，1984.4，頁 117-118。

國史館史料處

1980《第二次中日戰爭各重要戰役史料彙編——長城戰役》，台北：國史館。

郭汝瑰、黃玉章

2002《中國抗日戰爭正面戰場作戰記》，江蘇：江蘇人民出版社，2002。

曾景忠

2002〈長城抗戰研討二題〉，《歷史教學》，2006.7，頁 20-25。

趙謹三

1934〈馮玉祥致鄒魯論應速圖抵杭暴日電〉，《察哈爾抗日實錄》，上海:軍學書社。

鄭洞國

1934《回憶長城抗戰》，北京：團結出版社，1992。

羅家倫

1984《革命文獻》，台北：中國國民黨中央委員會黨史史料編纂委員會。

The Defense of the Great Wall in the media sight — example with *Beiyang Pictorial*

Hou, Jie; Li, Hou Chao; Yang, Yun Zhou
Faculty of History,
Nankai University

ABSTRACT

Beiyang Pictorial, literally "The Northern Illustrated Magazines", which commenced publishing in July 1926, was once described as "The Northern Jade" of the world of Chinese media. It reported and commented on various subjects including politics, military affairs, arts, society, and daily life, with pictures and illustrations throughout, and humorous, sarcastic styles of writing, making it fairly well-received amongst the public. Since the Great Wall Battle of Resistance in 1933, *Beiyang Pictorial* continuously used great numbers of photographs, together with poems, proses, and messages, to spread awareness regarding the nation's fate in direct and indirect ways.

In the press world created by *Beiyang Pictorial*, it is possible to witness changes in attitude towards resisting Japanese militarism of the Kuomintang government, the military, and the general public before and after the 1933 battle. Comparing these changes in attitudes by units of social groups is an effective way of better understanding the significance of the 1933 battle in the War of Resistance Against the Japanese, and thereby the roles of *Beiyang Pictorial*, and other such media in the war.

Keywords *Beiyang Pictorial*, the Great Wall Battle of Resistance, Attitudes towards the Japanese, Media Propaganda

建國以來孔子形象的轉變研究——以《孔老二罪惡的一生》及電影《孔子》為例

香港教育大學中國語言學系
陳曙光

摘要

清末以降，中國屢受西方列強入侵，知識分子開始反思中國文化的利弊。「五四運動」時胡適提出「打倒孔家店，救出孔夫子」的口號，李大釗云：「非掊擊孔子之本身，乃掊擊孔子為歷代君主所雕塑之偶像的權威也。」新中國成立初期，孔子成為封建落後的代表。不理性的批孔熱潮在文革到達巔峰，也出現很多詆毀孔子的文章和漫畫，蕭甘的連環圖《孔老二罪惡的一生》可謂代表作。改革開放後，孔子的地位逐漸恢復。2009 年，中央電視台播放的動畫片《孔子》，製作耗資近五千萬；2010 年的電影《孔子》都帶動了國內的「孔子熱」。透過流行文化引導輿論和教育下一代的成效顯著，本文擬以文獻整理方式，研究由《孔老二》到電影《孔子》中，孔子形象的轉變及新詮釋，以及其對文化教育的意義。

關鍵字　　孔子　形象　多媒體　電影　連環圖

一、引言

孔子是中國文化最具代表性的人物，他所提倡的思想和價值觀直至今天仍影響着中國。戰國以後，孔子經過歷代統治者及學者的塑造，有不同面貌。張榮明曾歸納孔子在中國歷史上的七種形象，包括聖化、矮化、正統化、神化、僵化、維新化及醜化。[1] 林存光指出：「有時人們對他尊崇過甚，有時又對他誤解太深，以至在中國兩千五百多年的歷史長河中，他竟成了一個不是被人尊奉為神明至聖就是被人貶斥為鄉願妖魔而最具爭議性的歷史人物。」[2] 大抵清代以前，孔子的地位從未受過質疑。清代中葉以後，中國屢受西方列強入侵，其後又敗於亞洲新興的日本，知識分子逐漸反思中國文化的流弊，並開始批評孔子。這股思潮可追溯到太平天國時期洪秀全提出「推勘妖魔作怪之由，總追究孔丘教人之書多錯」。[3]「五四運動」時胡適提出「打倒孔家店，救出孔夫子」的口號，原意為抨擊歷代統治者借孔子所塑造的權威，但後來卻演變成攻擊孔子本人及其學說，這在文革「批林批孔」運動到達高峰，激進的紅衛兵甚至破壞了孔廟和孔墳。「文革」結束後，以鄧小平為首的領導班子重新接納孔子並提倡儒家學說，這是新中國成立以來第一次對於孔子評價的重大轉變。近年，中國更掀起了「孔子熱」，于丹的《論語》書籍及講座、各種孔子的傳記、電視劇、電影、動畫均大受歡迎，這種輿論大轉向現象實在值得深思。此外，中國近年積極在世界各地建立「孔子學院」，被視為中國輸出軟實力的政策。戴梅可指出：「對那些研究複雜文化問題的學者來說，最關注的問題是，孔子與其他幾位身分非凡的人如何不斷地被解讀，引起爭論和受到崇拜，作為『空洞的象徵』在廣泛的宗教祭祀、社會經濟發展和教育活動中被重新利用，並最終影響到幾乎所有的社會層面。」[4] 本文以文革時期的連環畫《孔老二罪惡的一生》（下簡稱《孔老二》）及2010年電影《孔子》為對象，研究兩者塑造孔子形象和詮釋方法的不同，並探討以多媒體推廣文化教育的局限。

二、《孔老二罪惡的一生》與電影《孔子》簡介

《孔老二》是1974年6月由上海人民出版社編印的連環畫，由蕭甘撰文；顧炳鑫、賀友直繪畫。不少人認為「蕭甘」是巴金的筆名，據此巴金研究會常務副會長周立民曾作詳細考證，指出巴金當時根本沒有條件寫成此書，而且巴金也從未用過「蕭甘」作為筆名。周立民亦向賀友直查詢，得知「蕭甘」是當時上海人民美術版社編輯

1 張榮明，〈孔子在中外歷史上的十種形象〉，《科學大觀園》，2008年第5期，頁70-73。
2 林存光，《歷史上的孔子形象——政治與文化語境下的孔子和儒學》（濟南：齊魯書社，2004），頁1。
3 洪仁玕，《太平天日》，載中國史學會主編：《太平天國》（二）（上海：上海人民出版社，2000），頁635-636。
4 戴梅可、魏偉森著，何劍葉譯，《幻化之龍——兩千年中國歷史變遷中的孔子》（香港：中文大學出版社，2016），頁ix。

甘禮樂的筆名。甘禮樂則明言「蕭甘」只是「小甘」的諧音。這種以諧音取筆名的情況在文革時很普遍，如「梁效」就是「兩校」的諧音，是北京大學、清華大學大批判組的筆名。周立民認為「針對這本連環畫以訛傳訛甚至上綱上線的事情，以後該了結了吧」。[5]《孔老二》有彩色本和黑白本之分。彩色本內容較簡單，只有 23 幅畫，黑白本共有 83 幅，對於背景資料及孔子生平交代得更詳細，如孔鯉出生時魯昭公送來鯉魚祝賀、晏嬰對孔子的批評等，均為彩色本所無。黑白本又有「寫在前面」一節，開宗明義提及林彪為賣國賊：「批林必須批孔，批孔是批林的一個重要組成部分。在當前深入開展的批林批孔鬥爭中，讓我們剝開林彪反革命復辟的祖師爺孔老二的畫皮，看看他究是甚麼貨色！」[6] 故本文將以黑白本為準。

《孔子》是 2010 年在中國上映的電影，由胡玫執導、周潤發飾演孔子。電影未有涵蓋孔子的一生，而是重演他 51 歲出任大司寇直至逝世的事跡。主要內容包括孔子因阻止季孫斯以漆思弓替父親季平子殉葬而結怨、主持齊魯夾谷之盟、墮三都、周遊列國及回魯等大事。該電影的投資金額估計達到 2,200 萬美元，而在中國票房總收益只有 1,420 萬美元。[7] 從回報而言電影不算成功，卻在中國的網絡引起廣泛討論甚至罵戰。要把孔子搬上大銀幕並不容易，列孚評論云：「故事取向還是次要，重要的是在所謂『大片』年代，以取悅觀眾為主的娛樂化、商業化的『大片』與《孔子》本身側重點究竟『何去何從』？」[8] 近年，中國積極提倡「文化自信」、「講好中國故事」，《孔子》在中、港、台、英、日、韓等國家相繼上映，是一次重要的嘗試，也是研究孔子以致傳統文化在現代社會及全球化下定位的好材料。

三、對孔子形象的不同詮釋

(一)《孔老二》

《孔老二》嚴格按照馬克思所劃分的歷史理論，即人類社會必然沿着原始社會、奴隸社會、封建社會、資本主義社會、社會主義社會直線演進。對於中國歷史如何與

5 周立民，〈長夜漫漫——巴金「文革」日記（1973-1976）釋讀〉，《收穫》，2014 年第 6 期，80-88 頁。

6 蕭甘，《孔老二的罪惡一生》（上海：上海人民出版社，1974），頁 1。

7 〈中國史詩級電影《進京城》在美國電影節獲得最高獎項〉，https://scdaily.com/post/9305。

8 列孚，〈孔子大戰阿凡達的戲裏戲外〉，《香港影評庫》，https://www.filmcritics.org.hk/film-review/node/2017/07/01/%E5%AD%94%E5%AD%90%E5%A4%A7%E6%88%B0%E9%98%BF%E5%87%A1%E9%81%94%E6%88%B2%E8%A3%8F%E6%88%B2%E5%A4%96。

這五個階段扣連，當時的學者分歧甚大。本書以春秋末年為奴隸制轉為封建制的時期，大約是受郭沫若影響。[9] 於是，孔子提出恢復西周的禮制和秩序便逃不掉復辟奴隸制的罪名。根據《孔子家語》，孔子尚有一跛足的兄長孟皮。[10]「孔老二」便成為文革時期對孔子常用的貶稱。

本書極力塑造孔子的負面形象，首先是頑固守舊，《史記》載「孔子為兒嬉戲，常陳俎豆，設禮容。」[11] 只能說明孔子自幼對禮制有興趣，但《孔老二》卻把這行為詮釋為「念念不忘自己是奴隸主貴族的後代，他從小迷戀貴族老爺的生活。」[12] 事實上，孔子年幼家貧，並非過着貴族生活。母親死後，他多番打聽，才能把父母合葬，也為自己取得了「士」的地位。有次季孫氏設宴，孔子當時也欲參加，卻被陽虎拒諸門外。[13]《孔老二》認為「孔老二意識到，新興封建社會勢力抬頭，奴隸主貴族就要倒霉。他咬牙切齒要為復辟奴隸制賣命。」書中亦有介紹孔子的重要主張，如「正名」及「仁」，但評語卻是「一語道破了『正名』維護奴隸制的反動實質」、「『克己復禮，天下歸仁』，就是妄圖復辟殷周奴隸制，把歷史車輪接向後退。」而孔子著《春秋》，則是「大肆篡改歷史……內容百般美化奴隸主，斥罵新興地主，宣揚開倒車的反動歷史觀。」[14] 在作者的筆下，孔子就是一個不明歷史發展大勢，要憑一己之力對抗的頑固老頭。

其次是唯利是圖、假仁假義。西周時代，學術由王官所把握，只有貴族能接受教育，平民毫無進身之路，孔子開啟中國教育平民化的先河。《論語》載孔子云：「自行束脩以上，吾未嘗無誨焉。」鄭玄認為「束脩」是指「年十五以上也」、《後漢書》則謂「束脩謂束帶修飾」，即只要已較年長而服飾整齊便可受教。惟學者普遍認為「束脩」為肉乾，是當時最薄的見面禮。[15] 即使孔子收取肉乾，仍是貧苦子弟所能負擔的。孔門弟子既有貴族出身的孟懿子、南宮敬叔，也有出身貧寒的顏回、子路、曾參等

9 郭沫若云：「我認為西周也是奴隸社會，但關於奴隸制的下限，我前後卻有過三種不同的說法。最早我認為：兩種社會制度的交替是西周與東周之交，即在公元前 770 年左右。繼後我把這種看法改變了，我決定在秦漢之際，即公元前 206 年左右。一直到了 1952 年初，我寫了〈奴隸制時代〉那篇文章，才繼然把奴隸制的下限劃在春秋與戰國之交，即公元前 475 年。」詳參郭沫若，〈中國古代史的分期問題〉，《紅旗》，1972 年第 7 期，頁 56-72。

10 「(叔梁紇) 曰：『雖有九女，是無子。』其妾生孟皮，孟皮一字伯尼，有足病，於是乃求婚於顏氏。」王國軒、王秀梅譯注，《孔子家語》(北京：中華書局，2009)，頁 296。

11 司馬遷，《史記》(北京：中華書局，1963)，頁 1906。

12 蕭甘，《孔老二的罪惡一生》，頁 4。

13 「孔子要絰，季氏饗士，孔子與往。陽虎絀曰：『季氏饗士，非敢饗子也。』孔子由是退。」司馬遷，《史記》，頁 1907。

14 蕭甘，《孔老二的罪惡一生》，頁 7、18、24 及 79。

15 程樹德，《論語集釋》(北京：中華書局，1990)，頁 445-448。

人。《孔老二》卻詮釋為規定階級界限以及向學生勒索學費，並說「能在杏壇聽孔老二講學的，都是貴族、當官人家的子弟。」[16] 顯然與文獻記載不符。又如孔子反對以嚴刑峻法治國，惟據《左傳》記載子產死後，大叔主政時過於寬容，於是鄭國盜賊蜂起，並於萑符聚集。孔子得知此事後認為「政寬則民慢，慢則糾之以猛。猛則民殘，殘則施之以寬。」[17] 孔子當然是站在統治者的角度評論此事，但也只說明為政者必須「寬猛相濟」，與孔子「過猶不及」的思想相合。目前文獻所限，我們無法得知「萑符」事件的詳情和性質，也難以確定盜賊是否受迫害的農民或奴隸，然而《孔老二》把事件判定為「農民起義」，謂孔子主張「只有嚴厲鎮壓，才能斬草除根」，這是透過故意曲解《左傳》以醜化孔子。[18]

此外，書中的孔子亦自欺欺人。孔子屢言「命」，如「五十而知天命」、「死生有命」、「道之將行也與，命也；道之將廢也與，命也」、「不知命，無以為君子」等，皇疏云「命，謂窮通夭壽也。人生而有命，受之由天，故不可不知也。若不知而強求，則不成君子之德」，[19]「命」是儒家的重要概念，但君子卻不因此而放棄理想，聽天由命。故此孔子明知不會被統治者所接受，仍知其不可為而為之，不肯與長沮、桀溺等人歸隱避亂。然而《孔老二》卻認為孔子是為了掩飾當官美夢的破滅而把「天命」掛在口邊，又謂孔子提倡「唯上智與下愚不移」，「就是奴隸主是天生聰明的上等下，奴隸是下等的愚民，永遠不能改變。」[20] 真相是，孔子打破貴族壟斷教育的局面，令孔門不少窮苦子弟得以進入仕途。孔子死後，子夏居於西河，為魏文侯之師，對打破世卿世祿制有不少貢獻。

總括而言，《孔老二》塑造的孔子，就是個一無是處，阻礙歷史按照馬克思真理發展的罪人。值得注意的是，本書所記載孔子的生平大事都有文獻支持，當中大量引用了《論語》的記載，其他如陽虎阻止孔子赴季孫氏宴會、墮三都、誅少正卯等都出自《史記》；即使是孔子與柳下跖見面，其事也見於《莊子》。章太炎曾描繪孔子有三副面孔，包括「商訂歷史之孔子」、「從事教育之孔子」和「醉心於富貴利祿的國願孔子」。[21] 孔子的確有醉心名利的一面，他把自己比喻為美玉，等待識貨之人；他也的確以復興西周禮樂制度為己任，努力維護着「舊世界」，反對不同形式的改革；孔子周遊列國，也經常受到隱逸之士諷刺。蕭甘巧妙地放大這形象，把孔子和維護國君的大

16 蕭甘，《孔老二的罪惡一生》，頁 9 及 10。
17 洪亮吉，《春秋左傳詁》（北京：中華書局，1987），頁 747-748。
18 蕭甘，《孔老二的罪惡一生》，頁 13。
19 程樹德，《論語集釋》，頁 1375-1378。
20 蕭甘，《孔老二的罪惡一生》，頁 37-38。
21 章炳麟，〈訂孔〉，章炳麟著、徐復注，《訄書詳注》（上海：上海古籍出版社，2000），頁 44-53。

夫都定義為維護奴隸制，而孔子的作為，包括廣招門徒，都只是在積存實力，以完成其「復辟」的目的；孔子的敵人，包括三桓、少正卯等是新興地主階級的代表；至於文獻裏的盜賊，如柳下跖則作為反抗奴隸制度的農民起義。於是，孔子的所有事跡及主張，如「正名」、「禮治」都被直接評論為阻礙歷史前進。另一方面，作者對孔子生平進行了剪裁，如孔子厄於陳蔡，引《詩經》「匪兕匪虎」詰問學生。蕭甘寫到「子貢説：『老師的主張，世上行不通。』孔老二聽了大發脾氣。」[22] 按此段源於《史記》，內容雖非杜撰，但當時子貢是指孔子的主張太艱深了，所以天下不能容，請他略為降低標準。事實上，子貢是弟子中最為服膺孔子，經常為孔子辯護，對於宣揚孔子的名聲有重大功勞。《孔老二》透過剪裁，使讀者誤以為子貢也反對孔子的學説。又如孔子見盜跖之事出於《莊子 · 雜篇》，記載盜跖「從卒九千人，橫行天下，侵暴諸侯，穴室樞户，驅人牛馬，取人婦女」，[23] 學者多以為是西漢時期的作品，且內容不見於其他文獻，可信性存疑。《孔老二》卻以多達八頁篇幅記述事件，且把盜跖描繪成奴隸起義領袖。此外，書本亦善於變換語境。《論語》是「語錄體」，不同條目之間沒有很強的邏輯關係，而語錄的背景也往往闕如，很容易被放設於特定的語境裏，形成新的詮釋。例如「自行束脩以上，吾未嘗無誨焉」本為《論語》讚揚孔子有教無類的精神，作者把轉換為孔子勒索學費；「仁者必有勇」本來是孔子探討仁與勇的關係，改為孔子贊成以武力鎮壓農民革命。當然，《孔老二》在當時得以廣泛流傳，顧炳鑫、賀友直也應記一功，以下四圖均為書中擷取，可見凡是農民（如長沮、桀溺）、盜賊（書中稱為農民起義，如盜跖）或新興的地主階級代表（如少正卯），無不英姿颯爽、正氣凜然，他們代表歷史向前進的力量把中國由奴隸社會帶向封建社會；相反孔子不是垂頭喪氣、精神委靡就是卑躬屈膝，他利欲熏心，一心保障自己奴隸主的地位，阻止歷史前進，只能處處碰壁。運用插圖的對比正是本書詮釋孔子的重要手段。

22 蕭甘，《孔老二罪惡的一生》，頁 57。
23 郭慶藩，《莊子集釋》（北京：中華書局，1985），頁 990-1016。

圖 1. 盜跖

圖 2. 少正卯

圖 3. 孔鯉出生

圖 4. 孔子厄陳蔡

(二)《孔子》

文革結束後，妖魔化孔子的運動也告一段落。隨着孔子日漸受到官方的支持，孔子的形象也愈趨正面。這一波「尊孔」運動以 2010 年中央政府在天安門廣場豎立一尊身 7.9 米的孔子像到達高峰。其後塑像雖然被搬走，但政府提倡儒家思想的方針並未改變。電影《孔子》是這次「尊孔」運動的重要代表作，主要透過改編甚至杜撰故事重塑孔子形象。

電影最有意突出孔子的勇武及謀略。《論語》載衛靈公曾詢問孔子行軍佈陣之道，孔子云：「俎豆之事，則嘗聞之矣；軍旅之事，未之學也。」[24] 郭沫若因此說孔子「是文人，關於軍事也沒有學過。」[25] 事實上，孔子的父親叔梁紇是著名武士，據《左傳》

24 程樹德，《論語集釋》，頁 1049-1050。
25 郭沫若，《郭沫若全集．十批判書》（北京：人民出版社，1982），頁 93。

記載，他曾經獨力舉起城門，為部隊爭取撤退時間。[26]《史記》載孔子身材高大，「人皆謂之『長人』而異之。」[27] 孔子以六藝教授學生，其中包括射箭和騎術，可見孔子也有勇武的一面。《左傳》載「夾谷之盟」前，齊大夫犁彌（《史記》作「黎鉏」）認為孔子只知禮而無勇，可以派萊人挾持魯君，便可為所欲為，結果孔子成功保護魯定公。《史記》更載孔子云「有文事者必有武備，有武事者必有文備」，主動勸魯定公必須帶領軍隊前往，最後化險為夷。[28]《孔子》虛構「夾谷之盟」之前，黎鉏早已調動五百輛戰車埋伏，而孔子為向季孫斯相借同等兵力，與季孫斯比試射術而獲勝，顯示其武勇一面。然而，季氏家臣公山狃卻不肯發兵。齊魯談判破裂後，齊兵準備攻擊，孔子使弟子在遠山埋伏，以一百輛牛車，尾繫樹枝，揚起灰塵，佯裝五百輛戰車正在前進，結果齊侯被迫收兵，並歸還之前侵略的汶陽等三城，魯國取得重大的外交勝利。為了突出孔子的謀略，更把《孫子兵法》裏「兵以正合，以奇勝」硬栽在孔子頭上。在最早的預告片中，還有孔子以手杖化解蠻夷刺來的劍，只是後來與孔子形象實在太不相稱而刪去。[29]

其次是擇善固執。當時齊強魯弱，電影安排顏回作為「夾谷之盟」魯國司禮，孔子要求顏回確保一切禮制必須對等，子路和子貢佩劍保護魯君。兩國君主相見時，顏回要求齊景公下台迎接，齊國自恃勢大，反要求魯定公自行登台。魯君畏懼，本欲登台，結果孔子堅決阻止。顏回以《周禮》斥責齊國，迫得齊景公下台迎接。在墮三都事件，孔子已成功拆除了兩座城池。然而齊國已陳兵三萬準備乘虛而入，結果魯定公決定撤回命令。《孔子》同樣移用《論語》，描述孔子以「有殺身以成仁」勸諫魯君，結果魯君諷刺說如果失敗了，仁與不仁只是說辭。孔子堅持不果，只能開始了在列國

---

26 洪亮吉，《春秋左傳詁》，頁 516。

27 司馬遷，《史記》，頁 1909。

28 「夏，公會齊侯于祝其，實夾谷，孔丘相，犁彌言於齊侯曰，孔丘知禮而無勇，若使萊人以兵劫魯侯，必得志焉，齊侯從之，孔丘以公退，曰，士兵之，兩君合好，而裔夷之俘，以兵亂之，非齊君所以命諸侯也，裔不謀夏，夷不亂華，俘不干盟，兵不偪好，於神為不祥，於德為愆義，於人為失禮，君必不然，齊侯聞之，遽辟之。」洪亮吉，《春秋左傳詁》，頁 832。「夏，齊大夫黎鉏言於景公曰：『魯用孔丘，其勢危齊。』乃使使告魯為好會，會於夾谷。魯定公且以乘車好往。孔子攝相事，曰：『臣聞有文事者必有武備，有武事者必有文備。古者諸侯出疆，必具官以從。請具左右司馬。』定公曰：『諾。』具左右司馬。會齊侯夾谷，為壇位，土階三等，以會遇之禮相見，揖讓而登。獻酬之禮畢，齊有司趨而進曰：『請奏四方之樂。』景公曰：『諾。』於是旍旄羽袚矛戟劍撥鼓譟而至。孔子趨而進，歷階而登，不盡一等，舉袂而言曰：『吾兩君為好會，夷狄之樂何為於此！請命有司！』有司卻之，不去，則左右視晏子與景公。景公心怍，麾而去之。有頃，齊有司趨而進曰：『請奏宮中之樂。』景公曰：『諾。』優倡侏儒為戲而前。孔子趨而進，歷階而登，不盡一等，曰：『匹夫而營惑諸侯者罪當誅！請命有司！』有司加法焉，手足異處。景公懼而動，知義不若，歸而大恐。」司馬遷，《史記》，頁 1915-1916。

29 《深圳晚報》，http://news.sina.com.cn/o/2010-01-15/095916937973s.shtml。

流浪的生涯。

電影也刻意塑造孔子良師的形象。孔子被困陳蔡時，顏回拿了最後一碗馬肉湯給老師，孔子喝了一口，便分給弟子。其後衛國邀請子路到蒲邑當大夫。子路說會盡快平定內亂，請孔子當相國，孔子斥責他急於求成，又替子路端正衣冠，叮囑他要「外正衣冠，內正心靈」，與後來子路戰死時也要戴好頭盔遙相呼應。顏回是孔子最喜愛的學生，安貧樂道卻不幸早死。電影卻安排孔子歸魯之時，顏回負責駕馬車運送竹簡，結果因為冰塊破裂而墮湖，顏回潛水打撈竹簡，孔子在岸上一直勸阻卻未果，結果看着顏回淹死。孔子抱着顏回的屍體四個時辰，希望以身體溫暖令顏回復甦。這兩幕改編突出孔子師徒之間的深厚情誼，周潤發也出色地重演孔子晚年連喪兩徒的悲慟。

《孔子》在文獻基礎上，進行大量「本事遷移」。楊建忠指出本事遷移是指「特定原發性事件被其他文本所引用、轉換、擴充、改編、續寫、重寫、戲仿等。在這裏，本事遷移並非本事的的照搬，也非闡釋本身原型中為人所共知的主題或思想，而是在處理、改造本事材料的基礎上，利用本事原型所提供的相關材料與想像空間，來進行新的藝術世界建構」、「經典是歷史不斷選擇的產物，正由於經典具有其無可取代的魅力，所以在後現代大眾文化的生產機制之中，經典再生產成為本事遷移的一種最為基本的方式。」[30] 孔子正是中國文化的經典，其事跡也在被不斷重新演繹後帶來全新的社會意義。

四、以多媒體進行文化教育的局限

隨着科技進步，我們對於歷史文化的認識越來越不局限於書本。透過漫畫、卡通、電視劇、電影以致電子遊戲等多媒體重現以致重構經典成為文化教育的重要手段。一方面，多媒體為觀眾帶來視覺、聽覺等多方面的刺激，尤其在電影院的大屏幕、優質音響的配置下，比起閱讀帶來更大的震憾，容易挑起大眾觀賞的興趣。1988年，海登・懷特提出了「影視史學」的概念：「通過視覺影像和電影語來傳達歷史以及我們對於歷史的思考。」[31] 每當中國出現受歡迎的電視劇（如《雍正皇朝》、《鐵齒銅牙紀曉嵐》）或電影（如《真三國無雙》、《建國大業》），社會總會掀起討論甚至

30 楊春忠，〈經典再生產與「本事遷移理論」〉，童慶炳、陶東風主編，《文學經典的建構、解構和重構》（北京：北京大學出版社，2007），頁 138-141。

31 張廣智：〈影視史學：歷史學的新領域〉，《學習與探索》，1996 年第 6 期，頁 116-122。

考究的熱潮，不少市民更會閱讀原典，比較與影視本的分別，可見多媒體能提升大眾的關注程度。然而，以多媒體進行文化教育，仍然遇到不少局限。

首先是受到市場的影響。在傳統社會，歷史或文學經典獲得宗教及政治力量的保護，長期獲得壟斷和權威地位，很難被解構及挑戰，例如孔子以及儒家的「四書五經」等長期形成封閉而且受政府監控的詮釋標準。故此歷代孔子的形象不同，大多是為了配合當時統治者的需要。《孔老二》作為文革時期的漫畫，帶有高度政治性，按照馬克思的思路詮釋文獻，運用最激烈的語句批評，塑造落後頑固的鮮明形象。漫畫有政治力量支持，不需要考慮其他因素，只需向民眾灌輸「正確」的知識即可。

然而，在現代化過程中，商業元素、市場體制便開始主導影視甚至傳統出版的發展。馮憲光、傅其林指出「傳統文學經典借助於現代的市場體制與媒體力量傳播得更加廣闊，人們也因此更容易地接受接近文學經典，品鑑文學基地，從而促進了傳統文學經典在現代的延續」，另一方面「為了追求經濟利益，各種假冒偽劣的『經典』隨處可見，或者傳統的文學經典被改編、被篡改，並被戲謔」。[32]《孔子》的製作嚴謹，各種服飾、禮制的考據認真，大致能重現當時的狀況。但出品人投入了鉅額投資，不得不講求票房收益及回報，在劇情的安排上更多照顧消費者的口味。事實上，孔子在政治上沒有太大的建樹，若把焦點集中在孔子教導學生、到處流浪，電影便味如嚼蠟。編劇陳汗選取孔子擔任大司寇作為電影的起點，明顯考量這是孔子政治上最成功的一段，可以想像和改編的空間較大。電影前半部分側重表現孔子的謀略，為了給觀眾帶來更強的視覺刺激，孔子被幾場千軍萬馬的場面所淹沒。例如文獻有關「夾谷之盟」的記載，齊國均借助蠻夷威脅魯國，兩國也未有大規模軍事衝突，電影卻改編為齊國派遣正規軍隊欲攻擊魯國，以製造尖銳對立以及盛大軍事場面。而當孔子離開魯國後，便一再受到挫折，也沒有甚麼好發揮的地方。電影要關顧的地方細節太多，以致內容變得蕪雜。《京華時報》評論說：「影片前半部分充滿了『戲劇性』，從文到武，孔子被塑造成面面俱到的英雄，這樣包含藝術誇張的設計倒是不難接受。但是在影片後半部分，故事情節平緩，光彩盡失，觀眾提不起精神。孔子的高大形象正是在後半部分中，一步步坍塌。」[33] 石川則認為孔子的上半段似孔明、下半段變成了耶穌：「這還是一種神話化的敘事策略，意圖仍在於把孔子從凡夫俗子中抽離出來，尊請到至聖先師的蓮花寶座之上。那一段孔子與老子巔峰對話的場面，還真就讓人感覺飄飄欲仙了，這一化境與其説是來自孔子的自我想像，不如説是來自編導潛意識中某種造神行

---

32 馮憲光、傅其林，〈文學經典的存在與否定〉，童慶炳、陶東風主編，《文學經典的建構、解構和重構》（北京：北京大學出版社，2007），頁 35。

33 〈《孔子》上半部聖人下半部剩人〉，https://ent.qq.com/a/20100125/000253.htm。

動更為合適。」[34]《孔子》的票房不算亮麗，未能收回成本。上映初期更出現官方要求《阿凡達》提早落畫，以便讓路給《孔子》，結果在網絡上引起廣泛的譴責。

除了消費者，電影也會受到其他持分者的干擾。「子見南子」和「顏回救書」的兩段，除了情節考量外，恐怕也和飾演者周迅及任泉有關。電影前半段以孔子和季孫斯、黎鉏等人對抗展開劇情；後半段只能平實敘事，若只把焦點放在孔子身上，其他角色一律成為配角，不單內容沉悶，也難以吸引巨星參與，故此在情節上必須有所遷就。尤其「子見南子」一段，《史記》記載孔子到達衛國後，南子希望見孔子。孔子欲推辭不得，兩人隔着絺帷，孔子稽首而南子在帷中對拜。南子素有淫名，引來子路的不悅，結果竟迫得身為老師的孔子發誓解釋。[35]這段懸案引發後世很多遐想，民國林語堂創作獨幕劇《子見南子》，寫孔子為求在衛國謀得官職，拜倒在南子石榴裙下，結果引起軒然大波。電影先安排南子主動向衛靈公要求禮聘孔子。孔子到衛後南子要求相見，並主動打開絺帷，直接問孔子，「仁者愛人，是否包括我這種名聲不好的女人」，又以〈關雎〉等詩篇挑逗孔子，孔子不為所動。南子彷彿開了竅，說出「世人也許很容易了解夫子的痛苦，但未必能體會夫子在痛苦中所領悟的境界」。會面結束後，南子在馬車上被行刺，臨死前竟是回憶與孔子見面的片段，南子態度的轉變快得不合乎常理，彷彿變成了孔子的信徒。此段惹來孔子後人孔健的譴責，更要脅要向劇組提告。[36]

現代資訊發達，由官方壟斷資訊的時代早已過去，單靠鑽石級名星陣容顯然無法滿足觀眾；角色動不動就背誦《論語》也難以令人理解為何孔子成為聖人。票房收益已直接反映了消費者的意志，他們透過拒絕購票入場進行消極的抵制。作為聖人的傳記，《孔子》的每個改編細節都受到不同人士的嚴密監察。於是，《孔子》便進入了尷尬的兩難：為了討好觀眾、顧及視聽刺激而改編歷史的部分，無法真正詮釋聖人的精神面貌；為了尊重歷史而保留的部分無法引起觀眾興趣，也無法令他們喜歡上中國文化。

---

34 石川：〈《孔子》與當代尊孔運動的兩難困境〉，https://cinephilia.net/1621/。

35 「靈公夫人有南子者，使人謂孔子曰：『四方之君子不辱欲與寡君為兄弟者，必見寡小君。寡小君願見。』孔子辭謝，不得已而見之。夫人在絺帷中。孔子入門，北面稽首。夫人自帷中再拜，環佩玉聲璆然。孔子曰：『吾鄉為弗見，見之禮答焉。』子路不說。孔子矢之曰：『予所不者，天厭之！天厭之！』」司馬遷，《史記》，頁 1920-1921。

36 〈電影《孔子》劇情被孔家後人批〉，https://view.news.qq.com/a/20100128/000036.htm。

五、結論

作為古老文明，如何保留傳統文化的話語權是文藝創作者甚至統治者需要思考的問題。花木蘭經過迪士尼改造，變成帶美國文化的卡通；三國故事經過日本改造，變成帶日本戰國色彩的漫畫《三國志》、遊戲《真三國無雙》，結果中國反而按照《真三國無雙》拍攝電影。透過多媒體進行歷史文化教學是大趨勢，《孔老二》是典型「硬銷」政治理念的作品，只在文革的特殊時空得以成功。電影《孔子》則是平衡歷史與消費文化的嘗試，儘管不算成功，卻是未來值得繼續探索的方向。

參考資料

王先謙，《荀子集解》，北京：中華書局，1988 年。

王國軒、王秀梅譯注，《孔子家語》，北京：中華書局，2009 年。

司馬遷，《史記》，北京：中華書局，1963 年。

洪仁玕，《太平天日》，載中國史學會主編:《太平天國》(二)，上海:上海人民出版社，2000 年。

洪亮吉，《春秋左傳詁》，北京：中華書局，1987 年。

孫希旦，《禮記集解》，北京：中華書局，1989 年。

張雙棣，《淮南子校釋》，北京：北京大學出版社，1997 年。

郭慶藩，《莊子集釋》，北京：中華書局，1985 年。

程樹德，《論語集釋》，北京：中華書局，1990 年。

楊伯峻譯注，《論語譯注》，北京，中華書局，1980 年。

匡亞明

1990《孔子評傳》，南京：南京大學出版社。

李零

2007《喪家狗——我讀〈論語〉》，太原：山西人民出版社。

李碩

2020《孔子大歷史——聖壇下的真實人生與他的春秋壯遊》，臺北：麥田出版社。

周立民

2014〈長夜漫漫——巴金「文革」日記（1973-1976）釋讀〉，《收穫》，2014.6：80-88。

林存光

2004《歷史上的孔子形象——政治與文化語境下的孔子和儒學》，濟南：齊魯書社。

張榮明

2008〈孔子在中外歷史上的十種形象〉，《科學大觀園》，2008.5：70-73。

張廣智

1996〈影視史學：歷史學的新領域〉，《學習與探索》，1996.6：116-122。

章炳麟

2000〈訂孔〉，載章炳麟著、徐復注：《訄書詳注》，上海：上海古籍出版社。

郭沂主編

2017《子曰全集》，北京：中華書局。

郭沫若

1972〈中國古代史的分期問題〉，《紅旗》，1972.7：56-72。

1982《郭沫若全集．十批判書》，北京：人民出版社。

童慶炳、陶東風主編

2007《文學經典的建構、解構和重構》，北京：北京大學出版社。

劉烈

2011《重構孔子——歷史中的孔子與孔子心理初探》，北京：中國國際廣播出版社。

劉超

2009〈孔子形象：歷史知識與社會意識——以清末民國時期中學歷史教科書中的孔子敘述為中心〉，《安徽大學學報：哲學社會科學版》，2009.5：106-112。

潘小慧

2011〈由觀看「子見南子」談儒家經典的閱讀〉，《哲學與文化》，2011.6：5-20。

蔡尚思

1982《孔子思想體系》，上海：上海人民出版社。

2006《十家論孔》，上海：上海人民出版社。

蕭甘

1974《孔老二的罪惡一生》，上海：上海人民出版社。

戴梅可、魏偉森著；何劍葉譯

2016《幻化之龍——兩千年中國歷史變遷中的孔子》，香港：香港中文大學出版社。

羅建

2001〈糊塗的「封建」〉，《書屋》，2001.5：31-36。

龐樸主編

2007《中國儒學》，北京：東方出版中心。

顧頡剛

1992〈與錢玄同先生論古史書〉，《古史辨》第一冊中編，上海：上海書店。

〈《孔子》上半部聖人下半部剩人〉https://ent.qq.com/a/20100125/000253.htm。
〈中國史詩級電影《進京城》在美國電影節獲得最高獎項〉https://scdaily.com/post/9305。
〈電影《孔子》劇情被孔家後人批〉https://view.news.qq.com/a/20100128/000036.htm。
《深圳晚報》
〈孔子〉http://news.sina.com.cn/o/2010-01-15/095916937973s.shtml。
石川
〈《孔子》與當代尊孔運動的兩難困境〉https://cinephilia.net/1621/。
列孚
〈孔子大戰阿凡達的戲裏戲外〉，《香港影評庫》https://www.filmcritics.org.hk/film-review/node/2017/07/01/%E5%AD%94%E5%AD%90%E5%A4%A7%E6%88%B0%E9%98%BF%E5%87%A1%E9%81%94%E6%88%B2%E8%A3%8F%E6%88%B2%E5%A4%96。

A study on the change the Confucius' image after the founding of the People's Republic of China— Use "The Sinful Life of Confucius" and "Confucius"（Movie）as examples

CHAN, Chu Kwong Alex
Department of Chinese Language Studies,
The Education University of Hong Kong

ABSTRACT

Since the end of the Qing Dynasty, China had been repeatedly invaded by Western powers, and intellectuals had begun to reflect on the pros and cons of Chinese culture. During the "May-Fourth Movement". Hu Shi put forward the slogan "Take down the Confucius store and rescue Confucius." Li Dazhao said, "Not to criticize Confucius himself, but to criticize for using Confucius as an idol in different dynasties." In the early stage of New China, Confucius became a representative of the backwardness of feudalism. This wave of criticism of Confucius reached its peak during the Cultural Revolution. Many articles and comics vilified Confucius, such as "The Sinful Life of Confucius". After the Economic Reform and opening, Confucius' status gradually recovered. In 2009, the animation "Confucius" broadcasted by CCTV; in 2010, the film "Confucius" drove the "Confucius fever" in China. The effect of guiding public opinion and educating the next generation through popular culture is remarkable. This article intends to study the change and new interpretation of the image of Confucius from "The Sinful Life of Confucius" to the movie "Confucius", as well as its significance to cultural education.

Keywords Confucius, Image, Multi-media, Movie, Comics